TRILOGIE

LILITH

2

∆

LA MARQUE DU DIABLE

∆

Par

ALEX TREMM

∆

Éditions LOUD

Δ

TRILOGIE

LILITH 2

LA MARQUE DU DIABLE

Δ

Auteur : Alex Tremm
Révision : Marie-Pierre Laëns (IL 2015)
Révision 2 : Lou Dimara (JE 2018)
Réécriture complète : Alex Tremm (HYBRIDE 2019)
Couverture : Alex Tremm
Photographe : Thomas Guérin
Modèle : Élizabeth K.

Δ

COPYRIGHT

ISBN (Amazon imprimé) : 9798644701551

Δ

Tous les personnages, lieux et incidents en ces pages sont utilisés à des fins de fiction.

Δ

Éditions LOUD

▲

Δ

REMERCIEMENTS

Je remercie mon ex-femme Line
Qui m'a, en quelque sorte, encouragé à reprendre l'écriture.

Δ

Et je ne peux passer sous silence tous mes pré-lecteurs.
Vous aidez beaucoup plus que vous ne le croyez.
Gros merci à vous tous, les amis !

Δ

DU MÊME AUTEUR

(En versions imprimées)

Δ

Trilogie Lilith

LE BAISER DU FEU

LA MARQUE DU DIABLE

VENDETTA

Δ

Trilogie Damian

LE MAÎTRE DE L'ESPRIT

COUP DE FOUDRE

LA FILLE DE SATAN

Δ

Trilogie Dragons

CAUCHEMARS

RAGE

GRAND VIDE

Δ

Trilogie Distorsion

LILITHOSAURES

LOKI

LE MONDE SELON L'LIK

Δ

Série Dark Circle

LEONESSA

DIAVOLO

VITTORIA

ADIEU MARIA

Δ

Série Meganiya

MEGANIYA

KILLER QUEEN

Δ

Pour enfants 8-12 ans : Séries Tommy et Léna

▲

Δ

CHAPITRES

▲

NOTE DE L'AUTEUR :
Une « Liste des personnages »
et le « Tome précédent »
vous attendent à la fin.

▲

Δ

-1-
MEURTRIÈRE

Un gémissement.

Celui-là bouge !

Je me précipite sur l'homme qui est grièvement brûlé au visage dont la moitié de la peau tombe en lambeaux noircis, n'a plus de cheveux et saigne énormément d'une jambe presque arrachée à mi-cuisse.

Dégueulasse… Mais au moins, je sais qu'il est vivant s'il saigne.

Soulagée, je m'approche d'un autre qui gémit faiblement, lui aussi, en dépit qu'il ait de sévères coupures à l'abdomen et à la tempe tandis qu'un de ses bras a la forme d'un tire-bouchon.

— Beurk !

Mon estomac remonte rapidement et je préfère aller voir le troisième, tout près, qui bouge encore. Une de ses mains enserre son cou, mais un flot de sang suinte entre ses doigts. Ma mère qui arrive derrière moi se penche pour retourner l'homme qui crache du sang en abondance. Sa main au cou retombe mollement, exposant un gros morceau de métal fiché dans sa gorge.

Ses yeux deviennent fixes.

Je comprends aussitôt.

— Non…

Mes émotions, autant que mon déjeuner, remontent à toute vitesse. Je n'ai que le temps de me retourner un peu que je vomis tout en pleurant et en me recroquevillant sur moi-même.

M'man s'agenouille pour me prendre dans ses bras soudain maternels alors que je ne cesse de hurler mon mépris de moi-même.

Merlin apparaît à nos côtés avec un petit claquement dans l'air, mais demeure immobile devant le spectacle avant de passer sa main au-dessus de ma tête en détresse tout en murmurant une litanie en gaélique.

Non... Je ne veux pas devenir une autre Morgana !

Je me retourne vivement vers mon mentor pour lui remettre mon long poignard de force dans les mains. L'homme recule, ébahi de ma réaction.

— Enlevez-moi tout de suite mes pouvoirs, Merlin ! Je viens de tuer deux hommes ! Je suis une foutue meurtrière !

À genoux, je recommence à pleurer, le visage dans mes mains. L'homme du passé demande à M'man de lui céder sa place à mes côtés.

Les yeux fermés, j'écarte les bras.

Je mérite de mourir après ce que j'ai fait !

J'inspire profondément.

Peut-être pour la dernière fois...

Mais il me surprend en me serrant très fort dans ses bras vigoureux avant de remettre l'arme dans mon fourreau qui disparaît.

Mais qu'a-t-il fait là ?

Il ne veut plus me tuer ?

— Vous n'avez que protégé votre mère, dame Lilith. Je n'y vois rien de répréhensible, bien au contraire.

— Mais j'ai tué ces mecs avec mes pouvoirs !

Je jette un œil au cadavre avant de me recroqueviller pour éclater en pleurs de nouveau.

— Petite correction, s'oppose M'man en indiquant la fourgonnette. J'avais déjà réglé, définitivement, le cas de Giuseppe, cet enfoiré de merde, avec un beau trou entre les yeux. Je suis certaine que c'est lui qui m'a tiré dessus, voilà deux jours, parce que Mario l'avait atteint à la joue. Il a payé pour ses conneries, cette fois ! De toute façon, si tu savais depuis combien de temps je voulais lui faire ça !

Le mage jette vers ma mère un regard qui dit : « Vous n'aidez pas du tout, là ! ».

Et il a bien raison !

Merlin m'aide à me relever tandis que ma mère fait les poches du mort, ce qui me rebute encore plus et je passe bien près de vomir de nouveau.

— Je vais vous enseigner comment éteindre des feux, Dame Lilith. Nous allons jouer au… pompier.

J'essuie mon visage du revers de ma main.

— Je m'en fous, Maître !

Le mage s'approche du véhicule dont la partie arrière est en feu, émettant un gigantesque nuage noir. Il crée un dôme bleu au-dessus des flammes avant qu'il ne le rapetisse, ce qui éteint le brasier en quelques secondes.

C'est tout de même spécial…

Il recommence avec le chêne géant dont la branche au sol est passablement abimée avec une partie qui flambe encore. Cette fois, il crée une sphère beaucoup plus petite que le dôme précédent sur la partie qui se consume encore. Le feu cesse là aussi en quelques secondes.

Mais je ne vois plus le maître. Mon regard reste accroché aux jambes de l'homme demeuré sous les restes encore fumants de la fourgonnette. Je retombe à genoux pour terminer de me débarrasser de mon dernier repas… et peut-être aussi du précédent.

Δ

Un garde de la prison, à nouveau, tend subtilement un téléphone cellulaire au parrain de la mafia à travers les barreaux de sa cellule.

Le prisonnier appelle. Son visage devient furieux.

— Mais réponds donc, idiot de Giuseppe ! Cet enfoiré ne m'a même pas dit où il allait !

Le parrain ferme les poings de rage avant de remettre l'appareil au garde qui le cache en vitesse dans sa poche de pantalon avant de s'éloigner comme si de rien n'était.

Δ

Je remplace aussitôt cette lugubre vision par ma mère qui se penche sur les deux hommes encore vivants pour leur vider les poches à eux aussi.

Pas mieux de ce côté...

Soudainement, elle se relève d'un trait pour courir à toute vitesse vers la cachette de mon oncle.

C'est vrai, j'avais oublié qu'il avait été touché !

Je me précipite à sa suite, mais l'aperçois dans le chemin de pierre, debout, en dépit que sa jambe ensanglantée arbore un garrot improvisé avec sa ceinture. Son écharpe n'est nulle part en vue. Il s'appuie sur sa sœur pour claudiquer vers la scène principale. Je suis paralysée au centre du sentier avec une main sur la bouche, inquiète de son mauvais état. La sœur et le frère s'arrêtent presque au milieu du sentier pour un conciliabule discret avant de reprendre leur marche vers les restes fumants. Lorsqu'ils arrivent près de moi, le blessé affiche un large sourire.

— Ce n'est pas toi du tout qui as causé cette explosion, Lily, c'est moi. La seule façon que j'ai vu qu'on pourrait s'en tirer était de tout faire sauter. J'ai donc vidé mon chargeur sur le réservoir à essence et boum !

Le grand Italien semble fier de son coup. La tension sur mes épaules tombe à zéro en une seconde et je m'écrase sur les genoux, haletante.

— Désolé de détruire ta bulle de grande guerrière magique, la petite, s'excuse mon oncle dès qu'il arrive à ma hauteur. Mais tu n'as rien à voir là-dedans !

Il m'aide à me relever en grimaçant lui-même tandis qu'il examine la scène avec des yeux ébahis alors que Merlin nous rejoint pour inspecter la blessure de mon oncle.

— Ne vous en faites pas, Monsieur le magicien. La balle est passée au travers des muscles sans toucher un seul os. Ce n'est finalement qu'une grosse égratignure. J'ai l'habitude.

Merlin n'en est pas aussi convaincu.

— Retournez au manoir, Monsieur. Je vais vous guérir cela dans peu de temps.

Une voiture bleue arrive à toute vitesse sur le chemin de granit pour s'arrêter en catastrophe près des débris encore légèrement fumants. Alan s'en extrait avec son casque de pompier à la main et court dans ma direction où je lui saute dans les bras, en pleurs à nouveau. Il inspecte la scène d'un œil aussi inquisiteur qu'inquiet.

— Saint-Marteaux ! Mais que s'est-il donc passé ici ?

— La mafia a retrouvé ma mère.

— Ma… Mafia ? Pourquoi ?

— Ma mère se cachait ici parce qu'elle a arrêté leur parrain voilà quelques jours. Ils voulaient sûrement se venger d'elle. Nous, on s'est défendus… Et voici le résultat.

Mon prince charmant regarde partout autour de lui, s'attardant un long moment aux corps sur le sol en respirant très fort, marquant ainsi son inquiétude.

— Et eux ? Sont-ils…

— Deux sont déjà morts, avance ma mère. Les deux autres le seront très bientôt, s'ils ne le sont pas déjà. Quelle merde ! Je m'excuse, Lily. Je ne voulais pas… De toute façon, je vais être obligée de faire un rapport et je ne pourrai plus me cacher ici. Tu seras enfin débarrassée de moi.

M'man soupire lourdement en fermant les yeux et colle sa tête sur la poitrine de Merlin qui en est un peu surpris avant d'apposer sa main sur la tête de ma mère avec un air songeur. Il ferme les yeux quelques secondes en plongeant son regard dans celui de la lieutenante.

— La simple présence de ces attaquants semble être un très gros problème, ici.

L'homme balaye la scène de son bras.

— Je pourrais faire disparaître tout ceci, si vous le désirez, dame Viviane.

— Vous le pourriez ? font quatre voix, de concert.

Nous avons tous eu le même réflexe…

— Oui, mais seulement si vous m'aidez, dame Lilith.

— Vous voulez dire que vous pouvez tout faire disparaître ? Vous me sauveriez la vie, Merlin !

Ma mère embrasse le mage, surpris de la manœuvre avant de devenir tout souriant, mais Alan n'est pas convaincu de ce que la légende vivante avance.

— Si vous le pouvez vraiment, Monsieur, il faudrait que vous le fassiez vite parce que le camion de la caserne est déjà en route.

— Reculez tous, ordonne le mage. Mais pas vous, dame Lilith. Restez avec moi et tenez-moi la main. Je vais faire l'incantation et vous me fournirez la puissance requise.

— Mais comment dois-je faire ça ? Je n'en ai aucune idée !

— Concentrez simplement votre puissance dans votre main, mais faites bien attention de ne pas transformer cette énergie en feu, par pitié.

Je pense avoir bien compris et j'entonne une courte incantation où j'y expose clairement mes limites.

Grande Déesse, faites que je fournisse l'énergie requise à Merlin pour son sort, mais sans la transformer en feu. Qu'il en soit ainsi !

Aussitôt, ma main devient une grosse boule lumineuse pourpre dans celle du mage qui récite déjà une longue litanie s'apparentant à une plainte. Je sens la terre vibrer sous mes pieds dès qu'il allonge son bras disponible où sa main luit comme un soleil. Tous les objets reliés à la fourgonnette ou aux assaillants deviennent flous. Dans un grand claquement sec comme celui d'un fouet géant, ils disparaissent brusquement.

Mais… C'est fantastique ce qu'il vient de réussir là !

Merlin relâche ma main avec de grands yeux de chouette.

— Votre capacité à concentrer en vous la puissance de la Grande Déesse est absolument incroyable, m'avoue-t-il avec le regard ébahi avant de me prendre solidement par les épaules. Ce que je vais vous demander est très important :sentez-vous que vous utilisez plus de puissance que ce que vous venez de me donner pour réaliser votre protection de feu ?

— C'est sûr, Maître ! Mais si je l'avais fait au max comme je le fais pour mon « Dôme de feu », je vous aurais fort probablement calciné le bras… Au minimum.

Il me relâche aussitôt avec la tête dans les nuages alors que je suis abasourdie en inspectant les alentours où il ne reste absolument rien qui appartienne aux assaillants, hormis quelques marques de brûlures au sol et sur le tronc d'arbre géant ainsi que deux nains forts calcinés qui demeurent témoins de l'affrontement.

— Mais où est donc parti tout ceci ?

— Sur une île déserte…

Il semble encore fort songeur de ce que je lui ai avoué.

— Et où est cette île déserte, Merlin ?

— En mer, loin passé les piliers d'Hercule.

Et si cette île n'était plus inhabitée comme elle l'était dans le temps de Merlin ?

Δ

Un homme, qui effectue des prélèvements géologiques sur une petite île semi-tropicale de l'Atlantique, se retourne vivement dès qu'une odeur de caoutchouc brûlé lui lèche les narines après un claquement sec qui a fortement résonné comme un coup de fouet géant.

— Madre de Dios !

Un spectacle apocalyptique s'étend devant lui. Des corps à moitié calcinés trônent au milieu de morceaux de ferraille fumante partout autour de lui alors qu'il n'y avait rien l'instant précédent.

D'instinct, il regarde au-dessus de lui, cherchant d'où provient tout ceci, mais le ciel d'un bleu sans fin est totalement vide. Même pas un nuage.

Un râle. Il se précipite. Un homme, grièvement blessé, tente d'articuler quelque chose dans une langue incompréhensible pour le géologue qui n'ose s'approcher de trop près. La tête du blessé bascule alors qu'il émet son dernier souffle.

L'homme apeuré recule, laisse tomber ses outils avant de détaler avec toute la vitesse dont ses courtes jambes sont capables vers les bâtiments administratifs de la mine, située près du petit village jouxtant un réputé Club Med.

Δ

-2-
DES BLESSÉS

J'aime mieux écarter ce doute sur l'île, car une des statues, celle avec l'oiseau sur sa main, l'agite frénétiquement avec l'index pointé dans une direction précise, mais j'hésite avant de me décider à suivre l'indication après un moment à me poser des questions sur cette curieuse attitude de la statue, m'attardant surtout au pauvre petit oiseau de pierre qui semble fort secoué. Derrière un îlot fleuri, une forme de la même couleur que le feuillage bouge au sol et je m'y précipite, appréhendant le pire.

— Nina, Nina !

La fée relève sa tête avec difficulté. Une balle l'a atteinte à l'abdomen d'où s'échappe du sang vert pâle.

Merlin parcourt lui aussi les bois à courte distance.

— Le dragon est ici. Il est blessé, lui aussi. Oh... Il est gravement touché !

Je soulève le corps de la petite fée avec beaucoup de précautions. Nos regards se rencontrent.

— Je vais te soigner, ma belle fée.

Une larme roule sur ma joue, ce qui fait sourire la fée qui retombe inconsciente.

— Non, ne meurs pas toi aussi !

À mon grand soulagement, ce dernier cri réveille l'être mythique. Je rejoins promptement le chemin où m'attend déjà Merlin avec le dragon sans connaissance et tout ensanglanté dans ses bras. Alan regarde partout autour de lui.

— Ne t'inquiète pas, Lilith. Je n'ai rien vu ! Vous semblez avoir des gens... ou des choses blessées dans vos mains. C'est ton dragon ?

Le mage confirme, mais Alan constate que je transporte un blessé, moi aussi.

— Y en a-t-il deux ?

— Non. Celle-ci est une fée... Et elle est un peu lourde.

Veux-tu l'emmener au manoir ? Je ne pense pas que je vais me rendre.

Mon copain s'avance, mais il ne sait pas trop comment se placer afin de prendre la fée qui lui est invisible.

— Ne bouge pas, Alan. Je vais la placer dans tes bras.

Tous trois marchons le plus rapidement possible vers le manoir en remarquant que le gigantesque chêne a repris sa forme première. Sa longue branche qui ressemblait à une descente de glissade d'eau est déjà revenue à sa position originale. Je cours pour embrasser le tronc à une dizaine de reprises en le remerciant et replace debout les deux nains noircis, dont celui avec le casque de guerre, avant de revenir à la course vers mes amis blessés, mais grimace lorsque j'examine de plus près mon dragon qui a reçu plusieurs projectiles, dont au moins deux près du cœur.

— Allez-vous être capable de les guérir, Maître ?

Je suis tentée d'enlever un morceau de métal de la fourgonnette qui s'est enfoncé à la base de sa queue, mais le regard du maître me retient.

— J'aime mieux le faire moi-même, dame Lilith. Il a déjà perdu assez de force vitale comme ça.

— Vous ne m'avez pas répondu, Maître !

— La fée va sûrement survivre…

Réponse assez évidente !

Je retiens une larme en ne lâchant pas mon dragon des yeux.

C'est peut-être la dernière fois que je vais le voir en vie…

Une sirène se fait entendre, au loin. Alan jette un regard derrière.

— Les gars vont être ici dans deux minutes !

Notre trio, qui a pressé le pas, arrive au pont. M'man nous attend près de la voiture de Mario, le capot grand ouvert, avec un extincteur en main qu'elle vide sur le moteur, emplissant l'espace de poudre blanche. Elle veut remettre l'extincteur à Alan, mais remarque la position de ses bras.

— Qu'as-tu dans les bras, Alan ?

— Il paraît que c'est une fée, mais je n'en suis pas sûr…

— Donne-la à Lilith et prends ça à la place !

Elle lui présente l'extincteur en le tenant à quelques centimètres de son nez. Mon copain obéit à l'autoritaire lieutenante sans poser de question, semblant déjà avoir une bonne idée de ce qu'elle désire faire, car il lui sourit, mais ce n'est pas mon cas tandis que je croule sous le poids supplémentaire.

— Pourquoi veux-tu faire ça, M'man ?

— Les pompiers vont rappliquer ici bientôt. Notre valeureux jeune pompier ici a éteint tout seul l'incendie qu'il y avait sous le capot de la ferraille de ton oncle qui vient de faire exploser son moteur qui a lâché énormément de fumée noire dans l'air.

Je suis fort perturbée par les paroles de ma mère.

Et elle pense que cette stupide magouille va fonctionner ?

— Ne t'en fais pas, Lily. Ça fait près de vingt ans que je suis enquêteur. J'ai maquillé des scènes de crime avant aujourd'hui. Nous n'aurons aucun problème. Va vite au manoir et laisse-moi régler ceci à ma manière. S'il te plaît, pour une fois, écoute-moi et ne pose pas de questions !

Vrai qu'elle a certainement mérité sa mauvaise réputation...

J'accepte en soupirant et, sans un mot, reprends ma route avec la fée dans mes bras. Aussitôt dans le manoir, Merlin me demande d'aller dans la cuisine où Norma, probablement avertie par Amber, fait déjà bouillir de l'eau. Le mage dépose le dragon sur le comptoir de l'îlot central et me fait signe de faire de même avec la fée, mais je suis tellement épuisée que j'ai énormément de difficultés à effectuer cette simple tâche.

— Je vais vous enseigner comment soigner des blessures, dame Lilith. En premier, il faut leur remettre l'énergie vitale qu'ils ont perdue avec leur sang. Amenez vos mains au-dessus de la blessure comme ça, dit-il en apposant ses mains l'une par-dessus l'autre. Injectez maintenant un tout petit peu d'énergie… Un tout petit peu ! M'avez-vous bien compris ? Cette énergie va aider leur habileté naturelle à guérir, parce que nous ne les guérissons pas directement. Nous les aidons à se guérir eux-mêmes.

Je ne comprends pas trop, mais j'obéis en silence.

Rapidement, mes mains deviennent lumineuses et après un regard vers Merlin qui travaille déjà sur Flamme, je l'imite en irradiant cette lumière sur le trou dans l'abdomen de la fée qui émet une petite plainte aiguë.

— Moins fort, clame le mage au bord du découragement.

— Mais c'est ce que je fais, Merlin !

Je tente de nouveau d'abaisser le niveau d'énergie dans mes mains, mais en vain. Le mage hausse les épaules d'impuissance et se concentre sur son propre blessé avant de ricaner.

Rit-il de moi ?

Je lui demande ce qu'il y a de si drôle dans cette situation qui est loin de l'être, selon moi.

— Savez-vous que j'ai tenté à au moins une dizaine de reprises de tuer ce damné dragon et qu'aujourd'hui, j'essaie de tout faire pour lui sauver la vie. Ironique, non ?

Une douce lueur, contrairement à la puissante lumière que j'émets, émane des mains du mage qui les promène un peu partout sur le corps du dragon, tant ses blessures sont disséminées.

La fée se plaint tout à coup davantage alors que la blessure saigne de plus en plus. Je presse le bouton panique.

— Merlin, ça ne va pas bien, ici ! Dois-je arrêter ?

Le mage ne semble pas comprendre lui non plus, car la plaie gonfle sans arrêt, comme les hurlements aigus de la fée qui me déconcentrent.

Un petit objet très foncé sort de la plaie et roule sur le ventre de la fée avant de tomber sur le comptoir avec un bruit sec.

— Wow ! La balle est sortie toute seule du trou ?

Même si je suis totalement abasourdie par cette vision, je ne relâche pas mes mains de l'abdomen de la fée qui lentement, laisse sa tête retomber sur la table de pierre.

— Merlin, Merlin ! Est-ce qu'elle est…

— Ne vous inquiétez pas. Elle ne s'est qu'évanouie. Une blessure telle que celle-ci l'a épuisée autant que le traitement. Continuez à lui insuffler de l'énergie. Vous viendrez me seconder ici après. Je ne crois pas que j'y arriverai seul.

Nos regards se croisent. Je comprends dans l'expression de mon maître que c'est presque officiel que je vais perdre mon nouvel ami. Mes émotions sont tellement à fleur de peau que je peine à empêcher une larme de perler à mon œil.

Je venais tout juste de le connaître...

Et je l'aimais vraiment beaucoup, en plus !

Un peu plus tard, le mage me demande de continuer de ramener de l'énergie vitale dans le corps du dragon et je suis bien d'accord, étant donné que la blessure de la fée s'est refermée toute seule depuis un bon moment. Il s'empare d'une de ses breloques comme la veille avant d'apposer ses mains tenant le cristal coloré très localement sur les cinq principales plaies de la bête.

Merlin alterne l'imposition des mains avec moi... qu'il abreuve de « Moins fort » chaque minute.

Je saute presque de joie lorsque je remarque que le trou au-dessus duquel je me maintenais depuis un moment se referme seul, mais surtout depuis que j'ai insisté un peu plus fort sur cette blessure.

Le maître me rappelle à l'ordre, comme d'habitude, mais cette fois, une pointe de découragement se fait sentir dans sa voix.

Je lui fais part de mes observations sur l'état de cette blessure spécifique, mais le mage dit qu'il doit régler les dommages intérieurs avant de refermer les plaies. Je comprends la logique et je me borne qu'à inonder les plaies d'énergie, sans plus insister.

Mon regard diverge vers l'autre blessée.

Oups... Ai-je gaffé avec Nina ?

Sa blessure est déjà refermée, dans son cas.

Δ

Le camion de pompier est bloqué par la voiture d'Alan. Les trois hommes à l'intérieur descendent en vitesse. Ils courent vers le fleuve en cherchant le foyer d'incendie qu'ils ne voient nulle part tandis que le capitaine, dans sa camionnette derrière, appelle Alan sur son téléphone.

— Je suis déjà sur place, Capitaine. C'était le moteur d'une voiture qui avait pris feu. J'ai déjà tout éteint.

— Où êtes-vous ?

— Sur l'île, mais… Je vois Serge, Capitaine.

Alan coupe la communication qu'il ne voulait pas éterniser avec son supérieur.

Le capitaine, un peu frustré de s'être fait raccrocher au nez, s'élance lui aussi vers la scène. En chemin, il remarque des dizaines de nains de jardins près du grand chêne. L'officier se questionne à peine sur le curieux aménagement paysager de cet endroit.

Rendu au pont, il aperçoit enfin ses hommes. Ils sont déjà de l'autre côté en discussion avec le jeune Alan qui a un extincteur chimique en main. Tous rigolent, mais pas lui.

Devoir avant tout.

— Fais-moi ton rapport, Alan !

— Quand je suis arrivé ici, le moteur était tout en feu. C'était sûrement un feu d'huile parce que la fumée était très noire. Madame voulait l'éteindre, mais ne s'y prenait vraiment pas bien. Alors, je lui ai pris l'extincteur des mains et j'ai tout éteint. C'est tout.

— Mais pourquoi avez-vous laissé votre voiture là-bas ?

Cette fois, le jeune homme ne sait quoi répondre et prend un air abattu.

— Je n'ai pas voulu m'introduire trop loin dans la propriété, Capitaine. C'est une voiture presque neuve et je sais qu'il y a de drôles de bruits qui circulent sur cet endroit… Et beaucoup de jeunes fêtards, aussi !

Le capitaine doute de la réponse de son jeune apprenti, mais il se tourne vers la dame.

— Êtes-vous la propriétaire de la voiture, Madame ?

— Lieutenant Dimirdini, de l'escouade antigang de la police de Montréal, se présente-t-elle en lui tendant la main. Non, je n'en suis pas la propriétaire. La voiture appartient à mon frère, Mario Dimirdini. Il s'est fait mal en sortant trop vite de l'auto et est à l'intérieur, en ce moment.

Le capitaine attend la suite, mais elle tarde à venir.

— Puis-je lui parler ?

— Il n'est pas tellement en état de vous répondre... Il ne faisait que déplacer son auto de là-bas, à côté du gros arbre, jusqu'au garage à l'autre bout de l'île, dit-elle en gesticulant le trajet. Dites, est-ce que vos gars pourraient nous donner un coup de main pour l'amener jusque-là ? Mes petits bras de femme auraient bien besoin des gros muscles de vos valeureux hommes pour pousser cette foutue bagnole jusqu'au garage.

Elle tâte le biceps d'Alan et semble satisfaite de son diamètre en lui souriant. Le capitaine est fort offusqué.

— Avons-nous l'air de mécanos ?

Cette réponse entraîne une moue sévère de l'enquêtrice qui lui tourne aussitôt le dos pour se diriger prestement vers le manoir, sachant bien que cela écourtera la conversation qui risquait de devenir dangereuse dans cette délicate situation.

Alors que Viviane ouvre la porte d'entrée, le capitaine qui l'avait suivie au pas de course l'accoste.

— Madame ! Je dois parler à votre frère.

— Premièrement, pour vous, je ne suis pas « Madame », mais bien « Lieutenant » et deuxièmement, mon frère vous parlera lorsqu'il sera dégrisé et pas avant.

À ce moment, Mario avance sa tête par la porte en feignant une grosse cuite.

— Ce qui a ? Tiens, la police a de curieux chapeaux dans cette ville...

— Je suis le capitaine des pompiers. Comment est-ce arrivé, Monsieur ?

— J'ai démarré mon auto qui était stationnée là-bas... Il faisait beaucoup de fumée, mais je voulais l'amener au garage, juste là... Mais il a arrêté en faisant encore beaucoup, beaucoup plus de fumée... Et quand je suis sorti de l'auto, j'ai planté dans le bois et je me suis fait mal. Ma sœur a voulu éteindre le feu, mais le jeune est arrivé en courant. Il est bon ce jeune, parce qu'il a éteint ça en deux secondes.

Mario, qui a déjà vécu de semblables situations à plusieurs

reprises, imite l'effet de l'alcool de façon si réaliste qu'il tombe à terre en riant, mais il fait bien attention de conserver sa jambe blessée derrière la porte. Viviane est découragée de voir à quel point son frère en rajoute, bien qu'il soit un excellent comédien.

Alan, juste derrière, retient un fou rire naissant, mais il devient stoïque lorsque son capitaine se tourne vers lui. Il explose presque de nouveau lorsque l'attention du capitaine revient vers la mère de sa copine qui remercie les deux pompiers ayant poussé la voiture de Mario jusque devant le garage.

— Veuillez m'excuser, lieutenant Dinimiri… Et dites à votre frère de faire plus attention à son coude à l'avenir.

L'officier accompagne sa dernière recommandation d'un geste mimant une bouteille portée à ses lèvres avant de tourner les talons avec un dernier regard empreint de dégoût vers l'oncle.

Viviane est frustrée, alors que le pompier en chef s'éloigne en ordonnant à ses hommes de le suivre.

— Dimirdini, Capitaine ! Je m'appelle lieutenant Dimirdini ! corrige-t-elle à pleins poumons.

Elle pivote vers son frère qui est maintenant certain qu'il peut cesser de jouer la comédie pour plutôt grimacer de douleur en râlant.

Δ

Les cris de M'man me dérangent beaucoup.

— Elle ne pourrait pas se la fermer ?

Je tente de reprendre ma concentration parce que je dois à tout prix réfréner mon envie d'envoyer une dose massive d'énergie à mon dragon. Ce n'est pas le cas du mage, car le dernier commentaire de ma mère semble l'avoir particulièrement perturbé.

— Ta mère… a bien dit qu'elle s'appelait… Dimirdini ?

— Oui. Pourquoi, Maître ?

— C'est bien elle qui t'a mise au monde ?

L'homme me sourit alors que je lui réponds par l'affirmative, sans trop comprendre. Une profonde confusion l'envahit à la suite de ma réponse.

— Et si ce n'était que cela ?

Longtemps, il demeure en profonde réflexion avant que son attention ne revienne sur la guérison de la bête.

— Si ce n'était que quoi, Maître ?

Il semble encore réfléchir à la réponse à me donner.

— Merlin, dame Lilith, juste Merlin. Bientôt, je vous en reparlerai. Concentrons-nous plutôt sur votre ami.

Mais le mage a visiblement les idées ailleurs. La lumière intermittente qui émane maintenant de son cristal, ajoutée à la sueur le recouvrant de la tête aux pieds, le convainc de cesser ses traitements.

— Je crois que vous pouvez refermer les plaies à présent, dame Lilith.

— D'accord, Doc.

Il n'a évidemment pas compris l'expression…

Δ

Dès qu'il a cédé toute la place à la jeune femme, le légendaire enchanteur avale deux grands verres d'eau avant de se rendre à l'extérieur pour y chercher un coin tranquille. Il sait qu'il n'en a plus pour longtemps avant de s'endormir.

— Seigneur Andrew. J'aimerais vous parler d'urgence, s'il vous plaît.

Le spectre apparaît devant l'homme du passé.

— Est-ce que vous connaîtriez le nom de mon clan aujourd'hui éteint, par hasard ?

— Non. Tout ce que je sais d'eux est qu'ils étaient centralisés au bord de la Méditerranée, plus précisément en Italie, je crois, car je sais que le grand Leonardo Da Vinci était l'un des membres de ce clan qui s'était… associé à un autre.

— Savez-vous qui a été le dernier héritier de mon clan ?

— Je crois que c'était le mage Faustino Damirdini. Du moins, c'est ce qu'on m'a dit. Je sais qu'ils demeuraient dans cette région de la Méditerranée et qu'ils étaient en étroits contacts tous les deux. C'était deux grands inventeurs et artistes. C'est aussi plus ou moins à ce moment que votre clan s'est dissous. Pourquoi cela vous intrigue-t-il ?

— Connaissez-vous le nom de famille de la mère de Lilith, Andrew ?

— Non, mais pourquoi donc me posez-vous toutes ces questions ?

— Parce que je crois maintenant connaître la source des immenses pouvoirs de notre jeune enchanteresse surdouée, sire. Sa mère s'appelle Viviane… Dimirdini !

La mâchoire du spectre tombe presque à terre devant cette révélation. Il est visiblement songeur avant de devenir inquisiteur, sinon agressif.

— Maître, je dois vous parler de l'athamé sacré de Morgana… Que personne de notre famille n'avait le droit de toucher et surtout, de porter sur soi !

Merlin, épuisé, s'assoit sur un banc de pierre non loin avant de s'étendre lourdement.

— Vous m'en parlerez à mon réveil, Sire…

Δ

Mario et M'man arrivent dans la cuisine. Je dépose un doigt sur ma bouche afin d'intimer le silence aux adultes qui ne peuvent quitter des yeux mes mains lumineuses. Ma mère installe son frère sur un tabouret avant de relever sa jambe sur un autre tabouret, lui arrachant une grimace de douleur.

Elle s'approche de mon oreille.

— Essaies-tu de guérir ton dragon, Lily ?

Le cœur serré, je réponds par l'affirmative en inspectant les blessures de mon ami qui sont maintenant toutes refermées, de même que les dizaines de trous dans ses minces ailes, mais je panique lorsque mon oncle est sur le point de s'accouder sur la tête de la fée qui repose à l'autre extrémité du comptoir.

— Je sais que vous ne les voyez pas, mais dites-vous que le comptoir est tout occupé, en ce moment. Donnez-moi deux minutes, s'il vous plaît. Je vais aller coucher nos blessés.

Je m'empare doucement de la fée que je monte difficilement jusqu'à ma chambre, car je ne sais pas où la coucher et que je dois la déposer de toute urgence avant que je n'aie plus la force de la porter. Elle est bientôt rejointe par le dragon, beaucoup plus léger. Je me retiens de toutes mes forces pour ne pas accompagner mes amis blessés et puise dans mes dernières énergies afin de retourner à la cuisine.

C'est vraiment épuisant de guérir de cette façon…

Je m'écrase sur le dernier tabouret libre avant d'inspecter d'un rapide coup d'œil la cuisse de mon oncle.

Plus tard, j'ai trop soif…

Je vais boire de l'eau à même le verre du maître, que je vide par trois fois à ma grande surprise avant de revenir vers mon oncle.

— Enlève ton pantalon, s'il te plaît.

Il s'offusque de cette demande et refuse net.

— Ce n'est pas la première fois que je te verrai en caleçon, Mario !

Mon oncle jette un coup d'œil vers sa sœur qui réussit à le convaincre et elle l'aide à enlever le pantalon imbibé de sang qu'elle lance dans l'évier. La plaie saigne un peu plus lorsque nous enlevons son garrot, mais je le remets vite en place avant de l'inviter à se coucher de côté sur le plancher où j'inspecte la plaie.

La balle n'a fait que traverser les chairs de l'extérieur de la cuisse.

Pas chanceux… Trois ou quatre centimètres plus à gauche et il n'aurait pas été blessé.

J'amasse de l'énergie dans mes mains.

M'man n'est pas d'accord avec ce que je m'apprête à faire et place sa main entre mes yeux et la blessure.

Normal, dans son cas…

Elle n'est jamais d'accord avec ce que je fais !

— Nous n'attendons pas Merlin ?

— Il est parti je ne sais où… Alors, vous allez devoir vous contenter de moi.

Je tente d'agir à la façon de Merlin, mais hésite avant de

commencer.

Comment faire exactement pour guérir les tissus internes ?

Je crois que juste un peu moins de puissance agira en profondeur à la longue.

Et je me mets à l'ouvrage, mais au bout d'un long moment, je commence à sérieusement tanguer et me décide à donner un dernier coup un peu plus fort.

Mon oncle serre les dents.

— Ouh… Ça chauffe, là !

Je vois bien l'orifice se refermer.

— Petite nature ! Mon dragon a reçu une quinzaine de balles en tout et ne s'est pas plaint une seule fois !

Et c'est vrai… Mais je ne lui dirai pas qu'il était inconscient !

Cette remarque acerbe fouette l'égo de mon oncle, frustré de se faire comparer à une bête. À partir de là, il ne dit plus un seul mot, en dépit de ses grimaces occasionnelles jusqu'à ce qu'il s'endorme. J'en profite pour tenter de réparer son épaule sous l'insistance de ma mère qui est songeuse depuis le bilan des blessures subies par mon protecteur invisible.

— Est-ce que ton dragon va s'en tirer, Lily ?

— Je ne sais pas M'man. Nous avons vraiment fait tout ce que nous avons pu pour lui, mais il était salement amoché. En revanche, la fée semble aller beaucoup mieux, maintenant.

— Des fées… Ne manquaient plus que celles-là, ici, grogne ma mère pour elle-même.

Même si je suis épuisée, je continue d'envoyer de l'énergie à Mario durant un moment avant de retirer mes mains.

Je suis vraiment tout près de m'évanouir…

Une pause et un grand verre d'eau sont maintenant mes priorités. Je dois prendre appui sur le comptoir pour ne pas m'effondrer, mais à bout de forces, je dois d'urgence m'asseoir sur le plancher en m'adossant au mur derrière. Mes yeux se referment sans que je ne puisse les retenir.

▲

Δ

-3-
RÉVÉLATIONS

J'ouvre un œil.

Oups... Je crois que je me suis endormie.

Même si je suis un peu étourdie, je tente de me relever, mais retourne le dos au mur. Ce n'est que lorsque je me sens un peu plus solide sur mes jambes que je reviens inspecter les plaies de mon oncle en clignant des yeux sans arrêt.

Il se réveille, désire se relever, lui aussi.

— Minute, Mario. Reste encore couché là un moment, s'il te plaît. Je vais essayer de trouver Merlin. Je veux savoir si j'ai tout fait correctement.

Le mage entre dans la cuisine à ce moment et appose ses mains sur la jambe de mon oncle qui est rassuré par sa simple présence.

— Excellent travail, dame Lilith, vraiment excellent. Je suis agréablement surpris, car il devrait survivre encore au moins une heure.

Mario, éberlué, tente aussitôt de se relever, mais le mage le colle au sol.

— Une heure seulement ?

Un grand sourire blagueur illumine le visage du mage.

— Où sont les deux autres blessés, dame Lilith ?

Je m'en fiche un peu, car je ne suis plus certaine de savoir si le mage blague ou non.

— Dans ma chambre... Seulement une heure ?

Mon visage inquiet arrache un nouveau sourire à l'enchanteur.

— Ne vous en faites pas, dame Lilith. Je vous ai dit en premier que vous aviez fait de l'excellent travail et c'est effectivement le cas. Je m'excuse de vous avoir tous inquiétés, car je ne croyais pas que vous m'auriez pris au sérieux.

Devant nos trois visages soulagés, il s'incline bien bas.

— Je ferai un peu plus attention à ce que je dirai, à l'avenir.

Je lui assène un solide coup de poing sur une épaule.

— Vous m'avez fait peur, Merlin !

Hé ! Je n'ai pas dit le « Maître », cette fois !

Ma forte réaction émotive a entraîné un rire général. Le mage rit de bon cœur lui aussi en prenant place en face de M'man tout en massant son épaule. L'homme du passé jette un œil acerbe dans ma direction avant de revenir vers la dame.

Oups... Je crois que je lui ai vraiment fait mal.

— Dites-moi, dame Viviane, que savez-vous de votre famille, de vos ancêtres ?

— Drôle de question... Pourquoi me demandez-vous ça ?

— Répondez, s'il vous plaît.

— Mon arrière-grand-père est arrivé d'Italie voilà presque cent ans. Il était très jeune à l'époque. Ils ont fui dès le début de la Première Guerre mondiale.

— Avaient-ils des antécédents de sorcellerie ?

— Jamais, voyons... Nous sommes de bons catholiques !

— Pourtant, Popy était un guérisseur, Vivi, s'oppose le blessé.

Ma mère tourne son regard assassin vers lui et, d'un geste qu'elle a tenté d'être discret, contraint son frère à se taire, mais l'ordre muet n'a trompé personne.

Je relève ma tête qui reposait sur le comptoir.

— Tu ne m'as jamais parlé de lui, M'man. Qui était-il ?

M'man serre les dents.

— Il se disait guérisseur, mais...

— Guérissait-il avec ses mains, dame Viviane ?

Elle semble fort surprise que le mage lui ait coupé la parole de façon aussi cavalière.

— Oui. Je l'ai vu faire une fois avec moi quand j'étais petit. En gros, il a fait la même chose que Lily vient de me faire, avoue Mario en défiant le regard courroucé de sa sœur.

— Tu ne m'as jamais dit ça, M'man !

— C'était un… juste un charlatan, Lily. Le prêtre ne voulait même pas qu'il vienne à l'église, le dimanche.

— Il t'a quand même refait ton épaule au complet quand tu es tombée en bas de l'arbre, au chalet.

— Il a juste été chanceux…

— Je ne crois pas, interrompt à nouveau le mage, d'un ton autoritaire. Est-ce que votre grand-père était le premier-né de votre arrière-grand-père ?

Ma mère y pense un moment avant de répondre par l'affirmative.

— Votre père était-il lui aussi le premier-né de sa famille ?

Elle répond avec « Oui » très faible.

— Et vous devez certainement être la première-née de la vôtre ou je me trompe ?

Sans savoir pourquoi, ma mère commence à trembler. Je ne sais où veut en venir le mage qui jubile, mais il est évident que ma mère sent une certaine crainte l'envahir.

Un peu comme chez le notaire ?

— Analysez votre nom de famille, dame Viviane. Dimirdini veut dire, en latin, « Qui vient de Mirdhinn » ou « Qui appartient à Mirdhinn »… Et je suis Mirdhinn ! Alors, tirez-en la conclusion que vous voudrez, mais j'ai enfin compris la raison pour laquelle notre jeune dame ici présente possède tant de qualités d'enchanteresse en elle.

Un lourd silence plane dans la pièce. Sans nous dire un mot, je souris à l'homme du passé qui me retourne la faveur.

— Je sais que tu as compris… Ma petite-fille !

Je confirme subtilement de la tête.

— De là te provient l'extraordinaire étendue de tes pouvoirs.

— Donc, vous croyez que je suis aussi l'héritière de votre clan, Maître ? Je serais donc non seulement l'héritière des pouvoirs de Morgana… mais aussi des vôtres ? Minute ! Je ne vois pas de quelle façon je peux être l'héritière des Dimirdini, voyons… Ma mère est encore vivante !

— Au cours de sa vie, elle a dû renoncer à ses pouvoirs

ancestraux.

Merlin louche vers M'man qui ferme les yeux. Je jette un œil inquisiteur à ma mère.

— Je crois que c'est effectivement le cas…

Et je vais lui en parler dès que je le pourrai !

Je deviens de nouveau perplexe.

— Mais vous, Maître ? Vous êtes vivant, vous aussi.

Le mage voudrait bien ajouter quelque chose, mais il demeure muet. Je suis certaine que ses pensées vont maintenant plus vite que sa faculté à les exprimer. Il ne peut que hausser les épaules, avouant ainsi son désarroi face à cette évidence.

— Je le savais ! Je le savais ! Je le savais ! explose une voix triomphante derrière la porte close, ce qui alerte tous ceux qui sont dans la cuisine.

D'un geste brusque, j'ouvre la porte. Geneviève y avait l'oreille collée et affiche un air coupable de s'être fait prendre en flagrant délit d'écoute illicite. Je jette un œil à Arthur qui erre sans but précis près de la statue dans le hall alors que ma copine entre dans la pièce en dansant presque sur place.

— Je le savais tant que je l'avais même écrit dans mon journal intime.

J'en suis franchement étonnée.

— Mais pourquoi est-ce que tu ne me l'as pas dit avant ?

Elle jette un regard en coin vers ma mère.

— Parce que je ne crois pas que c'était à moi de le faire ?

M'man grimace vers la blonde alors que Tara traverse le mur, coupant net la discussion.

— Pourriez-vous aller continuer ces palabres ailleurs ? C'est l'heure de préparer le repas.

Tous obéissent sans un mot, car son ton ne supportait pas de réplique. Je traduis pour ma mère et mon oncle, dont le visage perplexe me prouve qu'il ne comprend pas encore les inhabituelles règles du manoir.

— Viens, Mario. Allons dehors. J'ai beaucoup de choses à t'expliquer… Non !

Mario s'installe une cigarette aux lèvres… une seconde avant de recevoir une porte au visage.

Trop tard !

Au sol, il grimace en tenant sa cuisse d'une main et son nez de l'autre tandis que M'man et moi accourons pour l'aider à se relever tout en se retenant pour ne pas rire du cadavre de sa cigarette collé à sa joue jusqu'à son oreille.

— Une des grandes règles de cette maison est qu'il est interdit d'y fumer, Mario.

— Ouais, rétorque Geneviève. J'ai eu droit au même traitement que toi à mon premier jour.

Tous se regardent. Lentement, des sourires se dessinent sauf sur le visage du grand Italien dont l'intense confusion est de plus en plus évidente.

— Viens dehors, Mario. Je crois qu'il y a beaucoup de choses que je dois te dire sur cet endroit… Que je dois tous vous dire.

Merlin s'avance pour soutenir Mario jusqu'à un large banc de pierre dans les jardins de la rotonde principale, située devant le manoir. L'endroit est maintenant fleuri avec sa fontaine opérationnelle et son toit de retour en place. J'en suis ravie et songe à quel point cette place centrale est devenue magnifique, comparée à son triste état lors de mon arrivée.

Le mage se plante devant moi. Son visage est très sérieux.

— Je dois aller m'entretenir avec la Grande Déesse, dame Lilith. Je vais bientôt revenir.

— Vous ne pourriez pas rester un peu pour que je vous explique les règles du manoir à vous aussi ?

Sans un mot, il décline pour marcher d'un pas rapide vers la plage.

Je convoque alors le patriarche pour transmettre à mes hôtes les règles du manoir dont quelques-unes que j'ignorais, notamment que le sous-sol est interdit à tous, moi incluse, jusqu'à ce qu'un détail y soit réglé. Je suis curieuse quant à ce « détail », surtout que je n'ai aucune idée comment accéder au sous-sol, mais le spectre demeure très évasif sur ce sujet précis.

Un autre point soulevé par l'ancêtre me fait rechigner.

— Pourquoi Mario doit-il aller coucher au cottage des invités au lieu d'ici avec nous ?

— C'est la décision d'Amber, Lilith. Je te recommande de la suivre, car il a toujours ses raisons, qui sont habituellement très éclairées… ou au contraire, quelquefois très obscures.

Devant cette complication supplémentaire, je grimace, car je la trouve fort curieuse. J'explique la situation à mon oncle qui accepte sans rechigner sous le regard un peu surpris de tous les autres qui eux, dorment dans le somptueux manoir.

Nous visitons donc le cottage, que j'avais très peu vu depuis mon arrivée. D'emblée, je constate surtout que bien qu'il lui ressemble, il n'a pas le même âge que la résidence principale. Le patriarche me confirme alors que ce cottage a été bâti sur les fondations d'un autre qui a dû être rasé, sans en donner les raisons.

Encore des cachotteries…

Avant d'y pénétrer, je remarque à nouveau le nain qui arbore un mohawk orangé et je le salue discrètement de la main avant de suivre les autres.

L'intérieur, ici aussi, est d'un style très victorien avec ses nombreuses boiseries qui découpent les plafonds et les murs à la perfection. Le salon, que je n'avais qu'entrevu, est agrémenté d'un immense foyer de pierres orangées qui garnit tout un mur, un peu comme chez le notaire. La cuisine, avec un poêle à bois n'ayant visiblement jamais servi, est minuscule.

L'ancêtre s'approche pour expliquer la raison de ceci.

— Les repas sont maintenant toujours servis au manoir. Ceci n'est que pour les… besoins spéciaux.

Quels besoins spéciaux peut-il y avoir ici ?

Un magnifique escalier de bois mène à l'étage, décoré plus sobrement que le rez-de-chaussée. Les grandes chambres se ressemblent toutes hormis une, située au bout du corridor. Elle est plus spacieuse avec un mobilier plus étoffé que les autres. La pièce est inondée de soleil par deux très grandes fenêtres voûtées donnant une vue partielle sur le fleuve à travers les branches des arbres. Un vieux poster des Beatles, qui décore la porte d'une garde-robe, détonne avec le décor champêtre.

Mais je suis convaincue d'une chose :

— Je suis presque certaine que ce doit être ta chambre, Mario.

La porte qui bat à quelques reprises le confirme alors que Carlie arrive à son tour.

— C'était ma chambre, annonce-t-elle gaiement. Si ton oncle la désire, je veux bien la lui prêter. Je n'en ai plus besoin… Et ça va me faire de la compagnie pour les froides nuits d'hiver.

Je suis estomaquée par la remarque à double sens de ma tante et ricane un peu avec elle en la remerciant avant de transmettre ceci mot à mot à mon oncle qui recule d'un pas tandis que tous rient de bon cœur.

— Va-t-elle vraiment venir me hanter la nuit, si c'était sa chambre ?

— Bien sûr que non, Mario. De toute façon, si elle vient te souhaiter bonne nuit, tu vas voir qu'elle est bien gentille… Et pas mal sexy en plus. Grr !

Le fantôme de ma jeune tante rougit à n'en plus finir, la faisant maintenant ressembler à une cannette de Coke. Cela fait éclater de rire, non seulement Gen et moi, qui pouvons la voir, mais aussi le patriarche qui rit de bon cœur pour une des premières fois depuis que j'ai aménagé, tandis que Mario, Arthur et Viviane se demandent bien ce qui a engendré une telle rigolade. Le patriarche prête l'oreille et fait signe à tous de se calmer.

— Tara me dit que le souper est prêt, les enfants.

La télépathie est vraiment un don pratique…

J'envie mon ancêtre alors qu'il disparaît au travers du plancher.

Δ

Un garde ouvre la porte d'une cellule.

— Il n'y a plus personne dans la cour, Parrain. Si vous

désirez prendre l'air, ce serait le moment idéal.

Il s'avance vers le prisonnier qui se lève de son lit.

Ce n'est qu'à cet instant que le mafieux aperçoit le bras du garde qui est recouvert d'un sac en plastique se terminant par une longue lame qui fend l'air d'un rapide balayage horizontal qu'il n'a pas eu le temps d'éviter.

Le chef de gang a à peine senti quelque chose qui a effleuré sa gorge, comme une douce caresse métallique. Rapidement, sa vue se brouille. Il connaît bien la suite, l'ayant fait subir à maintes reprises à d'autres avec cette même baïonnette qui lui vient de son père. Le visage collé sur le carrelage, il la voit tomber devant lui. Sa dernière vision est celle de deux jambes qui s'éloignent avant de refermer la porte sur les dernières secondes de sa vie.

— Vous direz un beau bonjour de ma part à mon frère qui vous attend de pied ferme en enfer !

Δ

Notre troupe pénètre dans le manoir par la salle de bal que Mario n'avait pas encore visitée. Il est sidéré, mais pas autant que dans la salle à manger où nos couverts nous attendent sur l'immense table ronde. Le même ravissement s'empare alors d'Arthur et ma mère qui n'avaient pas encore admiré cette pièce.

Je suis décontenancée par rapport au futur roi.

Il va sûrement poser des tas de questions sur ces armures…

Que vais-je bien pouvoir lui dire ?

Merlin arrive à son tour. La stupeur dans son regard est palpable alors qu'il inspecte chaque armure. Il en contemple une en fermant les poings avant de revenir vers moi. Je me doute qu'il y avoir un lourd passé entre le porteur de cette carcasse de métal et le maître qui ferme les yeux pour se calmer.

— Avons-nous des places assignées, dame Lilith ?

Je réponds par un haussement d'épaules.

Tara s'approche pour s'immobiliser derrière une chaise un peu différente des autres, en bois rougeâtre avec des accoudoirs en forme de pattes de félins. Elle semble d'ailleurs d'une époque beaucoup plus récente que les autres.

Cette chaise n'était pas dans cette pièce, hier...

— Ceci est ta chaise réservée, Lilith. Les autres peuvent prendre la place qu'ils désirent, mais ils devront la conserver à l'avenir.

Je répète ceci aux convives qui prennent tous place en silence, sauf Merlin qui inspecte chaque chaise, comme s'il percevait qui s'y était assis dans le passé. Finalement, il sourit avant de prendre celle entre M'man qui lui retourne son sourire et moi, un peu déçue que ma mère n'ait pas désiré s'asseoir directement à ma droite.

C'est peut-être mieux ainsi...

Le fumet des larges pièces de viande nappées d'une épaisse sauce au poivre et accompagnées de divers légumes au beurre emplit les narines des convives.

Oh que ça sent bon !

Je m'empare de ma coupe de vin rouge et la lève bien haut.

— Un grand merci à mes ancêtres qui ont préparé ce magnifique repas.

— Et à la Grande Déesse qui a nourri ces bêtes et végétaux pour nous, ajoute le mage en me jetant un regard complice.

J'ai bien compris le message...

— Amen, approuve joyeusement mon oncle qui attaque son assiette avec appétit, tout comme Arthur.

Tous sont ravis de leur repas qui est vraiment excellent. Les coupes de vin sont toujours pleines à ras bord. Tous rigolent chaque fois qu'elles se remplissent, par magie selon ceux qui ne voient pas Antoine se promenant sans arrêt avec la bouteille en semblant s'en amuser. Gen et moi ne pouvons terminer cette gargantuesque portion, mais deux ogres aux estomacs sans fond s'en chargent avec un immense plaisir.

Le dessert, un haut gâteau aux épices qui dégouline de coulis de fruits des bois, termine cet excellent repas. La main de Mario s'arrête à quelques centimètres de sa poche de chemise où l'attend son paquet de cigarettes.

Gen a intercepté la manœuvre du grand Italien.

— Moi aussi !

D'un même mouvement, ils vont satisfaire leur besoin en nicotine à l'extérieur, bientôt suivis par tous les autres qui remercient nos bienfaiteurs pour ce somptueux repas.

La troupe emprunte le sentier vers la plage. Je n'avais jamais remarqué que le muret en pierres noires n'était pas seulement limité à la plage, mais qu'il entourait toute l'île. Mon oncle, incommodé par ses blessures et ses excès de vin pendant le repas, ricane seul en s'asseyant sur les pierres.

— Qu'y a-t-il, Mario?

— Vino, répond ma mère, d'un ton amusé.

— Non, ce n'est pas ça…

Il jette un regard autour de lui, puis vers tous les visages lui souriant.

— Je pensais seulement que voilà quelques heures, on se faisait tirer dessus au AK-47, que tout explosait comme dans les films de Bruce Willis et qu'il y avait du feu partout… Et maintenant, regarde comme tout est si calme, si reposant ici.

Tous réalisent qu'il a absolument raison. Nous goûtons à ce doux silence, ponctué de gais chants d'oiseaux jusqu'à ce qu'il soit brisé par la sonnerie de mon téléphone. Sans empressement, je parcours le message texte.

— Quoi ? Ce texto est pour toi, M'man !

Je lui tends l'appareil, mais elle hésite avant de s'en emparer du bout des doigts, la mine soucieuse.

— J'ai donné ton numéro à Cap en cas de très, très grave urgence.

Ses yeux s'ouvrent grand dès qu'elle prend connaissance du message et recule d'un pas en ne lâchant pas l'écran des yeux : « Vito Zamboni exécuté en prison. Aucun suspect. »

Sans un mot, elle tend l'appareil à son frère en passant une main fort nerveuse sur son visage tandis que Mario affiche aussitôt un visage rageur.

— Oh, bordel ! Là, j'ai vraiment perdu mon job… Et ils me devaient une semaine de paie, en plus !

Je relis le message sur son téléphone.

— C'est qui, Vito Zamboni ? Le gars que tu as arrêté ?

M'man, songeuse, confirme en silence tandis que Mario ne peut plus s'empêcher de bouger.

— Je sens que dans peu de temps, il va y avoir une très, très grosse guerre de clans de la mafia pour cet énorme territoire… Heureux d'être caché ici !

— Oui, ici, nous sommes tous en sécurité, loin de cette merde… Beaucoup plus que si nous étions en ville, en tout cas.

Je jette un regard inquiet vers ma mère qui ne me lâche pas des yeux.

Ils ne m'ont pas demandé la permission pour pouvoir s'établir ici à long terme…

Elle pose sa main sur mon épaule.

— En revanche, nous pouvons maintenant être assurés qu'il ne va plus rien arriver de fâcheux ici… chez toi, ma fille.

Je voudrais triompher, crier ma victoire aux dieux, mais je me retiens à la dernière seconde, car je n'aurais jamais cru un jour que ma mère allait enfin comprendre qu'Avalon était maintenant ma demeure, à moi, à sa fille qui est maintenant une adulte épanouie qui vit dans un monde rempli de merveilles.

Nous échangeons un doux sourire.

Oui, elle m'a vraiment surprise, cette fois…

M'man me serre fort dans ses bras en me remerciant avec des trémolos dans la voix, ce qui m'étonne d'elle.

Décidément, notre relation mère-fille n'a jamais été aussi bonne qu'en ce moment.

Oui, c'est décidé… Je vais les garder ici !

Elle y sera surtout beaucoup plus en sécurité qu'au milieu de ses ennemis en ville.

Et elle a beau être une emmerdeuse, je ne veux surtout pas la perdre !

▲

Δ

-4-
À CACHER

Le mage demande des explications sur la situation que Mario lui donne en long et en large tout en reprenant notre marche vers le manoir. Merlin avoue que les seigneurs de guerre de son temps agissaient exactement de la même façon. Nous empruntons un autre itinéraire qui passe par le verger où les arbres portent tous des centaines de petites pommes pas encore mures, mais très odorantes.

Helmut m'interpelle à partir du garage dès que nous arrivons en face du manoir. J'y fais un détour alors que les autres continuent. La voiture de mon oncle y est déjà garée avec le capot ouvert. Arborant une mine désabusée, le spectre géant montre le tas de ferraille de Mario.

— Besoin beaucoup, beaucoup de pièces, vous savez. Doit vite ouvrir compte comme père fait chez fournisseur. Vais m'occuper commander.

— Je ne sais pas comment faire…

Antoine s'approche gaiement en m'indiquant un vieux calendrier au mur.

— Appelle là et dis-leur d'ouvrir le compte de nouveau. Ton père avait fait ça dans le temps.

J'obéis sans chercher à comprendre. La personne qui me répond est aimable et accepte immédiatement ma requête. La dame termine la conversation en me demandant si j'ai déjà une commande à passer.

— Avez-vous déjà une commande, Helmut ?

— Demain matin, répond sèchement le spectre, ce que je transmets avant de couper. Mécanique américaine très malade. Oiseau de feu presque éteint, vous savez… Voulez allumer encore ?

— Pourquoi pas ? Je sais que quand ils étaient neufs, ces modèles étaient vraiment très puissants. Faites ce que vous pensez nécessaire avec cet « Oiseau de feu »… maintenant éteint,

Helmut. Je vous donne carte blanche pour le rallumer comme il devrait l'être.

— Voulez vraiment TRÈS puissant ?

Le spectre de l'allemand sourit de toutes ses dents devant le beau défi qui l'attend, alors que je ne suis pas certaine de ce qu'il sous-entend et hausse simplement les épaules, ne sachant que faire d'autre, alors qu'Antoine m'entraîne prestement vers son atelier où plusieurs tableaux trônent sur des chevalets.

— Hé ! C'est moi et Alan !

Excitée au possible, je m'approche d'une toile qui me représente dans ma robe de feu avec mon athamé à la ceinture et mon prince au visage sérieux en armure étincelante au bras, tandis que le dragon et la fée sont en vol juste au-dessus de nous.

En revanche, je suis un peu surprise d'être affublée de longues bottes noires hautement stylisées avec des insertions métalliques qui me recouvrent même les genoux de signes runiques.

Antoine doit ignorer que je ne peux porter de bottes avec cette robe...

J'examine les autres détails de la magnifique toile, d'un réalisme surprenant, qui nous présente devant un arrière-plan semblant être composé de nuages lumineux. Comblée, je voudrais embrasser le spectre qui a superbement peint cette vision chevaleresque, mais je me retiens à la dernière seconde.

— Vous travaillez super bien Antoine. C'est tout simplement merveilleux.

Je m'attarde aux autres toiles, inachevées. Elles montrent mes invités dans divers décors. Celle de Geneviève ressemble un peu à la mienne, si ce n'est de l'arrière-scène qui représente un paysage montagneux avec un château au loin. Sur la toile, ma copine porte une robe pourpre foncé d'allure victorienne et des cheveux beaucoup plus longs qui lui vont très bien, tandis qu'Arthur contraste avec des cheveux très courts, une esquisse de barbe et une scintillante armure. Ils sont tous deux coiffés d'un petit anneau, un diadème royal. Celui d'Arthur est plus large que celui de Gen, très fin avec une petite pierre miroitante au centre.

Ces emblèmes de pouvoirs me font sourire.

Je m'attarde un peu plus longtemps au portrait de ma mère, parée d'une magnifique robe verte sertie de pierres éclatantes semblables à des diamants qui dessinent des motifs celtiques rappelant des vagues. M'man est présentée au bras de Merlin qui porte une robe verte presque identique, bien qu'un peu moins décorée. Ils posent devant un magnifique château en pierres presque blanches avec quatre gigantesques tours en pointes qui se reflètent dans un paisible lac.

Je ne commente pas la scène, mais la trouve néanmoins surprenante.

C'est le même château dans les deux tableaux ?

Mais alors, pourquoi n'est-il pas aussi dans le mien ?

J'examine en détail le château dans le portrait de Geneviève et ne peux m'empêcher de sourire devant les longs cheveux de mon amie qui imitent une rivière rayonnant de soleil avant de m'arrêter sur la couronne du roi Arthur.

Soudain, je sursaute si fort que j'en tombe presque en bas de l'étage.

— Oh ! Nous avons un sacré gros problème, Antoine ! C'est absolument magnifique, mais Gen ne doit jamais voir cette toile qui montre son… leur futur !

Le peintre grimace. Il indique les deux toiles ayant des châteaux.

— Vous avez raison, Lilith. Je vais les cacher en attente du bon moment… Parce que je ne peins jamais rien sans raison. Un jour, vous comprendrez.

Que veut-il me dire, exactement ?

Cette question me tracasse avant de revenir devant ma toile, mais ma mère m'appelle devant le garage, me sortant de mes pensées et du studio de peinture.

Du coin de l'œil, je vois Gen, en retrait, qui observe la scène.

— Est-ce que tu vas aussi faire hanter la bagnole de Mario ?

— Mais non, M'man. Je vais juste le faire réparer, voyons. Helmut m'a dit qu'il se chargeait de faire renaître l'Oiseau de feu.

C'est bien comme ça qu'il s'appelle, son tas de ferraille, non ?

— Helmut ?

— Le super mécano de la famille.

Gen se mêle à la conversation.

— Je vais vous expliquer la différence entre hanté et enchanté, madame Viviane. Un endroit est dit « Hanté » quand des esprits sont à l'intérieur tandis qu'il est dit « Enchanté » quand des gens y ont mis des énergies pour les changer, les améliorer.

Ma mère rumine cette précision avec un visage sceptique.

— Alors Jack, est-il hanté ou enchanté ?

Δ

Geneviève prend elle aussi un instant de réflexion. Une mèche de cheveux se fait torturer à répétition.

— Je ne sais plus… Curieusement, ça semble être les deux dans ce cas-ci.

Geneviève est découragée de voir sa belle théorie tomber à l'eau. La mine soucieuse, elle observe Diablo, puis le manoir.

Peut-on ensorceler un objet pour qu'il ait une vie propre ? Telle est la question… Et il semble que tout ici soit comme ça.

Sans autre mot, Geneviève quitte la mère et sa fille qui sont encore plus confuses qu'avant son intervention, et va s'asseoir seule sur le banc de la rotonde pour s'allumer une cigarette avec l'esprit surchargé.

Lilith m'a demandé de l'aider avec les choses surnaturelles, mais je dois m'avouer que je ne peux pas le faire… Je suis complètement dépassée par tout ce qu'il y a ici.

La cigarette à ses lèvres devient incandescente à maintes reprises.

Merlin peut beaucoup mieux que moi la conseiller sur tout ce qui est du monde spirituel. Je suis presque sûre que je ne vais que la mêler, la pauvre. Je le suis déjà assez moi-même. Mon point fort est l'administration… Qui est son point le plus faible. Alors, je vais laisser à d'autres le soin de l'aider dans le monde magique alors que moi, je vais plutôt l'aider dans le réel. Au moins, là, je suis certaine que je serai utile à quelque chose !

Geneviève jette sa cigarette dans les fourrés avant de se replier sur elle-même, le menton dans les mains, les coudes aux genoux.

Ouais. C'est facile à dire, mais je suis loin d'avoir les qualifications requises pour m'occuper d'un tel dossier. C'est gros… C'est tellement gros ! J'ai beau en connaître un bon bout, mais là… C'est sûrement trop pour moi.

Elle en allume une autre sans vraiment le réaliser.

D'autre part, ma mère m'a toujours martelée qu'aucune tâche n'est impossible à ceux qui savent comment trouver les informations pour les aider, les guider dans leurs décisions… Et cette qualité, elle m'a dit mille fois que je l'avais encore plus qu'elle. Mais alors, qui pourrait me… Oncle Martin ! Il a plusieurs grosses compagnies de gestion dont certaines s'occupent même de dossiers comme celui de Lilith et je sais qu'il m'aime énormément. Lui, plus que quiconque, va être capable de me conseiller d'autres personnes qui vont pouvoir m'aider comme des fiscalistes, des avocats, des notaires, des…

La blonde sourit en résumant en quelques secondes tous les éléments dont elle pourrait avoir besoin et est maintenant convaincue qu'elle prend la bonne direction pour le bien de sa copine.

Il faudrait donc que je commence par lire le testament de son père du début jusqu'à la fin, si je veux connaître tous les enjeux, ici. Avec une bonne série de questions, je vais alors être en mesure de me préparer une liste d'informations qui me manquent pour être en mesure de les trouver. Oui, c'est ça… Et si jamais je m'aperçois que je suis incapable de m'en occuper, alors, je jure à moi-même que je vais lui dire de se trouver quelqu'un d'autre… Comme mon oncle !

Elle officialise son serment en se serrant les mains elle-même.

— Lilith, peux-tu venir me voir, s'il te plaît ?

Δ

J'arrive devant ma copine en courant, plus qu'heureuse de me débarrasser de ma mère qui ne cessait de me dire qu'elle va me laisser vivre comme je le veux, mais que je dois ériger des balises très fermes autour de ma nouvelle vie.

— Je crois que je te serais beaucoup plus utile si je m'occupais d'administrer tes biens et actifs parce que tu ne t'en occupes pas du tout… Et je suis certaine que tu n'as pas envie de le faire non plus. Alors, me donnes-tu la permission de lire ton testament en premier, question de savoir où nous allons avec ça, afin de pouvoir te conseiller après ?

— Pourquoi pas ? De toute façon, tu sais très bien que je ne comprends absolument rien à tout ce fatras !

Geneviève pointe le manoir du doigt.

— C'est donc peut-être plus à eux qu'à toi que je dois demander cette permission ?

J'approuve ma copine avant d'appeler la matriarche qui apparaît aussitôt à côté de moi. Je toise Tara avec un visage inquisiteur. Quelque chose me tracasse la suite de cette apparition beaucoup plus rapide qu'à l'accoutumée.

Écoutait-elle déjà notre conversation ?

Mais j'y pense…

Peuvent-ils être là sans que nous ne le sachions ?

De la tête, Gen me fait signe de revenir au sujet en cours.

— Tara, j'ai toute confiance en Gen et j'aimerais que ce soit elle qui administre tous mes biens. Ai-je le droit de lui donner la permission de parcourir le testament de mon père ?

— Andrew voulait justement t'en parler. Je crois que c'est une très sage décision… Que tu aurais dû prendre beaucoup plus tôt, mon enfant.

Un large sourire se dessine sur le visage du spectre.

— Venez me voir dès que vous le pourrez, Geneviève.

Une voiture s'approche à basse vitesse. Je me précipite vers mon prince charmant qui s'extirpe de sa voiture.

Alan jette un œil à la ronde.

— Pas de fête, aujourd'hui ?

Il joint les mains vers le ciel devant mon hochement de tête négatif.

— Merci, merci ! Je dois t'avouer que j'ai vraiment besoin de dormir, ce soir. Nous bossons comme des dingues à l'atelier de mon père.

Je me colle à son oreille avant de mordiller son lobe.

— Il y a eu un peu d'action ici aussi, comme tu as pu voir cet après-midi. Peut-être y en aura-t-il aussi cette nuit… À l'intérieur ?

Il semble séduit par cette voluptueuse possibilité alors que nous rejoignons Arthur et Geneviève, assis sur la balustrade du porche. Mon amie bâille en se levant pour accueillir mon nouveau copain.

— Ta mère est partie envoyer un courriel à un de ses collègues avec mon portable. Elle est très inquiète de la situation avec le gars qui s'est fait tuer en prison.

— C'est normal, tu sais, Gen. C'est tout de même son département qui va faire des heures sup à n'en plus finir avec cette histoire de parrain de la mafia mort en prison… À cause d'elle, en plus.

Alan se retourne vers moi avec le visage suspicieux.

— En passant, j'ai justement vu ta mère aux infos de la télé. N'est-elle pas censée être blessée ?

— Merlin l'a réparée, hier soir.

Mon aveu rend le jeune homme visiblement incrédule.

— Ne te pose pas trop de questions, mon bel Alan.

Hé ! Je me suis rappelé son nom, cette fois-ci !

Geneviève s'interpose en rigolant.

— En effet, ne te pose pas de questions, parce que ta copine a aussi fait de même avec les balles qu'ont reçues son oncle, sa fée et son dragon. Nous l'appellerons bientôt Doc Lilith.

— En parlant de ça, conte-moi tout, ma petite rose d'amour. Que s'est-il passé au juste lors de l'attaque ? C'était débile au max, là-bas ! Le pire était que je ne pouvais même pas te parler parce que le capitaine était là et je crois que c'est préférable qu'il ne sache pas que je te connais… Que je te connais même très bien.

— Nous non plus, nous ne savons presque rien, Lilith, se plaint Geneviève. Tu nous avais cachés dans le manoir qui ne voulait pas nous laisser sortir ! Tout ce que nous entendions étaient des tirs de mitraillettes sans arrêt, puis deux explosions… dont une qui a dû être vraiment grosse. On aurait dit une scène de film de guerre prise à partir d'un bunker souterrain. Ensuite, le manoir ne nous a pas laissé sortir avant qu'il n'y ait plus un son, mais là, c'est ta mère qui nous a dit de retourner à l'intérieur… Et plus personne ne nous a parlé depuis. Résultat, nous ne savons rien de rien nous non plus !

Nous ricanons tous de cette suite d'événements.

— Et si je vous dévoilais tout ça devant un verre ? Je n'ai tout de même pas acheté pour des milliers de dollars de boissons de toutes sortes sans raison.

Tous acceptent et nous prenons place à une petite table de la salle de bal, verre en main avec une musique d'ambiance rythmée, mais à très bas volume. Je leur raconte alors tout, du début à la fin, en n'omettant que de rares points spécifiques. Les visages quelquefois ébahis, carrément dégoûtés à d'autres moments, m'indiquent à quel point ma vie a radicalement changé depuis quelques jours.

Tellement changée…

Alan s'inquiète à la fin du récit.

— Mais tes amis ailés… Vont-ils bien, maintenant ?

Je bondis de ma chaise, en proie à une soudaine et vive inquiétude.

— Je ne sais pas. Je… Je crois que ce serait préférable que j'aille les voir.

Comment ai-je fait pour les oublier ?

Honteuse, je m'élance vers ma chambre où Flamme et Nina sont profondément endormis et m'approche sur la pointe des pieds, mais la fée se réveille tout de même. Je caresse tendrement ses cheveux en m'émerveillant de leur finesse que je n'avais pas notée auparavant, ayant d'autres priorités à gérer à ce moment.

— Comment ça va, ma belle Nina ?

La fée pose sa petite main sur sa gorge, m'indiquant qu'elle a très soif. Je me précipite pour lui rapporter un grand verre d'eau de la salle de bain. Nina avale presque tout le contenu d'un trait, m'obligeant à retourner en chercher un autre, mais la fée le refuse en premier, n'ayant d'yeux que pour le dragon qui dort paisiblement à son côté. Elle se décide à avaler la moitié du liquide avant de me remettre le verre. Je prends place au bord du lit. La petite fée s'approche pour m'enlacer.

— Je m'excuse, Maîtresse. Je n'ai pas été gentille avec vous… avant !

— C'est oublié, Nina. Garde tes forces pour guérir.

La fée indique son compagnon de lit.

— Va-t-il…

Je ne peux que hausser les épaules tandis qu'Alan s'approche par la porte entrouverte.

— Sont-ils dans ton lit ?

Par gestes, je lui confirme en lui faisant signe de demeurer éloigné.

— Donnez-lui à boire, Maîtresse. Il doit en avoir bien besoin, lui aussi.

Je ne sais trop comment faire, mais je me rends de l'autre côté du lit, ouvre la gueule de Flamme avant d'y verser de l'eau presque goutte à goutte jusqu'à ce que le verre soit vide. La bête ouvre un œil et esquisse un sourire avant de le refermer. Un intense flot d'émotions me submerge alors que je caresse la tête de mon dragon qui demeure souriant, puis vais remplir de nouveau mon verre avant de reprendre place à côté de mon ami ailé.

Alan est maintenant en compagnie de Merlin. Ils chuchotent, tout en ne me quittant pas des yeux. Je suis encore émue alors que je verse à nouveau du liquide dans la gueule de mon dragon qui se réveille encore un court moment avant de revenir mollement sur l'oreiller taché de sang dès que le verre est de nouveau vide. De retour à la porte, j'invite les humains à s'éloigner.

— Nous coucherons ailleurs, ce soir.

Le maître dépose ses longs bras sur mes épaules.

— Vous êtes digne, dame Lilith… Plus que vous ne le réaliserez peut-être jamais.

Le mage me salue noblement avant de pénétrer dans la chambre où venait de s'engouffrer ma mère.

Je demeure silencieuse devant ce couple. Je ne sais qu'en penser, mais j'esquisse un sourire en prenant la main de mon ami.

Elle est beaucoup mieux avec un maître enchanteur qu'avec un avocat véreux…

— Où devrais-je coucher cette nuit, Amber ?

Une porte au bout du corridor bat à quelques reprises. Nous y découvrons une pièce en tout point semblable à la mienne, hormis certaines décorations manquantes.

— Wow ! Tu me surprendras toujours, Amber !

À bout de forces, je m'écrase sur ce matelas en y entraînant mon copain dans le même mouvement. Une longue séance de déshabillage précède une myriade de caresses plus sensuelles les unes que les autres avant que l'on s'endorme dans les bras l'un de l'autre, épuisés de nos journées réciproques.

Δ

Ingrid allume son téléphone dès que l'avion atterrit à l'aéroport de Montréal et écoute ses nombreux messages, mais un en particulier retient son attention.

— Il y a maintenant deux cibles, dit Stuart. Les deux doivent être éliminées avec l'arme que je vous ai donnée.

La dame est fort étonnée qu'il n'ait pas donné plus de précision, mais elle ne croit pas que ce sera utile, car un fichier attaché est censé la renseigner où ils se trouvent.

Elle vérifie ses courriels. Stuart lui a bien envoyé l'adresse requise pour son boulot, plus une grossière estimation de ceux qui seraient ses cibles : la principale devrait être un homme assez âgé aux cheveux roux tandis que la deuxième cible est soit un jeune homme ou une jeune femme, aux cheveux roux là aussi. Sinon l'ordre est de viser large si les cibles sont plus nombreuses, toujours à un million d'euros chacune, qu'importe le nombre.

L'Allemande éclate de rire parce qu'elle sait que ce sera du gâteau, car Stuart lui a bien affirmé qu'ils ne s'attendaient pas du tout à cette action contre eux.

J'adore tellement les petits millions vite faits. Il y aura peut-être juste un peu plus de sang que prévu… Mais ça, je n'ai rien contre. C'est même payant, dans ce cas !

Elle esquisse un sourire sadique alors que son esprit vagabonde vers une plage du Pacifique.

Je sens que la décision que j'ai prise dans l'avion est la bonne. Je vais définitivement me retirer après ce dernier boulot.

▲

Δ

-5-
DIVERS EXERCICES

Un rayon de soleil me réveille. Je me retourne pour tomber nez à nez avec Alan qui dort paisiblement. Longtemps, je contemple son beau visage endormi. Une douce caresse sur sa joue mal rasée le fait sourire, mais ne le réveille point. Encouragée par la réaction de mon amant, je décide d'étendre le niveau de mes subtiles caresses. J'ai envie de rire parce qu'il ne se réveille toujours pas, bien que son inconscient semble adorer ce manège.

Cette fois, je décide de prendre le taureau par la corne. Des gémissements émanent, mais de réveil, point. Amusée et excitée à l'extrême moi-même, je me décide à l'enfourcher doucement, sans à-coup, comme si je lui faisais don de l'ultime caresse intime.

Alan ouvre enfin un œil, puis les deux, bien grands, tout surpris de voir mon bouillant corps se mouvoir avec grâce sur lui et il participe maintenant à la danse plus voluptueuse que passionnée. L'explosion qui arque nos corps devient soudain animale, bestiale. Nous retombons l'un sur l'autre en sueur, nous sentant comme si nous étions au paradis. Nos visages sont presque collés. Alan est sur le point de se rendormir, mais moi, je suis bien éveillée. Le soleil matinal, qui réchauffe mon dos de ses doux rayons, achève de me décider à me lever. Un œil vers mon bel amant m'indique que je serai seule, ce matin.

Mon ours est retourné hiberner…

Des cris d'oiseaux à l'extérieur me rappellent mes amis blessés.

Je veux me doucher avant de leur faire une visite. À ma grande surprise, il n'y a pas de douche dans la salle de bain de cette minuscule annexe, qui est bien différente et beaucoup plus rudimentaire que celle de ma propre chambre. Je décide donc de m'y rendre après avoir enfilé le minimum de vêtements. Aussitôt à l'intérieur de mon sanctuaire personnel, je m'enquiers des blessés.

Nina lève une petite tête encore profondément endormie.

— Il ronfle tout le temps !

Ce commentaire élogieux m'amuse tout me faisant comprendre que ma fée est bien en marche sur le chemin de la guérison.

Mais cet éclat de voix a réveillé le dragon.

— Comment vas-tu, mon beau ?

— Zoif… Zoif ! est la seule réponse.

Il doit être en train de crever de déshydratation !

Je rapporte en vitesse un grand verre d'eau que je verse dans la gueule de mon ami, mais celui-ci bouge sans arrêt.

Le dragon s'est étouffé deux fois et c'est assez pour qu'il décide de s'emparer du verre de ses petites pattes, même s'il grimace de douleur.

— Merci, mais je vais le faire seul cette fois, Maîtresse. J'ai plus de chance de survivre !

Grr... Rustre !

Lentement, il laisse s'écouler le liquide dans sa gorge tandis que je vais quérir un autre verre d'eau pour la fée qui l'avale d'un trait, comme d'habitude. À ma grande surprise, Nina se lève.

— Ça ne te fait pas mal, Nina ?

— Un peu, mais je dois bouger le plus vite possible si je ne veux pas perdre mes muscles, Maîtresse. J'en ai besoin pour combattre !

Je suis fort étonnée que la fée pense déjà aux batailles à venir à la suite de la mauvaise expérience qu'elle vient de vivre, battant des ailes un instant avant de subitement cesser.

— Je crois que je vais attendre un peu pour ça… J'ai trop faim.

La belle petite créature verte marche lentement vers la porte qu'elle ouvre avant de se retourner.

— Encore merci, Maîtresse.

— Ne m'appelle plus « Maîtresse », Nina. Je n'aime vraiment pas ça. Appelle-moi plutôt Lilith. Je suis ton amie, pas ta maîtresse.

Curieux, c'est aussi ce que m'a dit Merlin. Mais lui, ce

n'était pas pour la même raison…

Ou l'était-ce ?

La petite fée guerrière accepte de la tête avant de quitter la pièce en refermant doucement derrière elle.

Le dragon s'est rendormi.

À présent que je suis convaincue que mes amis vont assez bien, je me lance sous la douche avec l'âme en paix. Sans trop savoir pourquoi, je me sens légère en cette douce matinée ensoleillée.

Serait-ce les exercices matinaux qui me font cet effet ?

Je me promets de tenter l'expérience de nouveau, et le plus tôt possible, si c'est cela qui m'induit un tel état euphorique.

Après mes ablutions, je salue mes ancêtres qui sont accrochés au mur en descendant les marches vers le hall. J'aurais envie de danser, mais mes mouvements se transforment en un exercice de katas, quelquefois langoureux, précis, à d'autres moments très violents.

Une ombre à larges épaules, tapie au haut de l'escalier et qui me regarde entre deux poteaux soutenant la rampe, a accroché le coin de mon œil.

— Hello, Arthur.

Le futur roi me sourit avant de s'asseoir sur les dernières marches, attendant la suite du spectacle. Je crois avoir compris pourquoi il est là.

— Veux-tu que je t'apprenne ?

Le jeune homme se lève d'un bond.

— Je veux surtout apprendre comment donner des coups de pied au visage comme vous m'avez fait quand nous sommes arrivés, dame Lilith. Je vous jure que ça surprend et que ça fait vraiment mal !

Je ne peux retenir un rire.

— Tu n'apprendras pas ça en quelques minutes, Arthur. Commençons plutôt par la base… Et moi, par un bon café. Je reviens bientôt.

Je n'ai pas la chance de me rendre à la cuisine parce que

Carlie, un radieux sourire aux lèvres comme d'habitude, arrive dans le hall avec mon nectar matinal.

Ainsi débute le premier cours d'arts martiaux du futur monarque que je trouve particulièrement puissant ainsi qu'assez souple pour un homme qui n'est pas entraîné du tout à cette discipline.

Nous sommes bientôt rejoints par Geneviève qui se délecte comme toujours du spectacle, sans y participer, puis par Merlin qui trouve la scène très amusante, surtout lorsque le futur roi s'écrase lourdement sur le dos après une manœuvre un peu trop audacieuse. Quelques instants plus tard, M'man, ceinture noire elle aussi, vient se mêler à notre duo, surprenant le maître qui ne s'attendait pas à cela. La leçon se termine par des exercices d'étirements auxquels Arthur a échoué de façon lamentable. Je lui recommande de les pratiquer le plus souvent possible.

Après cet entraînement, tous ont bien apprécié le petit-déjeuner, composé d'œufs et de viandes. Merlin capte mon attention.

— Mon jeune protégé a reçu ses enseignements, mais j'ai deux élèves, dame Lilith. Prête pour une autre leçon ?

Ma réponse est sans équivoque et je danse vers la plage, main dans la main avec mon prince charmant qui est à peine éveillé en trimballant son café fumant de sa main libre.

Merlin se pointe avec un sac de jute qu'il remplit de petites pommes avec ma mère, de très belle humeur, elle aussi, blaguant sans cesse sur les nombreux nains de jardin qui parsèment la petite pommeraie. Le couple Arthur et Geneviève vient nous rejoindre.

Je suis gênée devant autant d'attention.

— Ils viennent tous me voir m'entraîner ?

— Et pourquoi pas, dame Lilith ? L'exercice que vous allez effectuer aujourd'hui est même souvent très drôle, les premières fois !

Le mage est le seul à rire de sa blague que personne n'a saisie.

— Maintenant, retournez-vous tous, s'il vous plaît.

Il fait face aux spectateurs et appuie ses dires d'un simple geste alors que je comprends aussitôt l'allusion.

— Pas encore à poil ?

— Non, je ne vous recommande pas cela, me répond le mage sans se retourner. Votre robe de feu sera plus de mise ici.

Je lui tire la langue avant d'obtempérer, mais je remarque du coin de l'œil que Gen a beaucoup de difficultés à conserver le visage d'Arthur pointé vers le manoir plutôt que dans ma direction. Ma robe m'habille aussitôt.

Idiote... J'aurais pu l'enfiler avant de me déshabiller !

Je grogne contre moi-même alors que le maître s'approche.

— Bien. La leçon d'aujourd'hui portera sur le déplacement d'objets.

Il éclate encore de rire seul et va déposer une pomme sur une grosse roche.

— Vous devrez déplacer cette pomme d'ici à ce rocher-là, en montre-t-il un autre à une courte longueur de bras du premier. Cette fois, le flot d'énergie doit être continu entre vous et la cible. Je vous avertis tout de suite, il n'y a pas d'ordre précis comme tel pour demander des déplacements à la Grande Déesse. Il va donc vous falloir improviser.

Derrière, quelques chuchotements m'agacent, mais je réussis à retrouver assez de concentration pour attirer à moi l'énergie de la Terre avant de tenter de faire le lien avec ma cible sans rien demander de précis à la Grande Déesse.

La pomme explose en millions de morceaux.

— Oups...

Des rires éclatent. Confuse, je me retourne vers le mage qui me tourne le dos en protégeant l'arrière de sa tête avec ses bras.

J'en suis méga offusquée.

— Vous saviez que ça se passerait ainsi, n'est-ce pas, Maître ?

L'homme ne dit mot, mais il me lance un clin d'œil avant d'aller déposer une autre pomme sur le rocher.

Grande Déesse, aidez-moi, je la supplie alors que je tente un nouveau contact avec ma cible.

J'allonge prudemment le bras. Après un instant d'intense concentration, je suis abasourdie de réellement sentir la pelure de la pomme sous ma peau. Je tente simplement de la serrer entre mes doigts invisibles pour la soulever. La pomme se ratatine aussitôt et les morceaux se dispersent où elle reposait l'instant précédent.

De nouveau, sans un mot, le mage va en déposer une autre, mais cette fois, il va rejoindre les spectateurs, plus en retrait.

Mais pourquoi va-t-il si loin ?

Un peu inquiète, je me concentre de nouveau en allongeant le bras, sentant tout de suite la pomme dans ma main.

Et si, au lieu de la prendre dans mes doigts, je la soulevais simplement par-dessous ?

Je joins l'acte à la pensée.

La pomme décolle alors telle une fusée vers le ciel, déclenchant un fou rire général. Moi-même dois m'asseoir tant je ris comme une démente.

Le maître apporte une autre pomme. En passant près de moi, il m'aide à me relever.

— Tout doux, dame Lilith. Visualisez votre résultat AVANT de passer aux actes. C'est très important.

Et il accourt vers le groupe qui rit encore, ce qui n'aide en rien mon moral qui est de nouveau en chute libre.

Je commence à sérieusement m'énerver de cet exercice devant tous mes amis et visualise la pomme qui ne remonte que de quelques centimètres, avant de s'immobiliser et j'étends le bras. La pomme s'élève aussitôt, mais cela me surprend tellement que le fruit retombe sur la roche où il devient plat comme une pizza.

Merlin applaudit.

— Bravo ! Vous avez beaucoup mieux maîtrisé votre puissance, cette fois-ci.

Le mage installe un autre fruit. Il revient presque en courant lorsqu'il m'aperçoit allonger le bras.

Ne pas me laisser déconcentrer…

Je ferme les yeux afin de me recentrer, mais lorsque je les

rouvre, la pomme a disparu.

— Où est-elle passée ?

En me retournant vers les spectateurs alors que Merlin revient, j'aperçois une demi-douzaine de nains de jardin en retrait du groupe de spectateurs. Ils affichent tous de très larges sourires.

En voilà d'autres qui sont venus rire de moi…

Le mage s'approche de la roche.

— Je l'avais mal installée et elle est simplement tombée à l'eau.

Il étend la main vers le fruit qui flotte à la surface du fleuve. La pomme s'élève pour venir délicatement se déposer dans sa main. Je suis abasourdie.

Comme cela lui a semblé facile…

L'homme me sourit avant de remettre la cible sur son socle.

— Faites comme plus tôt, dame Lilith. Ne la soulevez qu'un tout petit peu. Visualisez-la qui demeure au-dessus de la roche sans bouger. Et au lieu d'utiliser votre main au complet, pourquoi ne pas essayer juste un doigt, celui avec lequel vous vous sentez le plus à l'aise… Ou même votre athamé ? Cela pourrait fonctionner, aussi.

Je soupire lourdement avant de m'exécuter, essayant les doigts de ma main presque un par un, accumulant catastrophe sur catastrophe. À mon grand dam, les spectateurs se tordent de plus en plus de rire devant mes pommes parties s'écraser quelque part aux quatre vents ou se noyer dans le fleuve.

Frustrée comme je l'ai rarement été, je dégaine mon arme blanche avec de la fureur dans les yeux. Ma bague qui brûle en est la preuve. Cette fois, avec l'athamé en main, la pomme lévite comme je le désirais, mais le fruit ne cesse de se promener de façon chaotique un peu partout au-dessus de son point de départ.

Je n'en peux plus…

— Ne bouge plus !

Ce que la pomme fait aussitôt.

Alan crie victoire derrière, ce qui me déconcentre de nouveau. Du coup, la pomme recommence à tanguer dans tous les sens avant de venir s'empaler à toute vitesse sur la lame de mon arme sans que je n'aie pensé à quoi que ce soit.

Je suis découragée, mais je ne sais plus si c'est à cause de mes insuccès répétés, à cause des spectateurs derrière ou encore, à cause de la cinquantaine de nains de jardin qui ont tous à présent un énorme sourire d'une oreille à l'autre.

Cette fois, c'est moi-même qui doit déposer la pomme sur son socle parce que Merlin est à genoux, riant trop pour être en mesure de faire un pas.

Je ne recule que de deux mètres avant de pointer mon arme sur la pomme, maintenant furieuse contre tout ce que représente cet exercice. Ma bague s'échauffe à nouveau un peu, mais bien décidée à réussir, je l'élimine de mes pensées.

— Lève !

Je suis surprise que ma voix ait été si forte.

La pomme s'élève brusquement jusqu'à la hauteur de mes yeux et ne se promène que très peu avant de s'immobiliser de nouveau.

Plus aucun spectateur ne souffle mot. Soudainement, une pomme venant du ciel s'écrase au sol juste devant pour m'éclabousser de morceaux de chair. Je tente de m'en protéger de mes bras, mais cela entraîne que la pomme qui lévite détale comme un boulet de canon vers les spectateurs, ne manquant la tête de ma mère que de quelques centimètres avant de heurter la figure souriante d'un nain de jardin qui se tenait derrière elle, causant un abat comme au bowling parmi leur groupe compact qui culbute les uns sur les autres.

M'man grogne et tourne le dos à la scène pour revenir d'un pas décidé vers le manoir.

— Maudite sorcellerie ! J'en ai assez de ces conneries. Elle va finir par blesser quelqu'un !

Le mage s'approche et pose sa main sur mon épaule.

— Votre mère a raison. C'est assez pour aujourd'hui, dame Lilith.

Il se tourne vers le groupe qui ne rit plus.

— Le spectacle est terminé, mes amis. J'aimerais parler seul à seul avec elle, s'il vous plaît.

Gen demande à Merlin de s'occuper d'Arthur parce qu'elle doit assister à une réunion avec son oncle alors qu'Alan s'approche.

— Je dois partir, Lilith. Je n'ai pas terminé ce que je devais finir hier à l'atelier. Ne t'inquiète pas, je reviendrai ce soir.

Souriante, je l'embrasse tendrement.

— Je sais…

▲

Δ

-6-
LA GRANDE DÉESSE

Merlin m'invite à prendre place sur le même rocher que le jour précédent où il m'a remis l'athamé sacré de Morgana. J'adopte aussitôt une position de défense avec mon arme en joue devant le mage qui est sidéré par cette réaction fort agressive.

— Mais pourquoi donc faites-vous ceci, dame Lilith ?

— La dernière fois que vous m'avez demandé de m'asseoir ici, c'était parce que vous vouliez me tuer !

L'homme du passé éclate d'un rire franc.

— Rien de semblable, cette fois, gente dame. C'est même plutôt l'inverse.

Vrai qu'il n'a pas le même regard que l'autre jour…

Ma mine sceptique s'adoucit peu à peu. Je rengaine mon arme et prends place à côté du mage qui a le regard perdu dans le fleuve sans vraiment le voir.

— Normalement, mes apprentis ont des problèmes à amasser assez d'énergie de la Grande Déesse afin de réaliser leurs exercices. C'est le contraire avec vous. Je vais être franc, je ne sais plus quoi faire… ni quoi vous dire afin de vous amener à contrôler cette aptitude.

Le légendaire enchanteur pivote afin de me faire face avant de poser sa grande main sur mon épaule. Je sens l'instant solennel, car il arbore à présent le visage le plus sérieux qu'il ait affiché depuis son arrivée.

— Dame Lilith, vous devez maintenant demander de l'aide directement à la Grande Déesse.

Un lourd silence s'installe.

Dans ma tête aussi, car je ne sais qu'en penser.

— C'est un grand pas en avant pour vous !

— Si vous le dites… Et comment fait-on cela ?

— C'est différent pour chacun. Nous, les mages, avons tous un endroit secret… Non, pas secret, plutôt un espace personnel, un

« Sanctuaire ».

Tiens, tiens… Tara a utilisé le même mot pour décrire ma chambre au Manoir.

— Habituellement, la Grande Déesse nous indique elle-même cet endroit afin que nous puissions dialoguer avec elle. C'est certain qu'il y a une place qu'elle a prévue pour vous sur cette île, dame Lilith. Cherchez, faites-en votre priorité pour aujourd'hui. C'est très, très important dans votre cas… qui est un peu particulier.

— Facile, Maître, Tara m'a dit que ma chambre était mon sanctuaire.

— Il y a très peu de chance que ce soit à cet endroit, dame Lilith. La Grande Déesse a certainement prévu pour vous un endroit de puissance qui ne sera pas affecté par le Feu. Cherchez plutôt avec ceci en tête.

Évidemment… Ça aurait été trop facile.

Le mage me salue en me souhaitant bonne chance avant de revenir vers le manoir d'un pas nonchalant. Je regarde partout autour, mais j'ignore comment débuter ma quête. Mes vêtements au sol accrochent mon regard.

Je vais commencer par ceci.

Longtemps, je vagabonde au hasard des divers sentiers serpentant l'île. Au détour d'une courbe, une statue en pierre noire représentant un lion grandeur nature, couché comme un sphinx, semble m'indiquer un bosquet d'arbres plus dense que les autres à l'écart du chemin. Lorsque j'arrive à proximité, je constate que les branches de ce bosquet sont toutes recouvertes de longues épines.

— Beurk… Je n'irai pas là !

Mais à ma grande surprise, un couloir se libère entre les branches qui forment maintenant une arche assez large pour me laisser un passage. Je n'hésite qu'un court instant avant de m'engager dans le chemin qui se referme derrière moi au fur et à mesure que j'avance, me rendant méfiante.

Oh oh… Je ne peux plus faire demi-tour à présent.

Je saute par-dessus un parapet de roc grossièrement taillé

pour déboucher dans une petite clairière où il n'y a presque aucune végétation au sol.

— Wow ! Mais qu'est-ce que c'est, ici ?

Le pourtour de cette clairière est parsemé de douze monolithes de pierre plus grands que moi, disposés à égale distance les uns des autres.

Curieux endroit…

Et pourquoi ma colonne vertébrale me chatouille tant ?

Il doit y avoir quelque chose de vraiment spécial, ici.

Je m'approche avec précaution des grandes pierres. Sans savoir pourquoi, je fais bien attention de ne pas les toucher et tente de décrypter les nombreux symboles qui recouvrent chaque menhir de façon différente.

Mais que représentent donc tous ces dessins ?

Après avoir arpenté le tour de la clairière circulaire, je reviens au centre. De ce point, je m'aperçois que cet espace libre est délimité par un muret de roc taillé assez grossièrement dans une pierre beaucoup plus pâle que les pierres debout.

Et maintenant, comment contacter la Grande Déesse ?

C'est un peu comme essayer de contacter Dieu…

Ce n'est vraiment pas évident.

Ils ne pourraient pas avoir des pages web et des adresses courriel comme tout le monde ?

Ce serait beaucoup plus simple.

J'éclate de rire en pensant au faramineux nombre d'amis qu'ils auraient sur Facebook et Twitter.

Soyons sérieuse, là…

Comment pourrais-je bien prendre contact avec elle ?

Parle-t-elle ?

Ne donne-t-elle que des impressions ?

Agit-elle avec des symboles ?

Des symboles de la Terre, de la nature ?

Mon regard monte vers le ciel.

Ou bien va-t-elle venir me voir en chariot de feu ?

Voire même en soucoupe volante ?

Je suis découragée par ces multiples avenues et préfère enlever les branches mortes qui s'étalent un peu partout dans le cercle parce que c'est sûrement plus constructif que d'élaborer des scénarios tous plus improbables les uns que les autres. Après les branches, je voudrais à présent m'attaquer aux feuilles mortes recouvrant le sol, mais il y en a tant…

Hé ! Je vais les enlever avec mon Dôme de feu.

Je suis presque certaine qu'il va tout faire brûler ça en une seconde.

Je prends place au centre de la clairière, ferme les yeux et visualise l'énergie de ce lieu. Je suis stupéfiée par les millions d'étincelles qui parsèment l'air ambiant. Lentement, les particules s'organisent d'elles-mêmes avant de créer un tourbillon qui me ceinture sans que j'aie pensé à quoi que ce soit. Ce maelstrom lumineux, qui prend de plus en plus de vitesse autour de son corps, m'hypnotise.

Mes bras en croix, je chéris ce débordement d'énergie brute. Une senteur de brûlé me chatouille tout à coup le nez. Un seul regard suffit à me faire comprendre que tous mes vêtements sont maintenant en cendre.

Ça commence à en être une habitude…

Instinctivement, je sais ce que j'ai à faire.

— Dôme de feu, viens à moi !

Dès que ma protection incandescente me recouvre, la surface sous moi est nettoyée à la perfection.

Oh que j'aime faire du ménage de cette façon !

Le sol sous mes pieds est à présent constitué d'une myriade de blocs de pierre de différentes formes et dimensions, agissant comme autant de symboles runiques géants. Ils semblent s'entrecroiser à l'infini. Mon dôme englobe aussi les menhirs qui se sont illuminés de chatoyantes lumières de couleurs différentes pour chacun. Cette intense luminescence provient des pierres elles-mêmes.

— Oh wow !

J'ai l'impression que le temps s'est arrêté. Une forme vaporeuse se condense devant mes yeux, m'arrachant un sourire parce que je suis certaine que j'ai atteint mon but, et ce, sans vraiment le chercher. Le visage basané d'une dame d'une hallucinante beauté se condense devant moi. Sa chevelure me rappelle des flammes. Son corps, recouvert d'une robe d'une blancheur immaculée, demeure toujours indéfini, flottant sous un vent imperceptible. La vision me retourne mon sourire.

« *Bonjour, Lilith.* »

Je suis fort impressionnée par sa voix douce, mais tellement puissante, qui semble résonner directement dans ma tête.

Me parle-t-elle par télépathie ?

Je ne sais vraiment pas quoi faire ni dire et demeure silencieuse un moment.

Agis toujours comme une véritable Morgan !

Un sourire s'esquisse aussitôt.

— Bonjour, G… Grande Déesse.

Je ne reconnais presque pas ma voix tant je suis intimidée par l'être supérieur en face de moi.

« *Tu n'as pas à avoir peur de moi, ma belle enfant. Ne me crains jamais. Je suis ici pour t'aider, pour te guider à travers ce difficile apprentissage que nous te préparons depuis des siècles.* »

Cette dernière affirmation m'a totalement fait perdre ses moyens et je demeure paralysée un moment.

« *Ta principale raison d'être dans ce monde est de réparer des erreurs du passé. Des erreurs qui ont été commises autant par des mages que par moi-même… Car non, je ne suis pas parfaite comme plusieurs le croient.* »

Un long silence s'installe alors que mon cerveau roule à toute allure.

Mais comment une déesse peut ne pas être parfaite étant donné qu'elle régit tout partout ?

« *Si tout était aussi parfait que tu le penses, Lilith, je n'aurais aucune raison d'être* », est la réponse de la déesse à ma question muette. « *Des âmes comme la tienne nous sont donc nécessaires afin de réparer les torts à tous les niveaux. Ton travail est vital pour nous, autant à cette époque-ci qu'en d'autres lieux et temps… ce que nous verrons plus tard.* »

Brusquement, mes jambes deviennent molles.

Mais que se passe-t-il avec moi ?

« *Ma présence ici t'affaiblit, car tu n'es pas habituée à ces hauts niveaux d'énergie. Bientôt, tu t'y accoutumeras et nous pourrons échanger plus longtemps, mais aujourd'hui, ce devra être très court.* »

Je me rappelle alors pourquoi j'avais besoin de la déesse, mais je suis maintenant trop faible pour parler et dépose un genou au sol pour ne pas tomber inconsciente parce que je sens que cet instant fatidique se rapproche très vite.

« *Vois ma puissance qui circule en toi comme de l'eau qui doit couler afin d'effectuer un travail. Comment les humains contrôlent-ils la puissance et le débit de l'eau ? Je te laisse là-dessus, mon enfant. Surtout, ne te laisse jamais envahir par le doute. Je serai toujours près de toi. Dernier point, Lilith : dis à Andrew Morgan que je donne la permission à Merlin de consulter sa grande bibliothèque. Il y a quelque chose de spécifique pour lui à trouver en cet endroit.* »

Quelque chose d'autre est un mystère et j'amasse mes dernières énergies.

— Une question me revient, Grande Déesse… Pourquoi, lors de la fête d'hier, avons-nous tous eu des trous de mémoire et des comportements déments ?

« *Tous ? Non, juste toi parce que c'est ce que tu m'as demandé.* »

Mais comment ? Quand ?

Je suis certaine que je n'ai jamais demandé cela !

« *Te rappelles-tu m'avoir demandé : Grande Déesse, faites que nous fêtions tous comme des fous toute la nuit sans aucun problème ni incident… Et que cette soirée d'enfer se termine par une généreuse nuit d'amour ?* »

J'aurais certainement éclaté de rire au visage de la haute

entité, qui venait de parfaitement imiter ma voix, si je n'étais pas devenue beaucoup trop faible pour cela.

« *J'ai tout simplement exaucé ton souhait, ma fille.* »

Déjà à genoux, je tangue avant de tomber à quatre pattes sur la pierre.

— Je m'excuse d'avoir douté de vous, Grande Déesse.

Je vais faire plus attention à ce que je lui demanderai, la prochaine fois…

Mais elle ne me dit pas pourquoi on ne s'en souvient pas.

L'entité divine esquisse un visage inquiet avant un large sourire.

« *En ce qui concerne le fait que tes amis soient tous tombés inconscient très tôt, je crois plutôt que ce sont leurs petits excès liquides qui sont en cause, ici… À bientôt, ma fille.* »

Je lève la main pour saluer la Grande Déesse, mais mes forces me quittent à cet instant et je m'écrase.

Δ

La femme spectrale, toujours vêtue de sa cape rouge et noir avec son large capuchon masquant la majeure partie de son visage, se penche sur Lilith pour déposer sa main sur son front. Un reflet lumineux jaillit d'entre ses doigts.

— Tu vas bientôt trouver ceci fort utile…

Et elle disparaît sans un son.

Δ

J'émerge doucement des limbes.

Ai-je rêvé tout ceci ?

Mes yeux descendent vers le sol en pierres bien ajustées et nettoyées à la perfection. Une série de grands menhirs qui me ceinturent me rappelle où je suis et ce que je fais en cet endroit.

Non, c'est vraiment arrivé !

Pour me permettre de mieux respirer, je me retourne sur le dos. Le soleil m'inonde de ses rayons qui sont autant de douces caresses sur ma peau. Je me rappelle que mes vêtements ont tous brûlé.

— Oups…

Mon corps me paraît si lourd que je peine à me relever. Longtemps, je demeure sur les genoux parce que je suis encore un peu étourdie. Dans un effort presque surhumain, je réussis enfin à revenir debout. Cela me prend un petit moment avant que je ne me stabilise assez pour penser à enfiler ma robe de feu.

Je souris en revoyant la Grande Déesse qui m'appelait « *Ma fille* ».

Mais pourquoi m'a-t-elle appelée ainsi ?

Un long soupir indique que j'y songerai plus tard. Instinctivement, je remercie l'endroit, que je baptise officiellement « Sanctuaire de pierre », avant de chercher la sortie du regard.

Toutes les directions sont identiques…

Un bruit de feuillage, derrière, me fait découvrir une arche comme celle à mon arrivée qui se forme lentement dans les feuillus, m'invitant à m'y engager. J'avance prudemment et grimace de temps à autre parce que les épines des branches mortes au sol lacèrent la plante de mes pieds maintenant nus. Je me promets d'apporter des vêtements de rechange et, surtout, des bottes de travail à semelles d'acier pour la prochaine fois que je vais sortir de ce cercle de pierre.

Mais quand dois-je revenir ici ?

— Ouch !

Y a-t-il une fréquence précise, comme la messe à tous les dimanches ?

— Ouch !

Je le demanderai à Merlin dès que je vais réussir à m'extirper d'ici.

— Ouch ! Grr…

▲

Δ

-7-
QUI EST VIVANT ?

Je rejoins enfin le lion où m'attend Andrew avec un air jovial, contrairement à son habitude.

— Bonjour, sir Andrew. Vous me semblez de bonne humeur, dites donc.

— Je suis si heureux que mon Cercle de pierre vous ait choisie, Lilith. C'est un très grand honneur pour moi. Il n'avait pas encore servi depuis mon décès !

— C'est cette place qui m'a choisie ? Je ne comprends pas… Ce n'est pas censé être l'inverse ?

— Vous avez encore tant à apprendre, jeune fille, mais je ne suis pas ici pour vous parler de ceci, mais bien pour vous donner une mission à caractère familial. Vous devez aller représenter notre famille à l'enterrement du notaire Evergreen qui aura lieu cet après-midi à Montréal.

— Donc, il est bien mort…

L'ancêtre confirme en silence.

— D'accord. Je vais y aller et je vous jure de me montrer digne de représenter la famille. J'espère juste que j'ai ce qu'il faut dans ma garde-robe pour ce genre de cérémonie.

Le spectre cesse de bouger, semblant fort étonné par ce que j'ai dit pendant que j'en profite pour caresser le dessus de la tête du lion de pierre, tout juste à côté.

— Pourquoi la garde-robe, Lilith ? Vous avez déjà tout ce dont vous avez besoin sur vous, ma fille.

— C'est rouge… Et je ne peux pas mettre de chaussures avec ça. Je ne me vois vraiment pas aller à des funérailles en ressemblant à une cannette de Coke avec des orteils !

Tara, toute souriante, apparaît à son tour.

— Le corps complètement nu avec la robe originale n'était que pour la première pleine lune, ma belle Lilith. Tu as été intronisée dans le cercle du clan ce soir-là. Tu peux donc à présent l'afficher avec ce que tu désireras comme accessoire, voyons.

— Je ne savais pas… Mais je ne me vois tout de même pas aller à des funérailles en étant vêtue comme un feu rouge !

— Alors, change-la de couleur.

— Quoi ?

Mais ce n'est que logique parce que si je peux modifier l'aspect de ma robe à ma guise, alors pourquoi ne pourrais-je pas aussi en changer la couleur ?

Je l'imagine aussitôt un peu plus longue, en noir, sans être trop décolletée et avec des manches aux coudes. Sitôt pensé, sitôt fait. Je n'ai pas de miroir sous la main, mais je suis tout de même heureuse du résultat et m'enquiers auprès des bâtisseurs de ce qu'ils en pensent. Tara me demande de remonter la fente dans mon dos, ce que j'avais oublié.

— Pas si mal, commente le bâtisseur alors que je presse le pas vers le manoir.

Ma mère, qui descend les escaliers, semble surprise de me voir vêtue de cette couleur que je ne porte presque jamais… hormis si j'y suis obligée.

— Voilà que tu t'habilles en noir comme une vraie sorcière, maintenant ?

— Mais non, M'man. Je m'en vais aux funérailles du notaire Evergreen, mais j'ai besoin de souliers.

— Le notaire ? Il est mort ?

— Oui. Probablement quelques minutes après que nous l'ayons vu l'autre jour.

Je passe à côté de ma mère qui doit certainement songer à se creuser un trou dans le plancher pour s'y cacher longtemps à la suite de sa remarque magnifiquement déplacée dans ces tristes circonstances. Je redescends avec des escarpins à ma pointure, même si je déteste cela. Tara est satisfaite de mon bon goût dans les circonstances, s'attendant probablement à quelque excentricité de ma part, et me remet une note avec l'adresse d'une église. Arthur et Merlin s'émerveillent devant mon look avant que je m'installe dans l'habitacle de mon bolide.

Cette fois, c'est moi qui tiens les commandes pour sortir de la propriété et j'en suis particulièrement fière, mais j'en remets la maîtrise à ma voiture dès que nous empruntons l'autoroute. Mon missile à quatre roues reprend sa vitesse de croisière normale avant de se mêler au trafic dès notre arrivée en ville.

Mon bolide s'immobilise dans le parking bondé d'une petite église en pierres presque noires. J'examine les différentes voitures que je croise en me rendant sur le perron de l'entrée. Quelques-unes sont du calibre de la mienne, mais la grande majorité, celles qui forment une longue rangée très solennelle le long du mur du bâtiment, sont plus du style Rolls Royce avec chauffeurs attendant leurs maîtres à l'extérieur.

Ce notaire avait une très belle clientèle…

Un groupe est rassemblé devant la bâtisse à la façade lugubre. Je suis un peu gênée et n'entame la conversation avec personne, mais soudain, une grande dame d'un certain âge au visage jovial s'approche.

— Bonjour, Mademoiselle. Mary Cunneyworth.

Je trouve son anglais très mélodieux et lui tends la main.

— Bonjour à vous aussi, Madame. Moi, c'est Lilith Morgan.

La dame esquisse la forme de mon Talisman.

— Je savais bien que vous étiez une Morgan ! Et comment se porte mon cher Alexander ?

Cette fois, la dame a parlé dans un français totalement dénué d'accent alors que d'autres personnes arrivent de l'intérieur de l'église.

Elle connaissait mon père ?

— Je suis désolée de vous l'apprendre, mais mon père est mort voilà neuf ans, Madame.

— Shocking… Mais je m'en doutais.

Elle esquisse de nouveau la forme du talisman.

Bientôt un petit groupe se forme autour de moi, mais je ne sais trop comment réagir face à ces gens qui appartiennent à un tout autre calibre social que le mien. Au bout d'un moment, je me suis présentée à presque tous, mais ne me rappelle le nom de personne.

Un jeune homme dans la vingtaine sort de l'église et se tient un peu en retrait en s'allumant une cigarette. Il s'approche aussitôt pour me draguer ouvertement en se vantant de ceci, de cela. Le manège s'éternise et il me touche à répétition jusqu'à ce que ma faible soupape de sécurité saute. Je décide de ne plus imiter une vertueuse petite gosse riche, ce que je ne suis pas du tout, pour plutôt agir en véritable Morgan, fière, sûre d'elle et terriblement impétueuse…

Bref, ce que je suis vraiment.

— Tu t'y prends vraiment mal si tu veux coucher avec moi, un jour !

Cette attaque désarçonne Casanova qui en tombe presque sur les fesses. Les témoins se détournent tous de la conversation, à l'exception d'une vieille dame très noble et de madame Cunneyworth qui m'approuvent toutes deux avec un subtil rictus en coin et des yeux pétillants.

Je m'amuse de voir le vantard rougir comme un homard et, pour en ajouter une couche, le gratifie de mon plus beau sourire avant qu'il ne décampe à l'intérieur de la bâtisse.

À ce moment, un cortège funèbre, composé de plusieurs longs véhicules noirs, s'approche à basse vitesse. Le cercueil est transporté par six hommes. Je reconnais tout de suite l'homme de tête. C'est l'huissier, le fils du notaire. À l'avant, de l'autre côté, un jeune homme lui ressemble, mais avec une vingtaine d'années de moins. C'est celui qui m'avait remis la carte professionnelle du notaire le soir de mes dix-huit ans. Lorsqu'ils passent devant moi, l'huissier aux yeux rougis me salue noblement de la tête en fermant les yeux.

Une larme coule sur la joue de l'homme affligé, ce qui m'émeut aussitôt.

Quelques personnes suivent le cortège. Cet autre groupe se tient un peu en retrait. Je me raidis devant le notaire qui en est à la tête, mais qui me paraît beaucoup plus jeune, dans la quarantaine avancée. Il est au bras de deux femmes du même âge que lui, dont une qui a presque la même robe que la mienne, mais en rouge flamme original.

Cette dame me ressemble étrangement...

J'en ai le souffle coupé tandis que la femme en rouge me sourit tout en faisant signe au notaire de regarder lui aussi vers moi. Celui qui a fait de moi une riche héritière soulève son chapeau à plume de faisan dans ma direction. Je ne sais plus du tout quoi faire dans cette situation trop confuse à mon goût.

Comment doit-on réagir devant des morts... à leur propre enterrement ?

Le premier cortège pénètre dans l'église. La dame en rouge s'esquive du deuxième lot, où elle est remplacée par presque la majorité des personnes avec qui j'ai discuté lors des quinze dernières minutes.

Là, c'est moi qui dois ressembler à un zombie.

Mais qui est vivant et qui est mort, ici ?

J'ai dû parler avec des tas de fantômes.

Y en avaient-ils de vivants dans le lot ?

Ai-je passé pour une folle qui se parle toute seule ?

Sûrement...

Et le petit con ; est-il vivant ou mort ?

La dame en robe rouge, qui est un tout petit peu plus courte que moi, s'installe à mon côté.

— Bonjour, Lilith. Est-ce que je me trompe ou tu sais que je suis ta grand-mère Gwendolyn ?

Je n'ose regarder en direction de ma grand-mère et, curieusement, je suis sur le point d'éclater de rire. Je ferme les yeux, me concentre sur un point inexistant et réussis enfin à reprendre mon calme. Un peu.

Dès que les dernières personnes... et/ou fantômes ont enfin pénétré dans la bâtisse, un large sourire illumine mon visage.

— Bonjour, Grand-mère !

J'emboîte le pas du cortège qui entre dans la bâtisse en tenant la porte ouverte pour que le fantôme de ma grand-mère entre à ma suite. Je ricane en songeant que les fantômes passent au travers des portes... ce que tous ceux devant moi ont fait, d'ailleurs.

Vraiment pas trop brillant ce que je viens de faire là…

Un des derniers bancs à l'arrière reçoit mes fesses, mais Grand-M'man Gwendolyn m'invite plutôt à avancer en m'indiquant une place qui me semble réservée à la deuxième rangée. Ma grand-mère vient s'installer entre moi et un homme élégant qui a pris place à l'autre bout du banc de l'église datant de quelques centaines d'années.

Je m'approche subtilement de son oreille.

— Dites, Grand-M'man, pouvez-vous me dire qui est vivant et qui est mort, ici ?

Grand-M'man jette un rapide regard à la ronde.

— Les vivants sont presque tous de l'autre côté. Il y a aussi la première rangée au complet de ce côté-ci… celle juste derrière toi, plus deux ou trois qui sont complètement à l'arrière et qui ne sont que des curieux sans importance.

Un peu plus rassurée, je jette un regard sur les gens de l'autre rangée. Je n'en reconnais aucun hormis le jeune dragueur, qui détourne subitement son regard vers l'avant, et l'huissier au premier rang qui me lorgne souvent, de même que le jeune homme qui lui ressemble tant à ses côtés.

La cérémonie, très rapide, se termine sur une homélie en quelques phrases émouvantes prononcées par ce jeune homme. Il vante avec flegme les caractéristiques principales du défunt et sa clientèle particulière.

Ma grand-mère, bien silencieuse jusque-là, grogne.

— Un vrai discours de vendeur… Et avec raison d'ailleurs parce que c'est lui qui va remplacer James comme notre nouveau notaire. Il est brillant, le jeune, mais il en a encore beaucoup à apprendre.

— Comme moi, Grand-M'man.

Nous échangeons un sourire. J'examine le visage de ma grand-mère qui est toute pimpante, même si elle est morte.

C'est fou à quel point on se ressemble, à l'exception que son nez et sa bouche sont un peu différents des miens, mais si on oublie ces petits détails… Wow !

Soudain, tous se lèvent à ma grande surprise et je les imite d'un bond, mais m'accroche un genou sur le portemanteau. Mon petit « Ouch » a fait tourner quelques têtes de la rangée opposée.

Ma grand-mère éclate de rire alors qu'ils transportent le cercueil à l'extérieur.

— C'est quelquefois un avantage d'être immatérielle. À bientôt, Lilith.

Elle passe au travers de mes jambes pour rejoindre le groupe qui se dirige à pas lents vers l'extérieur.

La mise en terre est presque dénuée de protocoles religieux et ne dure que le temps de prononcer quelques phrases. Tous font maintenant la queue pour aller présenter leurs sympathies aux membres de la famille du défunt.

Je suis perturbée dès que mon regard accroche nerveusement chaque être devant moi.

Mais qui donc est vivant, ici ?

D'un subtil geste du doigt, Madame Cunneyworth m'invite à la rejoindre.

— Suivez-moi, Miss Morgan… Et appelez-moi Janis comme le fait votre grand-mère, celle qui était assise à côté de vous à l'église. Moi aussi, je les vois tous, mais ne vous en faites pas, car vous aussi distinguerez les différences entre morts et vivants après quelque temps.

La dame me fait un clin d'œil rieur. Je la remercie avant de la suivre dans la procession. Arrivée devant l'huissier, celui-ci me saute presque dans les bras avec son visage larmoyant.

— Miss Morgan ! Grâce à vous, je suis arrivé quelques secondes avant son dernier souffle. Merci… Merci, mille fois. Je vous en suis très reconnaissant. Je… Je… Je…

Sans savoir pourquoi, j'agrippe l'homme par le cou pour l'attirer à mon épaule où il éclate en pleurs sous le regard attendri du notaire et de ma grand-mère qui se tiennent juste derrière les membres de la famille. Tous sont éberlués de la scène très touchante pour moi aussi, car j'en suis presque aussi émue que l'huissier et dois retenir mes larmes de toutes mes forces.

Nous prenons quelque distance après s'être salués l'un l'autre, sans un mot, les yeux pleins d'eau. J'avance péniblement jusqu'au prochain membre de la famille. C'est le jeune homme qui a récité l'homélie. Je le trouve tout de même très séduisant, mais laisse de côté ces pensées inappropriées dans les circonstances et incline plutôt la tête en lui serrant la main.

Je voudrais bien lui parler, mais je dois réprimer mon trop-plein d'émotions accumulées, car je sens que j'ai la gorge nouée. Ce n'est qu'après un moment que je suis est assez confiante pour m'exprimer.

— Très bien, votre mot à la fin, Monsieur. Vraiment très bien.

—Victor Boisvenu-Evergreen. Nous avons fait connaissance voilà quelques jours. Mon grand-père m'a longuement parlé de vous et de votre famille un peu particulière, Mademoiselle… et merci pour tout. Vous avez bien agi avec mon père. S'il y a quoi que ce soit que je puisse faire pour vous, n'hésitez pas à me faire signe. Je pourrais même gérer votre héritage, vous savez.

Je pense à ma copine qui voulait s'en occuper, tandis que le notaire, qui est derrière le jeune homme, fait un très visible « Non » de la tête.

J'ai compris…

— Merci, mais j'ai déjà quelqu'un qui est chargé de ce dossier, Victor.

Sans vraiment en comprendre la raison exacte, je suis fière d'avoir fermement annoncé cette décision, ce qui réjouit le défunt, mais surtout, ce qui enlève un énorme poids de mes épaules.

— J'en suis bien heureux, Miss Morgan, mais n'oubliez pas que si je peux vous aider de quelque façon que ce soit, je suis à la même enseigne que mon grand-père.

— Je vais m'en souvenir, Victor.

▲

Δ

-8-
GRAND-M'MAN

Je serre les mains des autres membres de la famille, qui me sont étrangers, avant de revenir vers le parking. À ma grande surprise, ma grand-mère discute avec madame Cunneyworth à côté d'une des Rolls. Un chauffeur au physique très athlétique lui ouvre la portière. Janis allonge le bras avec un doigt pointé vers le nord avant qu'elle ne pénètre dans son château sur roues. J'examine la direction indiquée. Un homme est tapi derrière une voiture, prenant photo sur photo de tous ceux qui ont assisté à la cérémonie. Je crois reconnaître l'ancien véhicule de service de ma mère, mais même si je m'étire le cou au maximum, je ne peux lire la plaque d'immatriculation.

Déçue, je prends place dans la Diablo et suis étonnée que ma grand-mère apparaisse sur le siège du passager.

— À la maison, chauffeur… Et vite à part ça.

— Avant d'aller au manoir, j'aimerais bien savoir qui est le gars qui nous prenait en photo, Grand-M'man.

— Baisse ta vitre. Je vais aller voir.

Comme un robot, j'obéis sans attendre ni comprendre. Ma grand-mère disparaît instantanément avant de réapparaître sur le siège quelques secondes plus tard avec un grand sourire satisfait aux lèvres.

— Il s'appelle Paul Callaghan, travaille comme inspecteur en formation au poste Trente-neuf de Montréal et a pour mission de rapporter à ses supérieurs les photos et les noms de tous ceux qui sont venus ici.

— Êtes-vous certaine de ce que vous dites là, Grand-M'man ? Vous n'êtes partie qu'un instant !

— J'ai été espionne durant presque toute la deuxième Grande Guerre. Je sais ce que je fais… Enfin, presque tout le temps, mais je suis toujours certaine de ce que je dis !

Tout à coup, j'allume.

— Paul ! La recrue du poste de ma mère qui était à ma fête !

Je sens que je vais bien m'amuser...

Et je démarre le moteur pour amener lentement mon bolide jusque près de la voiture banalisée. À l'instant où je reconnais mon beau brun à lunettes entre les voitures, j'ouvre ma portière afin que lui aussi me distingue bien. Un coup de klaxon fait bondir celui que j'ai pris en flagrant délit d'espionnage funéraire.

— Ça va, mon beau Paul ? J'espère que tu m'as prise dans de belles poses.

J'ai presque crié ceci au jeune homme qui, médusé par cet esclandre, essaie tant bien que mal de cacher son appareil et son égo en miettes tout en cherchant ses lunettes tombées à ses pieds. Je referme ma portière avant de démarrer avec le pied au plancher dans un nuage de caoutchouc brûlé qui fait disparaître le beau brun de la vue de tous, mais qui attire à coup sûr l'attention des autres vers cet endroit précis.

Grand-M'man me contemple avec fierté.

— Je crois que l'on se ressemble à plus d'un niveau, toutes les deux. Tu l'as vraiment déculotté, ce jeune flic.

Je suis ravie du commentaire et passe les commandes à la voiture.

— J'ai entendu des tas de choses sur vous, Grand-M'man… Et pas toujours belles !

— Oui, j'ai en effet vécu énormément d'aventures, mais aucune ne m'a rassasiée. J'en voulais toujours plus. Tant et si bien que finalement, j'ai toujours été dans le trouble depuis ma naissance. Mais parle-moi plutôt un peu de toi… Et change de couleur de robe, s'il te plaît. Celle-ci fait morbide. Je déteste le noir.

Moi aussi !

Je ne me concentre qu'une seconde et colore ma robe en jaune vif éclatant de joie, puis je lui conte tout, sans rien omettre en commençant par ma jeunesse sur laquelle je ne désire pas trop m'étendre. Ma grand-mère est abasourdie lorsque je lui parle de mon dragon, mais est carrément renversée lorsque je lui avoue ma récente rencontre avec le mage du passé.

— Merlin ? Pas le véritable Merlin du sixième siècle ?

— Oui, le vrai ! Il est apparu à la suite d'un accident dans le grenier quand Flamme a fait tomber un sceptre qui a brisé son bout en pierre jaune. Il est arrivé avec Arthur… qui a en ce moment dix-huit ans et qui est le copain de ma meilleure amie. Imaginez-vous ça ; une affaire de cœur entre deux personnes de différentes époques !

— Tu n'as pas idée à quel point je suis en mesure de me l'imaginer, Lilith… Mais dis-moi, es-tu certaine que ce soit bien le dragon d'éthique qui a brisé la cage d'ambre de Morgana ?

— J'étais juste à côté, Grand-M'man.

— L'a-t-il fait exprès, d'après toi ?

— Oh non ! Je peux vous jurer qu'il est hyper gaffeur !

Je baisse la tête.

— Mais c'est un protecteur très fiable. Il est même blessé en ce moment parce qu'il a voulu donner sa vie pour nous protéger, ma mère et moi.

Grand-M'man est visiblement perplexe. Je m'interroge sur un détail que ma grand-mère a mentionné.

— Vous dites que c'était une… « Cage d'ambre » qui était au bout du sceptre ? Pourtant, ça ressemblait à un cristal jaune bien ordinaire.

La dame est soudain très confuse.

— Tu ne connais pas la légende de la Cage d'ambre, Lilith ?

— Je ne suis au courant que je suis une enchanteresse que depuis quelques jours, Grand-M'man. Donnez-moi un peu de temps pour digérer tout cela.

— Alors, je t'enseignerai tout ce que tu as besoin de savoir, ma fille. Ce sera un peu rude et carrément assommant, mais il va te falloir apprendre un peu d'histoire, de botanique, d'astronomie… Et tout ce tralala académique qui vient avec ta nouvelle fonction de Morgan en chef !

Je suis gonflée de fierté de me faire surnommer ainsi, mais ma grand-mère n'a pas terminé son discours.

— Et pour que tu assimiles un peu mieux tes leçons

d'histoire, nous irons faire un tour dans le temps à l'aide du portail temporel lorsque ce sera trop ennuyant.

— Ce n'est pas la chose dont sire Andrew ne veut pas que je m'approche ?

— Andrew… Quel casse-pieds, celui-là ! Un bon prof doit être capable de démontrer ce qu'il enseigne. Comment peux-tu mieux démontrer l'histoire à quelqu'un autrement qu'en la lui faisant expérimenter, alors que tout ce que nous avons à faire est de réciter une incantation en y ajoutant un endroit et une date précise pour s'y retrouver ?

— Wow ! Vous voulez dire que je peux retourner dans le passé, moi aussi ?

— Évidemment ! J'ai tant à t'enseigner. La vie n'est qu'une montagne de fantastiques aventures qui ne demande qu'à être escaladée !

Belle philosophie de vie, je songe en hochant de la tête. *Finalement, c'est vrai que nous avons beaucoup en commun, après tout… et pas seulement qu'au plan physique.*

— Mais Merlin s'occupe aussi pas mal de moi, Grand-M'man. Il me montre des tas de trucs très cools. Il m'a en premier enseigné comment lancer des balles de feu.

Ma grand-mère en est toute étonnée, ce qui me surprend un peu tant sa réaction était intense.

— Puis, il y a eu les dômes de protection. C'est tellement dément là-dedans que même les grenades ne peuvent nous atteindre !

Cette fois, Grand-M'man agite ses mains avec frénésie, tant que je recule ma tête d'instinct pour éviter de prendre une baffe.

— Minute, minute, ma belle ! Tu as vraiment réussi à te fabriquer un dôme de protection ?

— Oui, mais ça n'a pas été facile au début. Je l'ai travaillé dur, celui-là. J'ai même presque crevé par manque d'air dans un des premiers.

Épisode à oublier…

— Je ne te crois pas tout ! affirme-t-elle avec conviction. Ce doit être Merlin qui t'a recouverte du…

— Oh non, Grand-M'man ! C'était bien moi qui l'ai fait… Et je le refais même quand je le veux, maintenant.

— Voyons, c'est impossible, Lilith ! J'ai mis vingt ans à le pratiquer tous les jours avant de réussir à le maintenir dans sa forme parfaite… Et moi aussi, j'avais accès à la puissance du Talisman de Morgana.

— Je vous jure que je suis capable de le faire à volonté et même que ce matin, quand j'en ai fait un, j'y ai rencontré la Grande Déesse elle-même, à l'intérieur !

Ma grand-mère est bouche bée. Son visage alterne entre quelques émotions qui semblent fort contradictoires, tant que je passe bien près d'éclater de rire.

— Nous avons même discuté un moment ensemble, mais je me suis évanouie.

Visiblement sceptique, ma grand-mère affiche un rictus en coin.

— Je vous jure que c'est arrivé comme je vous l'ai dit !

Grand-M'man me toise d'un visage sévère avant d'esquisser un petit sourire.

— Tu as vraiment parlé directement à la Grande Déesse ? J'ai cherché à avoir cette foutue rencontre avec elle toute ma vie, Lilith. Te rends-tu compte de ton incroyable chance ?

Je confirme de la tête, mais suis abasourdie lorsque ma grand-mère change brusquement d'attitude tout en haussant le ton.

— Si c'est vrai !

— C'est maître Merlin qui m'a encouragée à lui parler, Grand-M'man. Il m'a…

— Maître Merlin ? Était-il là, avec toi, quand tu as parlé à la déesse ?

— Non. Je ne sais pas du tout où il était à ce moment-là.

Elle affiche un rictus sadique en grognant à voix basse. Son discours, inaudible, dure une éternité.

— Oui, je vais avoir une petite discussion avec ce monsieur du passé dès mon arrivée !

Cette amère rebuffade coupe abruptement la discussion, mais le silence est de courte durée, car nous arrivons à destination.

Ma grand-mère ne sait plus où donner du regard depuis que nous sommes entrées dans le domaine.

— Comme c'est beau lorsque c'est bien entretenu.

Je gare mon bolide avant de courir vers le manoir, mais passe au travers d'Andrew qui sortait du mur à cet instant.

— Oups… Excusez-moi, Sir Andrew. Je n'ai pas fait exprès. Mais regardez qui je ramène de la ville !

Le patriarche reluque vers le garage avant de baisser les yeux devant le spectre de la dame en rouge qui embrasse le mécano format géant.

— Gwendolyn…

Je suis stupéfiée du ton glacial du patriarche envers ma grand-mère.

Oh qu'ils ne s'aiment pas, ces deux-là.

Grand-M'man apparaît au bas du perron qu'elle monte solennellement.

— Hello, Andrew. Je sais que tu es tellement heureux de me revoir ici que tu ne dois penser qu'à aller crier ton immense joie sur les toits !

Le spectre de l'ancêtre ne relève même pas la tête lorsque la dame passe à côté de lui et il retourne illico dans le manoir par le mur.

— Vous ne semblez pas tellement vous aimer.

— Disons simplement que nous avons des vues fort différentes sur l'essentiel de la vie. On s'y fait… à la longue.

Geneviève arrive des sentiers avec Arthur.

— Non… Arthur qui est tout jeune, murmure la spectre en le voyant arriver avant de s'attarder à la jeune femme à sa main. Guenièvre est ici, elle aussi ?

Je suis confuse au possible alors que je reconnais ce nom.

Geneviève… Guenièvre… Ce sont les mêmes ?

Ma best va donc être la femme d'un roi ?

Belle et noble comme elle est, on pourrait s'y attendre, mais wow !

Minute... Je dois avertir Grand-M'man d'un détail de toute urgence.

— Oh... Ne leur dites surtout pas que vous avez vu leur avenir, Grand-M'man !

Je ne sais comment réagir devant cette situation alors que ma grand-mère s'approche de mon oreille avec un regard en coin vers le couple.

— Les cheveux longs lui vont vraiment mieux.

C'est donc ce qu'Antoine avait vu...

Et qu'il a peint ?

J'espère qu'il a bien caché cette toile parce qu'elle ne doit jamais la voir !

Je suis toujours fort confuse.

Un autre point doit lui être mentionné tout de suite !

— Geneviève est son vrai nom... Et non Guenièvre. C'est mon amie depuis toujours. Et elle aussi voit les autres fantômes de ce manoir, mais seulement parce que je leur ai demandé de se montrer à elle. Peut-elle aussi vous voir ?

Mon amie s'arrête, ébahie.

— Maintenant, elle me voit.

— Ça, je m'en doutais ! je rigole, amusée par le visage éberlué de ma copine, pétrifiée en pleine marche.

Carlie accourt pour sauter dans les bras de sa mère qui la couvre de baisers. Émue par cette scène touchante, je rejoins Gen qui a encore le regard fixé sur la spectre en rouge.

— C'est ma grand-mère Gwendolyn, Gen. Je l'ai rencontrée à l'enterrement, en ville. Elle est super cool !

— J'ignore si elle est cool ou non, mais c'est incroyable comme vous vous ressemblez... Et vous avez la même robe, en plus. Pourquoi la tienne est-elle jaune, là ?

Je pense à la changer en violet et ferme les yeux. Les visages de mes amis m'indiquent le résultat alors que je ramène la robe au rouge original avant de revenir à sa couleur serin.

— C'est dément, Lilith... Arrête ça tout de suite, s'il te plaît.

Le mage sort de la maison. Il s'arrête devant Gwendolyn avant de noblement la saluer. Ma grand-mère s'avance pour lui parler à voix basse à l'oreille. Le mage recule d'un pas en faisant « Non » de la tête avant de pivoter dans ma direction.

— Votre grand-mère aimerait bien que vous lui fassiez une petite démonstration de votre « Dôme de feu », dame Lilith.

— Je n'ai jamais dit ça !

De toute évidence, Grand-M'man semble fort offusquée de la manœuvre du mage alors que j'enlève mes souliers que je remets à ma copine avant de m'éloigner un peu pour m'arrêter avec les bras en croix.

— Dôme de feu, montre à ma grand-mère ta toute-puissance. Qu'il en soit ainsi !

Le dôme se forme aussitôt. Je marche vers le perron, entourée de ma bulle protectrice semblable à de la lave en fusion qui se déplace avec moi.

— Vous voyez ce que je vous disais, Grand-M'man ? C'est facile !

Le maître semble outré de mon commentaire.

— Ouais… Facile pour elle.

Ma grand-mère recule de deux pas, ne peut me lâcher du regard.

— J'hallucine ou quoi ?

— Merci, Dôme de feu.

La protection se dissout dans l'air quelques pas avant que le dôme n'atteigne les marches menant au perron. À nouveau, je dois fermer les yeux pour me protéger du nuage de poussière qui accompagne ce brusque changement thermique.

— Elle m'a donc dit la vérité… Mais comment est-ce possible ?

— Je crois en avoir découvert les raisons, dame Gwendolyn. Venez. Allons marcher un peu, vous et moi. Nous avons énormément de choses à nous dire… EN PRIVÉ… concernant notre petite protégée trop puissante.

J'ai bien compris l'allusion du maître à mon égard et reviens vers mes amis au moment où la Cadillac pourpre, la capote rabaissée, fait son entrée sur la rotonde. Le noble véhicule va se garer dans le garage. Mario commence à trimballer de lourdes boîtes de la décapotable jusque près de sa voiture qui est entourée de diverses pièces au sol tandis que M'man s'approche d'un pas nonchalant.

— Et comment a été ton enterrement ?

Je ne peux m'empêcher d'éclater de rire aux éclats.

— Désolée de te décevoir, M'man, mais ce n'était pas le mien.

— Comique…

— Disons qu'un enterrement, c'est un enterrement. On ne s'amuse pas beaucoup dans ces réunions-là… Mais je suis revenue avec une surprise. C'est ma grand-mère que je ne connaissais pas. Je l'adore !

— Oh… Tu veux dire que la belle-mère folle à lier est maintenant ici elle aussi ?

J'éclate de rire

— Ta définition de Grand-M'man semble assez juste.

Andrew rapplique d'un pas décidé.

— Lilith ! Nous avons à discuter tout de suite !

▲

Δ

-9-
LA PORTE DU TEMPS

Le ton du spectre est autoritaire et sans appel. Dès que je suis près de lui, il m'entraîne un peu à l'écart.

— Tara et moi sommes assurés que ta grand-mère va essayer de te faire passer par la « Porte du Temps » à un moment où à un autre. Tu dois absolument refuser. Ces passages temporels sont très instables et dangereux. Nous avons perdu plusieurs membres de notre famille à cause de ce passage. Nous l'avions scellé, mais…

— Parles-tu de Titus, là ? s'interpose fermement Grand-M'man, sortie de nulle part. Ou de Rita ? Tu sais très bien que s'ils ne sont pas revenus, c'est parce qu'ils ne le voulaient pas, qu'ils étaient très bien où ils étaient, que c'était leur choix à eux… Et que ce n'était surtout pas parce que la porte ne fonctionnait pas bien !

— Mais ils…

— Mets-toi bien ça dans la tête, Andrew : ils ne voulaient pas revenir… Et tu sais très bien pourquoi ! Tu sais aussi très bien que moi, j'ai traversé ce passage des centaines, peut-être même des milliers de fois. M'est-il déjà arrivé quelque chose de dangereux lors de ces excursions à part de rencontrer quelques sombres imbéciles qui voulaient me faire les poches ? Alors, ne gâche pas la vie de la petite comme tu as essayé de saccager la mienne, compris ?

La tension entre les deux spectres est à son comble après les deux tirades extrêmement acides de ma grand-mère. Effrayée par la suite, je recule de quelques pas alors que les spectres se mesurent de regards noirs dans un silence lourd de sous-entendus.

— Je vais aller voir si Flamme va mieux.

Je cours m'enfermer dans le manoir où j'arrive face à la matriarche.

Pas vrai…

Pas elle en plus !

— Je vais t'avouer quelque chose, ma belle Lilith ; ils ont raison tous les deux ! lance la bâtisseuse en pointant l'extérieur. Mais Andrew est très soucieux de ton bien-être parce que tu es la dernière descendante directe de notre clan, donc la seule encore en vie qui peut porter le Talisman sacré. Comprends-tu bien ce qui est en jeu, ici ? Alors, ne te mets pas en danger inutilement. Voyager dans le temps comporte une bonne part de risques auxquels personne ne s'attend… Et dis-toi bien que le passé est dépassé.

Elle me laisse sur cet énoncé philosophique avant de s'effacer sans autre mot en direction de la cuisine. Andrew, visiblement furieux, apparaît au travers du mur extérieur.

— Amber a laissé Merlin donner une dose d'énergie à ton maudit dragon, voilà une heure. Ne lui en donne pas une autre !

Et il va se perdre lui aussi dans le mur adjacent à la cuisine.

Je ne sais plus que penser et, trop confuse, m'assoit sur la base en marbre de la statue de Morgana pour réfléchir, peser le pour et le contre de tout ce qui a été dit jusqu'alors au sujet des voyages dans le temps avant que je me remémore un important détail.

La Grande Déesse m'a dit que je devrais réparer des erreurs du passé, donc, que j'aurais certainement à aller aussi réparer des erreurs DANS le passé.

Bien décidée, je me rends dans la cuisine où le couple bâtisseur prépare un repas dont le fumet sucré me fait déjà saliver.

— Sir Andrew, j'aimerais vous entretenir d'une partie de la conversation que j'ai eue avec la Grande Déesse, plus tôt.

La matriarche, dont le visage hébété avoue ne pas être au courant de cette rencontre, échappe alors sa lourde marmite de soupe au sol.

Δ

Antoine, le serveur attitré du repas de cette chaude et humide soirée d'été, demande à tous de se rendre à la salle à manger. En très peu de temps, tous les convives sont rassemblés autour de la table.

À la grande surprise de tous ceux qui voient les spectres, Carlie vient prendre place à côté de Mario qui louche souvent dans sa direction tandis que ma grand-mère prend place au côté de sa fille.

Le repas de cette soirée, des filets de porc dans une sauce aux pommes… mais sans entrée de soupe, est un véritable régal pour les vivants où chacun mange avec appétit sans prendre le temps de parler, à l'exception de Geneviève qui ne touche pas à son assiette, car elle raconte avec beaucoup de passion sa journée de businesswoman qu'elle a entièrement passée avec son oncle en multipliant les réunions avec des responsables de diverses fiducies et de conseils d'administration durant toute la journée. Comme toujours, son ordinateur portable lui a permis de prendre une montagne de notes.

Mais j'ai encore l'histoire de la Cage d'ambre dans la tête.

— Dites-moi, Maî… Merlin, vous rappelez-vous ce qui s'est passé tout juste avant que vous n'arriviez dans ce siècle ?

— Oui, très bien, même. Nous étions en pleine bagarre contre quelques mercenaires embusqués. Je n'avais pu faire ma protection, car l'un d'eux m'avait lancé une pierre à la tête avec sa fronde avant que je ne la crée. J'ai dû tomber sans connaissance quelques instants, car à mon réveil, Arthur avait déjà mis hors d'état de nuire trois mercenaires sur six. Nous avions alors retraité jusqu'à une veille tour. Je me rappelle avoir ouvert la porte… Oui, je suis certain que j'ai ouvert… Et je me suis tout à coup senti transporté ailleurs. Une très bizarre sensation… Puis j'étais ici.

Mon regard et celui de ma grand-mère sont soudés.

— C'est donc à ce moment…

— Oui, me confirme Grand-M'man, c'est à ce moment-là que Morgana vous a jeté un sort d'emprisonnement dans une pierre d'ambre et que… Laissez faire.

Je souris en repassant la scène dans ma tête.

— Elle devait être cachée dans la tour et elle vous y attendait. Les mercenaires étaient même probablement ses comparses. Rusée, la matriarche d'origine.

— J'ai eu la même sensation, avoue aussi Arthur. Comme si j'étais complètement immobile avant que je ne sois debout ici, parmi vous… Devant ta splendide beauté, ma bien-aimée Geneviève.

Il embrasse sa dulcinée qui le repousse de toutes ses forces.

— Ah oui ? C'est curieux, mais moi je me rappelle surtout que tu voulais me découper en rondelles avec ta grande épée !

Geneviève et moi éclatons alors de rire, ce qui fait rougir de honte le jeune homme qui ressemble maintenant à une pomme bien mûre.

J'accroche le regard inquiet de ma mère.

— C'est vrai, ça, Lily ?

— Pas mal dans le mille, M'man… Mais ce n'était pas grave parce que j'avais une bien meilleure épée que la sienne.

Ma mère cesse brusquement de mâcher sa bouchée. Son regard furieux plonge dans le mien alors que je retiens une folle envie de rire en louchant vers Merlin qui semble bien s'amuser, lui aussi.

— Tu t'es vraiment battue à l'épée contre un chevalier ? Mais es-tu folle ?

Peut-être un peu, mais là n'est pas le point…

— Ne t'en fais pas, M'man. Il n'était pas de taille contre moi.

Vraiment pas, même !

Merlin racle sa gorge, ce qui arrête ma mère qui allait visiblement exploser de colère.

— Le pire est qu'elle a raison, dame Viviane. Croyez-moi lorsque je peux affirmer sans me tromper que le jeune Arthur a reçu une vraie bonne correction… Et en très peu de temps.

— Je te l'avais dit, M'man.

Ma mère sourit plus que de raison avant que son doigt pointe une des épées au mur.

— Tu vas me dire que tu es capable de soulever ces épées ?

— Celles-là, je ne sais pas, mais avec celle qui était dans la pièce d'en haut, je n'avais aucun problème à faire ce que je voulais pour me défendre.

— Et tu ne t'es pas servie de ta magie ?

— Je ne savais même pas que j'en avais, à ce moment !

— Je serais bien curieuse de la voir, cette épée…

— Moi aussi, ajoute le mage, surprenant tous les convives. N'est-ce pas qu'elle doit être… spéciale, dame Gwendolyn ?

Le regard du mage pivote lentement vers ma grand-mère, immobile, qui affiche un petit sourire en coin en indiquant le plafond.

— Lilith, voudrais-tu aller chercher mon épée en haut, s'il te plaît ?

Je suis fort surprise de cette allégation.

— C'était votre épée, Grand-M'man ?

— C'est Sven, le fils de l'ancien forgeron du village qui l'avait fabriquée exprès pour moi. Je ne me rappelle plus du nom des métaux qu'il avait employés, mais il disait que les astronautes allaient sur la lune avec cela.

Je reviens à la course avec la longue épée à lame légèrement dorée en main. Je me dirige vers ma grand-mère qui lève les yeux au ciel lorsque je désire la lui remettre et la dépose plutôt dans les mains de M'man qui la soupèse avant de la manier à deux mains au-dessus de la table où elle fait monter le niveau de stress de tous les convives qui reculent d'un même mouvement.

— C'est vrai qu'elle est très légère, mais est-elle assez solide pour un combat contre une véritable épée en acier comme dans le temps ?

— J'ai cassé l'épée d'Arthur du premier coup, M'man.

Je lui en démontre la preuve avec le cadavre de l'autre épée dans ma main.

— Je vous jure, juste la poignée de celle-ci est aussi lourde, sinon plus que toute l'autre épée au complet… Beaucoup plus lourde, même.

Merlin est songeur. Il étire son bras sans bouger de son siège. Une des épées qui était accrochée au mur lévite jusqu'à sa main sous le regard étonné de tous les convives.

Son regard accroche le mien, envieux au possible d'être

capable de réaliser ça à mon tour, un jour.

Il me fait grâce d'un clin d'œil avant que d'un geste, il demande à M'man qu'elle lui remette l'arme moderne. L'expression ébahie de son visage démontre l'avancée technologique entre les époques en remettant les deux armes à son protégé qui adopte le même air ahuri que le maître étant donné la différence de poids entre elles.

— C'est prodigieux !

— Si Excalibur pouvait être aussi légère… lâche le mage à voix basse, ce qui entraîne les visages les plus abasourdis qu'il n'ait jamais vu tout autour de lui sans qu'il ne sache pourquoi.

— Vous avez transporté la véritable Excalibur ? demandent à peu près tous les convives d'un même souffle, car bien que le mage ait lâché ce commentaire à voix basse, tous ont entendu.

— Évidemment… Qui croyez-vous l'a retournée dans la pierre ? Cet idiot de Pendragon ? Oh… Excusez ce manque de respect envers un homme décédé sur un champ de bataille.

L'homme du passé baisse sa tête avec la mine un peu dégoûtée.

Il semblait vraiment détester ce mec…

Gwendolyn pointe son arme.

— De mémoire, j'avais dessiné Excalibur, que j'avais aperçu une seule fois, de loin. Je désirais m'en servir de modèle pour cette épée-ci, mais mon dessin n'était pas trop brillant. J'ai finalement utilisé comme base une autre épée de notre famille qui lui était assez proche. En revanche, je me suis toujours demandée si elle ressemblait à la vraie. Il n'y aurait qu'une seule façon d'en être certain…

Le regard de ma grand-mère plonge dans celui du mage avant de diverger vers le mien avec un sourire en coin.

— Est-ce que ça vous dirait d'aller voir la vraie ? Encore fichée dans la pierre ?

Je suis assommée par cette invitation hors du commun tandis que le maître nargue la grand-mère avec un sourire que je qualifierais presque de démoniaque.

Après mon moment de surprise, je reprends mes esprits.

— Si vous me jurez que c'est sans danger, Grand-M'man, je suis partante !

— La Porte du Temps est vraiment sans danger, Lilith. Je l'ai utilisée sans problème durant une trentaine d'années.

Merlin accepte gaiement lui aussi et j'attaque dès lors le reste de mon repas avec fougue, mais M'man s'interroge devant mon soudain enthousiasme alimentaire alors que je mange toujours lentement.

— Mais que se passe-t-il ici ?

Il est évident que Gen est tentée de répondre à l'embarrassante question à ma place, mais elle se retient juste à temps.

Elle juge probablement que ce n'est pas à elle de dévoiler ce secret.

Carlie, les mains jointes devant elle, bouge sans arrêt en regardant souvent en direction de Mario.

Est-ce qu'elle et Mario ?

Non, c'est impossible, voyons.

Le maître fait signe à son protégé qui lui remet aussitôt l'épée moderne. Je suis à l'affut du moindre signe m'indiquant de me lever moi aussi. Le mage du passé dépose la pointe de l'épée sur la chaise.

— Dame Viviane, nous allons faire un très court séjour à mon époque. Nous reviendrons dans moins d'une heure. Est-ce en accord avec vous, dames Gwendolyn et Lilith ?

La spectre se lève à son tour. Je bondis devant eux avec un très large sourire aux lèvres alors que ma mère semble au bord d'une syncope.

Comme chaque fois que je fais quelque chose qu'elle n'a pas approuvé à l'avance...

Nous sommes seuls dans le grenier quelques instants plus tard. Ma grand-mère m'indique un texte écrit en gaélique qui repose sur une tablette.

— Tu dois réciter ceci en y pensant très fort. Tu devrais en être capable sans problème. Nous devons tous nous tenir par la main durant cette incantation qui va requérir beaucoup de puissance.

— Petite question, Grand-M'man : comment vais-je faire pour tenir et lire ma feuille si on se tient par la main ?

— Tu ne peux la faire léviter ?

— Je préfère le faire moi-même, propose le mage, ce que la dame accepte. Il y a beaucoup moins de danger ainsi.

Il va falloir que je pense à en faire plusieurs copies… Des copies qui ne peuvent surtout pas brûler, je songe en reconnaissant ma propension à tout faire flamber autour de moi depuis quelques jours.

— Avant de partir, je dois te préciser un point très important, Lilith. Nous ne devons absolument rien changer au passé. Tous les petits détails sont importants lors des voyages dans le temps. Ni vu ni connu. As-tu bien compris ?

J'accepte avec un soupçon de crainte, connaissant ma propension à la gaffe, mais le regard insistant de ma grand-mère demeure longtemps plongé dans le mien et je réalise alors l'importance de ce qu'elle vient d'édicter avant de confirmer à nouveau, ce qui semble la rassurer.

Juste à voir son visage, je suis convaincu que si je ne lui avais pas dit oui, nous ne serions jamais partis d'ici !

Elle revient vers le mage du passé qui accepte à son tour d'un large sourire.

— Sachant cela, où s'en va-t-on, Merlin ? Et à quelle date devons-nous y être pour n'y rencontrer personne ?

— Dans le champ d'orge de Ian Macgregor à Forsburg en mars cinq cent cinquante-deux… Le quatre mars cinq cent cinquante-deux. C'est l'année de la grande inondation. Je suis presque assuré que personne n'y sera à ce moment, mais je ne peux en être certain, dame Gwendolyn.

— C'est mieux que rien. De plus, nous ne devrions avoir aucun problème lié à la précision, car même si nous prenons les différences de dates entre notre calendrier grégorien et le calendrier julien qu'ils utilisaient dans ce temps-là, ce ne sera que quelques jours d'écart…

J'ignorais qu'il y avait plusieurs calendriers…

Un truc à chercher sur Google au retour ?

— Mais à quelle heure devrions-nous arriver pour ne rencontrer personne, Merlin ?

— Oh, je ne sais pas, dame Gwendolyn. L'heure du repas du soir, comme maintenant ? Tous les paysans devraient être dans leurs chaumières… surtout s'il pleut.

— Ce n'est pas parfait, mais c'est mieux que rien. Lilith, tu devras absolument te rappeler tout ceci de façon très exacte quand viendra le temps de donner les coordonnées dans l'incantation.

Une pensée traverse mon esprit.

— Je reviens tout de suite !

Je fais un détour par ma chambre avant de réapparaître dans la pièce deux minutes plus tard sans que les adultes me posent de questions, tous deux devant penser que j'ai simplement satisfait un petit besoin naturel avant le voyage.

Mieux qu'ils ne sachent pas tout de suite ce que je suis allée chercher…

Les mains se joignent. Le parchemin s'élève jusque devant mes yeux, mais je songe à un gros détail.

— Quand et où doit-on commencer à envoyer l'énergie ?

— Tu dois concentrer l'énergie dans les runes sacrées du plancher juste un peu avant que tu n'entonnes l'incantation… Et fais bien attention de ne pas toucher au pentagone central avec tes pieds. C'est très important ! As-tu bien tout saisi ?

Je tremble. Les adultes s'en sont aperçus.

— Ce n'est pas dangereux, Lilith, me rassure ma grand-mère.

Elle ignore certainement un truc à mon sujet…

— Ce n'est pas de voyager dans le passé qui me fait peur, Grand-M'man… C'est de foutre le feu au manoir !

La dame éclate de rire.

— Ce que tu vois sous tes pieds n'est pas vraiment ici, Lilith.

Ce cercle est dans un endroit qui ne risque pas de brûler. Je t'expliquerai ceci un autre jour… Et change de couleur de robe pour rouge comme l'originale de Morgana. Cela peut aider si jamais nous rencontrons des gens.

J'accepte le tout sans broncher avant de concentrer l'énergie magique dans les symboles sur le plancher. Lorsque tous les signes, étoiles et runes brillent au point qu'ils sont douloureux à regarder, tout devient flou et presque noir durant une seconde avant que l'extérieur du grand cercle devienne soudainement rougeâtre sur le plancher où seules les étoiles demeurent visibles, blanches immaculées, mais leurs pointes et intersections luisent encore plus fortement. Un instant plus tard, les pointes de la plus grande étoile semblent exploser et de leurs bases, de longues colonnes de lumière hyper intense, montent à l'infini dans le plafond qui a disparu. Elles sont aussitôt entourées de boules d'énergie qui sont impossibles à regarder directement, mais qui filent en harmonie vers le firmament à vitesse folle.

Ça semble hyper beau…

Grr ! J'aurais dû m'apporter des verres fumés !

Soudainement, les colonnes de lumières s'évaporent, ne laissant que des dizaines, sinon des centaines de cercles rouges incandescents apparaissant partout sur le plancher qui disparaît de ma vue, n'ayant plus que de la lumière rouge incandescente sous mes pieds.

Le mage et moi demeurons stupéfiés un long moment devant ce spectacle d'un autre monde où les cercles rouges semblent autant animés de vie que les pointes de lumière au bout des étoiles, comme si des spasmes d'énergie les faisaient vibrer, un peu comme un cœur en chamade, alors que je sens loin en moi que cette étrange énergie me rend si heureuse, si… complète, si je peux dire, qu'elle remplit un vide, un grand vide en moi. Je ferme les yeux en inspirant toute cette titanesque puissance brute qui me gonfle littéralement de joie.

Δ

La spectre à la cape rouge et noire, bien dissimulée derrière les tablettes, se réjouit en silence.

L'heure de ton réveil a sonné...

Δ

Ma grand-mère me ramène à l'important.

— L'incantation, Lilith…

Aussitôt, je dégèle pour débuter l'incantation, mais j'hésite sur le nom de la ville. Merlin me souffle la réponse à l'oreille et je continue sans m'arrêter jusqu'à la toute dernière ligne.

— Qu'il en soit ainsi !

Ma vue se trouble alors qu'un fort courant électrique parcourt ma colonne vertébrale, s'attardant longtemps à ma tête, comme s'il s'y accumulait. La pression dans mon crâne m'arrache presque un hurlement, mais brusquement, le pentagone central semble exploser de lumière et je dois fermer les yeux un court moment, n'entrouvrant mes paupières qu'un tout petit peu pour constater que le décor tourne à une vitesse si folle autour de nous qu'il en devient blanc immaculé à son tour. Je me sens devenir légère et lévite un peu, mais un instant plus tard, je retombe d'une quinzaine de centimètres au milieu d'un champ, dans un grand froid et sous une pluie battante qui me fouette le visage. Je frissonne sous le soudain changement de température.

Le mage est ravi en détachant ses mains des miennes pour inspecter les alentours, mais un homme se tient sur le chemin de boue près de nous, hébété par cette soudaine apparition à quelques pas de lui. À la grande surprise de Grand-M'man, je me place en position de combat entre Merlin et l'homme arborant un visage empreint de terreur qui hurle avant de détaler à toutes jambes vers l'extrémité du champ.

— La fée maudite Morgana !!!

Je rigole jusqu'à ce qu'il soit hors de notre vue.

— Vous aviez raison pour la robe, Grand-M'man.

— Je sais… est la simple réponse qui atteste de ses expériences passées en ce siècle.

— Bienvenue au sixième siècle, dame Lilith… Venez. C'est par là.

L'eau que j'essuie de mes yeux et le frisson l'accompagnant me font grogner.

Vais m'en rappeler, de ton sixième siècle hyper humide et glacial...

Merlin nous entraîne dans son sillage à travers les hautes herbes et la boue. Je suis inquiète.

— Est-ce grave si cet homme nous a vus, Grand-M'man ?

— Non, pas vraiment. Nous n'avons pas interagi avec lui. Ça ne changera en rien le cours des événements qui pourrait nous affecter en notre époque.

Je pousse un soupir de soulagement avant d'entreprendre une marche laborieuse dans le champ de boue.

Nous empruntons un sentier très escarpé qui nous mène à une colline où les vivants ont d'énormes difficultés à avancer. Après quelques belles cascades agrémentées de pas trop jolies visites dans la boue, nous débouchons enfin au sommet où trône en son centre une immense pierre presque carrée. Plus nous en approchons et plus le temps est maussade. Je contourne le monolithe cubique qui est de ma taille pour arriver en face d'une très large épée qui est enfoncée en plein milieu de cette immense masse rocheuse. Sa magnifique poignée en or est sertie de pierres et ornée de signes cabalistiques.

— Oh wow !

Je suis émue par cette œuvre d'art et sors de sous ma robe mon iPhone que je suis allée chercher juste avant de partir.

— C'est méga impressionnant !

En protégeant mon appareil de la pluie, je photographie l'arme sous tous ses angles devant le regard incrédule du maître qui tire l'arme de Grand-M'man d'un fourreau invisible à sa ceinture. À ma grande surprise, il extrait facilement la légendaire relique de sa prison de pierre pour superposer les armes qui sont bien différentes, surtout au niveau de la taille, car Excalibur est au moins une trentaine de centimètres plus longue que l'épée en titanium.

Mais un détail m'a tant renversé que j'en ai de la difficulté à respirer.

— Vous… Vous avez réussi à sortir Excalibur de la pierre ?

Merlin éclate de rire alors que Grand-M'man affiche un petit sourire en coin.

— Si vous saviez à quel point c'est simple, dame Lilith.

— C'est vous qui le dites… Placez-les côte à côte, Maître. Je vais prendre des photos pour les comparer après.

— Photos ?

Le mage, interloqué, cherche une explication du regard auprès de ma grand-mère qui lui fait signe de ne pas s'en faire. La prise de photos dure encore quelques poses. Le moment fort de cette séance est lorsque Merlin tient les deux épées de chaque côté de sa tête avec sa langue sortie, comme je lui ai demandé.

Je veux absolument la toucher. Le mage me la remet dans mes mains, mais elle est si lourde que je l'échappe presque même si je la tiens de toutes mes forces à deux mains. Lentement, la pointe descend au sol.

— Mais comment peuvent-ils se battre avec ça ? Je ne suis même plus capable de la relever !

— C'est une arme d'apparat, dame Lilith. Elle n'est pas conçue pour le combat.

J'espère sinon ils vont avoir besoin de plusieurs rois !

Le mage reprend l'arme d'une main pour en essuyer la pointe sur ses pantalons. J'en suis franchement impressionnée.

Il est beaucoup, mais beaucoup plus fort qu'il ne le laisse paraître.

Je prends quelques autres clichés et suis satisfaite de mon travail, mais je suis gelée jusqu'aux os.

— La prochaine fois, je vais m'apporter des vêtements chauds…

Mais je peux faire ce que je veux avec ma robe de feu !

Aussitôt, je porte un long manteau d'hiver fort rembourré avec un gros capuchon.

— Non, Lilith ! Conserve la robe de feu de Morgana ! C'est le moyen le plus sûr d'éloigner toute menace potentielle. Personne ne va s'approcher de nous si tu portes cette robe.

En me rappelant notre arrivée, je réalise qu'elle a bien raison et reviens immédiatement à la petite et très mince robe originale sous laquelle je grelotte un bon coup.

Je ne suis plus certaine si c'est préférable de ne pas se faire attaquer ou de geler à mort...

Merlin enfile l'épée de Grand-M'man dans son fourreau avant d'aisément ficher de nouveau Excalibur dans sa prison de roc. Je perçois le pourtour du passage qui devient lumineux aussi longtemps que l'épée pénètre dans la pierre. Il me lance un clin d'œil coquin.

Ça semble si simple pour lui.

Grand-M'man nous demande de revenir au point d'arrivée.

— Nous allons être de retour à la maison dans très peu de temps, Lilith. C'est beaucoup plus facile de revenir à notre époque que de se rendre dans le passé.

Le chemin du retour est plus aisé à suivre cette fois, car en pente descendante. Nous retournons à l'endroit exact où nous sommes apparus. La pluie fine a fait place à une importante averse. Je dois sans cesse plisser les yeux ou les essuyer afin de réussir à voir quelque chose devant.

— Nous devons refaire l'énergie au sol en premier. Ensuite, tu diras simplement que tu désires revenir à ton point et temps d'origine, Lilith.

J'ai vraiment hâte de quitter cet endroit...

Je te laisse ton sixième siècle avec grand plaisir, Merlin !

Cette fois, je concentre énormément d'énergie dans le sol... qui commence à fumer avant de brusquement s'enflammer.

Grosse gaffe !

— Wow ! Grande Déesse, nous désirons revenir tout de suite au manoir d'Avalon, et ce, au moment exact de notre départ !

Cette fois, le voyage de retour ne dure que le temps d'un clignement d'œil. Ma grand-mère me félicite avec enthousiasme pendant que je tente d'écarter la fumée devant mon visage et elle m'avoue qu'elle ne comprend pas comment cela a pu fonctionner sans qu'aucune des mains n'ait été en contact.

Il fallait se prendre par la main ?

Ce fait me dépasse un peu, car elle dit avoir déjà vécu une très mauvaise expérience ainsi, mais elle n'élabore pas sur ce point précis.

J'aurais bien aimé en savoir plus à ce sujet...

Notre trio se retire de la Porte du Temps toute mouillée et qui sent fortement l'herbe brûlée, mais avant de sortir, je jette un œil derrière pour la remercier.

Elle est peut-être vivante, elle aussi...

Δ

La spectre en noir et rouge esquisse un sourire.

Tu n'as aucune idée à quel point tu as raison !

▲

Δ

-10-
LE VIKING

Merlin s'arrête à sa chambre pour se changer tandis que je passe dans la mienne pour y voler une serviette sans réveiller mon dragon qui y sommeille encore en ronflant.

Grand-M'man et moi revenons au rez-de-chaussée en riant. Tous sont étonnés de nous voir revenir si tôt.

— Ça n'a vraiment pas été long, nous félicite Geneviève.

— Vous n'êtes partis qu'une ou deux minutes… nous avoue ma mère qui inspire profondément face à mon visage souriant alors que j'enroule ma serviette autour de ma tête trempée.

Le mage, qui a pris le temps d'enfiler des vêtements secs, arrive un peu plus tard, au grand bonheur d'Arthur qui s'inquiétait visiblement de son absence.

— Et puis ? Est-ce que celle-ci est semblable ?

Je réponds négativement au futur roi, mais j'extrais mon iPhone qui affiche une image très claire de l'arme.

— J'ai tout photographié !

— Tu as vraiment photographié Excalibur ? explose Mario. Ces photos-là vont valoir une véritable fortune sur internet !

Il veut faire quoi ???

Je deviens très sérieuse et une balle de feu apparaît dans ma main sans même que j'y pense.

— Si jamais j'apprends qu'il y a une seule de ces photos qui atterrit sur le net…

Mario comprend tout de suite l'allusion et s'enfonce dans sa chaise. Je fais disparaître ma boule en fermant simplement ma main, au grand soulagement de tous, moi la première, avant de prendre place dans mon siège réservé avec un sourire vers mon oncle qui est encore peu rassuré par ce qu'il vient de voir.

— Avez-vous rencontré des gens de cette époque ? s'inquiète M'man.

— Un seul… Qui s'est enfui comme un fou parce qu'il

pensait que j'étais Morgana. Elle ne devait vraiment pas être commode, la Matriarche.

— Oh que non !

Le mage affiche un air qui en dit long avant de s'asseoir lourdement. Gen s'empare de mon appareil pour aller télécharger les photos dans son portable.

Je n'ai rien contre.

J'ai confiance en elle…

Mais pas en Mario !

— Et tu n'as pas le droit de simplement t'approcher de son ordinateur, Mario !

Δ

Andrew ferme le lourd loquet de la porte pour le puits temporel avant d'y insérer un autre cadenas de cristal.

Satisfait de son travail, il retourne vers les escaliers lorsqu'un bruit de verre brisé derrière lui attire son attention.

Son regard descend vers le sol où trône son indestructible cadenas, maintenant en miettes devant la porte ouverte. Le spectre lève des bras interrogateurs vers le toit. Pour toute réponse, Amber ouvre la porte pour l'étage inférieur.

Le spectre, ayant compris l'évidence du message, se dirige vers la sortie avec la tête basse.

Δ

Devant moi, je suis surprise que mon espace repas soit vide.

— Je suis certaine que je n'avais pas terminé mon assiette avant de partir…

— Je ne pensais jamais que tu reviendrais si vite, la petite.

Mario, qui vient d'avouer son larcin, a encore la bouche pleine devant mon assiette vide qui s'éloigne lorsqu'Antoine passe par là en coup de vent, laissant encore le grand Italien sidéré quelques instants… sûrement pour la deuxième fois de la soirée.

— Ça vient de te coûter ton dessert, Mario !

Mon oncle baisse la tête sous l'intense cruauté de la punition, mais je suis bien repue après ma propre portion et je laisse gentiment le morceau que j'avais réquisitionné revenir à mon goinfre préféré… qui le dévore en quelques secondes, sûrement au cas où je changerais d'idée. Tous se lèvent de table pour la petite marche nicotine.

Dans le hall, une porte dissimulée s'ouvre toute grande. Curieuse, j'approche, mais Andrew apparaît entre moi et la porte.

— Non ! Tu ne vas pas là !

— Mais Amber ne m'a pas ouvert cette porte sans raison, Sir Andrew.

Il vocifère de nouveau son interdiction en écartant les bras.

— Et pourquoi veux-tu lui interdire l'accès à la bibliothèque familiale ? lui demande ma grand-mère qui apparaît d'un mur. C'est à toute la famille, pas qu'à toi seul !

Je deviens aussi excitée qu'un minet devant un laser.

— La Grande Déesse m'a parlé de cette bibliothèque, Sir Andrew. Il faut que Merlin y ait accès pour…

— NON !

— Je ne veux pas être méchante, Sir Andrew, mais je n'ai qu'à avancer pour passer au travers de votre corps comme s'il n'était pas là… Parce que justement, il n'est pas là !

Grand-M'man éclate de rire avant de quitter la pièce alors que le mage pose sa chaude main sur mon épaule, ce qui me calme aussitôt.

— Nous y verrons plus tard, dame Lilith. Il n'est pas urgent que j'y aille pour l'instant.

Merlin et moi rejoignons nos amis qui se sont regroupés dans la rotonde où les deux fumeurs sont légèrement à l'écart, sous le vent. Arthur tient encore la poignée de son épée brisée avec un regard fort attristé. Je me doute qu'il l'aimait bien, cette vieille arme avec laquelle il avait probablement vécu des combats. Je prends place auprès du jeune homme fort musclé.

— Voudrais-tu que je la fasse réparer, Arthur ? C'est tout de même moi qui l'ai cassée.

Le futur monarque est surpris par cette proposition, mais

accepte avec entrain.

— Bien que je sois certain qu'il en préfèrerait une comme celle de dame Gwendolyn, suppose le mage qui l'a en main et l'inspecte en tous sens.

La figure d'Arthur, qui s'illumine d'un large sourire, me donne une réponse assez éloquente et je pivote vers ma grand-mère qui observe le terrain d'un air nonchalant en étendant simplement le bras.

— Le forgeron habite peu avant le village. C'est presque notre voisin. La maison au toit orange. Tu ne peux pas la manquer. Son atelier est derrière.

— Super ! Êtes-vous prêts à y aller ?

J'attends la réponse des autres, mais il n'y a que des visages hébétés devant moi, hormis celui de Grand-M'man qui a sûrement déjà vécu cette situation à quelques reprises avec d'autres et ricane de ma déconvenue. Je réalise alors que seuls le maître et Gen ont entendu ma dernière conversation.

— Alors, je disais que nous pourrions aller chez le forgeron pour aller faire réparer… Ou faire fabriquer une nouvelle épée à notre futur r… chevalier, non ?

Oh que j'ai passé près de faire une grosse gaffe…

Je lui ai presque dit qu'il serait roi !

À ma grande surprise, M'man marche en direction du garage où la grande porte s'ouvre par elle-même, montrant la carcasse de la voiture de Mario qui est maintenant sur des blocs, entourée de pièces détachées.

Le grand Italien s'approche d'un pas hésitant de ce qui reste de sa voiture.

— Mon bébé…

— Il a dit qu'il était très malade, Mario… Et avoue qu'il avait raison. Helmut est un super mécano. Ne t'inquiète pas. Ta vieille bagnole sera comme une neuve, bientôt.

Le regard affolé de mon oncle dit tout ce qu'il pense de la situation alors que M'man sort prudemment sa voiture du garage. Le toit retourne dans son habitacle, à l'arrière, en cette chaude soirée alors qu'elle s'arrête vis-à-vis Merlin en tapotant le siège à son côté.

— Viens t'asseoir.

Mario prend aussi place à l'arrière en enjambant sans vergogne le côté de la voiture sous le regard courroucé de sa sœur.

Nous, les trois jeunes, nous interrogeons du regard. Je jette un œil à Diablo qui démarre aussitôt avant de s'approcher par lui-même.

— Arthur, je te recommanderais d'aller avec ma mère étant donné que c'est la première fois que tu vas te promener en auto. Quant à toi, Gen, prête pour une belle balade en Diablo ?

Δ

Viviane tente d'influencer Arthur avec de violents signes de tête alors que Geneviève ouvre déjà la portière de la bête de la route. C'est finalement Merlin qui décide le jeune homme à monter avec la partie cassée de son épée encore en main.

Le duo de voitures roule à basse vitesse sur les dalles de granit, Diablo fermant le cortège.

— Et puis, Merlin, aimez-vous cela ?

— Ce carrosse à moteur est beaucoup plus confortable qu'un cheval, dame Viviane.

Elle manie son miroir central afin de garder un œil sur le visage du jeune homme derrière qui n'est pas apeuré, lui non plus, et accélère lentement dès qu'ils arrivent sur le chemin pour ne pas les effrayer, mais quelque chose a accroché son regard dans le rétroviseur.

Pourquoi y a-t-il une moto garée dans le champ en face du manoir ?

Δ

— Veux-tu voir ce qu'a vraiment dans le ventre ce bijou de mécanique diabolique, Gen ?

Un large sourire me répond.

Merci, Gen !

— Diablo, va à pleine puissance chez le forgeron !

— « Let's rock and roll ! » crache la radio à pleine vapeur au moment où le puissant véhicule décolle telle une fusée, nous encastrant dans nos sièges respectifs.

Gen a à peine le temps et la force de tourner sa tête vers l'indicateur de vitesse qui indique trois cents que la voiture freine brusquement, ce qui lui arrache presque les épaules avec la ceinture de sécurité avant qu'il ne bifurque dans une entrée en gravier, à très basse vitesse, cette fois.

Durant quelques secondes, ma copine cherche son souffle et sa lucidité qu'elle a laissés derrière elle lors du départ de ce sprint infernal.

— Méga trop fort ! Ça, c'est vraiment, mais vraiment de la bagnole à mon goût ! hurle-t-elle son appréciation de la balade.

Lentement, Diablo se dirige vers une bâtisse au fond du terrain où plusieurs voitures sont garées.

Δ

Un bruit effroyable se fait entendre derrière la Cadillac décapotable avant qu'un missile noir ne les dépasse à vitesse folle dans un boucan d'enfer, causant presque une attaque cardiaque aux quatre occupants, mais les deux hommes du passé ont déjà pressé le bouton de panique, Arthur voulant même sauter en bas de la voiture en marche.

— Ça ne va pas dans ta tête ? hurle la mère à sa fille.

Mais la voiture n'est déjà plus qu'un point au loin sur la route. Viviane se tourne vers le mage, encore sous le choc, et lui serre la main très fort.

— Reste calme, Merlin. Ce n'est que Lilith qui s'amuse avec le joujou hanté de son père.

Le mage respire à pleins poumons à plusieurs reprises afin de retrouver un peu de paix intérieure.

— Ça, c'est de la vraie super bagnole italienne ! lance fièrement Mario, derrière, qui peine encore d'empêcher Arthur de faire une très grosse gaffe.

Lentement, les deux hommes du passé se calment. Viviane accélère un peu plus jusqu'à la vitesse limite en tenant toujours la main de Merlin qui s'est remis de ses émotions. L'enquêtrice jette un coup d'œil à son passager arrière pour constater la même chose avec Arthur qui a même sorti sa tête de l'habitacle, laissant ses cheveux voler au vent avec un doux sourire.

Δ

Gen et moi sommes abasourdies devant le très curieux spectacle en face du commerce.

— Mais que se passe-t-il ici ?

La voiture se gare par elle-même. Gen en est impressionnée, mais pas autant que par la dizaine de chevaliers en armures devant nous. Je m'extrais de mon véhicule alors qu'une silhouette familière accourt dans ma direction. Il porte un tablier en cuir par-dessus un torse nu ruisselant de sueur, mêlé de suie, mais je l'embrasse tout de même.

— Alan ? Mais que fais-tu ici ?

— Ce serait plutôt à moi de te demander ça.

— Ce n'est pas ici, le forgeron ?

Je lève les yeux sur la pancarte qui annonce le commerce.

— Évidemment que c'est ici. Alors, tu es…

Un colosse aux cheveux blonds en brosse avec un visage carré noir de suie qui contraste avec sa large moustache pâle, s'approche. Il a les bras et les muscles du torse démentiellement développés. L'homme porte le même tablier que mon copain et s'immobilise avec les yeux grands ouverts.

— G… Gwendolyn ?

Ce doit être le Sven de Grand-M'man. Je sais bien qu'elle me ressemble, mais pas tant que ça, tout de même !

J'approche de l'homme, toujours figé comme une statue en bronze d'Hercule.

— Bonjour, monsieur Sven. Je suis la petite fille de Gwendolyn… Et la copine d'Alan.

Je lui tends ma main. Hébété, l'homme tourne lentement son visage vers mon copain qui lui, a le visage figé vers le mien en me mimant un gros « Non » de la tête avec les yeux fermés.

Oups... Je crois avoir gaffé !

L'homme éclate d'un rire sonore et balance une claque dans le dos de mon amant qui s'étend presque au sol sous la force du choc.

Hé oui... J'ai gaffé !

L'hercule blond s'essuie les mains sur ses pantalons crasseux avant de baiser la mienne avec un genou au sol. Tous les chevaliers, qui observent la romanesque scène d'un air amusé, me rendent un peu mal à l'aise. La montagne de muscles recommence le même manège avec Gen qui lui retourne une révérence féminine bien médiévale.

Ah ? Ce devait aussi être ce que je devais faire...

Et je m'exécute.

En retard, mais au moins, je l'ai faite !

— J'aurais voulu te présenter ma nouvelle copine dans d'autres circonstances, Père, mais la voici. C'est Lilith… Lilith Morgan.

Des murmures s'élèvent du groupe de chevaliers non loin, mais Alan n'en a rien à faire et ne jette qu'un bref coup d'œil derrière lui avant de revenir vers moi.

— Et Lilith, je te présente mon père : Sven Sloh. Un descendant direct de la race des conquérants Vikings.

Je suis encore impressionnée devant l'imposante stature de l'homme.

— Ça se voit que c'est un vrai Viking !

Le père et le fils sont côte à côte.

Mon copain a presque le même physique que son père... mais en moins impressionnant.

Je charme mon copain avec un clin d'œil alors que la voiture de ma mère avance lentement sur le chemin de gravier.

— C'est ici que je travaille, Lilith… Quand je ne suis pas apprenti pompier. Je suis forgeron en attendant la fin de mes études et nous sommes en pleine folie parce que demain, c'est le début du Grand festival médiéval de Montréal. Donc, tous ces messieurs veulent que leurs armures soient réparées pour cette fête.

— Oh, je comprends maintenant pourquoi tu devais toujours quitter notre lit si tôt, le matin.

Alan reçoit une autre claque dans le dos avant que son père ne retourne voir les chevaliers en riant de bon cœur.

Encore gaffé…

— Et pour quelle raison viens-tu nous voir, belle « Cheveux de feu » ?

Je suis plus que ravie de ce nouveau surnom et remercie d'un baiser mon copain qui m'en trouve un neuf chaque jour avant de chercher le futur roi des yeux.

— Arthur, montre-lui ce qui reste de ton épée.

Mais le jeune homme du passé demeure immobile, carrément hypnotisé par les magnifiques armures des chevaliers amateurs.

Mon copain s'empare par lui-même du cadavre de l'arme.

— Peux-tu la réparer, Alan ?

Il l'examine avec une grimace. Son regard désabusé vers le futur roi dit tout.

Merlin nous rejoint avec l'épée de Gwendolyn en main et, semblant médusé à son tour de retrouver Alan ici, marque une hésitation avant de lui remettre l'arme.

Alan ouvre grand la bouche en respirant fort à de nombreuses reprises avant de tourner les talons pour se diriger illico vers son père sans un mot ni jeter un seul regard vers qui que ce soit.

Mais pourquoi nous a-t-il planté là ?

Je ne vois d'autre avenue que d'aller le rejoindre. Le jeune forgeron se tient maintenant tout près du groupe de faux chevaliers.

Du coin de l'œil, le gigantesque Viking l'aperçoit avec son arme et en tombe presque à la renverse.

— L'épée en titane de Gwen…

Sans un mot, le jeune homme la montre aux chevaliers d'opérette qui sont tous impressionnés par l'arme. Alan s'approche d'un vieux support à vélos tout rouillé qui traîne près de la bâtisse et lève l'arme bien haut.

Il ne va tout de même pas briser ma belle épée ?

D'un seul puissant coup d'épée comme une faucheuse, il tranche trois barreaux de métal avant de revenir vers le groupe pour leur faire constater que la lame n'est en rien émoussée, ce qui me soulage parce que j'avais cessé de respirer depuis cette manœuvre suicidaire de mon copain.

L'un d'eux, au visage bien décidé, s'avance d'un pas.

— Je la veux ! Combien ?

— Elle n'est pas à moi… Et je suis convaincu qu'elle n'est pas à vendre.

Alan jette un œil dans ma direction, mais je refuse l'offre de la tête avant qu'il effectue des moulinets très rapides pour démontrer la maniabilité de l'arme.

— Mais je peux vous en fabriquer une sur mesure, monsieur Vokovic.

Le colosse Viking s'approche du chevalier d'opérette pour lui chuchoter quelque chose à l'oreille.

L'homme recule prestement.

— Soixante-quinze ? Tant que ça ?

— Je venais justement vous voir pour vous en commander deux autres sur mesure, je m'impose en surprenant mon copain. Il n'en existe aucune autre qui soit de cette qualité. Et tu sais bien que je ne me contente que du best des best, Alan ! C'est d'ailleurs pour cette raison que je sors avec toi.

Je jette un œil au Viking en chef avant de revenir vers mon copain ahuri que j'embrasse, tout en lui chipant l'arme que je manie à mon tour devant les chevaliers muets d'envie et surtout surpris de voir une si frêle jeune femme manier une épée d'une telle dimension avec autant de facilité.

Après ma petite présentation, je laisse les chevaliers sur leur faim et retourne vers mon bolide avec l'épée sur mon épaule. Alan me rejoint à la course après une courte discussion avec Gen.

— Je reviens dans dix minutes !

Sans plus d'explication, il détale vers la maison dans laquelle il s'engouffre, me laissant pantoise.

Mais que vient-il de se passer ?

— Miss Morgan !

Sven me fait de grands signes afin que je retourne le rejoindre au milieu des chevaliers d'opérette. J'obtempère après avoir remis l'épée à Merlin, mais je dois rapidement faire demi-tour lorsque le colosse ajoute de venir le voir avec l'épée de ma grand-mère.

S'ensuit une autre démonstration à la suite de laquelle plusieurs chevaliers prennent l'arme en main pour la soupeser et la manier quelques secondes, à tour de rôle. Tous sont éblouis des performances et surtout du poids si minime de cette arme de très haute technologie. Sven me redonne l'épée d'une façon bien chevaleresque tout en me remerciant dans sa langue d'origine.

À la grande surprise du Viking, je lui réponds dans le même dialecte sans vraiment y penser avant de revenir vers ma voiture.

▲

Δ

-11-
FEU !

Alan accourt avec la tête mouillée, le visage propre et sa chemise déboutonnée. Il est hors d'haleine lorsqu'il dépose un rapide baiser sur mes lèvres alors que je revenais vers ma voiture.

— Mais pourquoi es-tu dans cet état, Alan ?

— On ne va pas s'amuser en ville ?

Je suis toute surprise de cette révélation en ce qui concerne mon agenda de soirée. J'interroge ma mère et ma copine du regard. Gen se colle sur son copain qui n'a d'yeux que pour les chevaliers.

— Nous avons encore plus d'une heure de soleil. J'avais pensé que ce serait peut-être bien que nos amis du passé voient à quoi ressemblent les grandes villes d'aujourd'hui, étant donné qu'il fait si beau.

— Et pourquoi pas ? Je suis certaine qu'ils vont adorer cette balade dans le monde moderne.

Oups... Dans quelle auto Alan va-t-il monter ?

— Dis, Gen, ça ne te ferait rien de...

La blonde prend place au milieu du siège arrière de la vieille Cadillac.

— J'avais déjà compris que tu voudrais te promener avec Alan.

J'embrasse ma copine à distance avant de me blottir contre mon amant.

— Prêt pour une petite balade d'enfer, mon beau forgeron d'amour ?

— Je n'ai rien contre ta diabolique voiture, Lilith, mais pour cette excursion, elle devra suivre la mienne, s'oppose M'man sur un ton autoritaire.

C'est logique à cause de Merlin et d'Arthur...

Peut-être logique, mais pas aussi amusant !

Je prends place dans la Diablo qui démarre. Alan est hésitant, mais se décide finalement à venir me rejoindre, s'attardant aux détails intérieurs en attendant que M'man se mette en marche.

— Fan-tas-tique !

Il est surtout époustouflé par les infimes incrustations métalliques du tableau de bord en fibre de carbone avant d'attacher sa ceinture de sécurité qu'il vérifie à multiples reprises en respirant profondément. Sa nervosité m'alerte.

— Qu'y a-t-il, Alan ?

— Je t'ai entendue arriver. Tu roules vraiment à vitesse folle et je sais que tu n'as ton permis que depuis quelques jours. En plus, nous sommes dans une voiture qui doit sûrement être capable de rouler à plus de deux cents. Aurais-tu un peu peur, toi aussi, à ma place ?

— Peut-être… Surtout que ton deux cents, c'est sa vitesse pour rouler tranquillement.

Devant le visage démonté d'Alan, je ris aux éclats alors que M'man se déplace enfin. Je la suis d'assez loin sur le chemin, mais une moto, venant d'un chemin de tracteur, s'intercale entre nous. La promenade à basse vitesse achève de calmer mon amant qui sifflote n'importe quoi. La radio s'allume sur une lourde balade de Metallica.

— Je crois que ma voiture n'aime pas trop t'entendre siffler.

Il se tourne vers moi avec un visage soucieux.

— C'est surtout que je me pose de grosses questions depuis ce matin. Que sommes-nous l'un pour l'autre, d'après toi ?

Oh que je n'aime pas cette entrée en matière…

— Pourquoi me poses-tu cette question ?

— Parce que je me demande ce qu'une belle fille comme toi, riche à craquer avec des super pouvoirs de sorcière en plus, fiche avec un gars bien ordinaire comme moi ?

Je suis catastrophée par cette question.

— Tout simplement parce que je crois que tu es la meilleure chose qui ne me soit jamais arrivée côté garçons !

— Tu ne me connais même pas ! Je pourrais aussi bien être un batteur de femmes qu'un tueur en série, tu sais !

— Tu as raison, mais je sens ces choses. Ce doit être une

affaire de sorcière…

Plutôt de femme bien ordinaire qui sait dans son cœur qu'elle a enfin trouvé l'homme parfait pour elle…

Son magnifique prince charmant !

Il indique un endroit devant.

— Pourrais-tu t'arrêter au resto ? J'ai super soif.

Je bifurque sur l'entrée asphaltée du commerce qui est bondé à cette heure et m'empare de mon téléphone en attendant mon copain.

— Hé, Gen ! Nous devons arrêter deux minutes. Dis à M'man de prendre l'autoroute quand même. Ne vous inquiétez pas. Nous vous rejoindrons assez rapidement.

— Belle défaite… Amuse-toi bien.

— C'est d'ailleurs ce que je compte faire !

Alan met un bon moment à revenir avec deux cannettes en main et m'en tend une.

— Je ne savais pas trop ce que tu voulais : Sprite ou Coke ?

— Tequila ! je réponds aussitôt sur un ton amusé qui le fait bien rire.

C'est faux, mais c'était drôle !

Je m'empare de la cannette verte, mais je ne sais trop où la déposer. Lentement, deux trous se forment dans la console entre les sièges sous les yeux ébahis de mon copain à la bouche grande ouverte.

— C'est souvent pratique, les voitures hantées. Merci, Diablo. Attache-toi Alan, s'il te plaît.

Je dépose ma cannette dans l'endroit à présent prévu à cet effet tandis qu'Alan met un petit moment avant de sortir de sa torpeur pour s'attacher en éclatant de rire.

— Sais-tu ce que j'aime le plus chez toi, Lilith ? Diable que la vie n'est pas monotone lorsque tu es autour !

— Et tu n'as encore rien vu, je lui promets en empruntant l'embranchement d'autoroute. Diablo, va rejoindre Jack, s'il te plaît.

Le véhicule décolle avec puissance pour rapidement

atteindre sa vitesse de croisière en dépassant les voitures que nous n'apercevons qu'à la toute dernière seconde.

Alan s'énerve au possible lorsqu'il constate que je ne tiens plus le volant, que je suis confortablement calée dans mon siège, la tête tournée vers la sienne.

— Relaxe, Alan. Diablo se conduit maintenant tout seul comme un grand. Si c'était moi qui conduisais, ce serait une toute autre histoire. J'aurais même vraiment peur si j'étais à ta place, mais là…

Son visage effrayé s'étire vers l'indicateur de vitesse numérique et hyper ventile aussitôt.

— T… Trois… Trois cents ?

— Tu n'as pas à t'énerver, mon beau forgeron-pompier. Ça, c'est sa vitesse normale sur les autoroutes.

Je dépose ma main sur la sienne, crispée sur la console au moment où ma voiture ralentit brusquement avant de se ranger derrière la décapotable pourpre après avoir dépassé une moto verte.

— Ah ? Nous avons déjà rejoint ma mère ? Dommage, j'aime tellement aller vite en auto.

— Si tu ne me l'avais pas dit, je ne m'en serais jamais aperçu !

Comique…

— Et si nous reprenions notre petite discussion à propos de nous deux ?

C'est ça qui est vraiment important, à mes yeux !

Alan tente de reprendre contact avec la réalité et demeure un long moment sans bouger avant de me jeter un œil moqueur.

— Tu me dépasses, Lilith !

— Moi aussi, je me dépasse, à l'occasion, mais ce n'est pas de ça que nous discutions. Tu crois vraiment que je ne peux pas m'intéresser à toi juste parce que tu n'es pas riche et que je le suis ? Je me fous royalement de l'argent, Alan ! Je n'ai pas du tout été élevée dans la ouate… J'ai été sans le sou toute ma vie jusqu'à la semaine passée !

Il est fort étonné par cette affirmation à laquelle il ne s'attendait pas du tout, d'après ce que je constate.

— Je ne comprends pas... Les Morgan ne sont pas hyper riches ?

Je lui raconte alors tout ce qui s'est passé dans ma vie dernièrement, même si son regard diverge souvent sur le volant que je ne touche pas.

Δ

Viviane jette un œil vers Merlin qui s'est calmé, goûtant aux joies des transports modernes, les cheveux au vent et les yeux partout à la fois, s'émerveillant de tout et de rien en posant sans cesse des questions plus surprenantes et inattendues les unes que les autres pour la dame qui réalise alors toute la différence entre leurs deux mondes.

Un regard dans le rétroviseur lui montre encore la moto qui semble les suivre depuis qu'ils ont quitté la forge. Un point noir grossit rapidement pour devenir une voiture très profilée qui se range derrière elle en freinant brusquement.

— Elle a encore fait la folle avec la voiture de son père, peste-t-elle alors qu'ils arrivent dans la banlieue immédiate de Montréal. Ils sont bien pareils, ces deux-là.

Le mage est impressionné alors qu'ils longent un quartier industriel en bordure de l'autoroute.

— Par la Grande Déesse ! Ils ont vraiment de très, très gros manoirs ici, dame Viviane !

L'enquêtrice éclate de rire.

— Non, Merlin, ce sont des usines. Personne ne demeure dans ces endroits où on fabrique toutes sortes de choses. Il y a même quelquefois des milliers de personnes qui travaillent là-dedans en même temps, mais ils quittent l'usine le soir afin de retourner dans leurs petites maisons.

Ils croisent un quartier résidentiel.

— Regarde à droite, les gens qui travaillent dans les usines demeurent habituellement dans des maisons comme celles-ci.

Le mage a saisi le concept. Ils longent à présent le fleuve

avec la ville de Montréal qui défile à leur côté. Le mage et le jeune Arthur sont éberlués et sans voix. Plus ils approchent du centre-ville, plus ils sont excités.

Le mage tombe en admiration devant une longue structure métallique qui enjambe le fleuve devant eux.

— C'est… C'est si gros !

— C'est le pont Jacques-Cartier, Merlin. Nous passerons dessus bientôt. Vous allez bientôt voir de bien plus belles choses, lui promet-elle en empruntant la bretelle menant au pont.

Dans son rétroviseur, l'enquêtrice aperçoit la voiture de sa fille qui les suit, de même que la moto verte qui est à courte distance derrière.

Encore cette moto ? Nous suit-elle ? se demande à nouveau Viviane qui doit, contre son gré, se concentrer sur la route étant donné le grand nombre de voitures agglutinées autour d'elle.

Sur le pont, le mage et le futur roi ne s'expriment plus que par des Oh ! et des Ah ! à chaque seconde, ébahis devant le grandiose spectacle des villes modernes comparées à leurs bourgades du Moyen-âge. Ils ont surtout été émerveillés par les milliers de lumières du parc d'attractions de « La Ronde ».

Geneviève promet à Arthur qu'elle le lui fera visiter dans un futur proche, même si Viviane croit que c'est prématuré pour eux.

Merlin, lui, cherche partout le château du roi local qu'il s'imagine féérique et pose la question à la conductrice qui doit penser quelques instants avant de répondre.

— Je sais bien ce que vous cherchez, Merlin, mais ça ne fonctionne plus comme avant, ici. Il n'y a plus de roi… Enfin plus officiellement. Nous sommes maintenant dirigés par un groupe de personnes qui prennent des décisions ensemble. Nous ne sommes plus régis par les décisions d'un seul homme… Et leur château, comme vous pourriez l'appeler, se situe dans une autre ville, très loin d'ici.

Le maître, qui suivait bien les explications, sourit à la dame.

— Ce sont donc des Conseils de Sages comme lors des passages entre monarques, traduit pour lui-même le mage.

— Oui, vous pourriez appeler ça ainsi, si vous voulez… Mais ils sont loin d'être tous sages !

Viviane jette un œil derrière dès qu'ils sont de retour sur la terre ferme. Sa fille la suit à faible distance, mais la moto est maintenant éloignée de quelques voitures. L'enquêtrice ricane en s'attardant un peu plus aux véhicules devant.

Je suis peut-être un peu parano… songe-t-elle alors que le feu vire au vert.

Viviane avance lentement sur un boulevard qui les mène vers les gratte-ciels du centre-ville. Les imposants bâtiments rendent Merlin et Arthur muets de fascination.

La dame se range d'urgence dans une zone de parking interdit, face à l'un des plus hauts gratte-ciels de la ville, lorsqu'elle réalise que le jeune Arthur est debout sur la banquette arrière pour mieux voir les merveilles autour de lui.

— Ces chaumières doivent toucher le ciel, échappe le futur roi dans un élan de stupeur.

La policière éclate de rire avant de reprendre un peu de sérieux.

— Des milliers de personnes travaillent dans ces bâtiments, mais il y a d'autres bâtisses qui sont aussi hautes et qui… Regardez celle-là, en montre-t-elle une autre, au loin. C'est ce que nous appelons une tour d'habitations. Des gens y demeurent comme si c'était leur maison. Des centaines, sinon des milliers de personnes vivent là-dedans. En gros, ce sont des tas de maisons qui sont empilées les unes sur les autres.

— Vous voulez dire… Par la Grande Déesse ! Ils doivent être épuisés après avoir monté tous ces escaliers lorsqu'ils arrivent là-haut !

— Mais non, il y a des ascenseurs, voyons.

Viviane rit un instant devant l'évidente incompréhension du Maître.

— Des ascenseurs sont des boîtes qui montent les gens jusqu'à la hauteur qu'ils désirent. C'est plus facile à vivre qu'à expliquer. Je vous montrerai peut-être plus tard.

Une voiture de police s'arrête à leur hauteur.

— Vous n'avez pas le droit de vous garer ici, Madame. Vous devez… Oh ! Bonjour, Lieutenant.

— Je faisais du repérage, les gars, ment-elle en leur souriant, fidèle à son habitude lors de ces situations. Je m'en vais, là. Merci.

— Dites, vous n'avez pas été blessée voilà quelques jours, Lieutenant ?

L'enquêtrice est prise de court un instant.

— Juste une grosse égratignure. Les médias en ont fait une gigantesque montagne pour rien.

— Maudite télé ! N'importe quoi pour qu'on la regarde…

Viviane embraye dès que les policiers sont repartis et jette un rapide coup d'œil dans son rétroviseur pour s'assurer d'avoir une voie libre avant de s'engager sur le boulevard.

— La moto !

La policière reporte aussitôt son attention sur son rétroviseur, mais un afflux de camions obstrue son champ de vision.

Elle ne la voit plus nulle part.

Ai-je rêvé cette connerie ?

— Nous devrions aller leur montrer le stade olympique, madame Dimirdini, lui propose tout de go Geneviève.

Viviane a toujours les yeux rivés sur ses rétroviseurs.

— Attention !

Le hurlement général surprend la conductrice, mais la voiture s'était déjà immobilisée avant même que l'enquêtrice ne s'aperçoive qu'elle a failli renverser un livreur, qui est maintenant à deux doigts de la crise cardiaque.

— Bons réflexes, P'tite sœur. Prends à droite ici, puis la ruelle à gauche, ce qui va t'amener jusqu'à Sherbrooke. Tu vas ainsi éviter le gros trafic si tu veux te rendre au stade avant que le soleil se couche.

L'enquêtrice jette un dernier regard dans ses rétroviseurs, où elle ne voit encore que Lilith, avant de bifurquer dans la direction indiquée par son frère, toujours en regardant plus souvent en arrière qu'en avant, mais constate rapidement que la moto ne les suit pas.

Elle jette un œil à sa montre et se dirigent maintenant beaucoup plus vite vers leur destination. Ils s'arrêtent à un feu rouge d'où ils aperçoivent l'ensemble du complexe olympique.

Merlin affiche un visage enjoué.

— On dirait un cygne géant ! C'est vraiment beau et tellement gros. Cela, cela... L'autre bâtisse ressemble à une tortue.

Viviane s'amuse de ces comparaisons avec le monde animal.

— Le cygne est un immense stade pour les sports tandis que la tortue s'appelle le Biodôme. C'est un endroit où il y a des centaines, peut-être même des milliers d'animaux qui viennent de partout dans le monde. Il y a des oiseaux, des poissons, des animaux et des insectes de toutes les sortes.

Le mage est ébahi à l'avance.

— Ce doit être un endroit formidable !

Elle se tourne vers les passagers à l'arrière.

— Ça vous dirait d'aller y faire un tour ?

— Pourquoi pas ? approuve Geneviève qui lève le doigt. Minute, il n'est pas un peu tard pour commencer cette visite ?

— Nous allons faire ça assez vite, Gen. Ils ne sont pas ici en tant que touristes avec des caméras. Nous passerons vite d'une salle à l'autre. Ça va les émerveiller !

La blonde s'énerve.

— Surtout avec les pingouins. Ils sont si drôles. C'est une bonne idée. Oui, ils vont adorer. Je vote en faveur de la motion ! lève-t-elle le bras bien haut.

Δ

La décapotable s'immobilise dans le parking. Je la rejoins après une certaine hésitation et bondit hors de ma voiture dès que nous sommes à l'arrêt.

— Pourquoi va-t-on au Biodôme ? Il ne doit pas rester plus d'une heure pour visiter, M'man.

— Nous visiterons rapidement, Lily. Ils vont adorer.

Vrai qu'ils y verront des trucs assez fantastiques... pour eux.

Je souris à M'man qui mène le groupe, main dans la main avec Merlin.

Il doit certainement y avoir un truc que j'ignore entre eux...

De nombreux travaux nous obligent à faire quelques détours.

Une moto verte est à peine visible derrière une colonne.

Mais qu'est-ce qu'elle fout là ?

Le parking est plus loin...

M'man cesse subitement d'avancer dès qu'elle l'aperçoit à son tour et instinctivement, met la main à sa ceinture, mais son arme n'y est pas. Celle à sa cheville non plus étant donné qu'elle est en jupe.

Mon sixième sens est en alerte rouge un moment avant qu'une ombre blanche bondisse de derrière une colonne. En un éclair, elle frappe la poitrine de Merlin avec un truc qui reflète le métal avant de continuer vers moi, mais je l'esquive à la dernière seconde. L'assassin pivote prestement vers sa proie manquée avec son arme bien haute, prête à semer la mort de nouveau et, durant un court instant, je croise le regard empreint de folie meurtrière de l'assaillante derrière la visière de son casque… Mais mon instinct de survie prend le dessus.

— Feu !!!

Ma chevalière et l'athamé au bout de mon bras explosent de lumière alors que le corps du prédateur est immédiatement repoussé vers l'arrière pour voler plusieurs mètres dans les airs avec le sternum semblable à de la lave en fusion et ma victime s'écrase lourdement sur la même colonne d'où elle était sortie pour son attentat meurtrier avant de rouler au sol comme une poupée de chiffon, désarticulée, le casque fixant le ciel.

Δ

La Grande Déesse, de son point de vue haut placé, serre les poings en songeant aux implications relatives à la scène sous elle.

Cela ne peut continuer ainsi… Je n'ai plus de choix possible. Je dois de toute urgence hâter certaines actions plutôt délicates !

▲

Δ

-12-
L'IMPOSSIBLE !

Je suis pétrifiée devant la motocycliste qui semble paisiblement dormir, mais qui a le corps presque coupé en deux avec un trou d'une vingtaine de centimètres en pleine poitrine dont le pourtour montre des chairs fumantes.

Oh merde…

Mais qu'est-ce que je viens encore de faire ?

Merlin, le visage crispé en une atroce grimace, tombe à genoux, me réveillant alors que je ne pouvais plus détacher mes yeux de la blessure de ma victime, et il s'écrase lourdement sur le dos avec une main ensanglantée sur la poitrine.

Tous se précipitent vers l'homme agonisant. Je m'agenouille avec M'man près du mage qui enserre mon bras.

— Dame Lilith…

Je sens un grand froid émaner de son corps.

— Besoin Grande Déesse… Malédiction Glace… Besoin athamé assassin… Andrew…

Sa tête roule sur le côté.

Catastrophée, je réalise que l'endroit où il a été poignardé est à présent recouvert de sang gelé.

— Merlin ! Merlin ! crient en même temps presque tout le monde autour de lui en réalisant l'état tragique de la situation

Besoin Grande Déesse, qu'il a dit, je pense à toute allure pendant que je ne peux détacher mon regard de la plaie recouverte de frimas. *Malédiction de glace… Andrew… Grande Déesse…*

Je me répète ceci en boucle à plusieurs reprises avant de réussir à faire un tout intelligent dans mon esprit en ébullition.

— La bibliothèque était pour qu'Andrew puisse sauver Merlin avec l'aide de la Grande Déesse !

Je bondis debout en bousculant mon oncle.

— Diablo ! Diablo ! Viens ici tout de suite !

En un instant, la voiture est près de nous, portes ouvertes.

Mais comment a-t-il fait pour passer au travers des rénovations ?

Pas important...

— Mario et Arthur, mettez Merlin dans la voiture. Je dois retourner tout de suite à Avalon pour le sauver !

Les deux hommes n'hésitent pas avant de s'emparer du mage inconscient tandis que je prends place au volant.

Besoin athamé assassin...

— Gen ! Apporte-moi le couteau du tueur. J'en ai besoin tout de suite !

La blonde se précipite vers l'arme qu'elle m'apporte en le tenant du bout de ses doigts. Je m'en empare fermement avant de l'insérer sous mon ceinturon d'athamé qui apparaît soudainement à mes hanches.

— Éloignez-vous ! Diablo, va le plus vite possible au manoir !

À ma grande surprise, mon bolide s'élève.

Mais c'est quoi, cette connerie ?

Δ

Les spectateurs sont abasourdis de constater que la voiture lévite maintenant à un mètre du sol. Rapidement, des ailes de forme triangulaire sortent sous le véhicule pendant qu'un court empennage vertical apparaît à l'arrière.

Le bolide qui s'élève encore disparaît alors subitement aux yeux de tous.

Δ

Je ne sais plus comment réagir alors que Diablo s'élève au-dessus du complexe olympique avant de décoller tel un missile vers le fleuve en effectuant un long virage dans la direction du cours d'eau qu'il suit au ras des vagues à vitesse démentielle.

C'est plus que de la folie...

Ça la dépasse même de très, très loin !

Δ

Sur les rives du fleuve, des milliers de personnes sont surpris par une puissante détonation, suivie d'une sévère onde de choc qui fait exploser presque toutes les fenêtres des maisons riveraines en jetant au sol des centaines de personnes terrifiées.

Δ

Diablo vire brusquement sur l'aile et contourne l'île d'Avalon pour continuer à rapidement perdre de la vitesse tout en rapetissant ses cercles sans arrêt, m'écrasant tant dans mon siège que je ne peux plus bouger.

La Grande Déesse…

— Mon « Sanctuaire » !

Cet ordre entraîne un rapide mouvement latéral du bolide qui va se poser sans aucune douceur au centre du cercle de pierre. Haletante, j'ouvre ma porte.

— Andrew ! Urgence !

Je n'ai qu'une seconde d'intense surprise de constater que mon bolide a maintenant des ailes et que je doive faire un pas dessus pour sortir. Le spectre du patriarche apparaît face à moi, mais juste à l'extérieur du cercle.

— Merlin a été attaqué avec ça !

Je lui montre l'arme que j'ai en main sans savoir comment elle est arrivée là. Après un instant de surprise, je reviens sur l'urgence en cours.

— Je suis presque sûre que ce que la Grande Déesse m'a plutôt dit est que la réponse pour sauver Merlin se trouvait dans votre bibliothèque !

— Approche-toi plus de moi avec ce couteau, vite !

Je réalise aussitôt que l'ancêtre ne semble pas pouvoir avancer dans le cercle et je me précipite vers lui pour lui présenter l'arme à quelques centimètres du visage.

— C'est un athamé de combat !

— Ah oui ! J'allais oublier… La plaie est couverte de glace.

Cette nouvelle assomme presque le spectre.

— Par la Déesse ! Une satanée Malédiction de Glace !

Andrew disparaît avec un visage rageur.

Δ

L'Irlandais, bien assis dans son antique fauteuil en cuir, sourit. Il crie sa victoire en levant bien haut son ballon de scotch.

— Et de un, Arès !

Δ

Je reviens en courant vers le côté passager de la voiture en remettant machinalement l'arme sous ma ceinture. Dès que j'ouvre la portière, le mage inconscient roule un tour complet sur l'aile triangulaire avant de tomber lourdement le dos sur les pierres. La voiture s'élève pour disparaître en direction du manoir à basse vitesse en frottant la cime des plus hauts érables.

Que faut-il que je fasse, maintenant ?

Je panique dès que je réalise que presque toute la poitrine du maître est à présent gelée et, implorante, je lève aussitôt les yeux au ciel.

— Grande Déesse ! J'ai besoin d'aide de toute urgence !

Impatiente, j'attends que la déesse apparaisse ou parle, mais seul le silence des pierres me répond.

— Que dois-je faire ?

Le silence est toujours omniprésent, angoissant.

Elle m'était apparue dans mon Dôme de feu…

Mais c'est sûr que si je fais ça, je vais faire rôtir le maître.

Alors comment dois-je m'y prendre ?

Je ne suis pas capable d'en faire un normal !

Et si j'y allais moins fort ?

Comment font les humains pour contrôler la puissance de l'eau ? avait dit la Déesse.

Une valve ?

Une valve comme pour un tuyau d'arrosage ?

À l'instant que je ferme les yeux, je constate que le tourbillon d'énergie est déjà en marche autour de moi et j'en suis bien heureuse.

Venez en moi, énergie de la Déesse.

Mon corps attire alors l'énergie qui continue à tourbillonner en moi.

La valve, maintenant.

J'imagine alors que j'ai une grosse valve de tuyau d'arrosage sur ma tête. Je lève mes bras comme si je la prenais réellement dans mes mains.

La valve est en ce moment fermée.

Je ne vais l'ouvrir qu'un tout petit peu pour faire un dôme bleu comme celui de Merlin.

Les bras en l'air, je mime de n'ouvrir la valve que d'un petit quart de tour.

— « Dôme de feu », tu dois être moins fort cette fois-ci et n'être qu'un « Dôme bleu ».

La surface du Cercle de pierre se colore d'une douce lueur bleuâtre. J'attends la suite, anxieuse du résultat.

Oups… Où est le dôme ?

Je comprends et lève à nouveau mes bras.

Un autre petit quart de tour, alors ?

Le dôme bleu poudre se forme aussitôt.

— Grande Déesse ! Pouvez-vous m'entendre, là ?

Je sens qu'il se passe quelque chose en face de moi. Le paysage est plus flou qu'ailleurs en un endroit bien précis, me rappelant ma vision de la matinée.

Je dois avoir besoin d'un autre quart de tour.

Le dôme devient pourpre foncé et la vision se clarifie un peu, mais demeure spectrale. Seuls des yeux sont clairement visibles.

— Grande Déesse ! Merci d'être venue ! Que dois-je faire pour sauver Merlin ?

« *Andrew arrive avec ta réponse, ma fille. Tu as réussi à trouver le bon niveau d'énergie pour cette situation et je t'en félicite. Je dois maintenant te quitter afin que tu aies les forces nécessaires pour guérir mon fils. Je vais vous aider de loin. À demain.* »

Aider de loin ?

Elle doit être vraiment au bout du monde parce qu'elle ne m'a pas aidé du tout !

N'ayant pas le choix, je décide d'agir seule après un court moment de stupeur.

— Andrew ! Où êtes-vous ?

Le spectre apparaît au même endroit que précédemment. Un énorme livre est ouvert à ses pieds.

— Pages quatre cent vingt à quatre cent trente-deux ! m'informe-t-il alors que sa femme apparaît à sa gauche. Tara était une guérisseuse. Elle va être plus en mesure de te guider que moi, Lilith.

— Pas de problème !

Je veux me rendre au bouquin, mais dès que j'avance, la bulle violacée repousse le livre en bas du muret ceinturant le cercle de pierres.

— Tu n'as pas besoin de ta protection, Lilith. Personne ne te veut de mal, ici.

— Ce n'est pas ça, je devais parler à la Grande Déesse. Dôme pourpre, disparaît !

Sans attendre plus, je me précipite sur l'énorme volume antique pour y feuilleter les pages à grande vitesse.

Douze pages…

C'est à peu près le nombre de pages que j'ai lues depuis un an !

— Montre-moi tout de suite l'athamé qui a blessé Merlin, Lilith, m'ordonne ma grand-mère, apparue elle aussi près de la matriarche.

J'hésite avant de la présenter à Grand-M'man qui rugit.

— C'est celui des Stuart ! C'est le même athamé qui a tué Carlie ! Le salaud… Il va le payer, cette fois !

Les yeux du spectre deviennent comme des petites boules de braises et elle les ferme en vitesse devant mon air surpris.

Mais c'est quoi, ce truc dément ?

Des yeux sataniques ?

La spectre en rouge tente de reprendre son calme en respirant à plusieurs reprises avant de rouvrir les paupières, montrant que ses yeux ont repris leur couleur normale.

Beaucoup mieux ainsi...

— Va à la dernière page qu'Andrew t'a indiquée. C'est la méthode que ce foutu connard emploie toujours.

Je m'y emploie à toute allure après avoir de nouveau inséré l'athamé de l'assassin à ma ceinture. Tara fait de grands gestes pour attirer mon attention.

— Tourne le livre vers moi, Lilith.

La matriarche s'agenouille pour rapidement lire.

— Parons au plus pressant. Tu vas amasser de l'énergie et réciter la deuxième partie au-dessus de son corps en pensant bien fort que la glace disparaît… Et surtout, ne touche à aucune glace lui recouvrant le corps. C'est très important parce que tu vas aussi recevoir cette malédiction ! Maintenant, prends le bouquin et va, vite !

Oh... C'est certain que je vais y faire bien attention, alors !

Je me lance vers l'extérieur du cercle, mais le livre décolle alors du sol pour me frapper en pleine poitrine et je tombe lourdement sur les fesses avec l'imposant recueil de sorcellerie dans les bras, toujours ouvert à la bonne page.

— Calme-toi un peu, Lilith. L'important à ce stade-ci est de ne pas faire de gaffe, me recommande ma grand-mère que Tara appuie avec vigueur.

Je me précipite tout de même pour m'agenouiller auprès de Merlin.

— Énergie m'entourant, vient toute à moi !

Décontenancée un instant par la puissance de ma propre voix, j'écarte vite cette pensée pour réciter attentivement le texte en gaélique, percevant bien l'énergie qui emplit mon corps avant de la diriger vers la plaie que j'inonde de lumière avant de m'étendre à tous les endroits où il y a du frimas.

On dirait que l'énergie ne fait que se déposer...

Qu'elle n'agit pas vraiment…

Qu'elle ne règle pas le problème en profondeur.

J'ai peut-être manqué quelque chose.

Je recommence aussitôt l'incantation d'une voix encore plus forte, plus solennelle. Du coin de l'œil, j'aperçois les trois spectres qui sont catastrophés, ouvrant grand la bouche alors que j'ai presque terminé la deuxième lecture.

— Mais que fait-elle ?

Tara voudrait bien m'arrêter, mais il est trop tard. Complètement absorbée par mon travail, je me concentre à présent sur l'envoi d'énergie sur la partie glacée. Longtemps, j'insiste, allongeant même mes bras pour mieux guider l'énergie jusqu'au moment où je lâche un cri triomphal lorsque le frimas se rétracte rapidement avec de petits nuages de vapeur.

— Pas trop, Lilith ! Tu vas lui calciner les tripes ! me crie Grand-M'man.

En sueur de la tête aux pieds, je me tourne vers les spectres avec un sourire lorsque je suis certaine que tout le frimas a disparu.

— Maintenant, lis l'incantation du troisième paragraphe afin d'enlever le poison de son corps. Tu devras tenir l'athamé qui l'a blessé juste au-dessus de la plaie afin que le poison y retourne.

Logique !

Je dépose le livre sur le bas-ventre de Merlin en tenant bien fort l'arme maudite entre mes deux mains, comme si j'étais pour retourner le poignard dans la plaie.

— Poison de la Malédiction de Glace, obéis à mon incantation et retourne d'où tu viens ! j'ordonne en gaélique.

Aucune réaction.

Je vais un peu modifier cette phrase pour la rendre plus puissante, je me dis en me réinstallant. *Mais en premier…*

Ma valve imaginaire se fait lancer au loin.

— Énergie m'entourant, viens toute à moi, viens toute en moi !

Je me sens de nouveau gorgée de cette énergie qui m'euphorise tant, illuminant les environs de teintes orangées.

— Grande Déesse, fait que ce maudit poison de Glace

retourne à son origine ! J'ordonne qu'il en soit ainsi… Et tout de suite, en plus ! je termine l'incantation en hurlant ma puissance aux quatre vents, ce qui fait vibrer la structure de pierre sous moi.

Aussitôt, un lourd nuage brunâtre s'extrait de la plaie béante du mage pour passer sous la lame de l'athamé avant de disparaître vers l'est en rasant les flots du fleuve comme un long serpent de mort.

Mais pourquoi n'est-il pas retourné dans le couteau comme je lui ai demandé ?

Cette fois, je suis épuisée et dois poser mes mains au sol, comme prostrée devant l'homme.

— Lilith ! Lilith ! Tu n'as pas fini ! Tu dois aussi guérir sa blessure physique !

— Envoie-lui une grosse dose d'énergie avant que tu ne tombes inconsciente, vite !

J'amasse mes dernières forces et relève le torse, mais quelque chose m'apeure soudainement.

Merlin n'a pas bougé depuis mon arrivée…

Je saisis alors l'innommable.

— Non… Pas ça…

J'appose en vitesse mon oreille sur la poitrine ensanglantée. Un long moment passe où je tente d'entendre le moindre son.

Seul le silence hurle sa cruelle vérité.

Merlin est mort…

— Non… Non… Non ! Je ne veux pas !

Une rage monte inexorablement en moi, augmentant sans cesse.

— Non… Non !

Je sens que mon corps est maintenant tout en feu et je tremble de tous mes membres comme un volcan en éruption.

— Non !

Merlin est mort…

— NON !!!

Je hurle ma fureur au ciel avant d'instinctivement écraser

mes mains en flammes sur la poitrine du maître qui devient complètement luminescent avant de léviter avec ses bras pendants en croix de chaque côté de lui presque jusqu'au sol.

Δ

Lilith hurle toujours.

Ne se contrôle plus.

Ne vois plus rien.

N'entends plus.

N'existe plus.

N'est plus qu'un canal d'énergie venant de partout à la fois.

Le mage lâche tout à coup lui aussi un terrible hurlement à déchirer les tympans et ramène ses bras sur sa poitrine fumante en adoptant une position fœtale avant qu'ils retombent lourdement au sol, inconscients, éteints, devenus des ombres dans l'obscurité naissante.

Les spectres sont tous trois pétrifiés, ne peuvent croire ce dont ils viennent d'être les témoins privilégiés.

Une éternité passe.

Ils sont toujours muets, figés.

Même les oiseaux se sont tus.

Leurs regards ne peuvent plus quitter le duo de mages immobiles au centre du cercle de pouvoirs.

Andrew tombe à genoux.

Il se retient à la jambe de sa femme.

Tremble tant que son corps en est flou.

S'il le pouvait, il pleurerait.

— Elle a réussi… l'Impossible ?

Δ

Survolant la scène, la Grande Déesse est aussi abasourdie que les spectres sous elle.

Ce n'était pas ainsi que ce devait se passer !

C'est impossible…

Ou est-ce moi qui, inconsciemment, lui aurais transmis ma

puissance ?

Un instant... Pour réussir ceci, elle a besoin de TOUTE ma puissance !

Ce serait la seule réponse possible !

Oui, ce doit sûrement être cela...

Mais comment ai-je pu réussir ce transfert ?

Tout en la gardant dans ce monde ?

Aucun corps humain ne peut survivre à tant de puissance divine !

Non, c'est impossible...

Elle aurait été instantanément calcinée !

Alors, que vient-il de se passer, exactement ?

Le Conseil des Sages la convoque d'urgence et elle disparaît en grognant.

Δ

La dame encapuchonnée, assise sur le lion comme si elle était sur le point de partir en promenade avec lui, ricane.

Tu as oublié un petit truc, Vesta...

Δ

D'un coup de reins, Nelson Stuart se dresse de son fauteuil d'époque dès qu'il a senti un nouveau foyer d'énergie s'allumer chez les Morgan.

— Mais... Mais comment est-ce possible ? D'où sortent-ils tous ? Il n'y en avait encore aucun là-bas, la semaine passée !

L'homme se rassoit avec résignation, sans voix devant ce mystère. Son ballon de scotch le soulage quelques secondes, mais il retombe dès lors dans ses pensées noires et confuses.

Il empoigne son téléphone et compose encore le numéro de son assassin privé.

— Mais pourquoi ne me répond-elle pas ? Serait-elle déjà dans un avion ? Fort probable... C'est ce que j'aurais fait, moi aussi.

▲

Δ

-13-
GROGNE DE DIEUX

La Cadillac arrive à un train d'enfer devant le manoir. Tous s'en extirpent rapidement pour aller aux nouvelles. Tara se plante devant Geneviève.

— Tara, Tara ! Où sont Lilith et Merlin ?

— Dans le sanctuaire de Lilith. Aucun d'entre vous ne peut y aller. Vous devrez attendre qu'elle se réveille d'elle-même. Elle a travaillé vraiment très, très fort sur Merlin… Très fort !

— Et comment va-t-il ?

La matriarche ne sait pas comment le dire à la jeune femme qui répète sa question avec plus d'insistance.

— Difficile à dire. Franchement, je ne sais pas. On ne peut s'y rendre, nous non plus. C'est à présent son sanctuaire à elle. Il n'est plus à nous.

Geneviève a l'impression de parler avec sa mère politicienne qui peut causer durant des heures sans rien dire en réalité.

— Il n'y a rien d'autre à faire qu'attendre qu'elle se réveille, Merlin aussi… S'il se réveille.

— Maintenant, je connais la vérité sur son état, comprend la blonde qui esquisse une légère grimace. Mais vous, vous ne pouvez pas les aider ?

La matriarche baisse la tête.

— Nous avons déjà fait tout ce que nous avons pu.

Geneviève revient vers son groupe à qui elle donne les tristes et inquiétantes nouvelles. Viviane est furieuse de ne pas en savoir plus.

Une sonnerie étouffée de cellulaire retentit. La mère va chercher son appareil dans son sac à main demeuré sur les marches menant au perron.

— Dimirdini ! s'annonce-t-elle sèchement, comme d'habitude. Mais pourquoi voulez-vous me donner une enquête, Cap ? Je suis en congé… Accident de travail ! Vous l'avez déjà oublié ?

Viviane, dont les yeux trahissent sa fureur, gesticule pendant que celui à l'autre bout débite son discours.

— Mais je m'en fous de ce jeune ! Je viens tout juste de me faire tirer, Cap… Et si vous n'avez pas assez d'effectifs, c'est votre problème, pas le mien !

L'enquêtrice coupe la conversation et lance furieusement son appareil dans le buisson fleuri de la rotonde. Elle grimace à la suite de ce malheureux geste lui ayant entraîné une forte douleur à l'épaule, mais sa fureur envers son patron l'a emporté sur son mal.

Alan est abasourdi devant la réaction de Viviane tandis que Geneviève s'en mêle.

— Que se passe-t-il, madame Dimirdini ?

— Ce qui se passe ? Mon supérieur veut que j'aide une recrue à enquêter sur le dossier du tueur que ma fille a fait flamber !

Geneviève et Alan affichent tous deux un air hébété tandis que la mère est en proie à une véritable crise de rage.

— Maudite sorcellerie… Où est ma fille ?

Δ

Une petite voix haute crie au-dessus de ma tête tandis que d'autres voix, qui m'appellent de loin, résonnent en écho.

— Lilith ! Lilith ! Maîtresse ! Réveillez-vous tout de suite !

Lentement, je reprends contact avec la réalité. Je voudrais me lever, mais je suis trop faible pour cela.

La voix d'Andrew, plus puissante que les autres, mais qui semble encore si lointaine à mon oreille, se détache du groupe.

— Tu dois tout de suite refermer sa plaie, Lilith ! Il saigne beaucoup !

— Dépêche-toi sinon, nous allons encore le perdre !

Tara a presque crié cette précision d'un ton suppliant tandis que Nina s'éloigne avant de rapidement perdre de l'altitude, à bout de forces, dès qu'elle a franchi la protection végétale autour du cercle de pierres.

Mais que s'est-il passé au juste ?

On dirait que j'ai un trou de mémoire…

Ah oui, j'avais fait sortir le poison et…

Et je n'entendais plus son cœur.

Puis, il y a eu cette lumière…

Si intense !

Mes mains enflammées sur son torse…

C'est curieux, parce que je ne me rappelle plus la suite.

J'ai encore dû tomber dans les pommes.

La matriarche est carrément au bord de la panique.

— Lilith ! Tu dois agir maintenant, maintenant, maintenant !

Cela achève de me réveiller et je réussis à me mettre à genoux, face au mage du passé qui gît à présent dans une large mare de sang.

En tout cas, il n'est pas mort comme je le pensais, s'il saigne…

Et j'y ai peut-être été un peu fort.

Je lui ai brûlé sa belle chemise !

De nouveau, je me concentre et envoie de l'énergie de guérison dans la plaie du maître qui grimace souvent sous la puissance transmise, que je ne retiens pas étant donné l'urgence. Les gémissements de Merlin ressemblent de plus en plus à une longue plainte.

— Moins fort…

Cela me déconcentre, mais je roule mes épaules avant de me réinstaller.

— C'est moi qui mène ici, Maître ! Endurez parce que vous êtes vraiment mal en point !

Je replace tout de même ma valve sur ma tête pour lui donner trois quarts de tour.

Grande Déesse, faites que je sois capable de lui donner l'énergie et les soins dont il a besoin…

Sans en mettre trop !

Et s'il vous plaît, ne me faites plus tomber dans les pommes, ce soir.

Avec précautions, je tente de réguler le débit d'énergie que j'envoie à l'homme.

Je veux le guérir vite, mais pas le calciner...

Pas évident à faire !

Lentement, le flux de lumière qui émane de mes mains prend une teinte violacée comme celle qu'avait mon dôme lorsque la déesse m'a dit que j'avais le bon débit. En mon âme, je sais que c'est le bon niveau, c'est-à-dire qu'il est puissant tout en ne détruisant pas les tissus.

Longtemps, je conserve cette puissance et demeure presque aussi immobile qu'une statue au-dessus de la plaie, suis maintenant en transe, dans un état second, entre le conscient et l'inconscient.

Des images furtives et brumeuses font souvent leur apparition dans mon esprit, mais ne durent qu'une fraction de seconde.

Les yeux fermés, je me repose tout en administrant les soins requis. L'homme s'est rendormi et respire avec régularité, ce qui me rassure sur son état.

J'ai maintenant l'impression que le temps s'est arrêté.

Que plus rien ne bouge autour de moi.

Que la planète a cessé de tourner.

Je ne ressens plus aucune fatigue, me sentant bien et en harmonie avec tout ce qui m'entoure, tout simplement.

Cette sensation euphorique m'arrache un doux sourire.

— Je crois que c'est assez, Lilith, me recommande Tara, ce qui me sort de mon état léthargique.

Merlin se réveille et me sourit en retour alors que je constate avec joie que la plaie est bien refermée.

— Dormez, dame Lilith. C'est important...

Le mage du passé se rendort et je ne me fais pas prier pour m'étendre à mon tour sur les pierres où Morphée me prend dans ses bras dès que je ferme les yeux.

Δ

Gwendolyn, tout sourire, apparaît devant Geneviève.

— J'apporte de bonnes nouvelles !

La blonde crie de soulagement.

— Venez, tout le monde, j'ai des nouvelles !

— Lilith et Merlin vont bien, à présent, mais Lilith est épuisée et elle s'est endormie… Pour un long moment. Ils ne sortiront donc pas de son sanctuaire avant demain. Ne soyez pas surpris si elle dort plus d'une journée. Ça m'est arrivé à quelques reprises dans le passé après de grosses guérisons comme celle-là. Si on peut dire parce que je vais être franche avec vous, je n'en ai jamais fait d'aussi importante de toute ma vie. Elle a fait des choses… des choses carrément hors de ce monde !

Geneviève traduit gaiement à tous, ce qui apaise le climat d'anxiété et d'incertitude qui régnait dans le manoir.

— Je vous recommande tous d'aller dormir. Je sens que demain sera une longue et rude journée.

Une sonnerie de téléphone se fait de nouveau entendre.

— Il sonne aux cinq minutes, ce… Je vais le lancer dans le fleuve !

Viviane, en proie à une crise de fureur anti-technologique, se précipite vers sa cible avec le regard décidé et les dents serrées.

Geneviève la rejoint à la course avant qu'elle ne commette l'irréparable.

— Je pensais à un truc, madame Dimirdini… Y avait-il des caméras où a eu lieu l'attaque ?

L'enquêtrice sait où veut en venir la blonde et amène sa main au menton en jaugeant la jeune femme avec suspicion.

— Je pense que ce serait peut-être une bonne idée que vous soyez mêlée à cette enquête… surtout pour protéger Lilith ?

Geneviève approche de la mère qui serre les dents.

— Sans compter que vous y étiez… Et que vous n'avez pas appelé 911 !

La lieutenante devient sceptique face à sa première décision de refuser de s'impliquer dans l'enquête. Se sentant coincée de tous côtés, elle demeure immobile et jongle avec le tout quelques secondes, réalisant à présent que son poste, sinon sa liberté, est en grand danger. De rage, elle ferme les poings avant d'aller chercher son téléphone dans les fourrés pour composer un numéro en mémoire dans son appareil tout en lui enlevant une grosse galette de terre.

— J'accepte de vous donner un coup de main, Cap, mais vous m'en devrez une très, très, très grosse. On se comprend bien sur ce point ? Donnez-moi l'adresse… Au Biodôme ? OK.

Sans un mot à la jeune amie de sa fille, Viviane marche d'un pas décidé vers le garage pour disparaître dans la nuit avec sa décapotable.

Geneviève salue les feux arrière de la voiture.

— Trop facile…

Δ

Au nord de l'Écosse, sur une petite île déserte balayée par de forts vents chargés d'embruns, d'étranges lumières apparaissent, provenant de monolithes disposés autour d'un Cercle de pierre datant de la nuit des temps qui devient lumineux lui aussi. Les douze pierres se métamorphosent en autant d'esprits lévitant à un demi-mètre du sol.

L'un d'eux, un mâle passablement musclé à courts cheveux noirs et visage sévère, lève le bras en ne quittant pas des yeux l'esprit d'une femme à la peau foncée qui contraste avec ses cheveux d'un roux clair traversés par des flammes dansant au vent.

— Mais qu'as-tu donc fait, Vesta ? Tu sais pourtant que nous n'avons pas le droit de redonner le souffle de vie à un humain décédé… même si c'est ton enfant !

— J'ai dû agir ainsi parce qu'avec vos sempiternelles guerres, vous m'avez enlevé celui que j'avais préparé pour cette tâche, Arès. Afin de remplacer le fils, je protège donc son père de toi depuis ce moment et ce, qu'importe le siècle où il se trouve… Quitte à l'éloigner de nous par la force, le temps qu'il termine sa noble tâche !

Le grand esprit se renfrogne alors que tous les autres spectres sont perplexes devant cette réponse. Un autre esprit masculin, avec de très longs cheveux d'un blond presque blanc, lève la main à son tour.

— À propos de ta fille, pourquoi lui avoir redonné aussi rapidement ses anciens pouvoirs ? Elle est encore si jeune. Tu sais pourtant qu'elle est encore bien loin d'être prête pour ceci !

— Je vais la garder très près de moi, cette fois-ci. Notre grandiose retour exige des actions très rapides, mes amis. Je n'ai pas le temps d'attendre après vos mille tergiversations ! Vous m'avez tellement ralenti la dernière fois que j'ai manqué de temps afin de tout mettre en place. J'agirai plus promptement dans cette nouvelle ère… Et ce, qu'importe le prix à payer !

L'esprit aux courts cheveux noirs s'emporte.

— Tu dis que tu vas la suivre de près ? Elle a pourtant déjà de considérables dégâts à son actif… et ce, en quelques jours terrestres, seulement !

— Elle a déjà commencé mon grand nettoyage… Sans le savoir, évidemment. De plus, je l'ai déjà protégée contre toi. Tu ne me la voleras pas de nouveau comme tu l'as fait au sixième siècle !

Les deux spectres se toisent avec des visages durs. Les esprits se concertent en silence avant de se dissiper, ne laissant derrière eux que des monolithes gris et ternes.

Arès et Vesta, toujours en duel visuel, sont les derniers à quitter le cercle de pierre, mais elle revient au même endroit la seconde suivante devant une autre haute entité qui arbore un visage furieux.

— Diancecht ?

— Je me doute que tu as emprunté le corps de ta fille pour sauver ton fils… Mais as-tu pensé à reprendre tous les pouvoirs que tu as utilisés en elle avant de la quitter ?

La Grande Déesse hésite un instant, étant encore incertaine à propos de ce qui s'est réellement passé, avant d'afficher un petit sourire en coin, car elle est presque convaincue d'avoir oublié cette étape cruciale avant de quitter le monde terrestre.

Mais elle ne peut l'avouer.

Je n'ai pas le droit de faire une telle erreur !

— Bien sûr, Diancecht…

Le puissant dieu allonge le bras avec un air courroucé et des yeux où se reflètent des éclairs.

— Fais-le tout de suite ! En espérant qu'il ne soit pas trop tard !

Un grondement de tonnerre annonce le départ du dieu en furie devant Vesta qui baisse la tête.

Évidemment qu'il est déjà trop tard…

Mais je peux la freiner.

Un peu.

Ça va me donner le temps de penser à la suite parce que si c'est vraiment ce qui s'est passé, j'ai donc fait une très grosse gaffe…

Gigantesque, même !

Δ

La femme encapuchonnée, assise à l'ombre d'un rocher tout près, ricane en elle-même.

Oh oui, Vesta… Et tu n'as aucune idée à quel point elle était énorme !

▲

Δ

-14-
SHARK

Viviane arrive sur la scène après avoir enfilé son écharpe qui traînait sur le siège arrière.

Tu n'es jamais venue ici.

Tu n'es au courant de rien.

Tu dois être surprise comme jamais.

Tu n'es…

Le jeune Paul s'approche de la voiture de sa supérieure qui a le bras en écharpe.

— Je ne dois jamais échapper que je connais sa fille. Je ne connais pas sa fille. Je ne connais pas sa fille… murmure-t-il à lui-même avant d'aider sa supérieure à passer sous le ruban jaune qui délimite la scène de crime.

— C'est toi, la recrue Paul Callaghan ?

— Oui, Lieutenant. Vous n'allez pas croire ce que vous allez voir là !

— Voyons, Le bleu, ça fait vingt ans que j'enquête sur des meurtres. Ils finissent tous par se ressembler, un jour.

Elle est fière d'avoir récité ceci sur un ton sûr tout en feignant d'avoir encore mal à son épaule.

Alors qu'elle arrive devant la colonne où elle sait d'avance que repose la victime, elle se repasse une dernière fois le scénario qu'elle avait déjà pratiqué lors de son voyage du manoir jusqu'à la scène de crime.

La lieutenante sait qu'elle est prête.

— Merde ! Mais quelle est cette connerie ? C'est la guerre des étoiles qui est arrivée chez nous ?

Le jeune l'inscrit aussitôt dans son calepin déjà passablement noirci.

— Tiens, je n'avais pas pensé à celle-là.

L'enquêtrice enfile des gants de latex avant de s'approcher de l'assassin dont le casque a été enlevé, lui permettant d'inspecter le beau visage de l'ange de la mort avant de se pencher sur la plaie. Avec une horreur mal dissimulée, elle ne peut que constater l'effroyable puissance dévastatrice de sa propre fille.

Haletante, elle frissonne un bon coup.

Bob, le légiste en chef et aussi une de ses anciennes flammes, s'agenouille à ses côtés, l'émergeant en sursaut de ses pensées noires.

— Hello, Vivi. Qu'en penses-tu ? Et comment va ta blessure ?

— Pas trop douloureux avec une morphine… Plus tôt, j'ai lancé à la blague au jeune que ça ressemblait à la guerre des étoiles. Je vais t'avouer que plus je la regarde et plus je pense que c'est vraiment ça. Le trou est tout brûlé autour, comme si elle s'était fait tirer dessus par un Klingon de l'Empire ou quelque autre cochonnerie du genre qu'il y a dans « La porte des étoiles » à la télé !

— Tu es vraiment mêlée dans tes séries de science-fiction, toi.

— Ça nous prendrait donc Yoda pour nous éclairer, propose l'un des ambulanciers derrière elle.

— Mais que faites-vous là ? C'est juste E. T. qui a tiré cette téléphoniste avec sa super arme quand elle lui a dit le montant de l'interurbain pour téléphoner à sa maison. Dossier classé !

Le groupe autour du cadavre éclate de rire. Viviane est furieuse.

— Allons, les gars ! Un peu de tenue, voyons. Nous sommes tout de même devant quelqu'un qui vient de se faire buter ! C'est du sérieux, ici !

— Attention, Shark va mordre quelqu'un dans…

L'homme derrière elle reçoit un coup de coude pas très amical dans l'estomac. Viviane affiche une belle grimace après un petit cri de douleur pour se faire plus crédible, s'attirant des mots doux de ses collègues qui se calment tous à partir de cet instant.

Elle inspecte les structures de béton en rénovation au-dessus d'elle.

— Y a-t-il des caméras, ici ?

— Pas ici, Lieutenant. Ils refont tout l'extérieur du bâtiment et ils les ont déjà enlevées.

— Merde ! Ils auraient pu attendre un peu !

L'enquêtrice, plus que ravie d'entendre cela, doit se retenir de toutes ses forces pour ne pas crier de joie face à cet incroyable coup de chance.

Le jeune homme, qui a toujours son calepin en main, se penche sur le corps à son tour.

— Sérieusement, avez-vous une piste, Lieutenant ?

— Non… Mais je pense que tu peux rayer E. T. de ta liste de suspects. Il est déjà retourné à sa maison.

Elle réprime un rire, mais cela fait pouffer tous les autres autour d'elle. Viviane redevient stoïque et analytique.

— Sérieusement, j'interdis que quiconque touche au cadavre avant qu'un savant d'une université nous dise ce qui lui a fait un tel trou dans le corps… Beurk !

La lieutenante a une idée machiavélique pour retarder cette enquête au maximum et s'empare de son téléphone pour appeler son supérieur.

— C'est le bordel total ici, Cap. Minute, je viens de penser à quelque chose d'autre que le jeune doit faire tout de suite !

Elle sourit à l'appareil avant de mettre sa main dessus, mais fait bien attention de ne pas le boucher au complet afin que son supérieur comprenne bien ce qu'elle va dire.

— Hé, Le bleu ! Contacte tout de suite l'armée et dis-leur qu'ils nous envoient un spécialiste en armement moderne. C'est peut-être une affaire d'espionnage qui a mal tourné.

Viviane est heureuse de sa mise en scène qui va envoyer les enquêteurs dans des dizaines de directions à la fois.

— Excusez, Cap, mais ici, tous sont sur les dents parce que c'est un cas hyper spécial… Je vous jure que c'est du jamais vu ! J'ai besoin d'un mandat pour réquisitionner au plus vite toutes les bandes vidéo du secteur. Ça ne sent vraiment pas bon, cette affaire. Je ne l'ai pas dit au jeune pour ne pas l'effrayer, mais ça ressemble de plus en plus à des terroristes sur le point d'attaquer quelque part en ville parce que je suis convaincue que ce que nous avons ici est simplement leur premier test sur le terrain !

Avec ça, ma fille n'a plus à s'en faire…

Δ

Le soleil luit directement dans les yeux de Merlin. Petit à petit, sa conscience lui rappelle les tragiques événements de la veille. Il se demande s'il doit en parler à Lilith avant de réaliser qu'il est encore au sol, dans le cercle de pouvoirs de sa jeune apprentie. Le maître se retourne pour éviter l'intensité des rayons solaires dans ses yeux, mais ce faisant, il tombe presque nez à nez avec la jeune femme qui est toute nue et fait aussitôt demi-tour en ricanant, car il se sent gêné pour une rare fois de sa vie.

— Dame Lilith, réveillez-vous, s'il vous plaît.

— Hum… Encore dix minutes.

Elle passe son bras par-dessus l'homme qui ne sait vraiment plus comment réagir en face de cette embarrassante situation.

Lentement, Merlin se tortille pour se défaire du bras sur son corps. Lorsqu'il est assez éloigné, le mage tente de se relever, mais il se sent trop faible, un peu étourdi et demeure longtemps sur les genoux. La dimension de la mare de sang séché au sol achève de le convaincre qu'il était vraiment décédé, hier, car l'homme du passé se rappelle bien qu'il flottait au-dessus de son corps pendant que la jeune femme s'affairait à le sauver avant d'être soudainement aspiré dans son enveloppe charnelle.

Des frottements derrière le décident de hâter le réveil de son apprentie.

— Dame Lilith, dame Lilith ! Réveillez-vous… Et habillez-vous, s'il vous plaît.

Δ

— Hum ?

Je suis toute nue !

— Ahh !

J'enfile aussitôt ma robe de feu.

Oh que je suis mal à l'aise...

Parce que je sais bien qu'il m'a vue dans mon costume d'Ève !

— Vous pouvez vous retourner, maintenant.

— Merci, dame Lilith. Vraiment un grand merci pour ce que vous avez fait pour moi, hier !

Nous échangeons un doux sourire.

— Vous m'avez fait une de ces frousses, Maître.

— Mais tu as réagi comme une vraie Morgan, ajoute ma grand-mère qui se tient au même endroit que la veille, ayant probablement attendu toute la nuit que je me réveille. Je suis extrêmement fière de toi, ma belle. Tu as accompli de très grandes choses, cette nuit !

— Merci, Grand-M'man.

Je tente de me relever, mais mon corps ne veut pas et je retombe sur le dos.

— Pas possible à quel point je suis vidée.

— Je vous recommande de retourner vous coucher dans vos chambres dès que vous serez capable de marcher. Des matelas confortables aident à récupérer. En attendant, je vais aller donner des nouvelles à vos amis qui s'inquiètent encore énormément pour vous deux.

Grand-M'man disparaît. Le mage tente à son tour de se relever. Ses jambes vont bien parce qu'il est déjà debout, mais le haut de son corps semble avoir de la difficulté à plier, demeurant droit comme une barre de fer. Après quelques grimaces et craquements d'os, le voici de retour à la verticale alors que je suis encore couchée.

Je hurle de joie avec mes bras bien hauts dans les airs avant de tenter à nouveau de revenir à la verticale, ce que je réussis enfin sans trop de problèmes pour me jeter dans les bras de l'homme, fort surpris par ma réaction, surtout que je pleure maintenant à chaudes larmes toutes les émotions que j'avais refoulées durant la dure soirée de la veille.

J'ai passé si près de le perdre...

Perdre mon nouvel ami, mon mentor !

— Et si nous suivions le conseil de votre grand-mère ?

J'accepte en essuyant mes yeux avant de me diriger dans une direction, mais c'est dans une autre que le passage s'ouvre. Je ricane de m'être encore fait jouer un tour par la symétrie du lieu.

Tout à coup, je songe à l'athamé qui a blessé le maître, mais il apparaît aussitôt à ma ceinture, ce qui m'amène un air perplexe avant de hausser les épaules.

Pas de casse-tête, ce matin...

Dès que nous franchissons l'entrée du manoir, nos amis nous sautent presque dessus. Rapidement, je dois m'asseoir sur le socle de la statue de Morgana pour ne pas tomber tandis qu'Arthur enlace de toutes ses forces le mage qui grimace sans arrêt.

Je cherche partout mon beau forgeron lorsque Gen me rejoint.

— Où est Alan ?

— Alan devait aller en ville pour une affaire de réunion de chevaliers modernes que je n'ai pas trop comprise. Mais Bon Dieu que tu sembles épuisée, Lilith, s'inquiète mon amie avant de devenir frénétique. Devine qui va s'occuper de l'enquête sur l'incident qui a... C'est ta mère !

Je suis fort surprise de l'apprendre.

— Elle n'est pas censée être en congé pour au moins un mois ?

— Oui, mais vois-tu un meilleur moyen pour effacer les preuves de notre passage à cet endroit ?

Je souris.

Je suis heureuse.

Je rigole sans raison.

Je suis si fatiguée...

— Il faut que j'aille me recoucher, Gen... Sinon, je vais tomber en pleine figure sur tes souliers !

Je jette un œil à Merlin. Sa chemise brûlée vis-à-vis sa blessure m'arrache un sourire durant une seconde.

— Voulez-vous un autre petit coup d'énergie de guérison,

Maître ?

— Vous en seriez bien incapable dans l'état où vous êtes, dame Lilith.

Vrai que j'ai vraiment tout donné, hier...

Et c'est en ricanant de cette grande vérité que j'accuse réception du commentaire avant de monter lentement les marches vers ma chambre. Ma grand-mère et Andrew apparaissent devant moi sur le palier intermédiaire.

— Un instant, Lilith. Tu as oublié de cacher l'athamé des Stuart !

— Il y a un endroit réservé pour cela dans le petit salon.

À pas lourds, je me rends vers la petite pièce où je dépose l'arme magique dans un coffret sur une table basse avant de revenir vers ma chambre qui m'appelle en hurlant mon nom. Je suis étonnée de constater que mon dragon n'est plus là, que les draps sont même changés. Enchantée de ce fait, j'ai une folle envie de crier, car cela officialise que mon ami ailé va beaucoup mieux, qu'il est sauvé, mais à bout de forces, je me jette plutôt sur mon édredon pour retomber instantanément dans les bras de Morphée.

Δ

Viviane Dimirdini, les traits tirés, arrive au comptoir légal de son poste où elle s'accoude avec une certaine nonchalance.

— Hello, Danielle. As-tu mes mandats pour les vidéos de surveillance ?

— Quelle affreuse mine vous avez ce matin, Lieutenant. Avez-vous dormi ?

— Non. Grosse affaire sordide toute la maudite nuit. Je veux régler ça le plus vite possible afin que je puisse retourner en congé. Et puis, ces mandats ?

Danielle dépose devant Viviane une liasse de documents en ricanant de la logique tordue de l'enquêtrice qui est aussi une de ses bonnes amies personnelles. La lieutenante se retourne vers les bureaux de la brigade en mettant sa main libre en porte-voix.

— Hé, Le bleu ! Réveille-toi. Nous repartons !

Δ

Gwendolyn apparaît en face de Geneviève.

— Pourrais-tu dire à l'oncle de Lilith que sa voiture est prête, Guenièvre ? C'est Helmut qui vient de m'avertir.

— Mon nom, c'est Geneviève, Grand-Maman.

La jeune femme affiche tout à coup un air interrogateur.

— Ah oui, c'est vrai. Excuse-moi.

Dès qu'il apprend la nouvelle, Mario abandonne son déjeuner pour se précipiter à l'extérieur.

Un sourd ronronnement chaotique provient du garage fermé. L'homme ouvre la large porte vis-à-vis sa voiture, inquiet de ce qu'il va trouver derrière.

Il éclate presque en sanglots en découvrant sa vieille guimbarde rouillée maintenant repeinte avec de longues flammes partant de l'avant du capot jusqu'à l'arrière par-dessus un dessin d'ailes de feu stylisées alors qu'il en fait le tour, émerveillé des détails tandis que ses bras, qui ne cessent de battre l'air comme un oiseau atteint de démence, démontrent à chaque seconde son appréciation du travail.

— Merci ! Merci, Helmut ! C'est super beau… C'est une vraie voiture de rêve que tu m'as fait là !

Carlie s'approche en marchant comme une chatte en chaleur autour de la voiture qu'elle caresse du bout de ses doigts.

— M'emmènes-tu faire un tour, mon bel étalon ?

— Monte !

L'homme, fier comme un paon, s'assoit à l'intérieur du véhicule dont le tableau de bord est à présent garni de nombreux cadrans qu'il ne connaît pas.

— Et à quoi sert tout ça ?

— Papa dit qu'il va te les expliquer à ton retour.

Mario presse l'accélérateur. Le moteur rugit avec puissance tandis que la voiture danse presque sur place, impatiente de prendre la route. L'Italien embraye. Le moteur semble vouloir sortir du capot tant il se cabre en tous sens. L'homme relâche la pédale des freins. La voiture roule lentement sur l'allée de granit en ronronnant de plus belle.

Sur le chemin, il accélère avec prudence avant de gaiement enfoncer la pédale. La voiture bondit en rugissant comme un guépard en chasse.

— Mama miaaaaaaaaaaaa !

— Youhouuuuuuuu ! lui répond sa spectrale nouvelle copine, les cheveux au vent.

Δ

Viviane et Paul s'arrêtent sur la scène du crime après avoir pris en charge tous les enregistrements vidéo des caméras de circulation des environs. Ils ont reçu un coup de téléphone les avertissant que les ingénieurs de l'armée étaient arrivés et qu'ils voulaient les voir d'urgence.

— Major Saunders, se présente le militaire venu à leur rencontre. Êtes-vous la lieutenante Dimirdini ?

— Oui. Avez-vous eu le temps de regarder un peu notre beau mystère avec vos gars ?

L'homme entraîne l'enquêtrice à l'écart. Le militaire aimerait parler seul à seule avec elle. Viviane désire plutôt que le jeune soit présent, ce que le major accepte avec réticence.

— Il est presque certain que c'est une très puissante arme à particules qui est en cause, ici.

— Vous voulez dire un laser ?

Viviane est surprise que le jeune Paul soit autant au courant des termes scientifiques, mais le militaire hésite.

— Il y a plusieurs prototypes qui fonctionnent sur divers types de rayonnement par le monde. Je dois vous avouer que je verrais plutôt l'œuvre d'un canon à micro-ondes, ici.

— Et ça change quelque chose dans notre cas ?

— C'est une technologie russe, Lieutenant !

Oh que ma fille est sauvée, pense aussitôt Viviane, réprimant un sourire.

— Bon, nous voilà maintenant avec des terroristes russes. Ne manquaient plus qu'eux sur la liste des suspects potentiels !

La dame ne se retient pas, cette fois, et elle éclate de rire en regardant sa recrue droit dans les yeux.

Le jeune homme, en revanche, n'est pas satisfait de la réponse du militaire.

— Vous êtes bien certain que ce n'est pas quelque chose de… d'extraterrestre ?

L'homme hésite.

— Bien que je n'y crois pas, je ne peux évidemment le rejeter d'emblée, car la diffusion photonique et l'étendue plasmique n'a…

— Merde ! V'là que E. T. est de retour sur la liste des suspects… Et cet emmerdeur est un terroriste russe, en plus ? Merci pour tout, Major ! Vous nous avez vraiment simplifié les choses !

Viviane grogne bruyamment avant de tourner les talons pour aller se réfugier seule dans sa Cadillac, l'air faussement renfrogné, mais triomphante en son for intérieur.

Ma fille ne pourra jamais me dire que je n'ai pas bien travaillé son dossier !

Paul prend place à son côté avec son téléphone à l'oreille.

— C'est entendu, Madame… Oui, je serai à votre bureau à treize heures, promet-il en coupant la communication. Les enregistrements vidéo du Ministère des Transports d'en face ne seront prêts que vers une heure, Lieutenant.

— Parfait. Je vais aller te déposer au poste, puis aller faire un tour chez moi pour une petite sieste, me changer et prendre une douche avant de revenir te chercher. Nous irons ensuite ensemble les ramasser après avoir mangé un morceau. Ça te va ?

— C'est vous qui décidez, Lieutenant.

— Je sais, Le bleu.

Le jeune homme remarque le petit sourire sadique au coin des lèvres de sa supérieure, ce qui ne le rassure point sur la mauvaise réputation de la dame au sein du service.

Viviane dépose le jeune homme devant le poste.

— Vous ne laissez pas les enregistrements des cams de

circulation ici ?

— Je ne regarderai pas ça là, Le bleu. Je n'ai pas dormi de la nuit et je veux absolument prendre une douche… Et une morphine le plus tôt possible. De toute façon, ils sont en sécurité où ils sont.

L'enquêtrice exhibe son Glock à Paul avant de démarrer sans autre commentaire, laissant le jeune, pantois, sur le trottoir.

Le téléphone de la recrue sonne.

— Bonjour, Madame… Vous dites que les enregistrements vidéo de votre parking sont déjà prêts ?

Δ

Viviane roule à grande vitesse sur l'autoroute. Même si elle contrevient à la loi, elle appelle Geneviève après s'être débarrassée de son encombrante écharpe.

— Hé, Gen ! J'ai des tas d'enregistrements vidéo à regarder vite, vite, vite. As-tu tout l'équipement voulu ? Super ! Je serai là dans dix ou quinze minutes… Peut-être moinsssssss !

Elle panique presque alors que Jack aligne tous ses chevaux pour faire arriver sa nouvelle propriétaire le plus rapidement possible au manoir. La voiture freine en catastrophe face à Geneviève qui l'attendait sur les marches du perron avant.

La jeune femme se précipite vers le coffre, mais Viviane désire qu'elles enfilent toutes deux des gants de latex avant de toucher à quoi que ce soit. Geneviève accepte de bon cœur avant que la dame ne lui remette quelques petites boîtes. Les deux femmes courent jusqu'à la salle de bal et s'installent à une table. La blonde laisse même l'enquêtrice ouvrir avec précaution tous les paquets tandis qu'elle parcourt les vidéos à grande vitesse sur son portable.

— Tu ne peux certainement pas voir tout ce qui se passe à cette vitesse, Gen.

— Pas besoin de tout voir. Je cherche juste une décapotable violette et une Diablo noire. C'est assez visible que vous n'avez pas à vous inquiéter que je les manque.

— Et si tu les vois, j'espère que tu sais ce que tu as à faire ?

— Pouf ! Magie… Disparu.

— Tu as très bien compris. J'ai ouvert tous les paquets, là. Maintenant, si ça ne te fait rien, je vais aller dormir un peu. Pourrais-tu me réveiller à midi, s'il te plaît ?

▲

Δ

-15-
L'EXTRATERRESTRE

Le jeune Paul, de retour au poste, est assis devant son écran d'ordinateur pour visionner en accéléré le très monotone enregistrement vidéo du bâtiment en face du Biodôme qu'il perçoit à peine, voguant quelque part entre l'éveil et le sommeil. À sa très grande surprise, la caméra donne une bonne vue sur l'entrée du Biodôme ainsi qu'une bonne part de son parking. Quelque chose attire son attention et il est soudainement très alerte en reculant la bande.

Le jeune homme laisse défiler la bande jusqu'à ce qu'il s'étouffe avec son café en inspectant partout autour de lui avec un air inquiet, heureux que personne ne regarde dans sa direction.

Il respire profondément à quelques reprises avant de repasser la scène.

Je rêve ?

Elle ?

Non !

Paul est indécis quant à la suite à prendre et dépose ses mains sur sa table de travail pour les empêcher de trembler.

Devrais-je en parler à quelqu'un d'autre ?

Est-ce une machination ?

Machination de qui contre quoi ?

Comment vais-je me sortir de ce guêpier ?

Et surtout, suis-je moi-même en danger parce que j'ai vu ça ?

Sûrement…

Son attention revient sur l'écran, mais instinctivement, il jette un dernier regard vers l'arrière afin de s'assurer que personne ne regarde par-dessus son épaule. Il soupire, car personne ne peut y être, se considérant maintenant chanceux d'avoir un bureau adossé à un mur sans fenêtre, ce qu'il avait décrié à son arrivée. Un long moment, il hésite avant de presser à nouveau le bouton

« Play » et fixe sans cesse l'écran dont l'image est immobile.

Il inspire un bon coup devant la preuve assez nette que sa supérieure se trouvait dans le parking du Biodôme à côté de la voiture de sa fille quelques instants avant l'heure de la mort de la grande blonde.

Est-ce que je regarde la suite ou non ?

Un nouveau coup d'œil inquiet un peu partout à la ronde le rassure. La souris clique sans volonté sur le bouton vert.

La curiosité a remporté le duel.

Le jeune homme examine le groupe de sept personnes qui se promènent gaiement à travers les embûches des travaux, puis la dame en cuir qui saute sur le groupe à la vitesse de l'éclair. Il presse sur « Pause » et agrandit l'image au maximum sur cette dernière avant d'avancer à très lente vitesse. La recrue distingue bien le coup sur la poitrine de l'homme avant que la défunte n'attaque celle qu'il aimerait bien avoir comme nouvelle copine.

L'image stoppe à nouveau. Même à cette distance, une lame qui miroite est bien visible dans la main de l'assaillante. L'avance image par image lui renvoie le mouvement fluide de Lilith qui évite à la dernière fraction de seconde le coup de poignard de l'assassin avant qu'elle ne tende le bras et qu'un gigantesque flash fasse s'envoler la femme en cuir avec la poitrine en flamme.

Le sergent-chef Nolan s'approche de lui. Paniqué, Paul ferme tout simplement l'écran avant de se lever, mais le gros sergent l'aborde.

— Et puis, comment te débrouilles-tu avec « Shark » Dimirdini ?

— Je m'en tire bien, Sergent. Je ne la trouve pas si mal, finalement. Oui, elle est dure… Très dure, mais on s'y fait vite.

Le sergent adopte un air inquisiteur.

— Et que regardais-tu là, Callaghan ? Des pornos ?

— Mais non, Sergent ! Je révisais juste mes notes de cours pour mon examen de passage d'enquêteur, la semaine prochaine. J'aime mieux faire ça ici parce que lorsque je suis à la maison, j'ai une copine qui me demande de faire autre chose de beaucoup plus intéressant que de réviser mes notes, si vous comprenez ce que je veux dire.

Le sergent éclate de rire et retourne ne rien faire ailleurs.

Ouf… Ça ne m'étonnerait pas du tout qu'il soit dans le coup, lui aussi.

Lui et Dimirdini se parlent un peu trop souvent pour qu'il ne soit pas de mèche avec elle !

Le jeune homme revient à son écran qu'il recule de quelques images jusqu'à ce qu'il voie bien d'où émane exactement l'espèce de boule de lumière.

Ça vient bien d'elle…

Mais où est donc son arme ?

Tout à coup, il allume.

— C'est elle, l'extraterrestre !

Paul pose aussitôt sa main sur sa bouche, ayant conscience qu'il vient d'émettre cette conclusion à voix haute. Ses pensées vont maintenant mille fois plus vite que le temps qu'il prend à les organiser.

Mais si sa mère est vraiment Shark...

Alors Shark est une extraterrestre elle aussi ?

Sûrement !

Il fait défiler la suite de l'enregistrement. La voiture de Lilith arrive toute seule sur la scène.

— Mais… qui conduit ? Et comment a-t-elle passé par-dessus les débris de construction ?

Le jeune homme recule l'enregistrement afin de voir qui va déplacer la voiture, même s'il est presque certain que personne ne la conduisait. Puis, après quelques secondes d'avance lente, il arrête l'image avec un visage ahuri.

Un « Transformer » qui se change en avion ?

Qui disparaît, même ?

Mais quelle est cette folie ?

Il sursaute si fort qu'il en tombe presque en bas de sa chaise.

Non !

C'est évident...

C'est son vaisseau spatial !

Au bord de la panique, il extrait l'enregistrement vidéo de son ordinateur en inspectant partout autour de lui pour voir si quiconque l'aurait vu réagir devant ces scènes qui frisent la folie.

Il prend bien soin de vider toutes les mémoires « Cache » de son ordinateur avant de se lever pour prendre la direction de la sortie d'un pas rapide.

Et maintenant, que dois-je faire avec ça…

Si je veux éviter de finir comme celle du Biodôme ?

Δ

Nelson Stuart marche de long en large dans son luxuriant jardin avant de revenir à l'intérieur.

Mais pourquoi donc cette foutue garce ne me répond-elle jamais ?

Elle aurait déjà dû atterrir.

Ce n'est pas normal.

Il a dû se passer quelque chose !

Il ouvre un tiroir pour s'emparer d'un passeport qu'il choisit parmi une collection.

— Je dois savoir !

L'homme ralentit son élan vers la sortie.

Mais je suis seul. Il me faudrait quelqu'un qui...

Un large sourire illumine lentement son visage.

— Pour une fois, il va peut-être se rendre utile, ce jeune morveux inculte.

Δ

Devant les grilles de l'entrée du manoir, un taxi dépose une toute menue jeune femme qui est vêtue de manière très excentrique, alternant entre le violet et le noir, le tout assorti à ses cheveux et ses lunettes. Une énorme valise à roulettes et un sac à dos bien rempli sont à ses pieds.

La jeune femme hésite avant de passer les grilles qui sont

grandes ouvertes pour l'accueillir.

J'ai attendu ce moment si longtemps !

« Bienvenue chez toi », résonne une douce voix d'homme dans sa tête dès l'instant où elle franchit la grille ouverte.

Elle s'arrête aussitôt et chérit encore cet instant d'intense bonheur avant de se décider à marcher lentement sur les dalles de granit lorsque quelque chose de coloré derrière un arbre attire son attention et elle s'en approche, mais l'arrière de l'arbre est maintenant vide. Un grand sourire ensoleille son visage lorsqu'elle lève la tête.

— Ouh… Tu es super mignon, dis donc.

La jeune femme devient un peu craintive lorsqu'elle distingue la forme exacte de l'animal.

— Es-tu méchant ?

Δ

Flamme est abasourdi. Ses yeux ne peuvent plus quitter la jeune femme sous lui.

Une humaine qui me voit ?

Je pensais que c'était impossible !

Je vais essayer de me rendre jusqu'au manoir pour les avertir !

Le dragon monte jusqu'à la cime du grand arbre avant de se laisser planer dans la direction du manoir, mais ses récentes blessures l'empêchent de battre des ailes.

Il peine même à contrôler sa direction, se rend-il compte avec effroi, et réalise qu'il est face à l'inévitable.

— Ça va faire très mal…

Il s'écrase violemment contre une grosse branche sur la berge de l'île avant de tomber dans le bras d'eau entourant Avalon. Presque paralysé de douleur, il nage avec grande difficulté jusqu'à la rive de l'île. Le flanc boueux de la berge le retourne deux fois à l'eau avant qu'il ne réussisse enfin à passer par-dessus le muret de protection où il s'affale de tout son long, mais d'où il peut maintenant être entendu par tous.

— Une intruse vient d'entrer dans le domaine…

Une ombre verte passe en trombe au-dessus de lui pour se perdre dans les bois de l'autre côté.

Δ

Au manoir, Andrew prend les choses en main.

— Un intrus ! Amber, réveille Lilith tout de suite… Mais n'y va pas trop fort !

Le gong résonne par trois fois, mais rien n'y fait. La jeune femme ne s'est que retournée en demandant dix minutes de sommeil supplémentaire. Le lit sous l'héritière se met à légèrement onduler avant de vibrer plus fort.

Δ

Je me fais secouer en tous sens et ouvre un œil, puis les deux avant que le matelas ne tangue tant et si bien que je me retrouve à quatre pattes sur le plancher avec draps et couvertures.

Mais que vient-il de se passer ?

Mon cerveau est encore passablement embrumé alors que la porte de ma chambre s'ouvre. Je frotte mes yeux avant d'enfin comprendre.

— Y a-t-il une urgence, Amber ?

La porte bat à plusieurs reprises et je me rue vers le rez-de-chaussée en enfilant d'instinct ma robe de feu, mais en sortant du manoir, je percute presque le futur roi qui est en pleine séance d'étirements sur le perron à l'extérieur.

— Arthur ! Va tout de suite chercher l'épée de Gwen et viens ensuite garder le pont. Personne ne doit se rendre sur l'île !

Δ

Épuisée par le poids de ses bagages, la colorée jeune femme s'ébahit de l'arbre géant au centre du chemin de pierres roses tout en prenant une petite pause, profitant de ce doux moment pour saluer les nombreux nains de jardin qu'il y a partout autour de cet endroit.

Elle se remet en marche et cesse de se morfondre alors

qu'une flèche verte passe tout près de sa tête, mais elle la perd rapidement dans le feuillage en tentant de la suivre des yeux.

Je sens que je vais me plaire ici.

La jeune femme reprend sa route, même si elle ne sait pas exactement où elle va déboucher, mais elle est certaine que son destin l'attend dans cette direction.

Un éclair aveuglant frappe le dallage juste devant elle. Confuse et apeurée, elle s'arrête et avec une extrême prudence, lève les yeux sur la petite fée au-dessus d'elle qui affiche une attitude très menaçante.

— Ouh… Super mignonne, toi aussi. Mais pourquoi m'attaques-tu ? Je ne fais pourtant rien de mal.

Nina ne sait plus quelle attitude adopter, à présent. L'humaine en bas ne représente pas une menace à ses yeux, mais ce n'est pas à elle d'en juger. Malheureusement, elle a épuisé la maigre énergie qui lui restait et se lance plutôt vers le chêne géant auquel elle s'accroche péniblement.

Δ

J'approche de la scène en courant à toute vitesse pour réaliser qu'il ne semble pas y avoir de menace imminente dès que j'aperçois la nouvelle arrivante qui a un doux sourire aux lèvres.

Mais pourquoi une enfant est-elle ici ?

Je continue tout de même d'approcher, mais d'une façon beaucoup plus détendue.

— Bonjour. Es-tu perdue ?

— Non, je crois que je suis bien au bon endroit à voir la faune locale.

Du doigt, la menue jeune femme montre la fée sur le tronc, mais qui est à deux doigts de tomber de son perchoir à quatre mètres du sol.

Elle voit Nina elle aussi ?

Sans prendre le temps d'éclaircir ce mystère, j'accours vers la fée pour la réceptionner un instant avant qu'elle ne s'écrase au sol en pliant des genoux sous le poids.

— Que fais-tu ici, Nina ? Tu es censée être blessée, toi !

Tout doucement, je remets la fée sur ses jambes avant de m'approcher de la jeune femme colorée qui semble se réjouir de constater la maternité avec laquelle j'ai traité l'être mythique et je retourne son sourire à celle qui arbore un petit visage d'ange.

Non, elle n'est pas, mais vraiment pas une menace.

— Et si nous reprenions les présentations de zéro ? Je m'appelle Lilith.

Mon regard demeure un moment dans celui de la toute petite femme, y remarquant aussitôt une particularité.

On dirait que ses yeux ont toutes les couleurs possibles…

— Je m'appelle Leila.

Elle serre ma main avec énergie.

— Est-ce que je pourrais parler à l'héritier de la famille Morgan ?

— C'est moi, j'annonce fièrement.

— Je suis ici pour affiner mes dons.

Stupéfaite, je suis près de m'écraser sur les fesses.

— Les… Ils m'avaient dit que ce lieu servait aussi d'école de magie, mais je ne pensais jamais que nous aurions des élèves si tôt. Alors, bienvenue à Avalon, Leila !

— Avalon ?

La menue jeune femme inspire un grand coup, goûtant à ces instants de bonheur qu'elle a tant anticipés.

Nous reprenons la route vers l'île. Je prends en charge le lourd sac de Leila sur mon épaule. Lorsque nous arrivons en vue du pont-levis rétracté, celui-ci revient à sa place, montrant un Arthur menaçant faisant le guet avec sa longue épée plantée au sol devant lui entre les piliers de l'entrée de l'île.

Il est plutôt impressionnant, ainsi…

Mais Leila s'immobilise, visiblement intimidée par l'attitude agressive du futur roi. Merlin, le visage sévère, apparaît derrière le chevalier.

J'ai un soudain cas de conscience.

Dois-je ou ne dois-je pas lui dire ?

Mais si elle demeure ici comme pensionnaire, elle le saura bien tôt ou tard.

— Je vous présente Leila qui sera une étudiante ici, avec nous. Leila, voici… Arthur et Merlin.

La petite femme cesse de respirer, les yeux grands ouverts. Son souffle devient court, haletant.

— Hé oui, Leila, c'est bien eux. Arthur, voudrais-tu me donner un coup de main avec Nina et la prendre dans tes bras pour l'amener au manoir ? Elle ne va pas trop fort, la pauvre.

— Je n'ai besoin que de repos, Maîtresse… Lilith. Vous devriez plutôt vous occuper de lui.

Du doigt, elle indique le dragon qui semble être à l'article de la mort, étendu de l'autre côté du pont tout près du muret en pierre.

Dès que nous franchissons le pont, Arthur céde le passage à Leila après une légère hésitation. La menue femme tend la main aux deux hommes du passé tandis que je me précipite vers mon dragon tout boueux qui grimace, m'informant sur l'urgence de sa situation et je le prends dans mes bras avec maintes précautions en me promettant de le revigorer dès mon arrivée au manoir.

Merlin semble ravi de sa rencontre avec la petite nouvelle et agrippe le sac que j'avais déposé au sol.

— Superbe potentiel. Très belle âme, aussi.

De toute évidence, le mage peine de voir la toute petite femme s'emparer de la valise qui est visiblement beaucoup plus lourde qu'elle.

— Arthur, soit donc un gentilhomme pour une fois et apporte la malle de la gente demoiselle au manoir, s'il te plaît.

Je transporte mon dragon dont Leila caresse timidement la tête, mais elle recule prestement sa main lorsqu'elle remarque sa généreuse dentition pointue.

Presque tous les habitants du manoir attendent la nouvelle étudiante sur le perron du manoir.

Elle remonte ses lunettes violettes et noires de forme octogonale avant de retourner les salutations, mais tous, m'incluant, sont aussi fort étonnés de la voir s'incliner devant les spectres un par un alors que l'Oiseau de feu arrive sur les chapeaux de roue.

Mon oncle se précipite vers nous.

— Où est ma sœur ? Où est Vivi ?

— Ici… fait-elle avec un seul œil ouvert en ouvrant la porte du manoir.

— Quelqu'un nous espionne, là-bas, dans le bois, près de l'entrée. Il a des jumelles, semble armé et se pense bien caché, mais il ne me connaît pas !

Je suis découragée.

— Pas encore… Tout le monde retourne à l'intérieur !

Je commence à comprendre que la vie de Morgan en chef n'est pas de tout repos…

Gen entraîne dans le manoir la petite nouvelle qui est un peu inquiète de cette situation. Seuls demeurent sur le perron : M'man, bien réveillée à présent et qui a déjà son Glock en main, le jeune Arthur qui a son épée, Merlin et moi.

— Arthur, tu vas demeurer ici pour protéger le manoir, lui ordonne Merlin alors que mon oncle s'avance.

— Il m'a déjà vu passer, Vivi. Embarque avec moi. Il ne se méfiera pas. Je te laisserai derrière lui et vous le coincerez en sandwich.

M'man analyse à toute vitesse le raisonnement de son frère qui tient la route et saute dans la voiture en se dissimulant le plus possible alors que l'Oiseau de feu revient sur ses pas.

Je détale vers l'avant du domaine, suivie du maître qui peine à suivre mon rythme.

Vrai que j'ai la nette impression de courir plus vite qu'avant… Beaucoup, même !

À l'entrée du pont, je m'arrête pour constater que Merlin traîne derrière à une trentaine de mètres.

— Demeurez ici, Maître. Je ne crois vraiment pas que vous soyez en condition pour vous battre.

L'homme ferme les yeux. Il sait que j'ai raison et ne me suit pas lorsque je fonce vers le futur champ de bataille à pleine vapeur.

Δ

Arrivée à la grille, Viviane se glisse hors de la voiture qui continue son chemin comme si de rien n'était. L'Italienne, rompue aux opérations sur le terrain, avance furtivement dans les bois. Un bruit attire son regard. Une statue de femme avec un daim à ses pieds semble lui indiquer une direction précise de son doigt. La lieutenante secoue la tête, mais inspecte tout de même les lieux dans la direction indiquée. Un homme au loin est bien dissimulé derrière un arbre et espionne avec des lunettes d'approche.

De son point de vue, Viviane aperçoit aussi sa fille, dont la robe change sans cesse de couleur selon son environnement immédiat. La mère est heureuse de constater qu'elle avance avec prudence, qu'elle passe avec précaution de tronc d'arbre en tronc d'arbre.

Son attention revient sur l'homme qui ne regarde pas dans cette direction, car il est concentré à espionner avec ses jumelles le bâtiment principal situé de l'autre côté du chenal. L'enquêtrice, arme en main, avance plus rapidement vers sa cible.

Δ

J'aperçois ma mère qui m'indique par signes où se terre l'espion.

Oui, il est là, avec des lunettes d'approche au-dessus de son nez.

Une balle de feu apparaît dans ma main alors que je converge moi aussi vers l'homme, mais une branche craque bruyamment sous le soulier de ma mère. L'homme ne se retourne qu'une fraction de seconde avant de décamper dans ma direction et je décide de lui tendre une embuscade derrière un gros arbre.

Δ

-16-
DES AVEUX

J'écoute les pas de course dans les feuilles mortes et attends jusqu'au tout dernier instant pour sortir de ma cachette, ma main prête à lancer mon projectile aussi incandescent que ma bague l'est à mon doigt… mais l'homme trébuche sur le nain de jardin au casque de guerre pour s'écraser à mes pieds au moment où je saute devant lui. Il est tout surpris de ma soudaine apparition avec ma main qui est toute en feu… Pas juste ma main parce que tous les arbres autour de moi reflètent des flammes qui sont bien visibles sur mes bras.

Je reconnais celui qui joint ses mains, comme s'il priait.

— P… Paul ?

— Non… Ne me tuez pas ! Ne me tuez pas, Lilith ! Je ne suis pas armé !

Le jeune homme tremble et ne cesse de fixer la balle de feu dans ma main en remettant ses lunettes rouges en place.

— Hello, Le bleu ! Quel bon vent t'amène chez ma fille… que tu sembles connaître ?

Oups… Nous sommes coincés !

— Je vous jure que je ne veux pas vous faire de mal !

— À genoux ! Les mains derrière la tête, jeune crétin !

M'man colle presque son flingue sur sa tempe et Paul halète à présent si vite qu'il doit être sur le point de perdre conscience.

Non, il n'est plus une menace dans son état…

Les flammes recouvrant mes bras se résorbent d'elles-mêmes.

— M'man… Sois gentille pour une fois, veux-tu ? Maintenant, que fais-tu ici, Paul ? Je te recommande de nous dire la vérité.

Je m'amuse à faire rebondir ma balle de feu au creux de ma main devant le visage du jeune homme que je crois bien près d'une crise de panique aiguë… ou d'une crise cardiaque. Un des deux.

Il approche sa main de sa veste, mais ma mère l'écrase en pleine face sur le sol où il mange un peu de feuilles mortes en perdant à nouveau ses lunettes.

— Les bras en croix !

Elle exagère...

Mais si elle avait raison d'agir ainsi ?

La main de M'man retient fermement son cou au sol tandis que son genou dans son dos l'empêche presque de respirer, car il halète à nouveau comme un dément pendant qu'elle le tâte un peu partout à la recherche d'une arme.

— Je ne suis pas armé que je vous dis ! Je ne voulais que vous remettre l'enregistrement de la caméra du Ministère des Transports. Ils ont pris tout ce qui s'est passé hier... Tout !

M'man et moi sommes toutes deux dévastées et échangeons un regard rempli d'inquiétudes, de craintes viscérales, devant cette terrifiante épée de Damoclès.

— Y a-t-il des copies ?

— Non. Je vous jure que c'est moi qui ai l'original, Lieutenant !

— C'est bien beau, ça, mais pourquoi nous espionnais-tu si tu ne voulais que nous remettre un enregistrement ? Pas très crédible, ton affaire, le jeune.

Paul prend son temps pour répondre, pesant visiblement le pour et le contre, mais le genou qui se fait plus lourd dans son dos et les doigts qui enserrent de plus en plus fort son cou l'obligent à donner une très rapide réponse en dépit de ses gémissements de douleur qui lui arrachent une larme.

Oh qu'elle doit lui faire mal...

— Je voulais... voulais juste savoir ce qui se passait ici quand il n'y avait pas de fêtes. Ce que j'ai vu sur l'enregistrement était... C'était... Je ne sais même pas comment le dire. La bande montre bien que vous êtes une extraterrestre, Lilith !

Abasourdies un court instant, M'man et moi éclatons de rire en parfaite harmonie.

Δ

La dame encapuchonnée, bien assise sur une branche juste au-dessus d'eux, éclate de rire.

Et s'il avait raison ?

Enfin, à moitié…

Δ

Cela dure un long moment avant que nous ne réussissions à retrouver un peu de sérieux.

— Je ne suis pas une extraterrestre du tout, Paul.

— Mais alors, qu'est-ce que j'ai vu sur cet enregistrement ? Quel était ce délire ?

M'man me fait signe de ne plus dire un mot.

Oui, mieux de me taire…

Parce que je sais fort bien que je suis la reine de la gaffe !

— Fouille dans sa poche, Lily.

— Lily ? Ton nom n'est pas Lilith ?

J'obéis après avoir fait disparaître ma boule de feu sous le regard horrifié du jeune homme qui s'est fait roussir le toupet tant la sphère était maintenant près de son visage. Je montre la puce à ma mère avant que l'on se consultent du regard parce qu'il est évident que nous ne savons plus quoi faire du jeune espion à qui je remets les lunettes un peu de travers sur son nez.

— Tu en sais trop, Le bleu… Même si tu ne sais absolument rien en réalité. Reste à savoir ce que nous allons faire de toi.

C'est certain que le jeune homme ne peut même plus parler tant il tremble maintenant de partout.

Peut-être sent-il sa dernière heure, sinon sa dernière minute arriver à toute vitesse ?

Je dois avouer qu'il a tout de même passé bien près, parce que n'eut été du nain…

Je rigole seule un instant, ce qui amène des visages sceptiques à converger vers le mien.

Rien n'arrive jamais sans raison…

— Je crois plutôt que cette décision devra être prise en

famille, M'man. Lève-toi, Paul. Tu voulais voir l'île de jour, tu vas la voir !

Dès qu'il revient debout, le jeune homme indique l'épaule de sa coéquipière.

— Votre bras ! Vous… Vous n'êtes pas blessée ?

— Avance, est la seule réponse à cette embarrassante question.

Notre trio marche rapidement jusqu'au manoir où Arthur trône en roi sur l'entrée alors que l'Oiseau de feu fait une seconde entrée théâtrale. Mon oncle s'en extrait avec, lui aussi, une arme pointée sur le jeune homme.

— Dis à tout le monde de sortir, Arthur. Nous avons une décision à prendre.

Lorsque tous sont présents sur le perron, les spectres inclus, je m'avance en tenant la cartouche vidéo entre mes doigts.

— Je le demande à tous : que devrait-on faire avec lui ? Il a vu tout ce qui s'est passé hier soir, au Biodôme.

— Je ne dirai jamais rien de tout ça ! De toute façon, qui va me croire ?

Gen descend les marches vers nous.

— Est-ce une copie ou l'original ?

— L'original. Enfin, c'est ce qu'il a dit… Mais a-t-il dit la vérité ? Telle est la question !

— Je vous jure que c'est vrai !

— C'est aussi vrai que lorsque tu nous as dit que tu croyais que j'étais une extraterrestre ?

Tous se tordent de rire, hormis Merlin et Arthur qui doivent ignorer ce que ce mot veut dire.

Mon regard descend vers Paul qui ne comprend plus rien dans cette histoire qui va certainement l'inscrire chez un psy pour le reste de ses jours s'il s'en tire vivant, mais je crois bien qu'il commence déjà à sérieusement douter de cette issue favorable.

Cette fois, c'est le mage qui s'approche. Sans un mot, il fixe longuement les yeux du jeune homme en sondant son âme tourmentée.

Comme il l'a fait pour moi...

Quelle intensité dans le regard !

— Il a dit vrai... Même si je ne suis pas certain de ce qu'il a voulu dire.

— Super ! Donne-moi ça, Lilith. Je vais aller effacer tous les passages nous concernant. Ce sera alors sa parole contre la nôtre. Il va être cuit s'il parle et va simplement passer pour un dingue qui sera hébergé toute sa vie dans un asile. Il ne sera plus du tout une menace dans deux minutes.

Tous reconnaissent la logique dans l'analyse de Gen qui est déjà partie vers la salle de bal pour en revenir un peu plus tard, avec un sourire gigantesque, pour remettre la puce enrobée d'un papier mouchoir au jeune homme éberlué.

— Bye, Paul ! je le salue du bout des doigts.

— Je te reverrai au poste dans peu de temps, Le bleu !

Gen se précipite sur ma mère pour lui confier un secret. Ma copine appelle Tara. Les deux femmes et la spectre discutent quelques instants. M'man acquiesce vers Gen à quelques reprises avant de faire signe au jeune homme de la suivre.

— As-tu bouffé, Le bleu ? Viens, allons manger un morceau avant d'aller nous amuser à chercher E.T. au centre-ville.

M'man, toute souriante, se délecte du grand étonnement de tous avant d'éclater de rire. Le jeune homme, paralysé de frayeur, regarde derrière, hésitant sûrement entre accepter l'invitation de sa supérieure ou bien s'enfuir à toutes jambes loin de cet endroit.

Va-t-il déguerpir ou rester ici ?

Mais un Beretta, pointé directement sur ses yeux par un colosse au visage dur qui se déplace pour lui bloquer le chemin vers le pont, lui indique où est l'entrée du manoir.

Non, il ne détalera pas...

Andrew, Tara et Grand-M'man s'approchent en même temps alors que je suis encore éberluée de la proposition que ma mère a faite à Paul qui en semble aussi stupéfié que je le suis.

— Nous devons nous entretenir tous les quatre d'un important problème, Lilith. C'est un problème dont tu n'es que partiellement au courant, mais qui te touche de très près.

— Est-ce urgent, Sir Andrew ? Peut-on faire cela un peu plus tard ? Ça risque d'être assez drôle avec Paul qui va se faire démolir par ma mère… Et pour une fois, ce ne sera pas moi qui vais passer dans le broyeur à viande !

La matriarche affiche son visage le plus sévère.

— D'accord, mais nous devrons faire ça tout de suite après. Nous devons rapidement régler le cas de notre vendetta avec la famille Stuart. Ça a assez duré !

Vendetta ?

Quelle vendetta ?

Ma grand-mère s'avance avec encore du feu dans les yeux, ce qui m'inquiète un peu, mais je ne recule point, cette fois.

— Et surtout, nous avons leur athamé familial, maintenant… Cela change absolument tout !

Δ

Et tu as bien raison, ma belle Gwendolyn. Malheureusement pour toi, ce ne sera pas dans le sens que tu aimeras… car ta petite-fille est déjà condamnée à mort ! triomphe en lui-même le demi-dieu Arès, dissimulé sur la berge près du garage.

Δ

Paul ne sait ce qui l'attend à l'intérieur de ce gigantesque manoir d'une autre époque, mais il se doute de l'issue finale.

Elle est justement… finale !

Lilith s'avance vers lui, armée d'un large sourire. Ses cheveux de feu, gonflés et animés par le vent, scintillent au soleil, l'entourant d'un halo ressemblant étrangement à des flammes. Cette allure spectrale lui rappelle les pires sorcières des films d'horreur.

Car le souvenir de la belle rousse entourée de flammes à son arrivée l'obsède, à présent, et il tremble de plus en plus à mesure qu'elle approche. Le jeune homme se sent sur le point d'éclater en sanglots alors que Lilith sourit au colosse derrière lui.

— Laisse-nous, Mario. Il n'est plus un danger pour personne

ici.

L'Italien rengaine son arme entre ses fesses en grognant avant de disparaître à l'intérieur sans un mot.

La jeune femme fait un simple geste du doigt et tous retraitent de quelques pas. Paul ne sait plus s'il doit être heureux ou non de cette situation en tentant de s'esquiver de celle qui vient de se placer devant son visage pour lui parler, mais il ne peut aller bien loin, car elle pose sa chaude main sur son épaule tremblante.

— Calme-toi, Paul. Mais que se passe-t-il avec toi ?

Le jeune homme ne peut répondre. Il est paralysé par une frayeur sans nom, une terreur telle qu'il n'avait jamais cru en connaître un jour. Son regard se perd une seconde dans les grands yeux ambre de la jeune femme devant lui.

Elle a les même yeux qu'un fauve en chasse !

— Penses-tu que nous voulons encore te faire du mal parce que tu nous espionnais ?

Il avait déjà oublié ce petit détail. Il les espionnait, il y a peu. Ses tremblements reprennent encore plus forts qu'avant.

La jeune femme pose à nouveau son regard dans celui du jeune homme au bord d'une syncope alors que sa supérieure s'approche à son tour. Il voudrait bien reculer, mais son corps ne répond plus.

Δ

Je ne peux qu'être empathique avec Paul qui semble à deux doigts de péter un foutu gros câble.

— Calme toi, Paul. Je crois que M'man veut seulement t'expliquer des trucs me concernant pour éviter que tu gaffes et que tu…

Oh que j'ai mal dit cette phrase !

— Pour t'éviter tous les dangers reliés à moi où tu pourrais sûrement mourir des…

Encore pire !

Ce que je suis gaffeuse !!!

Δ

Le dernier coup était de trop. Le disque dur de l'ordinateur interne du jeune homme vient de planter. Paul s'écrase sur les fesses en hyperventilant, n'ayant qu'une seule envie à cet instant précis et c'est de s'endormir afin de tout oublier…

Ou de se réveiller de cet affreux cauchemar.

Les deux options feraient son bonheur.

Δ

Je suis découragée de la situation, autant par ce que je viens de dire que par l'attitude de Paul.

— Merlin ! J'ai besoin d'un urgent coup de main, ici.

L'homme à la longue tresse revient avec un air sérieux.

— Je n'ai aucune idée de ce qui se passe avec lui, Maître. Pouvez-vous le calmer un peu?

Le mage appose sa main sur la tête du jeune homme en peine tout en fermant ses yeux d'un étrange bleu azur. La crise de panique de Paul baisse aussitôt, car ses tremblements cessent et ses épaules redescendent. Il recommence à respirer plus normalement.

— Merci Merlin. Ça va mieux, là, mon beau Paul ? Viens manger. Ça va te faire du bien.

L'enchanteur s'approche de ma mère.

— Il est certain de mourir dans quelques instants, dame Viviane… lui dit-il à voix basse, mais j'ai tout compris.

M'man affiche un air étonné avant que je ne lui fasse signe de nous laisser seuls, Paul et moi.

Δ

Le puissant demi-dieu de la guerre Arès est fort confus devant cette scène.

Je ne comprends pas leur logique…

Mais pourquoi ne l'ont-ils pas tout simplement supprimé dès qu'ils l'ont vu au lieu de lui offrir un dernier repas en pure perte ?

Δ

Je lui tends la main pour l'aider à se relever après avoir replacé ses lunettes qui étaient encore descendues sur sa bouche. Visiblement fort confus, je dois le guider jusque dans ma demeure. Dès que nous franchissons les larges portes à vitraux, il ouvre grand les yeux.

— Bon Dieu !

Paul est ébahi devant la splendeur du hall de deux étages en bois d'acajou tout dallé de marbre blanc, mais ne s'arrête qu'une seconde aux dizaines de portraits exposés là-haut, s'attardant plutôt à la statue de bronze grandeur nature reposant sur son piédestal de marbre noir, point de mire de cette pièce.

Il semble bien aimer…

— Bienvenue chez moi, Paul. Viens. Tu es loin d'avoir tout vu. Allons dans la salle à manger.

Je m'élance vers une partie du hall qui n'a aucune sortie visible, mais lorsque nous arrivons près du mur, une porte dissimulée à la perfection s'ouvre seule à la grande surprise du jeune homme.

— Domotique ?

Il a émis sa supposition avec un petit ton hautain.

— Non, Paul. Ce n'est pas ça du tout. Ici, c'est tout simplement une maison hantée.

Paul ralentit soudain le pas, mais je m'y attendais. Il s'engage prudemment dans l'ouverture pour la salle à manger, mais de nouveau, il ne peut plus bouger tant ses yeux sont partout à la fois.

Grr… Il bouche le passage.

— Prends place, Paul.

La recrue se dirige vers une chaise différente des autres, la plus haute, fabriquée dans un bois rouge sang, mais je contrecarre ses plans pour m'en emparer avec un large sourire.

Pas celle-là… C'est la mienne !

Paul s'assoit donc à côté de la petite femme colorée en s'attardant à son regard divin, lui aussi semblant intrigué qu'il soit composé de cercles de différentes couleurs. Le jeune homme salue tous les autres convives de la tête.

Je m'amuse que Leila, ne peut, elle non plus, quitter Paul du regard. Ils échangent un doux sourire.

M'man avance sa tête vers lui en posant ses deux mains sur la table. Son regard sévère, qui ne quitte pas le sien, est doublé de son rictus sadique, ce qui n'annonce rien de bon pour le jeune homme.

Oh qu'il va passer un mauvais moment parce que je l'ai souvent vu, ce regard...

Elle va lui dévisser la tête !

— Comme ça, tu pensais qu'on te descendrait là, Le bleu ? Non, mais… Nous n'aurions pas fait ça dehors, tout de même. Tu sais bien que nous allons plutôt t'emmener dans la salle de torture du donjon pour te faire atrocement souffrir, avant ! Il faut tout de même avoir un peu de plaisir avec ceux qui vont devenir des zombies assoiffés de sang comme nous !

Ma mère lui montre ses dents qui cherchent de la chair à arracher avant d'éclater d'un rire démoniaque.

Je le savais bien... Dévissée !

Paul esquisse un mouvement de recul. Son regard vagabonde dans toutes les directions à vitesse folle, s'arrêtant sur chaque visage durant une courte seconde. Je suis certaine qu'à nouveau, il songe à s'enfuir.

Furieuse, je bondis debout en ne quittant pas ma mère des yeux.

— M'man, tu exagères ! Arrête de lui raconter des conneries ! Tu sais bien qu'il pensait vraiment que nous voulions le tuer, plus tôt !

Un lourd silence s'installe tandis que je reviens sur mon siège.

Si elle ne comprend pas ce message...

Je pose un regard empathique vers le jeune homme qui semble dans une confusion mentale extrême.

Il est évident que je le serais moi aussi après cette connerie de ma mère !

— Sérieusement, Paul, rien de ce que M'man t'a dit ne va t'arriver. Je crois que tu es simplement ici afin que tu comprennes ce qui s'est passé, hier. Et je vais tout te dire… Enfin, presque tout !

Δ

Paul jette un coup d'œil furtif aux convives qui sont tous souriants, détendus. La lieutenante semble bien fière de son coup.

La recrue réalise maintenant à quel point ses collègues avaient raison à propos des morsures sournoises de « Shark ».

Il aperçoit alors une des portes s'ouvrir sans que personne n'y touche. Un grand plateau contenant quelques bols de salade lévite pour flotter jusque devant les convives.

Le jeune homme jette un œil vers l'héritière qui s'amuse de la scène ou de son regard ahuri, il n'en est pas trop sûr.

Paul, à nouveau, ne sait que penser de cette situation.

Δ

Je prends la main de Gen et du mage.

Ne pas oublier la prière…

— Je remercie la Grande Déesse pour ce repas.

— Amen ! me répond encore gaiement Mario avant d'attaquer sa portion avec fureur alors que M'man demande l'attention de Paul.

— Sérieusement, Le bleu, si nous t'avons emmené manger avec nous avant de retourner en ville, c'est qu'il faut que nous t'expliquions tout ce qui s'est passé avant-hier… Et les conditions particulières de sa… notre famille.

Mais pourquoi TOUT lui dire ?

Ne serait-il pas préférable de conserver le plus grand secret à ce sujet ?

Bien qu'il soit un peu tard dans son cas après ce qu'il a déjà vu…

Alors, dois-je TOUT lui dire ou seulement une partie ?

En dépit qu'il pourrait être encore plus dangereux s'il se pose trop de questions...

Surtout s'il croit que je suis une extraterrestre !

Pas le choix...

La première option semble la meilleure avec lui.

— Petite question avant... Pourquoi les bols se promenaient-ils tout seuls dans les airs ?

Son regard passe plusieurs fois de ma mère à moi. Nos yeux ne se quittent plus.

Bienvenue dans mon monde...

— Ils ne se promenaient pas tout seuls, Paul. C'était Carlie qui nous servait le repas. Ah... Ai-je oublié de te mentionner que Carlie est ma tante décédée ?

Je m'amuse de ses grands yeux effarés.

— Tu vas t'y faire à la longue, Le bleu... Mais ça prend du temps !

Quelques convives sourient de la remarque de ma mère qui ne s'en offusque pas.

— Tu devrais commencer à manger parce que nous allons repartir tout de suite pour Montréal après le repas.

Les bols devant deux personnes s'envolent alors que Paul allait ingurgiter sa première bouchée. Sa fourchette demeure suspendue entre la table et sa tête. Il se calme à l'aide de quelques grandes respirations avant de se décider à amener la fourchette à sa bouche.

Je le laisse manger un peu avant d'aborder le vif du sujet.

— J'aimerais que tu commences par nous dire ce que tu as compris lorsque tu as vu la vidéo que tu avais sur toi... Et que Gen a effacé.

— J'ai fait mieux que l'effacer, Lilith, beaucoup mieux. Disons que j'ai un peu brouillé les pistes. Personne ne pourra jamais remonter jusqu'à toi avec ça !

M'man, qui voit son bol disparaître à son tour, semble fort inquiète de ce que ma copine a avoué.

Moi aussi, d'ailleurs.

— Dis-moi, qu'as-tu fait, exactement, Gen ?

— J'ai allumé quand il a parlé d'extraterrestres. Vous verrez.

Elle éclate de rire comme une démente.

Je crois qu'il est préférable que je n'en sache pas trop à ce sujet...

Mais à voir toutes les têtes souriantes autour de lui, le moral du jeune homme s'améliore rapidement. Il sera certainement plus enclin à me répondre et je lui répète ma demande en le fixant sans sourciller.

Cette fois, il sait qu'il n'a plus le choix de répondre !

— En premier, vous entrez dans le parking. Il y a votre décapotable, Lieutenant, puis la voiture de Lilith. Sur les lieux, il y a vous autres.

Il pointe quelques personnes d'un doigt décidé.

— Ensuite, vous allez en groupe vers l'entrée du Biodôme et là, il y a la victime qui lui saute dessus comme une tigresse. Je l'ai très bien vu le frapper avec un long poignard dans la région du... cœur ?

Ses paroles demeurent suspendues tout comme son doigt qui indique Merlin avant de prendre une longue pause avec un regard suspicieux.

Oups... Il doit réaliser à ce moment que cet homme ne devrait pas être là, devant lui, bien portant en plus, mais plutôt étendu sur une table à la morgue.

D'urgence, Paul respire un bon coup pour se calmer. Cela ne lui réussit qu'à moitié, car il semble encore hyper nerveux.

— Puis, la défunte essaie de te trancher la jugulaire, Lilith, mais tu l'évites avant que tu ne sortes ton arme et que tu la... Oui, que tu la tires en pleine poitrine à bout portant, l'expédiant dans les airs pour aller s'écraser où elle gît encore avec un gigantesque trou dans le corps !

Paul devient muet durant quelques secondes au moment où une assiette de pâtes apparaît devant son visage. Il arbore à nouveau un air hébété, mais ça ne dure pas, car le fumet du plat l'attire comme un aimant et il l'attaque goulûment.

Je tente de forcer la conclusion qui tarde à venir.

— Alors…

— Alors, je ne sais pas, mais j'adore aller au fond des choses. J'enquête donc sur cette folie avec ta… ta mère ? La mère de celle qui…

— Et c'est là que tu deviens dangereux pour nous, Paul !

Le jeune homme entend à peine la remarque, car son regard ne me quitte pas alors que je discute à voix basse avec Andrew… qui doit lui sembler être le vide.

— Dans ce cas, ai-je le droit de lui parler d'Amber ? Il a vu les portes s'ouvrir et je me suis échappée.

— Non, je ne veux pas !

La porte qui bât derrière lui semble en désaccord.

Et, comme d'habitude, je préfère écouter le manoir.

— Mais vous…

— Non, non et non !

Cette fois, la porte demeure close.

Je sais à présent quoi dire… ou non.

Résolue, je reviens vers le jeune homme.

— Bon, je viens d'avoir la permission de te révéler certaines choses. Premièrement, il est assez évident que je ne suis pas une extraterrestre.

Tout le monde éclate de rire en même temps autour de la table.

— Deuxièmement, je n'avais pas d'arme de l'espace qui lance des rayons comme tels. Je n'avais que ceci !

J'exhibe mon athamé.

— Cette terrible arme de la sorcellerie ressemble à n'importe quel autre poignard de cérémonie, mais elle est destinée à une autre tâche, bien précise. Celle qui nous a attaqués l'a fait avec ce même outil d'enchanteur… ou de sorcière si tu comprends mieux ce mot. J'en suis une et d'autres le sont aussi autour de cette table, dont fort probablement ta voisine au curieux regard.

Paul sursaute avant de jeter un œil un peu suspect vers la menue femme qui affiche un sourire coquin avec des yeux rieurs qu'il semble estimer de plus en plus magnifiques et enjôleurs parce qu'il ne peut plus s'en détacher.

Mais je n'ai pas terminé.

— Je dois t'avouer que je suis très fière d'en être une, même si ma mère ne l'est pas vraiment. Passons… Mais certains voudraient me tuer. Pourquoi ? Je ne sais pas trop. Peut-être pour me voler mes pouvoirs ? On n'a pas découvert ce point précis, encore. En conclusion, je n'ai fait que me défendre de la façon dont mon instinct m'a dicté de le faire. C'était de la légitime défense et j'ai tous les témoins qui peuvent me soutenir là-dessus.

Mon oncle, tout sourire devant une assiette de dessert vide qui s'envole aussitôt, est visiblement admiratif.

— Tu aurais dû suivre des cours pour devenir avocate, ma belle. La prochaine fois que je vais en avoir besoin d'un, sois sûre que je vais t'appeler !

— Tu devrais tout de suite prendre rendez-vous pour lundi prochain, le nargue Gen qui le connaît bien, son père l'ayant défendu pro bono à plusieurs occasions.

Quelques personnes ricanent, sauf Paul qui est sur une lancée.

— Concernant ta légitime défense, je te crois. Il est bien évident sur la vidéo qu'elle a voulu te tuer, mais qu'elle t'a manquée et… Bordel, mais qu'as-tu fait pour lui faire un tel trou dans le corps ?

— En gros, je lui ai lancé une balle de feu comme celle que j'ai utilisée pour te faire peur lorsque nous t'avons rejoint dans le bois.

Oups… Je crois avoir dit une phrase de trop !

Le jeune homme réprime une frayeur certaine avant de demeurer silencieux, perdu dans ses pensées. Lentement, il esquisse un sourire coquin.

— En conclusion, tu veux que j'aide ta mère à étouffer l'affaire.

— Nous ne pourrons jamais l'étouffer, Le bleu. Le dossier sera toujours ouvert, mais nous pouvons l'envoyer dans plusieurs directions à la fois et cette sale affaire va finir par s'oublier d'elle-même… après un an ou deux. Ce n'est qu'une simple question de budget.

Paul hoche la tête, admiratif.

— J'ai compris ! Les terroristes, l'armée, les espions, les extraterrestres, la guerre des étoiles… Vous avez même amené E.T., là-dedans ! Je réalise ce que vous faisiez, à présent en vous amusant à nous envoyer vers des dizaines de pistes divergentes en même temps, sauf vers la bonne, car vous la connaissiez, la vérité !

Le jeune homme éclate de rire sans plus pouvoir s'arrêter.

— Incroyable à quel point vous avez ri de nous tous !

— Et ce que j'ai trafiqué sur la vidéo va beaucoup vous aider, vous verrez.

Gen me lance un clin d'œil, mais je ne suis pas satisfaite de la réponse du jeune homme.

— Excuse-moi, Paul, mais tu ne nous as pas encore dit si tu voulais nous aider ou non.

Le jeune homme hésite.

— Minute ! J'ai quelques questions avant de m'engager à… disons plutôt à faire partie du service obligatoire de ton syndicat de sorcières !

Tous, sauf Merlin, la trouvent bien bonne.

— J'ai bien vu que la victime avait frappé en pleine poitrine ce monsieur que tu appelles Merlin… Merlin ? Paul secoue sa tête pour en extraire une pensée folle. Pourquoi ne semble-t-il pas blessé ?

— Il l'était, mais ne l'est plus parce que je l'ai guéri.

Le jeune homme est sous le choc quelques secondes avant d'indiquer ma mère.

— Et elle ? Elle a aussi reçu une balle en pleine poitrine et à la tête voilà trois jours. C'était partout, aux nouvelles, au poste…

— Elle, c'est Merlin qui l'a guérie !

— Curieux cercle de vie dans votre famille. Autre chose, ton « Transformer » que j'ai bien vu se métamorphoser d'une auto à un avion… puis disparaître !

— Oh, ça ? Il est juste hanté lui aussi. C'est mon ami Diablo. Je l'adore !

J'échange un bref regard avec ma mère qui me fait signe que oui.

— La Cadillac de M'man dans laquelle tu dois souvent te promener l'est elle aussi. Il s'appelle Jack. C'était l'ancienne voiture de Gwendolyn, ma super cool grand-mère décédée… qui est juste derrière toi, en ce moment.

Bien qu'il en ait visiblement une envie folle à voir ses yeux qui tentent de regarder derrière, le jeune homme n'ose se retourner.

— Bonjour, Grand-mère à Lilith, salue-t-il dans son dos avec un curieux sourire forcé.

J'ai la nette impression qu'il a beaucoup plus la frousse qu'il ne le laisse paraître.

Il se lève brusquement pour marcher à pas rapides vers la sortie sans un regard derrière.

— Et si nous allions tout de suite chercher E.T. en ville, Lieutenant ?

J'en étais certaine !

▲

Δ

-17-
LA GUERRE

Tous les convives autour de la table sourient à Gen qui ne cesse de rire depuis la question saugrenue de Paul qui a quitté la pièce à toute allure avec ma mère sur les talons.

Mario se lève à son tour.

— Viens-tu faire une petite marche nicotine, belle blonde ?

Il entraîne tous les autres à sa suite, sauf moi qui vais à la cuisine d'où m'appelle Andrew.

— Tu as été magistrale, Lilith. Je dois avouer que ton numéro d'équilibriste entre ce que tu pouvais et ne pouvais pas dire m'a agréablement étonné. Tu as bien suivi les minces frontières que nous avions définies ensemble… Plutôt qu'Amber a défini avec toi. À présent, nous devons discuter des Stuart !

— Cela peut-il attendre encore une petite demi-heure ? J'aimerais accueillir Leila comme il se doit, d'abord… Et surtout, je veux la connaître un peu mieux. Je suis un peu plus prudente, depuis hier !

Mes ancêtres acceptent tous de la tête, trouvant mon raisonnement tout à fait approprié dans les circonstances.

À la course, je rejoins mes amis sous un ciel nuageux et menaçant dans le jardin de la rotonde où Leila s'est jointe au groupe de fumeurs. En montant les marches, je remarque un nain de jardin au pied de l'escalier et suis un peu étonnée de constater que la moitié de son visage est jaunie.

Il a besoin d'un bon lavage, celui-là !

À présent, je désire présenter officiellement la nouvelle à tous…

Mais surtout, je veux la connaître un peu plus !

— Maintenant, Leila, parle-nous un peu de toi.

— Je ne sais pas trop quoi dire… Je m'appelle Leila Hart. J'ignore mon véritable nom, car j'ai été adoptée par un prêtre anglican d'une petite ville du nord de La Nouvelle-Orléans. Mes vrais parents m'ont abandonnée sur le perron de son église en pleine nuit alors que je n'avais que quelques jours. De là mon prénom qui veut dire la nuit en arabe… Ma mère était d'origine libanaise. Ce sont eux qui m'ont élevée avec leur fille et leur fils qui étaient beaucoup plus âgés que moi. Ils ont vraiment, mais vraiment été super bons et gentils avec ma petite personne.

Elle souffle un peu avant de reprendre, ce que nous avons tout de suite remarqué. Merlin s'avance vers elle d'un pas discret.

Un autre détail m'intrigue.

— Tu parles bien le français pour une Américaine.

— C'est une de mes tantes chez qui j'ai passé plusieurs étés qui m'a enseigné le français parce que nous ne parlions que cette langue dans sa maison. C'est elle qui s'occupait de mon dossier médical parce que j'ai été très malade quand j'étais jeune. J'étais gravement asthmatique en plus d'avoir un considérable retard de croissance… Comme vous pouvez le constater. Je n'ai pu faire aucun sport avant l'âge de douze ans. J'étais coincée devant la télé à la maison. À cause de ça, j'étais presque aussi large que haute à cette époque. J'ai bien changé, non ?

La petite femme est visiblement à bout de souffle et sort une pompe de son accoutrement excentrique.

— Mais même aujourd'hui, je dois toujours l'avoir sur moi, même si je ne m'en sers plus très souvent… Sauf lorsque je suis stressée, ce qui est surtout le cas quand je parle de moi.

— Pourquoi es-tu ici ? Et surtout, pourquoi tes parents t'ont-ils laissé venir ici en solitaire ?

— Je ne comprends pas trop la question. Je me débrouille tout de même assez bien seule. J'avais mon logement avec deux autres personnes, mais c'était devenu compliqué et… et j'ai vingt ans, après tout.

Presque tous ceux qui assistent à la présentation de la petite nouvelle deviennent bouche bée.

— Vingt ans ? Je t'en donnerais treize ou quatorze, gros max ! lâche Mario, les yeux hagards. Tu es… Tu es si petite !

— Oh… Je ne suis vraiment plus une enfant, Mario.

Un sourire coquin se dessine sur son doux visage.

— Sûrement que tu n'es plus une petite enfant, sinon, tu ne serais fort probablement pas ici, je suppose, avec le même sourire. As-tu un copain ? Autre chose que nous devrions savoir sur toi ?

Son sourire disparaît. Cette fois, elle hésite un court moment avant de répondre.

— Je n'ai jamais eu de copain vraiment stable. Je joue un peu de piano. J'adore danser… Quoi d'autre ? Pas de drogue, aucune, car ça me fait de très curieux effets ! J'ai une petite voiture que j'ai gagnée dans un concours l'an dernier. Je l'ai laissée à l'hôtel, à Montréal, parce que je ne savais pas du tout à quoi m'attendre ici. Je vis avec l'argent de la location de la maison et du… commerce de mes parents que je partage avec mon frère et ma sœur. Je crois que c'est tout.

— Qui t'a dit de venir ici ? Et surtout, pourquoi ?

— J'ai toujours vu les gens du deuxième monde. J'ai discuté avec un homme décédé qui connaissait bien votre famille. Il m'a donné les indications pour venir ici. Il m'a dit que vous pourriez m'aider à y voir plus clair dans ma vie et que j'y trouverais un nouveau foyer, un foyer plus adapté à ce que je suis.

— Es-tu si confuse parce que tu es une guérisseuse ? Est-ce cela qui te fait peur ? ajoute Merlin qui sondait visiblement la jeune femme, au vu de son regard.

— Je n'ai vraiment pas peur de moi, Merlin. Ce n'est pas toujours le cas des autres qui m'entourent… Surtout les vivants !

Je dépose une main compatissante sur l'épaule de la petite nouvelle.

— Je te comprends très bien.

Ce dernier commentaire fait sourire la plupart des participants.

— Je n'avais aucun problème avec mon père. Il m'avait même réservé une belle petite pièce dans son église où je pouvais essayer de guérir comme je le voulais tous ceux qui venaient me voir, mais après sa mort subite, tout a changé. Le nouveau pasteur ne voulait plus me voir là et ma mère est tombée dans une très profonde dépression et je… Et je n'ai pas pu la sauver d'elle-même.

Tous ont remarqué les évidents trémolos dans sa voix avant qu'elle ne baisse la tête sous le poids de ce mauvais souvenir. Gen et moi nous approchons pour l'enlacer d'un même mouvement. Je suis certaine que pour la première fois, Leila se sent appuyée par des gens en qui elle sait qu'elle peut avoir confiance, des gens qui vont la comprendre.

Grand-M'man apparaît à nos côtés.

— Excuse-moi, ma belle Leila, mais je n'ai pu m'empêcher d'écouter. Déformation professionnelle. Sais-tu comment s'appelait le monsieur décédé qui t'a dit de venir te réfugier ici ? Et surtout, quand te l'a-t-il dit ?

La jeune femme est surprise de la question et du ton employé par ma grand-mère qui ne sourit point.

— Ça s'est passé voilà deux jours… Non, trois, car c'était mercredi et je crois qu'il ne m'a pas donné son nom. Du moins, je ne m'en souviens pas. Désolée, mais j'ai un petit problème de mémoire avec les noms.

J'éclate de rire.

— Bienvenue dans le club !

Gen confirme avec vigueur pendant que Merlin retient de toute évidence un rire, se souvenant sûrement de l'incident avec Alan.

Vraiment triste incident…

— Mais pourquoi m'avez-vous demandé ceci, Grand-maman ?

La spectre ricane de la familiarité.

— Pourrais-tu le reconnaître si je t'en montrais un portrait ?

— Sûrement, nous avons discuté ensemble un long moment… Toute la nuit, en fait.

Grand-M'man lui fait signe de la suivre à l'intérieur. Leila, Gen et moi montons à l'étage pour nous planter devant l'avant-dernier tableau des membres de la famille.

La menue femme sourit au portrait, mais elle a encore

quelques réserves en lorgnant les deux tableaux de chaque côté de celui de mon père. Son visage, comme au tennis, se tourne un coup à droite, un coup à gauche.

— C'est ton père, Lilith ?

— Oui, c'est censé être lui parce que je ne l'ai jamais vu. Tu crois vraiment que ce serait lui qui t'aurait… Je me demande bien pourquoi !

— Je crois avoir compris, suppose Grand-M'man. Alex désire probablement t'entourer de gens comme toi, mais un peu différents, afin de te faire voir notre monde sous toutes ses facettes. Je vais t'avouer que j'ai aussi pensé faire de même avec ton père, mais je n'en ai pas vraiment eu le temps.

Je suis un peu confuse.

— Excusez-moi de vous poser cette question, Grand-M'man, mais quand êtes-vous décédée ?

— Quelques semaines avant ton père voilà presque dix ans, jour pour jour. Hé ! Il faudrait fêter ça, non ?

Nous, les vivantes, échangeons des regards hébétés un instant, stupéfaites par la macabre proposition.

— Alors, simplement pour fêter l'arrivée de la belle petite Leila ? Allons, les filles ! Quand j'avais votre âge, n'importe quelle stupide raison était bonne pour organiser une fête.

Gen et moi échangeons un sourire. Notre complicité de toujours l'emporte et nous acceptons d'une même voix, à la grande surprise de Leila qui rougit sans raison apparente.

Δ

Que vont-elles penser lorsque je vais leur dire que je dois aller me coucher avant neuf heures sinon je tombe dans les pommes ? Il faut absolument que je leur parle de mon problème de fatigue chronique, mais comment ? Vont-elles me rejeter elles aussi ? Je ne veux surtout pas… C'est ma nouvelle famille !

Δ

Grand-M'man m'entraîne un peu à l'écart.

— Il faudrait peut-être penser à faire notre petite réunion

familiale, maintenant ?

— Pourquoi pas ?

— Nous ferons cette réunion à la bibliothèque. Ainsi, nous serons assurées d'avoir la paix. C'est un sanctuaire familial.

— Super ! Je n'y suis jamais allée. Andrew ne voulait pas.

— Viens. Nous l'appellerons de là. Il n'aura d'autre choix que d'accepter que tu y ailles.

Cette fois, je suis bien d'accord avec ma grand-mère et vais voir ses amies pour leur dire que je serai en réunion avec mes aïeux, qu'elles préparent la fête durant ce temps.

Leila ne semble vraiment pas enchantée de l'idée.

— Tu ne veux pas fêter ton arrivée ?

— Peut-on faire ça à un autre moment ? Ça fait deux jours que je n'ai presque pas dormi. Je vais retourner à l'hôtel pour…

— Pas question !

Mon ton impératif, qui m'a surpris moi-même, fait sursauter les deux autres jeunes femmes alors que je m'adresse au hall.

— Amber, voudrais-tu lui préparer une belle chambre au cottage ?

Plusieurs portes répondent avec énergie. Leila est enchantée de ce spectacle.

— Je vais aller lui montrer où c'est, Lilith. Va à ta réunion. J'ai une bonne idée du sujet que vous allez aborder.

Je suis fort étonnée de cette initiative de Gen qui quitte déjà le manoir avec Leila et je rejoins Grand-M'man dans le hall où elle se prélasse sur la base en marbre noir de la statue. Amber nous ouvre la porte de la bibliothèque.

Andrew apparaît en face de nous dès que nous en avons franchi le seuil.

— Personne dans cette pièce ! Sortez !

— Grand-M'man voulait faire la réunion ici, Sir Andrew. Elle disait que nous aurions la paix en…

Je pivote quelques tours sur moi-même, les yeux au plafond où perce le soleil par le puits de lumière pentagonal, quelques étages plus hauts.

— Wow ! C'est si grand, ici !

Et ça ne paraît pas du tout de l'extérieur...

Comme si cette pièce n'existait pas en réalité ?

C'est dément !

Tara va s'asseoir dans un des multiples fauteuils meublant la gigantesque pièce cylindrique.

— Et elle a bien raison, Andrew. Viens t'asseoir. Elle ne brûlera rien.

C'est donc cela qu'il craignait tant et la raison pour laquelle il ne voulait pas que j'entre dans cette pièce ?

Mais je dois avouer qu'il a bien raison d'avoir peur sur ce point...

Encore un peu sous le choc, je ne peux détacher mes yeux des milliers de livres que renferme cet endroit où tout est en bois très foncé, mais le plancher contraste avec sa couleur miel. Une magnifique marqueterie représentant une rose en son centre est constituée de diverses essences de bois exotiques. De minces corridors circulaires entourent les étages qui sont reliés entre eux par des escaliers très abrupts, et au sommet du cylindre de bouquins, une coupole pentagonale toute vitrée donne un aperçu sur l'extérieur.

J'en suis émerveillée.

— Bravo, Andrew... Et Tara !

— Nous n'avons rien à y voir, Lilith. C'est notre fils William qui a créé cette pièce. Il a même fabriqué la rose centrale de ses propres mains. Cela lui avait pris plus d'un mois. C'était sa fleur préférée.

— Bravo, William. Wow !

Grand-M'man prend place dans un des fauteuils en cuir, aussitôt imitée par le patriarche. Je m'attarde quelques secondes aux bouquins, qui semblent tous antiques, avant d'aller rejoindre mes ancêtres avec la mine un peu basse.

Tara a senti mon embarras.

— Qu'y a-t-il ?

— Il y a que j'ai probablement la plus belle bibliothèque

privée du monde chez moi… Et que je n'aime pas lire.

— Tu n'auras pas bien le choix, me répond Grand-M'man. Tu auras énormément de connaissances à apprendre si tu veux pouvoir les transmettre un jour… Et aussi tenir un journal de tout ce que tu fais ou que tu penses. Ce journal s'appelle un grimoire. C'était un des points dont nous voulions aussi te parler, mais après avoir discuté de notre conflit avec les Stuart !

— Ouais… Expliquez-moi cette connerie !

— C'est ce que c'est : une connerie de vengeances en série qui dure depuis plus de trois siècles, grogne ma grand-mère avec des reflets de braise dans les yeux.

Je suis stupéfaite de cette réaction du spectre qui me ressemble tant et en demeure muette, ne sachant comment réagir devant ce visible accès de fureur.

— Vengeances en série ? Je ne comprends pas trop.

Tara s'impose et, d'un geste des doigts, intime Grand-M'man de lui laisser la parole.

— Je vais tout t'expliquer du début. Voilà trois siècles, un de tes aïeux, Richard, s'était épris de la belle Catherine qui demeurait à Belfast. Il la ramena ici et ils se marièrent dès leur arrivée selon nos rites ancestraux. C'était vraiment un beau couple, mais ce que Richard ignorait, était que Catherine était aussi convoitée par quelqu'un d'autre. Il s'appelait Ebenezar Stuart qui, avouons-le franchement, était un sorcier d'une fourberie légendaire !

Ma grand-mère, excédée, fait mine de bâiller.

— Par pitié, va droit au but, Tara.

— Bref, Ebenezar Stuart, fou de rage, est venu au Canada quelques années plus tard. Il a provoqué Richard en duel, mais Richard a refusé le combat arguant que le débat était clos étant donné qu'ils étaient déjà mariés, ce qui a mis Stuart dans une rage folle. Il a simplement attendu que Catherine sorte de la propriété pour la tuer afin qu'elle n'appartienne à personne d'autre que lui. Ce que n'a vraiment pas apprécié ton ancêtre qui l'a pourchassé jusque chez lui pour lui faire payer son crime. Alors, le frère d'Ebenezar a suivi Richard jusqu'ici et l'a assassiné à New

Amsterdam, puis sa sœur Danielle l'a rejoint à Belfast pour le…

— Et en gros, coupe brusquement Grand-M'man, depuis ce temps, c'est : je vais en tuer un de sa famille parce qu'il en a tué un de la nôtre !

— Et vous ne vous êtes jamais assises, les deux familles, pour en discuter ?

— Nous avons essayé…

Ma grand-mère se lève.

— J'ai moi-même convoqué une réunion avec la famille Stuart tout de suite après la guerre. Ça a dégénéré.

— Que veux-tu dire, Grand-M'man ?

— La réunion s'est… mal terminée, si tu vois ce que je veux dire.

— Non, je ne vois pas du tout.

— L'aîné a essayé de me tuer, mais je revenais de cinq ans de guerre. J'étais plus que prête à faire face à ce genre de situation… Et j'avais les hormones dans le plafond parce que j'étais enceinte, en plus ! Finalement, je n'ai pas vraiment aidé à mettre fin à ce conflit. Tout à l'inverse, même !

— Et si vous vous étiez simplement écrit des lettres au lieu de vous rencontrer ?

— Oh… Nous avons essayé ceci tant de fois, autant de leur part que de la nôtre, ma fille, avoue Andrew d'un air découragé. Finalement, il y avait toujours quelque chose qui imposait que cette vendetta revienne à l'ordre du jour.

Tara se lève. Son attitude est autoritaire.

— Ce que nous voulions surtout te dire est que cette fois, ils ont été beaucoup plus loin. Ils ont voulu s'approprier l'héritage de Morgana !

— Je ne comprends pas…

— Le fait qu'ils aient employé leur athamé familial pour te tuer aurait transféré nos pouvoirs ancestraux vers leur famille, vers Henry Stuart qui est l'actuel chef de clan des Stuart. Cette simple vendetta entre nos deux familles est devenue une guerre depuis ce moment, Lilith !

— Petite correction. C'est Henry que j'ai tué, Tara. Le présent héritier est son aîné qui s'appelle Nelson.

— On s'en moque, Gwendolyn. Si Merlin n'avait pas été là, Lilith serait déjà morte parce que c'est sur lui que l'assassin s'est rué en premier, pas sur elle. As-tu compris les raisons de ceci, Lilith ?

Rien n'arrive sans raison... je philosophe en hyperventilant quelques secondes avant de reprendre sur moi-même, mais Grand-M'man est plus rapide.

— Mais maintenant, nous pouvons mettre un terme à cette hécatombe, car nous avons leur athamé familial !

— Et quelle est la différence avec avant ?

— Les pouvoirs de Nelson sont presque tombés à zéro à cause de la perte de son athamé. Alors, si tu tues ce salaud de Nelson avec ton athamé à toi, c'en sera terminé de leurs pouvoirs ancestraux, car c'est nous qui les aurons, dorénavant. Les héritiers seront alors sans pouvoir et ne voudront certainement plus jamais se frotter à nous !

J'en tombe presque en bas de ma chaise.

— J'ai peut-être mal compris, ici. Tu... Tu me dis que je dois absolument tuer quelqu'un, Grand-M'man ?

— Nous n'avons plus le choix, ma belle. C'est eux ou nous ! Ils sont allés trop loin, cette fois. Nous sommes maintenant en guerre !

— Mais je ne veux pas tuer qui que ce soit, moi ! L'autre dame, là, au Biodôme, c'est arrivé comme ça, sans que j'y pense, mais là, tu me demandes carrément d'assassiner un homme de sang-froid ?

— En plein ça ! répond la spectre en se levant, autoritaire. Il a voulu ta peau, tu dois vouloir la sienne !

— Je refuse ! C'est comme ça que cette dispute dure depuis des siècles, Grand-M'man !

Je confronte ma grand-mère nez à nez.

— Il y a sûrement un autre moyen de s'entendre, voyons. C'est quelque chose qui a rapport à une foutue dispute qui a commencé voilà trois cents ans.

— Mais qui s'est perpétuée depuis des siècles. Carlie a été assassinée par Nelson Stuart… Dans le dos, en plus, et c'est probablement aussi lui qui a tué ton père !

Sous le choc, je recule d'un pas, bute sur mon fauteuil et tombe au sol, sur les fesses. Je ne sais plus quoi penser.

C'est cet homme qui a tué mon père ?

Et qui veut me tuer aussi, aujourd'hui ?

Mais dans quel monde de fous ai-je atterri ???

Un lourd silence s'installe dans la bibliothèque.

— C'est dément…

— Mais c'est la réalité, Lilith. Et il n'y a qu'une seule façon d'en sortir !

Tara me rejoint en s'asseyant au centre de la rose. Son regard est empreint de compassion.

— Je crois que c'est assez pour aujourd'hui. Pense à tout ça et nous reprendrons demain. Qu'en penses-tu, Lilith ?

Je suis encore un peu confuse, mais accepte de la tête tout en respirant fort pour me calmer, question de reprendre un peu de contrôle sur mes pensées folles qui bouillonnent dans ma marmite mentale.

Sans un mot, je me lève pour quitter la pièce, mais reviens plutôt me rasseoir en signifiant à tous de m'imiter.

— Étant donné que nous sommes en réunion familiale, j'ai beaucoup d'autres points que j'aimerais discuter avec vous. Laissons tomber cette guerre de clans pour plutôt se concentrer sur ce qui m'attend. Premièrement, je ne suis pas une prof de magie. Très loin de là… Même que j'ai tout à apprendre moi-même ! Alors pourquoi est-ce qu'il y a des élèves qui viennent me voir ici ? Je n'ai rien à leur enseigner, moi. C'est même fort probablement l'inverse.

Les trois spectres sont muets, visiblement en réflexion à la suite de ce dernier commentaire.

— Je crois que tu devrais en parler à la Déesse, Lilith.

— C'est certain que je vais le faire en sortant d'ici, mais

j'aimerais savoir autre chose. Quelque chose de curieux m'est arrivé, l'autre jour. Est-ce possible qu'aujourd'hui, j'aie une force physique beaucoup plus grande qu'avant ?

— Ça vient avec le Talisman, Lilith. Il semble que chez certains, c'est plus évident que chez d'autres, mais moi, je n'y ai pas vu de grands avantages, hormis le fait de n'avoir jamais été malade.

— Logique. Autre chose, maintenant. Je…

Je fixe mes ancêtres l'un après l'autre, obsédée par le fait que des élèves viennent ici pour apprendre la magie alors que je n'y connais rien.

Enfin, encore rien pour l'instant…

— Non. Pas tout de suite pour les autres choses. Plus tard !

Cette fois, je quitte la réunion sans un regard derrière.

Il est temps d'avoir une autre petite discussion avec la Grande Déesse, mais je dois m'y préparer, avant. Papier, crayon…

L'instant suivant, je suis assise au secrétaire du petit salon avec un magnifique stylo en main.

Première question à poser à la déesse :

— Pourquoi reçoit-on des élèves alors que je suis incapable de leur enseigner ?

Merlin comme prof ?

Possible.

Les bâtisseurs ?

Possible aussi, mais peu probable.

Grand-M'man ?

Peut-être aussi.

Mais moi ?

Impossible !

Je suis convaincue qu'elle va me répondre de façon nette.

— Passons. Stuart, maintenant. Comment arriver à la paix avec eux ?

Y a-t-il autre chose qui me tracasse et que je voulais lui demander ?

Je ne pense pas, mais je vais apporter le papier et le stylo au cas où.

Je marche rapidement vers l'autre bout de l'île sous une pluie fine, mais chaude en me rappelant que je dois traverser un sentier recouvert de longues épines qui déchirent mes pieds nus.

— Je ne pourrais pas avoir aussi des souliers ou des bottes invisibles comme ma robe de feu ?

Stupéfaite, je m'arrête de nouveau, car mes jambes sont à présent à moitié recouvertes par de hautes bottes noires. Leur matériel, bien que très léger, est semblable à de l'épais cuir travaillé et rehaussé d'insertions métalliques représentant de curieux symboles.

Hé ! Ce sont les bottes qu'Antoine a peintes, hier ?

Il me dépasse vraiment, ce peintre !

Rassurée quant à ma santé plantaire, je continue gaiement vers mon Sanctuaire. Lorsque j'arrive devant le petit bois d'épines, les branches s'écartent de nouveau pour former un long corridor qui me mène jusqu'à mon cercle de pierres.

— Psst ! fait une petite voix nasillarde tout près. Psst !

Intriguée, je cherche le point d'origine de l'étrange voix, mais personne n'est en vue. Je serre les dents à la vue du passage végétal qui se referme.

— Psst !

Cette fois, je distingue bien d'où cela provient et cherche au sol. Un nain de jardin est à mes pieds. Contrairement aux autres, il porte un chapeau verdâtre, des lunettes et une longue barbe blanche.

C'est la première fois que je le vois, celui-là.

Le nain lève la tête. Surprise de l'avoir vu bouger, je recule d'un pas.

— Nous devons parler d'un point très précis qui menace un de mes sujets, maîtresse d'Avalon. Il fume les restes de cigarettes que vos amis jettent dans les bosquets de la rotonde et cela lui nuit grandement. Faites en sorte que cela cesse immédiatement. Qu'il en soit ainsi, s'il vous plaît. Merci.

Le nain redevient immobile avec le regard fixé devant lui.

Ils parlent eux aussi ?

J'éclate de rire. Le nain relève aussitôt la tête qui affiche un regard furieux.

— Vous trouvez ça drôle ?

— Pas du tout ! C'est simplement que c'est la première fois que je vois l'un d'entre vous bouger, Monsieur… Sir ? Comment dois-je vous appeler ?

— Chef nain !

Il revient avec le visage fixé droit devant lui.

— Je vais passer votre message aux personnes concernées, Chef nain, et nous agirons afin de sauver votre sujet.

Encore un peu surprise de cette manifestation du monde magique dans lequel j'évolue, et qui me surprend encore sans cesse, je le rassure d'une digne révérence.

J'ai tant à apprendre.

Mais dès que je baisse les yeux vers le nain de jardin en chef, celui-ci a déjà disparu. J'éclate à nouveau de rire avant de revenir vers le lion de pierre dont je caresse la tête au passage.

— Tu es vraiment un beau minet.

La statue relève la tête, ce qui me surprend tant que j'en tombe presque sur les fesses.

— Je le sais !

— Tu… Tu parles toi aussi ?

— Non, je ne parle pas.

— Un autre petit comique !

J'approche de sa tête.

— Comment t'appelles-tu, mon beau ?

— Ne viens-tu pas de m'appeler « Minet » ?

Il avance de quelques pas avant de se lécher une patte alors que je suis abasourdie un moment.

— Oui, c'est bien ainsi que je t'ai appelé… Mais dois-je m'en excuser ou est-ce que ça te va ?

— Un nom ou un autre m'est complètement égal, Maîtresse d'Avalon. Je suppose que tu désires entrer dans ton sanctuaire ?

Le passage dans les ronces s'ouvre dès que je confirme de la tête. Je caresse le dessus de la tête de mon nouvel ami minéral qui est de retour sur sa pierre, mais à présent immobile, et le remercie avant de me rendre à son cercle de pierre.

Je ne pense pas que des bottes soient bien appropriées pour parler à la Grande Déesse. Est-ce que j'ai juste à y penser pour les faire disparaître ? je me demande au moment où effectivement, je ressens de nouveau les pierres sous mes pieds nus.

Je déplie le papier pour le lire une dernière fois, mais celui-ci est presque illisible, car la pluie dilue rapidement l'encre. Dépitée, je tente tout de même de me rappeler les points importants dont je dois absolument discuter avec la Déesse alors que l'averse devient plus drue, mais je n'en ai cure. Lorsque tout est clair dans ma tête, je me lance.

— Dôme de feu, recouvre-moi !

Le dôme protecteur, semblable à de la lave en fusion transparente, prend forme au-dessus de ma tête et je danse un instant en son centre au son d'une musique silencieuse, étant surtout heureuse de constater que mon dôme arrête la pluie et que sa chaleur m'a déjà asséchée.

Je me concentre quelques instants et accumule les énergies des éléments qui m'entourent. Je m'émerveille à nouveau des monolithes lumineux dont chacun borde le cercle à sa façon, selon sa couleur propre.

— Grande Déesse, j'aimerais vous parler, car j'ai beaucoup de questions à vous poser.

« Bonjour, Lilith », fait une douce, mais puissante voix dans mon dos.

Vivement, je me retourne pour m'ébahir de nouveau de la grande beauté de la haute entité à la peau couleur chocolat et aux cheveux de feu.

— Merci, merci d'être venue, Grande Déesse. Je vais faire

vite, cette fois-ci. Que dois-je faire pour mettre fin au conflit entre notre famille et celle des Stuart ?

« Tu as presque déjà tout fait pour mettre fin à cette dispute, ma fille, mais tu devras puiser en toi des forces que tu ne connais pas encore pour finalement vaincre. »

— Je ne comprends pas du tout.

« C'était ma réponse. Autre question ? »

Je suis fort déçue par la réponse qui ne m'a absolument rien appris et je demeure un instant muette avant que mes souvenirs s'éclaircissent.

— Ah oui, pourquoi des élèves viennent-ils me voir alors que je ne sais rien du tout sur la sorcellerie ?

« Qui t'a donc dit que c'était toi qui recevais ces premiers élèves ? Peut-être sont-ils là pour quelqu'un d'autre ? »

— Pour Merlin ?

« Un peu… »

— Grand-M'man Gwen ?

« Un peu aussi… »

— Les bâtisseurs ?

« Plus tard pour eux… »

— Si je résume, les élèves sont pour Gwen et Merlin ?

« Pour l'instant, oui. Tu découvriras aisément les tiens plus tard, mais dis-toi qu'ils ne sont peut-être pas tous ici pour apprendre, mais peut-être aussi pour t'enseigner des choses ? »

Tiens, je n'avais pas pensé à ça.

Quelles étaient les autres questions, maintenant… avant que je ne tombe encore dans les pommes ?

Ah oui !

— Important : dois-je me méfier de certaines personnes ou de certains fantômes ?

« Je comprends tes craintes envers les autres humains ou enchanteurs après les actes d'avant-hier contre ta personne et tes proches. Je ne peux directement te les nommer, car tu dois les découvrir par toi-même. Cela fait partie de ton dur apprentissage. Ce sont des leçons qui ne s'enseignent pas. Il va te falloir les vivre et les acquérir par l'expérience… comme toutes les manifestations de mon énergie. Tu dois les pratiquer, les expérimenter si tu désires les utiliser. Une dernière question ? »

Ma tête commence à sérieusement tourner. Mes pensées deviennent de plus en plus confuses.

— Pourquoi ne suis-je pas plus désolée que ça d'avoir enlevé la vie à quelqu'un? Même si je ne l'ai pas fait exprès ?

« Cela fait partie de toi. Nous en discuterons en profondeur lorsque tu pourras soutenir une plus longue conversation. À bientôt, ma fille. »

Ça ne m'avance pas beaucoup…

« À présent, étends-toi vite avant de tomber. Ah oui, je t'ai préparé une très belle surprise pour ce soir. Je sens que tu adoreras… Mais peut-être pas, non plus. À demain, ma belle fille. Regarde bien ta lune, samedi soir. »

Ma vision de la Déesse s'estompe rapidement, autant que ma conscience et, à bout de forces, je sombre dans les ténèbres.

▲

Δ

-18-
UNE SOUCOUPE

La lieutenante Dimirdini et Paul ont préparé leur entrée sur la scène de crime par téléphone. Ils n'arriveront pas en même temps. Lui se rendra en catimini au bureau d'en face et fera semblant d'en revenir avec la cartouche vidéo du parking, tandis qu'elle arrivera directement du nord en faisant en sorte que tous la voient bien.

Le cellulaire de Viviane sonne de nouveau.

— Dimirdini !

— Va tout de suite rejoindre des collègues d'autres bureaux qui sont sur ta scène de crime. Tu as dans les mains un cas qui s'alourdit d'heure en heure, Vivi.

— Que voulez-vous dire, Cap ?

— Une équipe de la GRC, du SCRS et une autre d'Interpol seront bientôt sur place, s'ils n'y sont pas déjà. J'aimerais que tu y sois avant eux.

— J'y serai dans deux minutes, Cap. Mais pourquoi ces grosses agences viennent-elles sur notre…

— Terrorisme ! Il y a eu mention de terrorisme, Vivi, et aussi d'armes militaires secrètes.

Oh que j'ai gaffé... J'ai été beaucoup trop loin !

— Ce sont des aimants à grosses agences ! Prêt à parier que le FBI va aussi débarquer dans peu de temps… Ou la CIA dépendant de la gravité du cas.

— Merde, Cap ! Comment voulez-vous que j'agisse avec eux ?

— Fais honneur à ton surnom, Vivi ! Ne te laisse pas marcher sur les nageoires sinon, ils vont nous voler ce cas.

— Je vois le Biodôme et… Merde ! Ils sont déjà là ! En tout cas, il y a tout un cortège de grosses camionnettes noires dans le parking !

— Peux-tu me faire un rapport toutes les demi-heures, Vivi ?

Viviane accepte sans y penser, inspectant en détail les lieux avant de s'engager dans le parking où elle salue l'agent chargé de la sécurité de ce site qu'elle a rencontré le matin même. L'enquêtrice déglutit en longeant la longue file de camionnettes Suburban noires ou blanches.

Mais combien sont-ils ?

Comment faire pour garder cette enquête ici avec toutes ces grosses pointures sur place ?

Bon, en premier, trouver le ou les responsables pour leur japper bien fort au visage !

L'enquêtrice court presque. Un homme en veston et lunettes fumées veut l'empêcher de passer, mais elle lui montre son insigne et, d'un geste gracieux, passe sous le ruban qui délimite la scène de crime même si l'homme essaie de l'agripper, ne ralentissant pas son rythme jusqu'à ce qu'elle arrive en face de la victime qui est entourée d'une dizaine de personnes en uniforme.

La bouillante lieutenante se plante devant eux avec arrogance.

— Que faites-vous sur MA scène de crime ?

Une dame, qui lui ressemble étrangement, s'avance vers elle en enlevant ses gants de latex et ses verres fumés avant de lui tendre la main. Viviane remarque ses yeux de fauve, comme ceux de sa fille sorcière, et s'en méfie aussitôt.

— Capitaine Sullivan, GRC. Vous avez ici un beau cas, lieutenant Dimirdini… Et en plus, vous faites honneur à votre réputation.

— Je me fous de ce que les gens disent de moi ! Que faites-vous ici ? Mes gars du labo… Et même ceux de l'armée sont déjà passés !

— Ce sont justement les techniciens de l'armée qui nous ont demandé d'approfondir leurs…

Un maigrelet à lunettes, tout dépeigné, accourt vers elles.

— Aucune dispersion ionique non plus, Capitaine. Il n'y a absolument rien à cet endroit.

L'officier indique un endroit précis après avoir esquissé un large arc de cercle avec ses bras, trajectoire probable de la défunte.

La lieutenante se mord les lèvres.

Merde ! C'est l'endroit exact de l'attaque qu'elle pointe !

— Refaites-moi tous les tests à cet endroit précis... Et enlevez-vous de là, vous autres !

Un des « Autres » fait signe à ses sbires de s'éloigner avant de se diriger vers les deux femmes.

— Major Montgomery, Interpol. Votre supérieur nous a demandé de vous assister, Capitaine. Pouvez-vous me mettre... « À date », comme vous dites si bien à Montréal ?

L'homme a ordonné ceci d'un ton supérieur avec un épouvantable accent anglais.

Viviane est sidérée de la dimension internationale qu'a prise cette enquête.

Oh que je suis dans la merde jusqu'au cou...

La capitaine affiche un air plutôt déçu, elle aussi.

— Pour résumer, Major, nous venons d'arriver et nous n'en sommes nulle part encore. La victime ne porte aucune trace de radiation, d'ionisation, de dispersion énergétique qu'elles soient de l'ordre photonique ou plasmique ni de quelque résidu chimique que ce soit. Nous n'avons rien de concret, mais nous avons éliminé des tas de possibilités... « À date ».

— Presque la même chose de mon côté, s'interpose Viviane, sans qu'on lui demande. Nous n'avons pas non plus identifié la victime... « À date ». Aucun papier sur elle, mais l'analyse ADN n'est pas revenue du labo... « À date ». Tout ce que nous savons, c'est qu'avant-hier, soit quelques heures avant le meurtre, elle a payé comptant sa moto et son habit de cuir au nom de... Marylin Monroe !

— Hum... Je suis presque certain que ce doit être un nom d'emprunt, suggère le major.

La capitaine Sullivan est estomaquée par cette déclaration extrêmement réfléchie et éclate d'un rire franc, imitée par la lieutenante qui n'a pu s'empêcher de suivre sa collègue.

L'homme demeure stoïque. Lentement, il vire au rouge et,

furieux, il se tourne vers un de ses hommes.

— Lieutenant Gunther, identifiez-moi la victime tout de suite !

Le dénommé Gunther revient avec un curieux appareil photo pour prendre diverses poses du visage de la victime et est sur le point de ramener la tête penchée de la défunte en position normale lorsque les deux Canadiennes passent près de lui causer un arrêt cardiaque d'un seul souffle.

— Non ! Ne la touchez pas !

L'homme regarde son supérieur avec l'air inquiet.

— Enough…

Dépité, le major pose sa main sur l'épaule de son homme avant de se retirer vers la moto qu'il inspecte minutieusement. La capitaine de la GRC s'approche de l'Anglais, Dimirdini sur les talons.

L'Européen indique un endroit précis sur la jante.

— Il y a de la boue sur le pneu, ici.

Viviane bombe fièrement le torse.

— Nous avons déjà fait un prélèvement, major Montgomery. Il est au labo du centre-ville, lui aussi.

La capitaine lance un clin d'œil vers la lieutenante.

— Nous aussi. Les résultats devraient arriver d'ici la fin de la journée. Nous allons ainsi pouvoir dire où elle est allée avant de terminer ici.

Merde, se dit Viviane lorsqu'un homme crie, non loin.

— Lieutenant Dimirdini ! Ils ne veulent pas me laisser entrer !

— C'est mon Bleu…

La lieutenante sourit au capitaine qui ne fait qu'un simple mouvement de tête. Son garde laisse passer le jeune homme tout essoufflé qui les rejoint à la course.

— Pas facile d'entrer ici !

— As-tu la bande du parking ?

— Oui. La voici, mais je n'ai pas eu le temps de l'étiqueter proprement et…

— On va s'en occuper, disent encore en même temps les deux femmes officiers qui croisent leurs regards une seconde avant de se sourire.

La capitaine clique à plusieurs reprises sur son oreillette avant de s'emparer de la cartouche vidéo des mains de Viviane.

— Nous regarderons ça dans quelques secondes, Lieutenant. Andy ! Apporte-moi le matériel vidéo, s'il te plaît.

Tous sont campés près du corps où ils ont installé l'ordinateur portable haut de gamme sur une petite table pliante. Le dénommé Andy pianote quelques secondes.

— À quelle heure le meurtre a-t-il eu lieu ?

— Vers huit heures, plus ou moins quinze minutes.

Le technicien tape quelques secondes avant de laisser sa place au capitaine de la Gendarmerie Royale.

Tous ont les yeux rivés sur l'écran. Une lueur circulaire très floue apparaît à la droite de l'écran et se déplace rapidement. Ils distinguent bien la victime sortir de derrière la colonne avant qu'un flash lumineux ne rende l'écran tout blanc. Cela dure un long moment où chaque spectateur retient sa respiration, puis la lueur se déplace pour ne plus faire place qu'au cadavre étendu devant son pilier de béton.

Un silence consterné s'invite pour une éternité. Les têtes aux yeux hagards se tournent vers d'autres à l'air semblable. La lieutenante ne peut détacher son regard de l'écran, mais pour une toute autre raison.

Absolument géniale, cette Geneviève !

— Pensez-vous tous comme moi ? laisse tomber Paul d'une toute petite voix. Quelqu'un, n'importe qui… Dites-moi que je rêve !

Il pivote de gauche à droite comme une toupie. Seul le lourd silence ambiant lui répond.

— Je dois avouer que c'est assez perturbant, ajoute la capitaine de la GRC.

Je dois passer à l'action tout de suite, se dit Viviane.

— Votre gars peut-il nous remettre ça depuis le début et y

aller très lentement, Capitaine ?

L'homme jette un œil vers sa supérieure avant de s'atteler à la tâche. La vidéo se déroule au ralenti.

— Merde, on ne voit rien. Minute, Le bleu, où se trouve cette caméra, exactement ?

Le jeune homme montre un haut lampadaire en particulier. La lieutenante revient vers l'homme qui a manipulé l'appareil.

— Pouvez-vous recommencer et je vais vous dire quand arrêter ?

L'homme demande une permission muette à sa patronne, qui accepte, avant de taper quelques touches.

Viviane ordonne l'arrêt en allongeant son bras vers la caméra, revenant à la scène de crime à quelques reprises.

— Merde… Cette cochonnerie était vraiment dans les airs !

Le téléphone de la capitaine sonne et elle écoute un instant avant de simplement répondre « OK ».

La capitaine de la Gendarmerie Royale du Canada regarde vers le cordon de sécurité où un homme bien charpenté, mais de courte taille, s'approche d'un pas sûr. Il est vêtu d'un kangourou noir rabattu sur sa tête, ne laissant paraître de son visage que de grosses lunettes fumées qui vont de pair avec sa barbe. Sans un mot, il s'arrête en face de la victime et lui sourit avant de s'approcher de l'oreille du capitaine.

— Ingrid Weinberg, aussi connue sous le nom de Christina Schauss ou de Veronica Weisel… ou de Christiana Lemhaner lorsqu'elle est en vacances. Ancienne agente de la Stasi, convertie en tueur à gages pour les cas complexes. Première fois qu'elle est en Amérique depuis… depuis vraiment très longtemps parce qu'elle a le FBI aux fesses depuis une dizaine d'années ! Je suis donc presque convaincu qu'elle devait fuir quelqu'un… ou quelque chose !

L'homme prend une longue pause et tape sur son clavier de téléphone avant de continuer à voix encore plus basse.

— La dernière fois que nous avons entendu parler d'elle, c'était en Russie où elle a dégommé un mec riche à Moscou…

Oh ! Pas plus tard que la semaine passée ? Je vais aller discuter avec une amie à l'ambassade russe et je vous reviens là-dessus.

Viviane, qui était près, a tout entendu même si les informations étaient destinées uniquement à la capitaine.

Un des sbires d'Interpol, un journal en main, fait de grands signes des bras à son supérieur.

— Major ! J'ai trouvé quelque chose d'intéressant, ici !

Plusieurs personnes se ruent sur le journal, dont les deux femmes officiers qui barrent presque la route au major qui grogne. L'homme en noir indique un article en particulier.

« Un avion invisible passe le mur du son au-dessus du fleuve » est le grand titre. En peu de temps, plus d'une dizaine de personnes ont lu l'article. Un appareil aurait franchi le mur du son au-dessus du fleuve sans que les radars des deux aéroports de la région l'aient repéré.

Lilith a volé plus bas que les radars...

— Le bleu ! crie presque la lieutenante au jeune qui était juste derrière elle. J'ai besoin d'un mandat pour avoir tous les enregistrements reliés aux radars de la région à cette heure-là... Et j'en ai besoin pour hier, as-tu compris ?

Le jeune se précipite sur son téléphone, parle à son capitaine quelques instants et raccroche avant de revenir vers la lieutenante.

— Vous les aurez dans une heure, lieutenant Dimirdini.

— C'est long, une heure.

Le jeune homme se détache du groupe de quelques pas. La capitaine de la GRC l'accoste.

— Est-elle toujours ainsi avec vous ?

— Avec moi ? Avec tout le monde, vous voulez dire... Et elle est dans une bonne journée, aujourd'hui !

— Est-ce vrai que vous la surnommez « Shark » ?

Le jeune homme confirme, faisant sourire la dame.

Le journal est retombé dans les mains de Viviane.

Je dois trouver autre chose pour détourner les recherches. Autre chose, n'importe quoi.

Non... C'est trop beau pour être vrai !

Elle cherche son jeune esclave avec frénésie.

— Paul, Paul ! Je veux aussi tous les relevés radars de la région de Trois-Rivières !

La capitaine est surprise par cette demande. Viviane s'en est aperçue.

— Regardez ce que j'ai déniché, capitaine Sullivan.

— Appelle-moi Jennifer, s'il te plaît, dit-elle en s'emparant du journal.

— Je m'appelle Viviane.

— Nous nous sommes déjà vu quelque part, Viviane, mais où ?

— J'ai la même impression. Curieux…

Les deux femmes échangent un sourire complice avant que la capitaine ne jette un œil au journal.

« Funeste rafale à Trois-Rivières » titre l'article qui commente qu'un fardier a été renversé par un brusque coup de vent sur le pont enjambant le fleuve un peu après huit heures, hier soir.

La capitaine lève les yeux vers la lieutenante qui affiche un air triomphant et l'entraîne brusquement à l'écart, inquiétant l'enquêtrice.

— Fort… Vraiment très fort, Viviane ! Très peu d'officiers, même les plus talentueux d'entre nous, n'auraient pu voir cette évidente corrélation.

La capitaine n'hésite qu'une seconde.

— Dis-moi, Viviane, où te vois-tu dans deux, trois ans d'ici ?

La lieutenante retourne un regard perplexe à Jennifer.

— Aimes-tu ton boulot de petite lieutenante sans véritable avenir qui va avec ton tout petit salaire à la police de Montréal ? Si tu veux, je peux t'offrir le double dans ma nouvelle équipe à la GRC à partir de lundi !

Viviane en tombe presque à la renverse. La capitaine s'amuse bien de cette réaction qu'elle anticipait.

Un des techniciens de laboratoire aux ordres de la capitaine s'approche et coupe ainsi la conversation qui devenait fort intéressante pour la lieutenante encore sous le choc.

— Désolé de vous déranger, Capitaine, mais nous n'avons rien décelé, autant dans les airs que sur le sol. En revanche, les empreintes de semelles concordent avec celles de la victime. Elle a bien décollé de l'endroit que vous nous avez indiqué.

Il n'y a pas que moi qui suis forte. Jenny et ses gars aussi !

Jennifer montre le cadavre.

— Romain, es-tu en mesure de me dire comment elle s'est rendue de là, où nous la voyons bien sortir sur la vidéo, jusqu'à l'endroit où tu as pris tes relevés… avant de revenir de nouveau sur la colonne ?

— Venez avec moi, Capitaine. C'est très décousu, mais je crois que nous avons retrouvé tous les pas. La semelle de ses bottes de moto est bien particulière.

— Capitaine Sullivan, hèle le major d'Interpol. Nous avons trouvé qui est votre victime. Elle s'appelle Veronica Weisel. C'est une Autrichienne qui…

La capitaine balaie le commentaire de la main en ne s'arrêtant même pas pour parler à l'Européen.

— C'est un nom d'emprunt, Major.

— Elle s'appelle en réalité Ingrid Weinberg, de l'ancienne Allemagne de l'Est, l'informe Viviane.

— Ancienne espionne de la Stasi… Recyclée en tueur à gages.

— Désolée, nous avons oublié de vous le dire.

La capitaine, maintenant tout près de sa nouvelle employée potentielle, lui fait un clin d'œil complice, ce qui la fait sourire.

— Tu as de bonnes oreilles, en plus.

Une jeune femme de très grande taille à cheveux noirs d'encre, mais à sourcils blonds et portant l'uniforme de la GRC, accourt vers elles avec un ordinateur portable en main. Viviane remarque immédiatement les nombreux petits trous dans la peau de son nez et de ses oreilles.

— Mais saviez-vous qu'elle était sur un vol d'Air France venant de Heathrow, Londres, et qu'elle avait passé la nuit au

Crown's Grand Hotel de cette ville avec un jeune gigolo qu'ils ont retrouvé sur le lit avec la gorge tranchée ? Elle y était enregistrée sous le nom de Christiana Lemhaner et a payé comptant, mais ça, tous s'en balancent.

L'Européen, dépité pour un instant, s'en retourne avec la tête basse avant de sursauter pour s'emparer de son téléphone.

La jeune femme à l'accent français très pointu affiche un large sourire après un coup d'œil en coin au major qui gesticule sans cesse avec son téléphone à l'oreille.

▲

Δ

-19-
DOUBLE JEU

La capitaine Sullivan pose une main maternelle sur l'épaule de la grande caporale. Elles échangent un sourire complice.

— Bravo, Vanessa ! Tu es vraiment la meilleure. Quelle raclée tu lui as mise ! Van, je te présente la lieutenante Dimirdini, Viviane de son prénom. Tu vas probablement la revoir souvent.

Viviane sourit à l'avenir, car elle pensait justement changer son orientation professionnelle après l'attentat contre elle-même voilà quelques jours, et cette nouvelle arrive à point.

Une petite pensée pour le beau Merlin la replonge dans le dossier en cours.

— Vraiment pas une enfant de chœur, cette Ingrid. En passant, qui était le gars qui nous a dit le nom de l'assassin, plus tôt ?

— Son nom de code est Trente-trois. Je ne sais pas son vrai nom… Et je ne veux pas le savoir. C'est une Mangouste de la CSIS, section du contre-terrorisme. Bref, c'est un espion qui s'est infiltré je ne sais où… Et à nouveau, je ne veux surtout pas le savoir. Il ne contacte que Vanessa, qui fait sûrement partie de son réseau, mais encore là, je ne veux pas le savoir !

— Vous avez de bien curieuses sources du genre « Je ne veux pas savoir »…

— Comme toi avec tes pushers italiens et tes putes roumaines qui connaissent les pires secrets de tout le monde interlope de Montréal ?

— Ce Cap… Il a vraiment une trop grande gueule.

— Je peux te jurer que ton capitaine n'a rien à voir avec ce que je sais. Ça vient de beaucoup plus haut !

Elle indique le ciel. Viviane n'esquisse qu'un léger sourire.

Les deux officiers analysent les pas que les hommes ont marqués au sol avec des numéros pour bien indiquer leur suite. Même si elle n'a pas tout vu, Viviane se rappelle assez bien ce qui s'est passé et est abasourdie de l'exactitude du travail des hommes en feignant une certaine surprise, mais remarque celle, bien réelle, de Jennifer.

Lentement, elle mime les pas au sol en tentant de démontrer quelques difficultés.

— Il semble… Il semble que…

La capitaine sursaute comme si une grenade venait d'apparaître devant elle.

— Elle a évité un premier tir ?

Elle donne un high five à Viviane, qui est aussi heureuse que la capitaine de cette trouvaille, car elle était en sérieux manque d'inspiration pour expliquer ceci.

Le technicien s'en mêle à son tour.

— Mais ensuite, en aurait-elle évité un deuxième ?

Viviane mime les pas tout en pensant à son prochain mensonge.

— Non, elle a plutôt changé brusquement de direction ! Elle est partie pour revenir… presque à reculons ?

La lieutenante montre la haute clôture de broche entourant le chantier de réparations.

— D'après moi, elle a voulu fuir de ce côté, mais elle a dû changer de direction quand elle a vu la hauteur de cette clôture et c'est à ce moment qu'elle s'est fait tirer dessus par la soucoupe volante parce qu'elle n'avait plus d'endroits où se cacher !

Il y a maintenant une demi-douzaine de personnes autour des deux femmes, dont le major qui mime la scène, lui aussi.

— Looks like that. Ne peut pas être autre chose !

Le technicien accepte le scénario en silence avant de saluer bien bas la lieutenante tandis que la capitaine tend le bras vers un endroit précis sur le mur du Biodôme.

— Donc, nous devons chercher les résidus d'un premier tir dans cette direction… Et dépêchons-nous parce qu'il commence à pleuvoir !

Tous les hommes en uniformes, incluant l'officier responsable, se précipitent d'un même mouvement vers la deuxième colonne, laissant Viviane seule sur place, bien fière de son coup. Paul, souriant lui aussi, vient la rejoindre en se cachant pour lui lancer un pouce en l'air alors qu'elle s'empare de son cellulaire.

— Hello, Cap ! Nous avons beaucoup de nouveau, ici. Minute, je dois aller fermer le toit de ma voiture !

La lieutenante ne fait qu'un pas que le toit se referme par lui-même, étonnant Paul à ses côtés qui n'a rien manqué de cette scène.

Δ

La jeune Vanessa accourt vers sa patronne qui est trempée de la tête aux pieds avec tous les autres rats de laboratoire qui l'entourent, mais est interceptée en premier par la lieutenante qui tient un large parapluie. Les deux femmes se sourient sous la toile.

— Du nouveau sur cette folie ?

— Oui, mais je dois en parler à Jenny avant vous. Désolée, mais c'est le protocole.

La grande jeune femme se colle presque à l'oreille de la lieutenante avec un large sourire.

— Mais vous pouvez rester près, vous savez.

Viviane fait un simple signe à Jennifer de venir les rejoindre. La jeune Française est étonnée de voir arriver sa patronne à la course pour les rejoindre sous le grand parapluie.

— Mais où as-tu trouvé ça, Vivi ?

— Aux objets perdus, à l'intérieur. Voilà le tien !

Les trois femmes éclatent de rire devant la toute petite ombrelle décorative d'une trentaine de centimètres que la lieutenante tend au capitaine.

— Comique…

— Tu ne pourras jamais dire que je ne t'ai pas aidée dans ton enquête avec ceci.

— Un peu de sérieux, là !

Jennifer ne semble pas d'humeur à plaisanter, car il est évident qu'elle commence à en avoir par-dessus la tête de cette enquête qui n'aboutit pas.

— Qu'as-tu pour moi, Van ?

— L'analyse de la boue sur le pneu arrière de la moto.

Viviane serre les dents.

Oups... Ceci pourrait être problématique !

— L'analyse du sol indique qu'elle vient de la rive sud du fleuve...

Merde !

— Le problème est que le territoire est vaste avec ce composé de terre qui n'a presque aucun traceur géologique précis. Oui, il y en a, mais ils me mènent à seize endroits très éloignés les uns des autres, mais... Roulement de tambour... Elle est aussi légèrement radioactive !

— Quoi ? s'exclament en même temps les deux officiers.

— Comment ça ?

— Je ne le sais pas encore. Ils ne m'ont pas encore donné le ou les isotopes exacts. C'est assez complexe, parce que le labo pense que ce sont des résidus d'uranium léger... Qui seraient mélangé avec du cobalt à rayon X de médecine.

— Il y a une grosse différence, Van !

— Non, pas vraiment, Jenny, répond la jeune femme, du tac au tac.

La capitaine cherche dans son cerveau déjà en surchauffe.

— Ces produits ne vont habituellement pas ensemble, non ?

Jennifer jette un œil vers Viviane qui hausse les épaules.

— Moi, je ne peux vous aider là-dessus, les filles. Je ne connais absolument rien au nucléaire !

Vanessa, qui a extrait son ordinateur portable de sous son imperméable quelques instants plus tôt, tapote sur son clavier avant de lever la tête avec un air interrogateur.

— Ils sont tous deux produits dans des centrales nucléaires à réacteurs Candu et ils...

— Il n'y a qu'une seule centrale nucléaire au Québec ! Gentilly près de Trois-Rivières !

À nouveau, les deux officiers étaient au diapason.

— Montre-moi tout de suite une carte de cette région, Van !

La jeune femme pianote quelques secondes.

— Voilà la centrale de Gentilly. C'est à Bécancour ? Hé ! J'ai un traceur géologique pour cette ville !

La capitaine grogne furieusement, causant un frisson dans le dos de Viviane.

— Et elle est située tout près du pont de Trois-Rivières ? Grr… On perd notre temps ici ! Nous cherchons au mauvais endroit !

Viviane jubile et entrevoit une autre échappatoire dans son enquête, un détail pour mêler les pistes encore plus.

— Quelle est la route exacte entre ici et là ?

Les trois femmes cherchent quelques instants. Les doigts trempés se promènent sur l'écran au grand déplaisir de la jeune femme qui n'en peut plus et donne une petite claque sur la main de sa capitaine qui semble bien songeuse, tout à coup.

— Le lien le plus direct serait par le nord ? Mais alors, pourquoi ne la voit-on jamais sur les vidéos de circulation ?

La capitaine lorgne Andy avec qui elle venait de s'entretenir de ces vidéos. Viviane ne peut feindre sa surprise lorsque le jeune homme s'approche sans avoir été appelé par sa supérieure.

— Nous la voyons deux fois, Jenny. La première fois, c'est au coin de Pie IX et Coubertin… Juste là et après au coin de Sherbrooke, là. Mais avant ça, nulle part. Elle a dû emprunter de petites rues secondaires.

Viviane a toutes les difficultés à demeurer concentrée après avoir entendu cette autre bonne nouvelle, mais elle désire les freiner encore plus.

— Je n'ai pas fait vérifier les caméras des ponts. Oh que ces mandats sont compliqués à obtenir si loin de la scène de crime !

Elle cherche un moment autour d'elle.

— Mais où est mon Bleu ?

Les autres femmes esquissent un sourire.

— Ces vidéos ne nous seront pas vraiment utiles, Vivi. Laisse ta recrue tranquille.

— Rien à voir avec les vidéos… C'est lui qui a mon parapluie ! Celui-ci est le tien.

Un homme trempé de la tête aux pieds s'avance vers le groupe, alors que la pluie a presque cessé, et annonce par un simple geste que les scientifiques n'ont rien trouvé où était censé être arrivé le tir manqué.

La capitaine baisse la tête. Un lourd grognement, ressemblant au soupir d'une monstrueuse bête infernale, ameute tous ceux aux alentours.

— La pluie a peut-être tout effacé ? se défend-il avec maladresse.

La capitaine lui répond d'un simple geste de la main de plier bagage.

Vanessa examine la scène partiellement abritée de la pluie par le petit surplomb du toit.

— C'est absolument impossible qu'ils n'aient rien trouvé là.

— Non, non, non ! hurle à pleins poumons le jeune Andy, devant son ordinateur qu'il tient à deux mains devant ses yeux rageurs.

Le responsable de la vidéo hurle de fureur avant de lancer son ordinateur un mètre plus loin pour continuer à le tabasser à coups de pied.

Jenny se précipite vers le jeune homme en colère qu'elle repousse loin de sa victime informatique d'un seul bras.

— Arrête ça tout de suite, Andy ! Que se passe-t-il ?

L'homme au regard furieux prend un moment pour se calmer.

— Je faisais mon analyse anti-CGI normale lorsque tout à coup, j'ai remarqué que tous les compteurs de pixels étaient à zéro !

La jeune femme d'origine française venue les rejoindre a instantanément compris.

— Diantre… Quel foutoir !

Le regard de la capitaine va d'un agent à l'autre. Ils baissent tous deux la tête en même temps.

— Ne me dites pas que…

— Mon logiciel a effacé toute la foutue chip vidéo… qui ne devait pas être verrouillée !

Un lourd silence s'installe pour diverses raisons. L'homme pour sa gaffe, la capitaine qui comptait sur cette vidéo pour faire la promotion de sa nouvelle division de l'Étrange, la lieutenante qui n'en revient pas de la chance honteuse de sa fille dans ce dossier… Et Vanessa qui ne sait pas quoi dire de plus.

Paul, qui arrive à la course derrière eux, s'immisce dans le groupe.

— Je vais aller voir s'ils n'en auraient pas une copie.

Le jeune homme s'élance vers le bureau de l'autre côté de la rue où il était allé chercher l'original, mais rebrousse chemin afin de remettre le parapluie à Viviane avant de reprendre sa course.

— Tu lui fais peur, Vivi.

La lieutenante arbore un sourire machiavélique en coin.

— Je sais…

— Crois-moi, ce n'est pas ainsi que l'on amène nos collègues à vraiment nous aider. C'est en les respectant. Du moins, c'est ainsi que ça marche chez nous. Tu comprendras lorsque tu y seras.

La capitaine jette un simple coup d'œil à Andy qui court aussitôt à la poursuite de Paul.

— Tu vois ce que je voulais dire ?

Δ

Paul pénètre dans l'édifice où il appelle l'ascenseur. Andy, qui souffle comme une vieille locomotive, le rejoint quelques secondes plus tard.

Le bleu est un peu surpris de sa présence.

— Ta patronne ne me croyait pas assez fort pour être capable de transporter un enregistrement vidéo ?

Le grand technicien ne répond pas, fixant la porte de l'ascenseur. Aussitôt ouverte, les deux hommes se dirigent vers le bureau de la responsable.

— Rebonjour, Madame. Je voulais juste être bien certain qu'il n'y avait pas de double de la…

— Je t'ai dit que nous n'en avions pas de copie ! Es-tu sourd ou quoi ? l'assomme-t-elle à coup de mots doux.

L'autre homme lui montre son insigne au revers de son veston.

— André Rivest, GRC. J'aimerais voir vos installations vidéo, s'il vous plaît.

La dame, impressionnée par les trois lettres mentionnées, mène directement les deux hommes dans une toute petite salle. Andy s'agenouille devant l'installation. Son doigt s'arrête sur chaque composante en marmonnant quelque chose d'inintelligible à chaque unité. Au bout d'un court moment, il se relève pour faire face à Paul.

— Ce système n'a aucun disque dur ou serveur intégré. S'il y en avait eu, nous aurions pu récupérer les fichiers vidéo par USB ou les transférer directement par les ports LAN, l'informe Andy, qui semble bien déçu de cette triste situation.

Paul hausse les épaules.

— Désolé, mais je n'ai aucune idée de ce que tu m'as dit là. Je ne connais absolument rien aux ordis. Moi, je suis heureux quand je presse le gros bouton et que ça s'allume… Et quand ça plante, je le rapporte au magasin !

Andy se bidonne quelques instants de cette noirceur technologique et se dit que ce n'était pas pour rien que lui était dans la GRC tandis que celui-là était à la simple police de Montréal.

— Ce n'est pas grave… Le bleu. Nous n'avons plus rien à faire ici.

— Dès le début, je ne savais pas ce que je faisais là !

Paul hausse encore tout bonnement les épaules, mais dès que l'homme de la GRC a le dos tourné, il jette un rapide coup d'œil aux installations avant de lui emboîter le pas quelques secondes plus tard.

Quel idiot... Il n'a même pas remarqué qu'il y avait un pont de transfert PCI qui se déchargeait dans un serveur secondaire situé juste sous la table d'en face. Ce sera aussi facile à partir de ma voiture d'effacer le fichier vidéo fantôme de ce disque dur ci que ça l'a été d'effacer le fichier vidéo dans son ordi d'amateur. Il faut avouer qu'il lui était impossible de protéger adéquatement son réseau... d'un aussi bon pirate que moi ! Je me demande bien maintenant qui est le techno bleu, ici ?

Dès qu'ils sont à l'extérieur, Paul se précipite vers sa voiture.

— N'oubliez surtout pas de dire au lieutenant Dimirdini que je lui apporte son Coke dans deux minutes, sinon, elle va me passer au hachoir à viande !

Le caporal est triste pour le jeune homme qui détale vers l'avant du Biodôme avec sa voiture. Le technicien informatique continue son chemin vers la scène de crime à l'arrière.

— Il va falloir qu'il se prenne en main, ce pauvre jeune, sinon sa patronne va lui faire vivre l'enfer jusqu'à sa retraite, compatit Andy en serrant les dents.

Dès que Paul est certain que le caporal de la GRC a disparu, il recule afin d'être plus près de sa cible informatique sans se faire voir à partir de la scène de crime. Le cyber-pirate installe son ordinateur portable sur son volant où il tape avec frénésie en sifflant.

Deux minutes plus tard, il rigole en retournant son appareil sous le siège passager avant d'ouvrir le contenant réfrigéré derrière lui pour en extraire une cannette de Coca-Cola avec un très large sourire.

Le jeune homme reprend son air distant et un peu niais avant de courir vers la scène de crime comme un gamin à la récréation.

Δ

Viviane et Jennifer s'écartent afin de laisser passer la fourgonnette des derniers techniciens de la Gendarmerie Royale. La capitaine est fort déçue que son équipe de choc n'ait trouvé aucun indice sur la scène de crime.

Curieux... Ils laissent toujours des traces, habituellement.

Elle s'assoit à nouveau sur le bloc de béton qui traîne au

milieu de la place. Son regard est fixé sur l'entrée du Biodôme. La lieutenante Dimirdini s'interroge sur l'attitude de sa vis-à-vis.

— Pourrais-je savoir ce que vous faites là, Jennifer ?

— Viens t'asseoir à côté de moi, s'il te plaît.

Δ

Viviane prend place à côté de la femme qui lui ressemble. Jennifer lui montre l'entrée.

— Nous sommes en ce moment sur le lieu même de l'attaque. La caméra qui était au-dessus de l'entrée et qui aurait pu tout prendre en direct n'a été enlevée par les gars qui refont la façade que voilà trois jours, annonce-t-elle en se retournant. La caméra qui était juste là a aussi été enlevée voilà trois jours. De même que celle-là juste au-dessus de nous ! Je dois t'avouer que je trouve cette coïncidence un peu particulière, Viviane. Et ce n'est pas tout ; les grands panneaux de bois que tu vois là, de l'autre côté de la vitre, n'ont été installés qu'hier… Une petite heure seulement avant l'attaque… Et personne ne se rappelle qui les a installés à cet endroit. Si ce n'était pas de ce mur de bois, nous aurions eu un autre direct de la scène de crime à partir de la caméra de la caisse, mais elle n'était pas ajustée pour l'extérieur qui est complètement hors champ. J'ai regardé les enregistrements, plus tôt, et il n'y a qu'un seul flash de lumière de visible. C'est un peu trop à mon goût. D'après moi, la blonde en cuir a été attirée dans un piège planifié depuis un bon moment. Qu'en penses-tu ?

La détective prend bien son temps pour répondre, réalisant avec horreur que le passage vitré qui donne sur l'entrée du Biodôme n'est que partiellement bouché par les grands panneaux de bois. D'où elle est assise, elle voit bien la caméra elle-même… Et le comptoir-caisse.

Donc, tous ceux qui sont passés dans ce corridor ne pouvaient manquer la scène de crime qui est juste derrière nous !

Le cœur de Viviane bat la chamade tant cette constatation peut être lourde de conséquences.

— Je ne sais plus quoi en penser, Capitaine. J'ai pas mal épuisé mes neurones, aujourd'hui. N'oubliez pas que je suis là-dessus non-stop depuis hier soir… Et que je roule encore à la morphine ! Mais c'est sûr que je vais me pencher sur ce sujet demain matin parce que c'est vrai qu'il y a un peu trop de coïncidences, ici. Trop de tout, à vrai dire ! Juste le fait de penser qu'une soucoupe volante a pu venir faire un tour en ville presque en plein jour et que personne ne l'ait vu… Juste ce point est plutôt ahurissant en lui-même, si tu veux mon avis.

Jennifer éclate de rire.

— En plein ça ; trop et pas assez de tout, dit-elle en souriant à la lieutenante. Et qu'en penses-tu si je t'invitais à prendre une bière, samedi soir ? Je pense que nous l'avons bien méritée. Quelques-uns de mes boys seront aussi là. Ça pourrait te donner l'occasion de faire leur connaissance parce qu'il faut les habituer au style un peu particulier de la capitaine-surintendante Viviane Dimirdini… Celle qui va très bientôt remplacer leur ancienne patronne Jenny ?

Le cœur de Viviane a soudainement cessé de battre.

▲

Δ

-20-
LA DRUIDESSE

Merlin cherche Leila partout dans le manoir, fait le tour de toutes les pièces qu'il connaissait, sans la voir.

Elle doit être à la maison des invités.

L'homme s'y rend sous une pluie forte, mais douce sur la peau. Des rires fusent de l'intérieur dès qu'il ouvre la porte. Il est abasourdi de constater que de l'extérieur de la bâtisse, aucun bruit ne filtrait alors que c'est très bruyant dès qu'il en traverse le seuil. Les jeunes gens sont tous assis sur des fauteuils et jouent à des jeux sur des planches colorées. Le futur roi ne tient pas en place.

— Bonjour, Maître. Venez voir. Ce jeu est vraiment très drôle.

L'enchanteur prend place à côté de la jeune fille qu'il recherchait, les observant lancer un petit cube avec des points imprimés dessus qui leur dicte de combien de cases avancer leur pion. Le résultat les envoie plus haut sur la planche grâce à une échelle ou plus bas en suivant un serpent.

Le mage lève les yeux vers le coin de la pièce. Sur le dossier d'un autre fauteuil, le dragon est endormi sur le dos avec le souffle court. L'homme s'approche pour passer sa main par-dessus les plaies de la bête. Il n'aime pas l'énergie qu'il y sent.

Ce dragon a aggravé plusieurs blessures internes lorsqu'il nous a avertis de l'arrivée de la jeune Leila. Il a fait son devoir, même s'il n'était visiblement pas en état. C'est vraiment un bon gardien qui mérite plus d'attention que je ne lui en donne en ce moment.

L'homme ferme les yeux et amasse l'énergie de la Déesse en lui avant de la concentrer sur les points les plus critiques de la bête, dont un en particulier qui suinte beaucoup à l'intérieur.

Le légendaire mage sent une présence derrière lui et reconnaît la douce vibration de la jeune Leila.

— J'espère que cela ne vous dérange pas si je vous regarde faire, Merlin ?

L’homme lui sourit et ouvre ses yeux comme la gracieuse jeune femme prend place en face de lui.

— Savez-vous que vous avez le pouvoir de guérison en vous, dame Leila ?

— Oui, je le sais, mais je ne suis pas certaine de bien l’utiliser. Ce doit être pour cette raison que je suis ici avec vous, aujourd’hui.

Il y a vraiment beaucoup de sagesse dans cette jeune femme, se dit le mage qui replace ses mains au-dessus de la bête.

— J’ignore ce que vous connaissez déjà, dame Leila. Je vais donc commencer par le début. Vous devez certainement savoir que pour guérir une blessure, nous devons y injecter l’énergie de guérison de la Grande Déesse… Dans votre cas, ce serait plutôt celle du Dieu chrétien ou je me trompe ? ajoute-t-il en remarquant la toute petite croix qu’elle porte à son mince cou. Les noms et étiquettes n’ont aucune importance, ici. Mais avant d’envoyer de l’énergie de guérison, nous devons connaître l’étendue des dommages. Alors, il faut réussir à voir le corps d’énergie du blessé, mais pas son corps physique. Pour cela, nous devons lui envoyer une très faible dose d’énergie un peu partout sur les endroits critiques, puis regarder avec les yeux de notre âme les endroits à problèmes. Pouvez-vous le faire ?

La jeune femme hésite, car elle ne comprend pas tous les mots du mage.

— Et comment pouvons-nous voir avec les yeux de notre âme ?

— Vous n’avez pas cette faculté ? Cela m’étonne, dame Leila.

— Ce n’est pas ce que j’ai dit, Merlin. Je vous ai simplement demandé si vous aviez une méthode particulière afin de voir à tous les coups les corps éthériques, les auras… Vous les appelez corps d’énergie, je crois. Oui, je les vois de temps à autre, mais cela me surprend à chaque fois, car ça n’arrive vraiment pas souvent, pas assez souvent à mon goût. J’ai remarqué que chaque fois que je réussis à guérir quelqu’un, c’est toujours parce que j’ai justement réussi à voir son aura malade.

Tant de puissance blanche en elle.

Oui, je peux lui faire confiance...

Mais je sens que je vais avoir beaucoup plus de travail de base à faire avec elle que ce que j'ai fait avec dame Lilith.

— D'accord, reprenons du début. En premier, il vous faut amasser en vous les énergies de la... Appelez-la comme vous voulez. Allez-y. Fermez les yeux et commencez seulement par visualiser les particules d'énergie autour de vous. Cela prendra un bon moment, mais je sais que vous y parviendrez.

La jeune femme ferme les yeux. Le mage la sent se calmer, faire le vide en elle et entrer en méditation presque instantanément.

Cette phase est mieux implantée en elle que je le croyais.

Au bout d'un moment de silence complet, un sourire se dessine sur le visage de la petite femme qui ouvre les bras. Le mage a compris.

— Maintenant que vous voyez cette énergie, faites-la simplement venir à vous. Amassez-la un peu comme si vous remplissiez une cruche avec de l'eau.

La jeune femme ricane de l'expression utilisée. Cela lui a fait perdre un peu de concentration, mais elle se reprend dès qu'elle se calme. Cette fois, elle visualise l'énergie en quelques secondes et demande en pensées à ces étincelles de vie de venir vers elle, en elle. Lentement, elle sent son corps se gorger de cette belle et douce énergie qui la chatouille un peu de l'intérieur.

Le mage voit le corps énergétique de son élève commencer à luire, mais le rythme est trop lent. Sa tête recule lorsqu'il remarque aussi une curieuse lueur, semblable à un cercle parcouru d'étincelles autour de la poitrine de la jeune femme. Cela le mystifie un instant, mais le temps presse et il passe outre.

Et si je lui conseillais de faire comme Lilith ? Peut-être est-ce ainsi que cela fonctionne en cette époque.

— Demandez donc de vive voix à l'énergie de venir en vous. Il est possible que cela se fasse plus rapidement ainsi, dame Leila.

Δ

Leila est de nouveau déconcentrée en pensant à ce qu'elle

devrait dire et grimace de frustration avant d'ouvrir les yeux. Visiblement fatiguée, mais non moins tenace, elle les referme avec une détermination renouvelée.

Que vais-je demander à qui ?

Ici, ce sont les anciennes manières et les anciens termes qu'ils comprennent.

Il doit certainement y avoir un compromis quelque part...

Je sais !

La jeune femme se replonge en elle-même. De nouveau, le spectacle des étoiles scintillantes autour d'elle apparaît en quelques secondes.

— Douces, mais puissantes forces qui nous entourent, venez en moi. Remplissez-moi de votre énergie de guérison afin que je puisse faire le bien autour de moi… Amen.

Δ

Le mage sourit au dernier mot.

Mes paroles doivent être un choc culturel pour cette enfant, songe-t-il en réalisant que la méthode de la jeune femme fonctionne très bien, cette fois.

— Gardez votre concentration, mais ouvrez les yeux. Placez maintenant vos mains ainsi sur le corps; ni trop loin ni trop près… Parfait. Laissez à présent l'énergie descendre très doucement dans vos bras pour en ressortir par la paume de vos mains. Guidez-la au besoin. Vous pouvez aussi lui parler, si vous désirez.

La jeune femme plisse ses yeux qui ne sont plus qu'une mince fente.

— Énergie, sort doucement par mes mains.

Le mage confirme l'encourageant résultat.

— À ce point-ci, n'essayez pas de guérir. Vous devez simplement inonder le corps afin que vous puissiez voir son corps énergétique. Ce que vous appelez aura, je crois. Voyez son aura vibrer au contact de votre propre énergie afin que vous sachiez quelle est l'étendue des problèmes. Ne vous inquiétez pas, vous la verrez plus facilement dans ce cas-ci.

Cette phase dure longtemps. Les quelques gouttes de sueur qui perlent à son front la dérangent et elle tente de les essuyer avec sa manche, mais elles reviennent aussitôt. Merlin sait qu'il doit accélérer le mouvement sinon, elle sera bientôt exténuée.

— Voyez-vous la grosse tache d'énergie près de son épaule droite ?

Leila confirme de la tête.

— En voyez-vous d'autres ?

La jeune femme sourit et fait signe avec quatre doigts de sa main, ne voulant surtout pas parler pour ne pas perdre sa concentration, mais ses forces la quittent rapidement. Sa respiration devient difficile.

— C'est assez pour aujourd'hui, dame Leila. Ne ramenez surtout pas les énergies qui sont en vous à la… nature. Laissez-les en vous-même, parce que vous en avez aussi besoin à la suite de ce traitement.

Elle s'écrase presque au sol. Merlin appose sa main sur sa tête et lui transmet un peu de puissance régénératrice.

— J'ai réussi… J'ai réussi !

Leila sourit au maître avant de réaliser l'horreur de la situation et replace tout de suite ses mains, mais le mage les enlève tout doucement.

— C'est très grave ce qu'il a, Merlin ! Il faut le guérir tout de suite !

— Oui, je sais très bien qu'il est gravement blessé, dame Leila, mais pour l'instant, vous n'êtes pas en état de le ramener. Regardez-moi plutôt faire, car demain, c'est vous qui le ferez.

Avant le début du traitement, le mage prend soin d'expliquer chaque opération à la jeune femme. Lorsqu'elle lui confirme qu'elle a bien compris, il appose ses mains qui dégagent l'énergie de guérison dont la bête a tant besoin.

— Concentrez-vous et voyez l'intensité de l'énergie que je lui envoie. Remarquez aussi que j'ai placé mes mains l'une par-dessus l'autre et qu'elles sont positionnées assez haut. Dans ce cas-ci, nous devons effectuer une guérison où la blessure est interne. L'énergie doit donc travailler en profondeur. Contrairement à ce que vous pourriez penser, plus la blessure est en surface et plus les mains doivent être près de la plaie. C'est évidemment l'inverse pour une blessure en profondeur.

Le mage ferme les yeux en balançant le pour et le contre de ce qu'il doit ou non dévoiler à sa nouvelle protégée.

Je pense qu'elle est prête.

— Vous avez de très belles qualités, Leila, mais vous devez aussi avoir les connaissances requises pour devenir la grande druidesse que vous êtes destinée à devenir.

Δ

La petite femme demeure immobile durant un long moment à observer le mage du passé utiliser cette subtile énergie afin de guérir la bête, émerveillée par ce qu'elle est témoin, mais aussi et surtout par ce qu'elle vient de découvrir sur elle-même.

C'est donc pour cette raison précise que je suis ici...

Mais qu'est-ce qu'une druidesse, exactement ?

Le dragon ouvre un œil pour sourire aux deux humains penchés sur lui.

— Merci, maître Merlin... Et Leila, dit-il faiblement. J'en avais vraiment besoin !

La bête mythique referme les yeux. Merlin relève ses mains pour les frotter ensemble avec vigueur avant de les ramener au-dessus du torse de l'animal, mais de façon différente, cette fois, soit beaucoup plus hautes et séparées l'une de l'autre.

— J'ai maintenant cessé l'envoi d'énergie de guérison. Je vérifie presque toujours si j'ai bien effectué mes traitements. Vous verrez, je ne suis pas parfait et je le sais très bien, dame Leila. Personne ne l'est. Donc, se revérifier est très, très important. Voyez-vous la différence, maintenant ?

— Oui, la grosse zone rouge entre les épaules a complètement disparu. La petite au ventre aussi.

— C'est assez pour l'instant. Ne jamais faire trop de traitements à la fois. Nous risquons de causer plus de dégâts que de guérison.

Mon Dieu !

C'est donc ce que j'ai fait à...

Et la raison pour laquelle il allait plus mal à sa sortie qu'à son arrivée à l'église ?

Ils marchent vers le manoir, heureux que la pluie ait cessé. L'eau qui dégoutte encore des feuilles d'arbres les fait tout de même presser le pas malgré le retour du soleil et ils entrent dans le manoir par la salle de bal.

— Quel superbe endroit !

— Vous n'étiez pas encore venue ici ?

La jeune femme est estomaquée de la pièce toute vitrée sur trois étages en demi-coupole qui laisse entrer tant de lumière que ses verres en changent de teinte. Les nombreuses petites tables qui meublent le pourtour lui arrachent un sourire, mais quelque chose au fond de la salle l'attire et elle s'assoit face à l'ordinateur portable de Geneviève pour tapoter sur le clavier de l'appareil un court moment.

— Que cherchez-vous, dame Leila ?

— Je regarde mes courriels. Je veux dire à mon frère, ma sœur et ma tante que je vais bien et que j'ai été bien accueillie... Très bien, même !

Le maître prend place à ses côtés.

— Et si le maître se faisait enseigner quelque chose par son élève ?

La jeune femme est stupéfaite et met quelques secondes avant de comprendre la question.

— Vous voulez que je vous montre comment se servir d'un ordi, Merlin ? Que voulez-vous faire avec ceci, au juste ?

— Boîte à connaissances, ordi, traduit-il pour lui-même. Je désirerais apprendre comment poser des questions à cet... ordi.

— Seriez-vous capable d'écrire des mots sur ce clavier ?

Le mage hésite quelques secondes.

— Je crois être en mesure de le faire si vous me l'enseignez, dame Leila.

La jeune femme se met au travail. En premier, elle tape son

message pour sa famille tout en expliquant au mage qu'en quelques fractions de seconde, ses proches vont avoir de ses nouvelles, même s'ils sont situés à des milliers de kilomètres de distance.

L'enchanteur est éberlué d'apprendre cela et aurait désiré en savoir plus, mais la jeune femme démarre déjà le fureteur, laissant sa place à l'homme du sixième siècle qui n'est plus certain de ne pas être trop dépassé après cet exposé des nouvelles technologies que la jeune femme qualifiait de « banales ».

Sans attendre, Leila lui enseigne les rudiments des recherches sur internet et est vraiment étonnée de constater à quelle vitesse l'homme apprend ces techniques.

Moins d'un quart d'heure plus tard, elle le laisse faire ses recherches par lui-même alors qu'à bout de forces, elle retourne au cottage faire son habituelle petite sieste d'une demi-heure toutes les deux ou trois heures. La première chose que le mage tape dans la fenêtre Google dès qu'il est seul est : « Histoire de Merlin »… Et il constate avec horreur que des millions de pages lui sont disponibles pour ses recherches sur lui-même.

Δ

Merlin est de plus en plus confus.

C'est la sixième histoire de ma vie que je lis et elles sont toutes complètement différentes… Et surtout, toutes fausses ! C'est finalement Lilith qui avait raison lorsqu'elle affirmait que les renseignements sur notre époque n'étaient pas exacts. C'est l'évidence même ! Tiens, la voilà justement. À sa démarche hésitante, elle doit revenir d'une conversation avec la Grande Déesse. Mais…

— Qu'avez-vous donc aux pieds, dame Lilith ?

— Mes bottes ? Les aimez-vous ?

Δ

La moue dégoûtée du mage m'incite à penser à transformer mes bottes en souliers de course, ce qu'ils font en quelques secondes. Ils sont comme une extase et je termine ma transformation vestimentaire en modelant de vieux jeans troués surmontés d'un chandail orange vif, ma couleur préférée.

Là, je suis vraiment à l'aise...

Je m'assois mollement au côté du maître avant de lui sourire.

— C'est tellement plaisant de rencontrer la Grande Déesse, mais c'est épouvantable à quel point c'est épuisant !

— Non, dame Lilith, ce n'est pas épuisant. C'est simplement votre système énergétique qui doit se mettre à l'égal du sien. Vous subissez beaucoup de transformations en même temps, et bien que vous soyez d'une puissance exceptionnelle, vous n'êtes pas encore prête pour ces hauts niveaux d'énergie. Aucun humain ne l'est !

— Si vous le dites... Mais c'est vrai que je trouve ça de moins en moins épuisant.

— Un jour, vous discuterez avec elle comme vous le faites en ce moment avec moi. Je vais vous aider. C'est long, mais je peux vous jurer que cela en vaut la peine !

Je réalise tout à coup que quelque chose cloche.

— Vous êtes seul à l'ordi ?

— Oui. Leila m'a montré comment m'en servir.

— Wow ! Et vous arrivez à vous débrouiller ?

— C'est un peu frustrant à l'occasion, mais je m'en tire sans trop de mal.

— Et que cherchiez-vous, au juste ?

— Mon histoire... qui est fort différente selon les auteurs des articles. Je n'ai donc rien appris de tangible sur moi.

J'affiche un sourire en coin.

— Il n'y a rien qui arrive pour rien. Peut-être était-ce le but recherché ?

— Vous avez peut-être raison, dame Lilith, mais ça m'étonnerait. Je rends tout de même hommage à votre sagesse qui grandit rapidement, ce qui est fort bien dans votre cas.

— Vous m'aidez beaucoup sur ce point, Merlin. Maintenant que vous savez que tout ce qui touche les temps anciens n'est pas très fiable, que désirez-vous que nous cherchions ?

— Il y a tant, tant à découvrir dans cette petite boîte que je ne sais plus par où commencer.

— Alors, faites comme moi lorsque je vais voir la Grande Déesse; faites-vous des listes de questions.

Le mage y songe quelques secondes avant d'accepter le conseil.

▲

Δ

-21-LE BUREAU

Gen arrive dans la salle de bal. Son sourire s'efface dès qu'elle s'approche de la table.— Je suis désolée de vous déranger, mais j'aurais besoin de mon ordinateur… Et aussi de toi, Lilith. Nous devons rencontrer les bâtisseurs pour leur parler un peu de ton héritage parce qu'il y a beaucoup de travail à faire de ce côté, crois-moi.

— Que veux-tu dire ?

Elle prend un air découragé au possible.

— Je veux dire que ce que j'ai surtout appris avec mon oncle, hier, est qu'on ne peut laisser une fortune comme la tienne sans surveillance durant dix ans sans engendrer d'épouvantables problèmes administratifs et légaux à tous les niveaux. Tout est là, pointe-t-elle un fichier sur son ordinateur. Le responsable d'une grosse fiducie avec lequel j'ai discuté presque tout l'après-midi m'a même souhaité ses sincères condoléances… Mais il m'a bien aidé à y voir plus clair dans cet épouvantable désordre !

— Tant que ça ?

— Et je n'ai passé qu'environ le dixième de ce petit dossier secondaire, jusqu'à maintenant. Viens avec moi. Nous allons tout t'expliquer.

Nous ?

Quels nous ?

Qui va-t-on voir ?

Gen s'empare de son appareil devant le mage qui est visiblement déçu.

— Désolé, Maître, mais toutes mes notes sont là-dedans.

Elle revient à pas rapides vers le manoir alors que je traîne un peu derrière, triste pour le mage qui semble se demander quoi faire de sa peau, à présent.

— Et où va-t-on comme ça ?

— J'ai une surprise pour toi. Ce matin, j'ai demandé aux bâtisseurs s'il y avait une pièce qui pourrait servir de bureau parce qu'il faut admettre que la salle de bal n'est vraiment pas l'endroit idéal pour ce genre de réunion… Et paf ! Amber a créé une nouvelle pièce toute vitrée avec une annexe en plus !

— Les maisons hantées sont tellement cools !

— Oh oui parce que tout y est parfait. Il ne manque que les articles de bureau que je vous énumérerai plus tard.

En traversant le hall, une porte parfaitement dissimulée s'ouvre dans le mur ouest de l'immense salle cylindrique.

— Oh… C'est grand !

Je me fige devant toutes les majestueuses moulures en bois foncé contrastant avec les murs de couleur ivoire qui se marient à la perfection avec le marbre travertin au sol. La pièce est inondée de lumière par un mur entièrement vitré donnant sur les jardins où une superbe porte en vitrail leur donne accès. Je m'amuse de la parfaite reproduction du vitrail de l'entrée du manoir représentant les armoiries de ma famille.

— Tu vois, les bureaux seront installés ici, là, là et là, juste devant les fenêtres tandis que ce grand mur servira à y mettre tous les dossiers… Et oui, il y en a tant que ça !

J'en suis presque assommée tandis que Gen ouvre fièrement la porte au fond de la pièce.

— Et voici la « petite » salle de conférence.

— Ouh… J'ai même une salle de conférence chez moi, à présent ?

À nouveau, je paralyse dès que je franchis le seuil de porte, médusée devant ce décor qui me rappelle un peu celui de la salle à manger, mais sans armure au mur. Ici encore, un mur tout vitré donne sur les jardins. La partie supérieure de ce mur est un lumineux vitrail qui montre une scène de la vie médiévale avec châteaux et dragons. Au centre repose une miroitante table oblongue, d'une demi-douzaine de mètres par deux, provenant elle aussi du tronc d'un seul arbre, mais coupé en oblique, cette fois. Elle règne en maître sur ce décor enchanteur qui est éclairé par un gigantesque lustre en fer forgé noir du même modèle que celui de la salle à manger, mais avec de l'éclairage ultra moderne au lieu de bougies.

Ah ? Le plafond n'est pas en coupole, ici ? je réalise, encore abasourdie que cette pièce n'existait pas voilà quelques heures.

Je fronce les sourcils devant les trois chaises autour de la table, dont une très haute en cuir de couleur feu qui se trouve à une des extrémités.

— Et que penses-tu de ma… notre salle de conférence ?

— C'est… Wow ! Je ne sais absolument pas quoi dire hormis : gros merci, Amber !

Tara et Andrew, tous deux souriants, nous rejoignent au travers du mur qui mène au hall. Six autres chaises, qui semblent provenir de la salle à manger, se matérialisent autour de la table. Je loue de nouveau ma merveilleuse vie de Morgan.

Des rires derrière attirent nos regards vers quatre formes humaines, dont Grand-M'man, qui mène un groupe de trois personnes bien différentes, des spectres à coup sûr, car ils lévitent à un centimètre du sol.

Un des nouveaux arrivants, un homme d'allure très joviale, pas très grand avec d'élégants vêtements du siècle dernier et des cheveux d'un roux criard grisonnant sur les tempes, lève les bras avec un magnifique sourire.

— Voici donc notre nouvelle fierté familiale !

La dame à son bras, qui rit d'une bonne blague de ma grand-mère, est presque son sosie, le mien aussi par ricochet, hormis ses cheveux qui sont moins roux, presque bruns, et qu'elle a des yeux bleus azur.

Ils ressemblent comme deux gouttes d'eau à ceux de ma mère…

Ces spectres sont accompagnés d'un autre homme.

Ce doit être un contemporain d'Andrew, j'en conclus à cause de ses habits d'époque et aussi au fait qu'il affiche le même air sombre et sévère que le patriarche.

Grand-M'man s'approche avec le couple au bras tandis que l'homme renfrogné m'ignore pour aller plutôt saluer les bâtisseurs.

— Lilith, je te présente mon oncle Archibald, appelle-le Archie, et ma sœur Swan. Ils viennent du manoir de Belfast. Ils adorent s'amuser, eux aussi !

Je salue gaiement le couple avec qui je me sens aussitôt à l'aise. Andrew entraîne l'homme au visage sévère dans ma direction.

Ils se ressemblent vraiment beaucoup.

— Chère Lilith, je te présente mon frère Richard. C'est le régent du manoir de New Amsterdam. New York, si tu préfères.

Souriante, j'effectue une modeste révérence devant l'homme qui daigne enfin retourner mon sourire.

— Bonjour, Sir Richard.

Gen tapote mon épaule.

— Je ne les vois pas…

Tous les nouveaux spectres ont entendu. Après quelques coups d'œil vers les spectres résidants, ils apparaissent à la blonde qui les salue tous un par un avec un large sourire. Elle termine par une révérence plus noble que la mienne.

J'entraîne mon amie quelques pas vers les fenêtres.

— Pourquoi avons-nous cette réunion, Gen ?

— C'est le premier C.A. de ta fiducie, Lilith. Je t'expliquerai bientôt, lorsque Lizzie arrivera.

— Lizzie ? Mais pourquoi ?

Pour nous servir des cocktails ?

— Ce sera elle, la véritable clé maîtresse de ta fiducie, Lilith. Elle en sait déjà cent fois plus que moi sur le fonctionnement de ce genre d'entreprise. Mon oncle Martin a même approuvé mon choix. Ma mère avait encore raison quand elle disait que j'avais un don pour aller chercher la bonne personne pour m'aider.

Là, Gen m'a perdue…

Mais pourquoi Lizzie ?

Une porte dissimulée, qui mène au hall, s'ouvre à ce moment sur la longiligne barmaid qui est aussi ébahie que je l'ai été du décor enchanteur de la pièce. D'un pas hésitant, elle nous rejoint avec un ordinateur portable sous le bras. Malheureusement, elle traverse le corps d'Andrew qui lui faisait dos, lui arrachant une grimace, comme toujours dans ces circonstances.

D'un geste timide, la grande brunette nous salue. Gen l'enlace par les épaules.

— Maintenant, Lizzie, j'aimerais que tu te calmes. Il y a six autres personnes que tu ne vois pas dans cette pièce. Te sens-tu prête ?

Δ

La grande femme inspire à fond, se sent prête. Elle sait bien qu'elle n'a pas le choix de l'être. Sa vie en dépend. Après une profonde inspiration, elle accepte d'un léger mouvement de tête. Geneviève fait signe à Lilith de la soutenir, ce qu'elle fait en lui enlaçant la taille, les épaules étant déjà occupées par la blonde.

— Andrew, Tara, êtes-vous toujours d'accord avec ce dont nous avons discuté ce matin ?

Δ

Lizzie se raidit brusquement. J'ai compris que ma copine barmaid vient de voir apparaître les spectres de mes ancêtres. La grande leur sourit et les salue tous un par un d'un subtil mouvement de tête. À chaque apparition, elle tressaute un peu avant de presque perdre l'équilibre à la suite des deux dernières.

— Bon Dieu que vous ressemblez à Lilith, toutes les deux ! Excusez-moi… C'est plutôt l'inverse.

Les présentations se font dans une bonne humeur contagieuse. Tous sont souriants et calmes.

Gen s'avance.

— S'il vous plaît, si vous voulez prendre place. Le C.A. va commencer.

Δ

La spectre en rouge et noir, qui espionne à partir des jardins, soupire lourdement.

Cette fiducie est une véritable perte de temps pour Lilith !

Je dois absolument agir vite afin qu'elle s'occupe des vrais trucs la concernant.

Oui, aidons-les un peu…

Δ

Je me penche à l'oreille de Gen qui m'indique la plus haute chaise tandis que tous prennent place autour de la table.

— Qu'est-ce qu'un « C.A. » ?

Seule Gen demeure debout.

— Un C.A. est un Conseil Administratif… Ou Conseil d'Administration : C.A. C'est lors de ces réunions que seront prises toutes les grandes décisions de l'empire Morgan, car oui, Lilith, l'étendue de tes avoirs en fait un véritable empire financier… Et un empire, ça se gère activement. Un empire s'effondre si personne ne le soutient, surtout si nous le laissons aller sans direction durant presque dix ans, car c'est ce qui s'est passé suite aux décès successifs et rapprochés de Gwendolyn et de ton père. Aujourd'hui, avec toute la technologie dont nous disposons, c'est un suicide financier que l'on doit éviter à tout prix. C'est la raison de ces mesures que j'ai prises avec Andrew et Tara après les réunions que j'ai eues avec mon oncle, hier.

Richard est visiblement offusqué de cette procédure à sens unique.

— Et pourquoi ne pas en avoir discuté aussi avec Lilith ? C'est sa fortune après tout !

— Parce que… Disons que ma copine n'y comprend pas grand-chose, encore. C'est un peu différent de mon côté, car j'ai été élevée et éduquée dans ce milieu. Lilith n'a pas eu cette chance et devra donc être soutenue par moi, vous tous et Lizzie.

Je jette un œil vers la grande brunette qui consulte son écran d'ordinateur.

Mais pourquoi Lizzie administrerait-elle ma fortune ?

Je sais que c'est une des très bonnes amies de Gen, qu'elles ont eu plusieurs cours ensemble, qu'elle est plus lesbienne qu'hétéro, qu'elle a payé ses études en étant barmaid, mais c'est tout ce que je sais d'elle. Je ne sais même pas ce qu'elle a étudié, au juste !

— Andrew m'a longuement parlé de vous, miss Geneviève, mais très peu de vous, miss Lizzie, ajoute le frère du bâtisseur du manoir.

Bonne idée, ça...

Moi aussi, j'aimerais en savoir plus sur elle !

La grande femme, gênée au possible, ne lève même pas les yeux de son écran.

— Je viens de terminer mon cours en économie avec concentration en investissements.

Oui, ça a du sens qu'elle soit ici...

Un silence s'installe. Gen grogne.

— Voyons, Lizzie, parle-leur du concours, de la firme qui te voulait, de la raison pourquoi ils t'ont laissé tomber. Tu peux leur dire toute la vérité.

La barmaid daigne enfin lever le regard vers tout le monde, m'incluant.

— J'ai gagné le concours d'investissements canadien de la firme Trust Inc., ce printemps. Mais pour ce faire, j'ai emprunté vingt-cinq milles à… à de mauvaises personnes pour financer mes rendements qui devaient m'être remis à la fin du concours, mais il y a eu la manifestation… Je me suis fait arrêter et j'ai maintenant un casier judiciaire. La firme Trust a donc mis en délibéré sa décision de m'engager ou de me rejeter. Leur décision ne devrait pas être rendue avant quatre mois, au minimum. Ma mise de départ et mes profits sont donc gelés parce que…

— Ah, Lizzie, dis-le donc !

— Nous étions un petit groupe de femmes lesbiennes et bisexuelles qui se promenaient seins nus sur la rue. Ils nous ont accusées de conduite indécente… Ou quelque chose du genre juste pour faire de nous des exemples !

Geneviève est visiblement découragée de la direction qu'a prise le discours.

— Tes rendements ! Ce sont de tes rendements dont je veux que tu leur parles. On s'en moque de ton arrestation qui a été demandée par un prêtre retraité de quatre-vingt-cinq ans !

Des sourires gênés apparaissent sur tous les visages en même temps avant de reprendre leur sérieux.

— Oh, ça… Le concours était basé sur les rendements à court terme. J'ai obtenu 56 % de profit en soixante jours. Celui en deuxième place en a eu 17 %.

Un petit sourire satisfait en coin apparaît aux lèvres du génie de la finance.

Gen applaudit subtilement.

— C'est la reine de l'investissement parce qu'en plus, sur ses investissements à moyen terme de deux ans, elle a encore obtenu de meilleurs rendements que n'importe qui sur cette planète… Du cent quatre-vingts pour cent, je crois ?

— Cent quatre-vingt-quatorze !

Je constate que notre copine barmaid parle à présent avec une voix plus assurée.

— En pleine crise économique, en plus ! relance Gen avec un large sourire.

La plupart des spectres s'agitent, enjoués et satisfaits de cette présentation pour initiés tandis que je n'ai aucune idée de ce que ces chiffres peuvent symboliser.

— Et c'est censé être bien, ça ?

Tous sont éberlués avant d'éclater de rire.

— Comprenez-vous un peu mieux à présent pourquoi ce n'est pas elle qui s'occupe de sa fortune… Enfin, de votre fortune collective ?

Pourquoi ai-je une folle envie de sortir d'ici à la course !

J'ai encore la tête presque collée de honte sur la table lorsque Gen dépose des feuilles devant chaque participant dont une petite pile atterrit juste sous mon nez.

— Voici l'ordre du jour de cette réunion. Je sais bien que vous ne pouvez pas prendre de notes, mais vous allez tout de même pouvoir suivre avec ceci. Je vous rédigerai un procès-verbal après la réunion. Pour commencer, vu l'étendue des avoirs, j'ai dû diviser le tout en deux dès le départ. Lizzie s'occupera donc des avoirs bancaires, des investissements, titres, options et de tout ce qui touche ces domaines précis, alors que je m'occuperai en priorité des actifs tangibles tels que les immobilisations et les commerces, dont quelques-uns que j'ai déjà analysés les résumés comptable… et qui sont franchement sous-performants dans certains cas. Nous discuterons aussi des diverses formes juridiques que nous pouvons emprunter avec cette nouvelle fiducie.

— Je n'ai pas compris la moitié de ce que tu viens de nous raconter, Gen…

La blonde s'arrête un moment pour avaler une grande gorgée d'eau en me quittant pas des yeux. Du coin de l'œil, je remarque que ma grand-mère arbore le même visage inquiet que ma copine qui reprend son discours, parlant de frais qu'elle a dû payer elle-même et que je dois lui rembourser, de commerces dont un, une distillerie en Écosse est déficitaire. L'un des spectres autour de la table est furax.

— Minute, jeune dame, s'insurge Archibald. C'est moi qui ai monté cette entreprise voilà un peu plus d'un siècle à partir de la Finch d'origine. C'est la grande fierté de l'Écosse ! Toutes les productions sont encore vendues des années à l'avance. Impossible qu'elle soit déficitaire !

La blonde respire profondément à quelques reprises, comme si elle cherchait une façon noble de dire la vérité au spectre, sans trop le froisser, tandis que je tente de comprendre la feuille de chiffres devant ma copine.

— D'où viennent ces chiffres, Gen ?

— Du bureau des impôts d'Écosse où le comptable de la compagnie a remis les résultats complets.

— Et peux-tu savoir ce qui ne va pas dans cette… distillerie ?

La blonde ne sait comment simplifier la réponse afin que je la comprenne.

— Ça semble être tout le cycle de production du début à la fin qui est malade… Bref, ça te coûte plus cher pour produire la boisson que le prix qu'ils la vendent. Les chiffres sont catastrophiques dans ce cas, Lilith. C'est comme s'ils donnaient littéralement leur produit !

Archibald, furieux, se dresse d'un coup et voudrait frapper la table avec son poing, mais il passe au travers.

— Impossible !

Le silence s'installe sur l'assemblée.

Lizzie lève la main.

— Un instant… Les chiffres des cinq et dix ans passés sont inconciliables avec ceux de l'an dernier, Gen, la coupe Lizzie qui lui avait chipé le dossier. Il y a quelque chose de louche, ici. Regarde les montants d'achats versus les ventes. Ceux de voilà cinq ans sont compatibles avec les plus anciens, mais regarde donc les chiffres des ventes de l'an passé… Presque zéro. C'est assez évident !

— Wow ! Tu es… C'est fantastique que tu aies trouvé ça aussi vite, Lizzie !

— Et qu'a-t-elle trouvé, Gen ?

— Je crois que vous vous faites voler… Et pas qu'un peu ! Ce serait presque tout l'argent des commandes !

— Quelqu'un ose voler un Morgan ? gronde fortement Richard en se levant avec un visage rouge de colère. Pendons-le sur le champ !

▲

Δ

-22-JE RÊVE…

Je me retiens de toutes mes forces afin d'éviter de pouffer de rire

— Commençons par enquêter, Sir Richard. Mais qui va y aller ?

— Nous regarderons ce détail plus tard, car il y a plus urgent. Lizzie, fais-nous le rapport des investissements, s'il te plaît.

— Je n'ai évidemment fait que survoler le folio moi aussi, Gen. Tu ne me l'as remis qu'hier soir, tout de même. Tout est préliminaire, car il n'y a qu'un seul mot pour décrire cet énorme portefeuille d'investissements… Dispersé !

La barmaid occasionnelle jette un œil vers ma grand-mère qui lui sourit simplement.

— En revanche, j'ai eu le temps de sortir tous les rendements qui sont, pour la plupart, très moyens ou même mauvais. Mais la bonne nouvelle est qu'étant donné qu'il n'y avait que très peu de techno dans ce folio, l'éclatement des dernières bulles boursières vous a beaucoup moins affectés que d'autres. Malheureusement, depuis ces dix ans, ces investissements n'ont pas fait un sou au total… Sinon une légère perte d'un ou deux millions.

— Quoi ? font plusieurs voix, dont Richard qui gesticule sans arrêt.

Je dois blêmir à vue d'œil parce que mon visage grimace sans arrêt depuis quelques secondes.

— J'ai… J'ai perdu un… Ou même deux millions de dollars ?

Gen tente de me calmer en serrant mon épaule avant de me secouer.

— Te rappelles-tu ce que je t'ai dit à propos de la petite monnaie dans tes poches qui sont les millions de mes parents ?

Lizzie hausse les épaules.

Elle ne semble pas comprendre mon désarroi d'avoir perdu plus d'un million…

C'est pourtant assez évident !

— Calme-toi, Lilith. Ce n'est même pas près d'être un pour cent de tes investissements boursiers de base. Il n'y a vraiment rien de catastrophique… Ça ne paraît même pas du tout sur le total. Ce n'est qu'un chiffre loin, très loin après une virgule !

Je tente de comprendre. Au bout d'un long moment, je commence à saisir le problème de références que je vis, en cet instant.

— Dis-moi, Lizzie, de quelle somme au total parlons-nous ici ?

Gen éclate de rire.

— Es-tu bien assise ?

Elle ne m'aide pas du tout à me calmer en me disant ça !

La réponse de la responsable de mes finances, qui additionne quelques chiffres sur une calculatrice à part, met du temps à venir. Je respire de plus en plus rapidement et je tremble sans savoir pourquoi.

— Sept milliards, six cents millions, deux cent vingt-cinq milles et des poussières seulement en actions boursières de classe « A » votantes. Il me reste les autres classes de votantes, les non-votantes, les placements des bons du trésor à long et moyen terme, les investissements dans les métaux et là je te jure qu'il y en a aussi pas mal, peut-être même plus que les titres. J'ai aussi les diverses monnaies à vérifier, les… Ouf ! Il y a vraiment beaucoup de travail à faire ici pour que je te donne une idée de tous les investissements divers que tu as. C'est très dispersé comme je te le mentionnais, voilà peu. Impossible de te donner le vrai total avant au moins un mois… Non, plutôt deux !

M... Milliards ? Ai-je bien compris ?

Lizzie lève la tête vers moi et passe bien près d'éclater de rire. Je dois certainement avoir des yeux de merlan frit, la bouche grande ouverte, mais je demeure un long moment silencieuse, figée comme une statue. Gen passe sa main devant mon visage afin de savoir si je suis encore vivante. Je respire enfin au grand soulagement de tous, moi la première. Longtemps, je regarde chaque participant qui me sourit avant de joindre mes mains devant mon visage.

Milliards…

Je ferme les yeux et respire fort à plusieurs reprises pour me calmer.

— Je comprends mieux ce que tu disais avant la réunion à propos d'empire, Gen. Continue la réunion. Tu sembles savoir où tu t'en vas alors que moi…

C'est dément d'être riche comme ça !

Dire que je me cherchais désespérément un petit boulot au salaire minimum pas plus tard que la semaine passée et que…

Boulot !

La distillerie !

— Minute ! Petite question, mon oncle Archie : combien y a-t-il de personnes qui travaillent à la distillerie Morgan… Quelque chose ?

— Morganfinch, Lilith. Entre trois et quatre cents… Presque toujours dans ces chiffres en fonction de la production. Pourquoi ?

— Alors, je vote que nous la laissions ouverte le temps que l'on découvre ce qui s'y passe. Pas question de la fermer juste pour faire une enquête de vol. Ces gens-là ont besoin de leurs emplois pour vivre !

— Les votes auront lieu plus tard, Lilith. Nous ne sommes pas arrivés là dans l'ordre du jour, réplique Gen en ricanant.

— Oui, car il me reste à vous parler des options diverses, continue Lizzie dont le nez est de retour près de l'écran de son portable. Il y en a énormément ! Je voulais commencer par cela, mais le nombre et surtout, leur diversité m'ont découragée de continuer dans cette voie.

Lizzie croise mon regard inquiet.

— Ne t'en fais pas, Lilith. Nous pouvons avoir de très belles surprises, là-dedans… Très, très belles après neuf ou dix ans de surenchères !

— Je vais être franche avec vous tous ici. C'est la deuxième fois dans cette réunion que je n'ai absolument rien compris de ce qui se passe !

La plupart des spectres affichent la même mine déconfite que leur descendante, à l'exception de ma grand-mère.

— Je vais être capable de te donner un bon coup de main dans ce dossier, Lizzie. C'est moi qui ai contracté toutes ces options de mon vivant.

— Je vais avoir besoin de beaucoup plus d'aide que cela, madame Gwendolyn.

— Appelle-moi Gwen.

Gen demande le silence d'un simple mouvement des bras.

— Justement, voici le prochain point à l'ordre du jour. Peut-être le plus important ici, aujourd'hui. La fiducie plus ou moins secrète Gwendolyn Morgan n'est plus valide pour cause de décès et… tout simplement parce que les papiers de renouvellement n'ont pas été remplis dans les délais requis étant donné que la fiducie était hors du mandat du notaire. Donc, me donnez-vous l'autorisation d'ouvrir une nouvelle fiducie au nom de Lilith et que je ferme celle de Gwen qui n'est plus valide de toute façon ?

Tous acceptent de bon cœur, à l'exception de Lizzie qui est visiblement perdue dans ses pensées avant de se raidir d'un coup en battant l'air avec de grands mouvements des bras.

— Pas tout de suite ! Si c'est vrai… Quel incroyable coup de chance !

La grande femme hyperventile avant de se tourner vers Gen en la suppliant presque avec ses deux mains jointes devant elle.

— Attends un peu avant d'ouvrir ou de fermer quoi que ce soit ! Donne-moi une semaine… C'est tout ce que je te demande ! Promis que je vous en reparlerai lorsque j'aurai mis ça sur Excel. C'est un concept très compliqué que je dois fignoler avec soin !

Son sourire béat et ses mains qui montent vers le ciel sont synonymes de confiance pour tous.

— C'est bon, Lizzie. De toute façon, cela ne se fait pas en deux minutes. Je dois discuter avec Lilith pour le nom et avec un avocat ou un notaire pour la forme juridique… Plutôt les formes, car il devra y en avoir plus qu'une pour éviter de se faire bouffer tout cru par les impôts. Autre chose que m'a enseigné mon oncle, hier.

Pour la première fois de cette réunion, je prends les devants.

— Devrait-on contacter Victor, Grand-M'man ?

— Oui. Il le faut absolument. C'est peut-être un petit arriviste à la con, mais je sais qu'il a été très bien entraîné par James… Surtout pour des cas de l'ampleur du nôtre !

Je me tourne vers ma copine qui suivait la conversation de près.

— C'est moi ou toi qui dois appeler le notaire, Gen ?

— Je ferai les premiers appels qui seront très techniques. Il ne te restera qu'à prendre rendez-vous pour les signatures.

Si je n'ai que cela à faire…

— J'accepte.

— Maintenant, dernier point de l'ordre du jour : les aides requises pour les opérations du bureau. Nous allons avoir besoin de matériel et de personnel. Voici la liste que j'espère complète pour le matériel. Tous les appareils qui y figurent sont d'excellente qualité et à la fine pointe de la technologie afin de soutenir tous nos travaux. Ces items de départ se chiffrent à une soixantaine de mille.

Tous les spectres, sans exception, esquissent une grimace tandis que je hausse seulement les épaules.

— Pour ce qui est du personnel, nous aurons besoin d'une personne à temps plein pour le « au jour le jour », une personne qui pourrait peut-être nous aider à temps partiel pour les immobilisations, mais j'en doute, car c'est un boulot à temps plein… Et au moins une personne à temps plein avec Lizzie. C'est ça, Lizzie ?

— Pourrais-je en avoir deux durant environ deux mois, le temps de démêler tout ça ? Après, une seule sera suffisante pour m'assister.

— Ce qui nous fait un total de quatre, en plus de Lizzie et moi.

Après un court silence, Gwen lève la main.

— Nous n'étions que deux dans le temps… Plus moi.

Gen se mord les lèvres, sûrement pour ne pas lui jeter au visage que c'est peut-être la cause du présent état de la situation, mais elle décide plutôt d'être diplomate.

— Possible, Gwen, mais aujourd'hui, nous devons tout démêler et remonter dix ans en arrière. Ensuite, nous allons devoir nous remettre à jour, avant même de pouvoir avancer à nouveau dans l'ordre requis par la dimension de cette fiducie… Et n'oubliez pas que tout ce qui touche la finance va dix fois plus vite aujourd'hui que dans votre temps. Je vous jure que dans la présente situation, il n'est pas question de faire les choses à moitié. Nous sommes tellement désorganisés que nous sommes vraiment au bord d'une catastrophe financière !

Ma grand-mère accepte la logique de la réponse d'un large sourire. Andrew lève la main. C'est moi qui lui donne l'autorisation de parler.

— Ces gens ne devront jamais pénétrer dans le manoir !

Je ricane en pointant le plafond.

— Vous savez bien que même si nous voulons les en empêcher, c'est toujours lui qui décide quand même !

Les deux portes menant à la salle de conférence entament une danse synchronisée. Toute l'assemblée éclate de rire à l'exception du patriarche qui se renfrogne.

— Je vais tout de même demander de l'aide à ma mère, qui est lieutenant de police pour ceux qui ne le savent pas, afin de vérifier leurs antécédents et tout le tralala parce qu'elle a accès à tous les dossiers et peut assurément nous donner un bon coup de main à faire ces choix de personnel avec plus de sécurité pour tous.

Cette fois, c'est Gen qui lève la main… mais se donne la parole elle-même.

— J'ai déjà choisi celle qui va m'aider avec tous les dossiers reliés à l'immobilier. Je l'ai contactée hier soir et je peux vous jurer qu'elle est très, très droite… En plus, c'est une méga crack en informatique !

— Je la connais ? je lui demande avec un regard suspicieux.

— Sûrement, c'est Maryline Gauvin, la sœur de ton copain d'entraînement… et ex-petit ami.

— Je lui ai déjà parlé lors d'une compétition voilà peu de temps, mais pas plus que ça. Je me rappelle seulement que Sylvio me disait qu'elle avait tout un caractère ! Mais ça a beau être la sœur d'un bon ami, j'aimerais lui parler à Montréal AVANT de la faire venir ici. C'est à prendre ou à laisser, Gen. D'accord avec ça ?

Δ

— Aucun problème, Lilith !

N'importe quoi pour qu'elle l'engage le plus vite possible. J'ai absolument besoin de Maryline pour s'occuper de cela parce que je n'ai vraiment aucune idée de ce dont je parle dès qu'il est question d'immobilier… Et c'est ma tâche principale, en plus !

Δ

Tous les fantômes sont en accord avec ma prise de position ferme. Cette fois, c'est Grand-M'man qui lève sa main, mais parle en même temps, comme Geneviève l'instant d'avant.

— Pour le « day to day », nous pourrions réengager la jeune Tracy qui s'en occupait dans mon temps. Cette jeune femme était vraiment épatante à ce poste.

— Ça, c'est une excellente idée, lâche Tara, silencieuse jusque-là. Cette jeune dame effectuait un excellent boulot… Et elle connaît déjà très bien les particularités du manoir.

— Tiens, tiens…

Je toise mon aïeul qui détourne le regard en fixant le plafond, au contraire de tous les autres spectres ont un petit sourire coquin en coin, à l'exception de Richard qui conserve son air sévère.

— Et je propose que nous passions le mot pour les autres dont nous avons besoin, suggère Gen en se levant. Je ne crois vraiment pas que ce soit une bonne idée de mettre ces offres d'emploi sur internet dans notre cas.

J'éclate de rire avec Lizzie.

— Je vois déjà l'annonce : Aurions urgent besoin d'un aide-comptable pour un bureau situé dans un manoir hanté avec fantômes et sorcières comme patrons ! Ceux qui sont allergiques aux dragons ou aux fées, s'abstenir.

Cette fois, l'hilarité est générale.

Lizzie lève timidement sa main.

— Moi aussi, j'ai peut-être la personne qu'il me faut pour m'aider, mais je dois lui en parler avant. Et ne vous inquiétez pas. Je ne lui dirai jamais rien de précis sur la situation. Je sais bien que c'est… très délicat.

Δ

Après avoir résumé et fait approuver le procès-verbal à l'assemblée, Geneviève les convoque tous pour le prochain jeudi. La blonde se penche à l'oreille de sa copine enchanteresse.

— Et puis, comment as-tu aimé le premier C. A. de ta nouvelle compagnie ?

Et mon premier C. A. à vie comme présidente ! Ce que je peux être fière de moi, cette fois ! jubile Geneviève en se félicitant elle-même.

— Je t'aime, Gen ! Je sais qu'avec toi, je peux avoir entièrement confiance.

Ouf... Dois-je lui avouer que j'ai vraiment peur de ne pas être à la hauteur ? Non... Ça ne ferait qu'empirer ma nervosité qui est déjà à son maximum. Mais il y a des points à mettre tout de suite au clair avec elle !

— Merci, mais je ne te ferai pas ça gratos… Lizzie non plus. Je te propose un marché : nous allons faire le ménage de ton héritage gratuitement, mais après, nous allons le faire fructifier. Tu nous donneras un pourcentage sur les profits que nous te ferons faire. Je pense que dix pour cent pour les deux sera parfait. Est-ce que ça te va ?

Lilith ne sait que répondre parce qu'elle ne connaît pas ce business du tout, mais elle trouve le partage trop inégal.

— Juste dix ? Et pourquoi pas moitié-moitié ?

— Non ! Jamais ! C'est beaucoup trop, Lilith! Dix est déjà énorme pour des jeunes comme nous… Même pour de vieux pros !

Le responsable de mon oncle n'en touche même pas près d'un pour cent !

— Si tu le dis, alors j'accepte… et tu sais bien que tu m'aurais demandé n'importe quoi en échange de ton aide que j'aurais accepté.

— Je sais…

Et j'en ai profité… mais pas trop.

Geneviève cherche Lizzie dans la salle. Leurs regards se croisent. La blonde affiche ses cinq doigts de la main bien en évidence et pointe la longiligne brunette qui affiche un visage ahuri avant de tomber dans les pommes.

Δ

Je m'élance aussitôt vers la grande barmaid déjà entourée par les spectres féminins. Elle reprend lentement contact avec la réalité.

— Merci, Lilith… Merci ! Tu me sauves la vie !

— Encore ? Je commence à en avoir l'habitude avec toi.

La grande se cramponne à moi en sanglotant, à mon grand désarroi, alors que je ne sais plus quoi faire.

Après un moment, où Lizzie s'est remise d'aplomb, Gen s'approche pour me remettre une très longue liste.

— Me donnes-tu l'autorisation d'acheter tout ça aujourd'hui si nous désirons devenir opérationnels le plus tôt possible ?

Je parcours rapidement la liste qui contient beaucoup de meubles et d'accessoires informatiques.

— Je crois qu'il va falloir appeler Ernesto pour qu'il nous donne un coup de main.

— Tiens, je n'avais pas pensé à lui pour nous aider. Savais-tu qu'il étudiait en administration des affaires ?

— Oui, mais il n'a pas terminé, je crois.

— Je pense que si parce qu'il a envoyé plusieurs C.V. à partir du bureau de mon oncle qui l'employait comme concierge.

— Cool ! Appelle-le tout de suite !

Je rejoins mes ancêtres tandis que la grande Lizzie discute avec Gen qui me montre de son doigt.

— Je ne peux pas, Gen, murmure la longiligne brunette en baissant la tête.

Ayant vu le geste de Geneviève, j'approche.

— Et quelle est donc cette chose que tu ne peux pas me demander, Lizzie ?

La réponse est longue à venir.

— Je n'ai nulle part où coucher ce soir. Je me suis fait mettre hors de mon logement, cette nuit ! C'est à cause de ça que je ne suis pas vraiment avancée dans ton dossier !

— Ce n'est pas grave, la grande. Amber, est-ce que Lizzie peut coucher au cottage ?

Cette fois, ce sont les fenêtres qui s'ouvrent une par une, comme une vague dans un stadium.

— Et voilà, la grande. Tu demeures maintenant à Avalon !

Nouvelle effusion de larmes sur mon épaule. De toutes mes forces, je me retiens pour ne pas pouffer de rire devant la scène, même si cela est le résultat d'un élan de joie suivant la résolution d'une catastrophe personnelle dans sa vie.

— C'est correct, la grande. Tout est beau et bien, ici, à Avalon.

Quelques spectres, qui regardent la touchante scène d'un œil attendri, s'approchent, Swan en tête.

— Tu as bien raison, belle Lilith. Tu nous excuseras, mais notre situation énergétique nous force à partir. Viendras-tu bientôt nous voir à Belfast ?

— Vous devez déjà partir ?

Swan affiche un air désolé qui répond par lui-même.

— Alors oui, j'aimerais bien aller vous voir chez vous, tante Swan.

La spectre mime de m'embrasser sur une joue. D'emblée, elle est remplacée par Archibald.

— Et lorsque tu viendras faire ton tour à Ruby, je te ferai goûter au Morganfinch de cuvée spéciale quarante ans que j'ai dans ma réserve secrète ! Je vais aussi commencer ton enquête sur la distillerie. J'ai un espion fiable dans cette boîte.

Il me lance un clin d'œil avant de lui aussi feindre un bécot sur ma joue. Les deux spectres disparaissent en un instant, mais ils sont remplacés par Richard, souriant pour la première fois depuis le début de la réunion.

— Quand pensez-vous nous honorer de votre présence à New Amsterdam, chère Lilith ?

— Je ne sais pas encore, Sir Richard. J'ai l'impression que j'ai encore beaucoup de choses à régler ici avant de faire quoi que ce soit ailleurs, mais je vais essayer de me trouver du temps pour aller vous visiter le plus tôt possible, promis.

— Merci et à bientôt, très chère.

Il disparaît à son tour après un salut plutôt discret aux bâtisseurs.

Grand-M'man s'approche.

— C'était très bien, Lilith. Je vais t'avouer que Geneviève est très bien organisée… Plus que je l'étais, en tout cas !

— C'est vraiment une bonne amie, Grand-M'man.

— Et elle nous a prouvé hors de tout doute raisonnable qu'elle est aussi une excellente gestionnaire. N'oublie pas que ce n'est pas notre première réunion, car nous avions des barrières à fixer dans son accès au testament. Il y a des choses que l'on ne doit jamais toucher de nos avoirs. Elle est donc au courant de tout, ou presque… Et le presque est très important ici, Lilith !

— Je ne comprends pas, Grand-M'man.

— Tous les comptes suisses et offshores sont « off limits » pour quiconque, sans exception, qui n'est pas un ou une héritière Morgan comme toi !

— Mais elle peut aussi les gérer, non ?

— Pas besoin de gérance pour ceux-ci, parce que ce sont des réserves… Des réserves intouchables qui appartiennent au clan Morgan, Lilith ! J'ai déjà fait mettre en lieu sûr tous ces dossiers et je te les expliquerai en détail un autre jour, car la voici.

Ma grand-mère reprend son sourire vers la blonde qui est au

ralenti. J'enlace tendrement ma gestionnaire.

— Tu sembles épuisée, Gen.

— J'ai passé presque toute la nuit à éplucher ces dossiers, Lilith… et je n'en ai même pas passé le dixième ! Pas évident de fouiller dans des dossiers qui ont des actifs de l'ordre de quelques milliards et qui sont tout mêlés !

Grand-M'man compatit avec ma copine qui est essoufflée.

— En effet, ce n'est vraiment pas facile de gérer l'une des plus grosses fortunes de la planète… Et je sais de quoi je parle !

Je suis estomaquée par cette révélation. Mes pensées se bousculent à une vitesse folle. C'est beaucoup, beaucoup trop. Cela me prend une éternité avant que je ne reprenne contact avec la réalité. Des millions de questions surgissent dans mon esprit, mais l'une d'entre elles me terrifie plus que les autres.

— J'ai dû mal entendre. C'est impossible. Vous… Vous êtes sûre de ce que vous dites là, Grand-M'man ?

Ma grand-mère éclate de rire, tout comme Gen et Tara qui est venue les rejoindre.

— C'est le cas depuis mille cinq cents ans, Lilith. Cedrik avait amassé la plus colossale fortune jamais vue !

— Si tu savais ce que j'ai dû faire pour empêcher le magazine Forbes de le crier sur les toits ! lâche ma grand-mère avec un large sourire. Dis-toi que les dix ou vingt familles les plus riches de cette planète ne sont pas publiques. Nous ne désirons absolument pas que cela se sache à cause des innombrables problèmes qui viennent avec cette reconnaissance. Aurais-tu aimé affronter des centaines de journalistes qui t'auraient attendue devant la porte de James avant même que tu ne reçoives ton héritage ?

— Oh non… Certain que j'aurais fait demi-tour ! j'admets en jetant un froid regard à ma copine. Et toi, Gen, tu savais…

— Je ne te l'avais pas dit ? Oups… J'ai dû oublier ce petit détail.

La blonde rit comme une folle avant de quitter la pièce avec ma grand-mère et la matriarche, me laissant hébétée, seule avec mes trop nombreuses pensées tourbillonnantes.

Mes jambes me trahissent et je m'écrase comme une poupée de chiffon, une jambe sous moi en regardant toujours un point invisible, loin devant.

Je rêve...

▲

Δ
-23-
RAISON D'ÊTRE

Je suis toujours recroquevillée au sol, seule avec mes pensées. Un peu étourdie, je m'étends sur le plancher pour fixer le plafond sans le voir. Lentement, la situation se clarifie pour commencer à faire un tout cohérent.

En fait, ça change quoi que je sois hyper riche ou non ?

Je peux m'acheter un paquet de choses de plus ?

Mais en ai-je besoin ?

J'ai tout ce qu'il me faut, ici, à l'exception de...

Oui, je verrais bien quelques babioles de plus.

Je ricane seule sur le plancher en me rappelant l'état de ma situation voilà moins de deux semaines : une jeune femme sans le sou qui pensait à mille moyens illicites pour payer ses études et qui vivait dans une famille qui avait peine à balancer son budget trop serré.

J'étais presque normale, quoi...

— Mais ça, c'était avant. Tout est différent, aujourd'hui. Je suis maintenant une Morgan !

Et que fait une Morgan, dans sa vie ?

Je ne sais pas...

Alors que doit ou plutôt que devrait faire une Morgan ?

— Aider les autres. Aider les autres à évoluer... En commençant par ceux qui nous aident !

D'un coup de reins, je me remets sur pied et quitte la pièce en passant dans le bureau vide où j'ai une petite idée de l'effervescence qui règnera dans cette pièce dans peu de temps. Après avoir demandé à Amber de me fournir l'argent pour les fournitures et équipements du nouveau bureau dans la petite pièce secrète, ce qui remplit le sac à pleine capacité cette fois, je m'arrête dans la salle de bal, cherche partout du regard avant de me souvenir de la plage que le mage apprécie.

Effectivement, Merlin y est assis sur un rocher, le dos à un arbre, contemplant le fleuve qui s'écoule à ses pieds.

— Enfin vous voici, Maître. Je me doutais bien que je vous trouverais ici. Où est Leila ?

— Notre petite druidesse est partie se reposer avec Flamme, dame Lilith. Ses canaux énergétiques sont dans un tel mauvais état que c'est presque un miracle qu'elle ait survécu jusqu'à aujourd'hui. Je dois…

— Ça fait longtemps qu'elle est partie se coucher ?

— Non, voilà quelques minutes seulement.

— Dommage, j'aurais bien aimé qu'elle se joigne à nous pour cette virée. Ce sera pour une autre fois. J'ai une petite surprise pour vous, Maître. Je vous emmène faire du shopping.

— Pardon ?

Le mage affiche une mine surprise.

Il ne doit pas connaître pas la signification de ce mot.

— Shopping… Achats. J'ai bien vu à quel point vous étiez déçu quand Gen vous a repris l'ordi avant la réunion. Je vais donc en acheter un juste pour vous. À l'avenir, vous allez pouvoir apprendre tout ce que vous désirez à n'importe quel moment.

L'homme est agréablement surpris.

— Et en plus, vous allez venir avec moi, car nous devons nous parler seul à seule. Venez.

Cette fois, son visage se fait perplexe, mais je lui tourne le dos pour me diriger d'un pas décidé vers le manoir. Gen grille une cigarette dans la rotonde et je me plante devant elle.

— As-tu rejoint Ernesto pour ta liste ?

— Oui et je t'attendais pour partir à l'entrepôt d'électronique où nous sommes allées, l'autre jour. Nous avons à peine le temps de tout acheter avant la fermeture.

— Je pars avec ma voiture et j'emmène Merlin.

Les portes de garage s'ouvrent seules devant mon bolide qui se réveille pour s'avancer jusqu'à moi avec les portières grandes ouvertes.

— Merci, Diablo. Venez-vous, Merlin ?

L'homme du passé recule d'un pas, semblant plutôt

réfractaire à l'idée de se promener dans ce véhicule qu'il doit juger très dangereux.

M'man a dû lui en parler...

— Je vous jure que je vais être gentille avec vous, Maître. Je te revois là-bas, Gen.

— Lilith, Lilith ! Tu vas aussi pouvoir rencontrer Maryline au magasin parce que je vais lui demander de nous donner un coup de main pour les équipements informatiques… si tu l'engages.

— Super bonne idée !

Je lève mon pouce à ma copine avant de m'engouffrer dans mon missile à quatre roues, mais Merlin hésite encore.

— Avez-vous si peur de moi, Maître ?

— Vous n'avez aucune idée à quel point, dame Lilith ! me répond-il avec évidente franchise qui m'effraie un peu.

Qu'a-t-il voulu dire, au juste ?

Finalement, il se décide à me faire confiance et je démarre à basse vitesse après que le mage se soit attaché à grand-peine.

J'emprunte avec prudence la bretelle d'accès vers l'autoroute en lorgnant souvent vers mon passager qui se détend de plus en plus à l'intérieur de cette bête de la route bien domptée.

Pour l'instant.

— Nous allons rouler un peu plus rapidement sur l'autoroute. N'ayez pas peur. Il n'y a aucun danger.

Quelques secondes plus tard, le bolide accélère avec puissance jusqu'à sa vitesse de croisière normale.

J'aperçois le mage se cramponner à toute protubérance autour de lui.

— Pas trop vite, Diablo. Je dois absolument parler à Merlin… Et je veux qu'il soit capable de me répondre.

La voiture ralentit aussitôt à la vitesse limite.

Je suis sûre qu'il regrette maintenant encore plus d'avoir accepté cette balade.

— Excusez-moi, Maître, je ne voulais pas vous faire peur.

— Trop tard…

— Vous allez vous y faire. La raison pour laquelle je vous ai demandé de voyager avec moi est surtout que je veux que vous me disiez quels devraient être les buts de ma vie d'enchanteresse. Je ne sais presque rien de moi, du passé de ma famille ou encore de ce que me réserve l'avenir.

L'homme m'observe longuement.

— Notre but premier est de faire le bien autour de nous… Non. Ce n'est pas vraiment cela. Je dirais plutôt que notre priorité est d'alléger les souffrances, car faire le bien autour de nous entraîne souvent que nous devons faire des changements dans la vie des gens. La Grande Déesse ne souhaite pas toujours ces changements.

— Désolé, mais je ne vois pas la différence.

— Nous consacrons tous une part de nos vies à divers apprentissages. Si nous, les enchanteurs, privons certaines personnes de ces expériences de vies, ces âmes ne pourront les apprendre… Et devront donc les revivre. En fin de compte, nous ne les aiderions vraiment pas.

— Et comment fait-on la différence entre ce qu'on peut ou ne peut pas faire ?

— Ce point fait partie de nos expériences à nous.

Découragée de cette réponse, je soupire lourdement.

— Cette fois, c'est vous qui ne m'aidez pas beaucoup, Merlin !

Le mage rit en relâchant la poignée de la porte où ses phalanges étaient devenues couleur craie.

— En gros, nous pouvons sauver la vie de quelqu'un qui est en danger à cause d'un acte violent ou d'une maladie soudaine relevant d'une source humaine, mais nous ne pouvons les aider lors d'expériences qui relèvent plus du cas de conscience ou de prise de décision. Vous comprenez ?

— Plus ou moins… je murmure avec une mine interrogative. Bref, j'aurais le droit de guérir des gens qui se font blesser lors d'attaques comme j'ai fait avec vous, mais je n'aurais pas le droit de les sauver d'un suicide ? C'est ça ?

— Vous avez compris le principe, mais ce n'est pas toujours aussi simple, dame Lilith. À vrai dire, ce l'est rarement. Prenez le cas de la petite druidesse Leila, par exemple. Je pourrais lui enlever tous ses graves défauts physiques en quelques jours, mais est-ce bien cela que la Grande Déesse désire ? Peut-être doit-elle plutôt le faire seule… par elle-même ? Elle en a le pouvoir.

— Et comment le savez-vous ? Je veux dire, comment savez-vous si oui ou non vous devez la guérir ?

— Dans certains cas, je demande directement à la Grande Déesse. C'était ce que je m'apprêtais à faire lorsque vous êtes venue me chercher. En ce qui vous concerne, surtout lors de vos toutes premières actions en tant que mage, je vous recommanderais de lui demander comment agir avant presque chaque intervention que vous jugerez problématique. C'est ce que j'ai fait et c'est avec les explications de la Grande Déesse sur chaque différent cas que j'ai pu apprendre. Bien que je me trompe encore de temps à autre.

— C'est logique. Je n'ai pas encore eu de ces cas de conscience, mais je vais faire plus attention à ce que je ferai à partir de maintenant.

Un lourd silence s'ensuit alors que nous atteignons le trafic de la banlieue.

— C'est incroyable à quel point j'ai encore tant à apprendre.

— Mon fils Wyllt a aussi eu de la difficulté avec ce point. Il voulait aider tout le monde et son voisin, lui aussi. Malheureusement, nous ne le pouvons pas, dame Lilith.

— Ah ? Vous avez un fils ?

— Quelques-uns, mais je n'en ai que deux en ce jour qui sont devenus des enchanteurs : Emrys et Wyllt. Ils sont aujourd'hui décédés tous les deux.

— Je m'excuse ! Je ne voulais pas…

— Cela fait partie de la vie, dame Lilith. Il ne faut pas s'en offusquer. En revanche, j'en ai une autre de prometteuse. Elle s'appelle Celia et physiquement, elle vous ressemble beaucoup… Vraiment beaucoup ! Elle a même votre habitude de désobéir sans arrêt. Je n'ai malheureusement que très peu de contact avec elle, car sa mère est la reine Maïla de Norse. C'est une très lointaine contrée où je ne suis pas le bienvenu !

— Et ça ne vous fait rien ?

— Oui et non… Elle doit vivre ses expériences de vie. Si son existence l'amène ou non vers moi, c'est qu'il doit en être ainsi. Ce n'est pas à nous de juger du destin des autres, dame Lilith… Et souvenez-vous bien de ce point toute votre vie !

Je suis déçue, sinon choquée que le mage ne se batte pas plus souvent pour ses droits d'intervention, même les plus personnels, laissant à la déesse le soin de gérer tout cela.

Bref, un peu comme je le fais moi-même avec Gen pour la fortune de ma famille.

Je ne suis pas mieux que lui, finalement !

— Celia est déjà une druidesse, comme la petite Leila, et elle viendra peut-être me voir, un jour, si elle désire devenir enchanteresse comme vous l'êtes, parce qu'elle a la puissance potentielle pour cela en elle.

Il est temps de mettre certaines choses au clair.

— Quelle est la différence entre les deux : druide ou enchanteur ?

— Ce n'est pas aussi évident que vous le pensez de répondre à cette question, dame Lilith.

L'homme du passé pause. Il cherche ses mots.

— Une druidesse, ou un druide, est une personne qui possède de grands pouvoirs de guérison ou de divination et qui est en harmonie avec la Grande Déesse. Non… Plutôt avec la Terre-Mère, tandis qu'un enchanteur est un druide qui a évolué plus loin et qui est maintenant plus en contact avec la Grande Déesse elle-même et toutes ses puissances qu'il peut canaliser vers des actions précises. Je ne sais pas si cela répond à votre question, mais c'est ce que je peux vous offrir de mieux dans ce cas.

— Mais comment puis-je être une enchanteresse si je n'ai jamais été une druidesse ?

La voiture se gare seule en face de l'entrepôt de fournitures électroniques.

— Ce n'est pas aussi simple que je vous l'ai décrit, dame Lilith. Je ne vous ai donné que les grandes lignes de ces chemins de vie. Les dons ancestraux qui sont transmis à nos descendants jouent aussi un grand rôle dans nos pouvoirs. Ceux que j'avais transmis à un de mes fils, Emrys, lui ont été catastrophiques, car je ne l'ai pas suivi tout au long de son parcours de vie.

L'homme pause en regardant un point invisible, droit devant, comme s'il était en proie à un dilemme qu'il n'arrive pas à résoudre.

— Pour être franc, je désire demeurer avec vous un moment pour ne pas répéter cette erreur de laisser un être doué de très grands pouvoirs, mal utiliser ses dons qui, finalement, se retournent contre lui… Ou contre les autres.

Je réalise dès lors toute la noirceur du message de l'enchanteur qui serre les poings, en proie au souvenir d'un atroce cauchemar. Je pose ma main sur son épaule pour lui démontrer mon soutien, car je ne sais quoi faire d'autre pour le soulager de sa grande tristesse.

Il serait préférable qu'il aille se changer les idées.

— Prêt à affronter les terrifiants trucs techniques dont raffole mon monde, Maître ?

Un bruyant drone qui s'arrête juste au-dessus du pare-brise avant de détaler ailleurs ne le rassure pas du tout sur cette périlleuse expédition dans le monde moderne.

Δ

Derrière la prochaine voiture dans le parking, la spectre en rouge et noir rage en elle-même.

Allez, Mirdhinn… Sors de cette foutue voiture pour aller faire ces emplettes le plus vite possible.

Tu dois absolument montrer un ou deux autres trucs importants à Lilith.

Si, évidemment, elle tient à demeurer en vie plus d'une journée…

Parce que je sais trop bien que de gigantesques ennuis

arrivent dans sa direction à pleine vitesse !

▲

Δ
-24-
MARYLINE

Merlin, qui est encore fort songeur depuis le bruyant passage du drone, sort enfin de sa torpeur. Longtemps, il regarde par la vitre de la portière en inspirant profondément afin de reprendre un quelconque contrôle sur lui-même avant que son regard cherche quelque chose. Je réalise qu'il ignore où se trouve la poignée pour ouvrir la portière.

Moi aussi... je songe à ce moment. *Parce que je n'en ai jamais eu besoin.*

— Diablo, pourrais-tu ouvrir les portes, s'il te plaît ?

Les portières en ailes d'oiseau de mon ami mécanique décollent par elles-mêmes, surprenant le maître qui jette un regard furtif vers mon petit sourire narquois.

— Vous semblez adorer ces petits jeux, dame Lilith.

— C'est surtout mon copain Diablo que j'adore, Maître.

À l'aide de la poignée dissimulée au plafond, je m'extirpe avec grâce de mon véhicule, au contraire de l'homme qui ne sait trop comment s'y prendre pour sortir de sa prison à quatre roues.

Une jeune femme, aux très longs cheveux châtains entourant des pommettes saillantes et des yeux d'un brun très pâle, fort semblables aux miens d'avant, s'avance vers nous d'un pas nonchalant. Je la reconnais aussitôt.

— Hello, Maryline !

— Bonjour, Lily. Méchante bagnole ! Mais qui a bien pu te prêter ça ? Hon…

Elle stoppe net son discours lorsqu'elle aperçoit l'homme du passé tenter de s'extraire du véhicule pour la deuxième fois, la première l'ayant ramené à son point de départ. Maryline s'approche de mon oreille.

— Tu t'es dégoté un 'sugar daddy' hyper riche ?

Gen ne lui a rien dit... je comprends alors et plutôt que de lui répondre, je donne un coup de main au mage pour qu'il réussisse enfin à s'extirper de ma voiture.

— Pas vraiment. Maryline, je te présente… mon oncle Mirdhinn.

Maryline le salue de la tête et admire le bolide avec une évidente envie. Rapidement, elle revient sur Terre.

— Gen m'a téléphoné, Lily. Elle voulait me rencontrer avec toi à propos d'un boulot qu'elle voulait m'offrir, mais je n'ai pas trop compris. Es-tu au courant de ce qu'elle me veut ?

— Oui, mais je préfère l'attendre avant d'en parler.

— Ce doit être une autre de ses combines politiques, c'est ça ?

Je nie simplement de la tête, m'amusant à faire languir celle dont son frère Sylvio m'avait confié qu'elle avait la mèche vraiment très courte.

— Sois cool, Lily… De quoi s'agit-il ?

— Viendrais-tu nous aider à choisir un portable pour mon oncle en l'attendant ?

Maryline caresse presque mes cheveux alors qu'elle en a superbes elle-même.

— Pas de problème, Lily. En passant, je ne sais pas qui t'a coiffée, mais il ou elle a fait un boulot absolument incroyable. Pourrais-tu me donner son nom ?

— Tu vas avoir quelques difficultés à la rejoindre… Elle s'appelle la Grande Déesse !

Le mage éclate de rire, s'esclaffant de nouveau chaque fois que son regard croise le mien. Lentement, il reprend sur lui-même et essuie ses yeux du revers de sa manche.

— Elle était bonne, dame Lilith. Je vais m'en rappeler longtemps !

Je ne vois pas ce qu'il y avait de si drôle là…

— Pourquoi ton oncle t'a-t-il appelée « Dame Lilith » ?

Oups…

— Je te l'expliquerai une autre fois, Maryline.

Je jette un rapide coup d'œil vers l'homme qui a bien saisi le message.

Dès que nous franchissons les portes, le mage ralentit fortement l'allure, les yeux partout à la fois.

Je n'aurais pas dû demander à Maryline de nous accompagner…

Ma petite grogne contre moi-même est de courte durée, car les longs cheveux sont déjà partis à la chasse dans le rayon des ordinateurs. Je prends bien mon temps pour expliquer les nombreux gadgets modernes au maître qui s'étonne de tout et de rien, quelquefois même à ma grande surprise, et je ris souvent devant les choses les plus banales que l'homme du passé découvre, notamment le petit morceau de ruban collant dont il tente de se débarrasser et qui ne fait que passer d'un doigt à l'autre.

Je cesse ses enseignements dès que nous rejoignons le rayon des ordinateurs où s'affaire déjà notre guide informatique.

— Et pourquoi a-t-il besoin de ça, Lily ?

— À vrai dire, j'en ai besoin de deux : un pour moi et un pour mon oncle… Plus pour des recherches internet pour lui et un autre qui ferait pas mal tout pour moi.

— Budget ?

— Il n'y en a pas…

— Je ne comprends pas… Tu veux dire que tu n'as pas un rond pour les acheter ?

— Non, Maryline. Je veux dire que je me fous royalement du prix ! Un autre point important est qu'ils doivent être super faciles à utiliser.

Elle devient aussitôt suspicieuse et regarde à l'extérieur du magasin où se trouve la Lamborghini avant de revenir vers moi.

— Que me caches-tu, Lily ? As-tu gagné à la loterie ?

— Mieux que ça. Nous t'expliquerons tout en détail plus tard.

Si nécessaire…

— Je te trouve bien étrange, Lily !

— Évidemment…

Et ce sera certainement pire dans peu de temps.

Je ricane avec le mage qui a un sourire moqueur lui aussi, car il a certainement compris à quel jeu je jouais avec l'autre jeune femme.

— Serait-ce possible qu'il soit aussi simple à utiliser que celui de d… Geneviève, d… Maryline ?

C'est évident que le mage a dû faire un effort presque surhumain afin de ne pas mentionner ses « Dame quelque chose ».

La crack en informatique nous entraîne dans une autre rangée.

— J'ai fait acheter à Gen un MacBook Pro. Ce sont de très bonnes machines, Lily. Sûre que le prix ne te dérange pas ? Elles sont très dispendieuses, celles-là.

Je ne réponds pas, me contentant de regarder les portables haut de gamme devant moi.

— Lesquels seraient les meilleurs pour nous, Maryline ?

— Il y aurait toujours ces deux-là, nous en pointe-t-elle deux presque identiques. Lui est excellent pour tout ce qui est surtout multimédia tandis que lui… C'est pas compliqué, il est méga top en tout !

Je souris au mage.

Et pourquoi pas après tout…

Je suis une femme riche, non ?

Juan, qui m'a reconnue, arrive presque en courant.

— Hello, Lilith ! Et comment va ma meilleure cliente ?

Plusieurs personnes se retournent à la suite de l'exclamation du gérant avec sa petite voix haute que personne ne peut manquer.

— Cool. Et toi, Juan ?

Maryline, à présent très suspicieuse, recule jusqu'à ce qu'elle bute sur Merlin.

— Pourquoi t'a-t-il lui aussi appelé Lilith et non Lily ? Et pourquoi connais-tu le nouveau gérant de la place qui t'appelle « Sa meilleure cliente » ? Dis-moi ce qui se passe, Lily !

Cette fois, c'est Juan qui lorgne vers Maryline avec un air méfiant.

— Juan, je te présente Maryline. C'est elle qui… Plus tard. Donc, pour commencer, nous prendrons deux « Méga tops » pour moi et M… Mirdhinn. Il doit aussi y avoir des accessoires qui vont avec ça, non ? J'aurais surtout besoin d'un gadget qui peut transformer la voix en écriture, mais je ne sais pas si ça existe.

— Mais évidemment, Lilith !

Le gérant se précipite vers des tablettes situées un peu plus loin.

Par la façade vitrée du magasin-entrepôt, j'aperçois enfin la fourgonnette du père de Gen se garer à côté de Diablo. Je hèle celui qui est déjà parti en trombe vers les multiples accessoires reliés à nos futurs ordinateurs portatifs.

— Prépare-nous tout ça et nous allons revenir dans cinq minutes, Juan.

Je m'empare de la main de Maryline pour l'entraîner à l'extérieur, presque de force, tandis que Merlin trottine derrière nous pour suivre la cadence.

— Mais que fais-tu là, Lily ?

— Je te conduis à ton entrevue d'emploi, voyons.

Gen, Arthur et Mario sortent de la luxueuse camionnette en même temps.

Je m'interpose en pointant la blonde d'un doigt décidé.

— Restez proches, les gars. Les femmes ont à parler en privé… avec Merlin.

— Merlin ? Qui est Merlin ? demande nerveusement Maryline.

Oups… La gaffe ! je me morfonds avec les yeux au ciel.

Je demeure muette alors que j'ouvre la portière arrière pour l'inciter à monter tout en indiquant au mage de prendre l'autre place derrière alors que je m'installe au côté de Gen qui est déjà revenue à sa place. À l'avant, Gen et moi nous installons à genoux sur les sièges afin de faire face à Maryline derrière.

— Mais que se passe-t-il ici ? Vous me faites peur, les filles.

Ce sera fort probablement pire si nous t'engageons, je pense en jetant un œil vers ma copine blonde qui affiche un sourire coquin, ayant probablement songé à la même chose.

— Direct comme ça ? me demande Gen.

Je lui confirme avec un large sourire carnassier.

Je sens qu'on va bien s'amuser…

Δ

Geneviève hésite un moment

Oh que je n'ai pas le droit de manquer mon coup. Il faut absolument que je vende Maryline à Lilith, sinon, je suis cuite ! pense Geneviève qui sent monter sa nervosité à chaque seconde.

Elle songe à son plan d'attaque avant de se lancer avec un visage décidé.

Δ

— Premièrement, Maryline, as-tu passé ton examen de courtier immobilier commercial ?

Je suis agréablement surprise de ce fait que j'ignorais. Gen et moi échangeons un sourire complice, nos regards parlant autant que des mots.

— Tu comprends mieux mon premier choix, maintenant ?

— Tu sais bien que j'ai fini mes cours et que je passe mon exam' la semaine prochaine, Gen. Pourquoi me demandes-tu ça ?

— Penses-tu le passer avec succès, cet examen ? la relance Geneviève, le visage dur.

— Du gâteau… J'ai été première de classe toute l'année ! C'est quoi, l'affaire ?

La blonde s'avance un peu plus vers l'interrogée.

— Il paraît que tu étais surtout spécialisée en immobilisation d'affaires… avec option outre-mer ?

Je m'intéresse de beaucoup plus près à la discussion, à présent.

— Tu le sais très bien, Gen ! Mais vas-tu me dire un jour pourquoi tu me demandes tout ça… que d'ailleurs tu sais déjà ?

— Parce qu'elle, m'indique-t-elle du pouce, elle ne le sait pas. Est-ce vrai que tu as… disons empêché ton oncle de faire une belle fraude immobilière, le mois passé ?

— Oui… Mais que se passe-t-il ici ? Vous êtes de la police

ou quoi ?

— Pire !

Gen et moi avons répondu en même temps et nous donnons un high five pour fêter notre beau synchronisme.

Avec un large sourire, je jette un œil vers le mage.

— Est-ce qu'elle dit vrai, Maître ?

Merlin étudie attentivement l'aura de la jeune femme et tressaille avant de confirmer avec le dos accolé à sa portière. Je ne peux plus quitter des yeux le maître au visage empreint de suspicion, mais aussi d'autre chose que j'aime un peu moins.

A-t-il… peur d'elle ?

Mais Gen n'a pas terminé.

— Te sens-tu à la hauteur pour gérer un parc immobilier et hypothécaire très diversifié réparti partout autour du globe de… de quelques milliards ?

Cette fois, Maryline ne réplique pas, pétrifiée avant de commencer à trembloter. Merlin, avec de gros yeux envers les passagères avant, lui applique une main sur la tête. Maryline respire enfin en reprenant des couleurs.

Je ne sais plus que penser de cette réaction.

Et si elle paniquait comme ça sans arrêt dès qu'elle entend un gros chiffre ?

Maryline s'assoit plus droite sur son siège.

— As-tu bien dit quelques… milliards ? Tu ne t'es pas trompée avec millions, Gen ?

La blonde fait un gros « Non » très enthousiaste de la tête.

— Mais qui peut bien avoir un tel parc immobilier frisant la démence ?

Armée d'un large sourire, je lève la main. Cette fois, la jeune courtière en devenir affiche vraiment une mine suspicieuse avant d'éclater d'un rire franc.

— Mais quelle est cette histoire de dingue ? Il y a une caméra cachée quelque part, c'est ça ?

Gen et moi nions de concert à nouveau.

— J'ai hérité de tas de trucs-choses de mon père.

— Vraiment des tas et des tas et encore plus de méga tas de trucs-choses !

Je suis de nouveau estomaquée que la blonde ait encore dérogé à son vocabulaire toujours politiquement correct.

— Et c'est Gen qui va tout mener. Mais toi, Maryline, te sens-tu capable de gérer ces… tas de trucs-choses ?

— Des milliers, des millions, des milliards… Ce ne sont que des zéros de plus, dans le fond. La base est toujours la même.

C'est décidé, je l'engage, je décide, maintenant en confiance.

Minute !

Petit détail à connaître avant.

— Es-tu ouverte d'esprit, Maryline ?

— Ah oui ! Bonne question que tu lui as posée, Lilith. Il faudrait que tu en sois certaine toi aussi.

Curieusement, ma copine d'enfance semble triompher en elle-même, trépignant sur son siège.

— Je crois l'être, Lily. Pourquoi cette question bizarre ?

J'hésite, ne sais pas trop quelle approche choisir, mais Gen me devance.

— Nous avons souvent parlé ensemble des esprits, Mary, mais toi, qu'en penses-tu, personnellement ?

Cette fois, Maryline semble exaspérée et s'approche tout près du nez de ma copine.

— C'est quoi, ces foutues questions idiotes, Gen ?

— Réponds, Maryline, je lui ordonne gentiment.

Je suis anxieuse de connaître ce qu'elle en pense, parce que j'aimerais bien la voir rejoindre notre équipe si elle répond à cette question à ma satisfaction.

Elle a vraiment toutes les qualités dont on a besoin…

— Tu sais bien que je n'ai pas de problèmes avec tous les machins surnaturels. C'est parce qu'il y a des actifs hantés dans ton cheptel immobilier que tu me demandes cette connerie ?

Gen et moi nous consultons du regard. Je crois comprendre où veut en venir ma copine lorsqu'elle pointe ma main de son nez après avoir jeté un œil autour de la camionnette. Je ne peux m'empêcher d'effectuer la même inspection et, hormis les habitants du manoir près de l'entrée du magasin-entrepôt, personne n'est en vue. Je relève le torse, me concentre un petit peu avant de mettre ma main devant mon visage.

Pas fort…

Très, très peu d'énergie.

Lentement, une belle petite boule bleue s'y forme. Je peine à la laisser ainsi, si faible, mais Maryline s'ébahit de cette vision magique et s'en approche pour mieux la contempler. Je désire aller plus loin en jetant un œil au mage, qui comprend mon message muet, et une belle boule bleutée apparaît aussi au creux de sa main.

— Mince ! Vous êtes des… C'est super dément !

Mais j'ai prévu une suite pour bien la tester et laisse passer plus de puissance. La boule de lumière douce devient soudainement une balle de feu semblable à une balle de tennis de braise ardente.

Cette fois, Maryline recule en panique.

— On se calme… On se calme, là !

Elle tente de défoncer le siège derrière elle avec son dos au moment où ma portière s'ouvre.

— Hé, les filles ! On devrait…

Les yeux d'Ernesto s'agrandissent à leur maximum en une fraction de seconde.

— Oh non… Pas encore ! Je n'ai rien vu ! C'est juste normal ! C'est juste normal avec toi !

Gen et moi éclatons de rire alors que je fais disparaître ma boule incandescente en fermant simplement ma main tandis qu'Ernesto referme la portière avec fracas. Maryline, derrière, a déjà repris son calme en riant de bon cœur, elle aussi.

Curieux… On dirait que cette petite démonstration ne l'a pas affecté du tout.

Qu'elle l'a même presque considérée comme normale ?

Oui, c'est définitivement la bonne personne pour notre bureau.

Mon doigt indique la jeune femme à si longs cheveux.

— Maryline Gauvin, tu es engagée !

Hey ! J'adore dire cette phrase !

Δ

Sauvée... Je suis sauvée ! jubile en elle-même Geneviève. *J'ai peine à y croire. Mon équipe de rêve que j'ai formée avec mon oncle est déjà en place dès la première journée ? C'est à peine croyable !*

Δ

Sur le toit de la camionnette, le spectre d'une dame vêtue d'une cape noire et rouge surmontée d'un large capuchon lui masquant la majeure partie du visage, esquisse un sourire.

Tu as peut-être reçu plus d'aide que tu le crois...

Parce que Lilith devait absolument se libérer de cette fiducie de toute urgence !

Elle a d'autres trucs beaucoup plus importants à s'occuper.

La spectre baisse la tête.

Notamment, rester en vie !

Δ

Je m'amuse de voir Maryline demeurer sans voix durant quelques secondes. Ses yeux passent de visage en visage avant de pointer son doigt vers mon nez, comme j'avais fait quelques secondes plus tôt, ce qui nous fait rire toutes les deux.

— C'est à mon tour. Pourquoi t'appellent-ils tous Lilith au lieu de Lily ?

— Parce que ma mère a changé mon nom presque à ma naissance. En réalité, je m'appelle Lilith Morgan.

— Ah… D'accord, fait-elle simplement avant de se tourner vers le mage. Et vous, quel est votre vrai nom ?

Le mage échange un regard avec moi et j'acquiesce.

— Je m'appelle Mirdhinn en gaélique, mais en cette époque-ci, on me nomme Merlin lorsque dit dans votre langue, dame Maryline.

— Mirdhinn, Merlin… Vous me prenez vraiment pour une

conne !

Elle délaisse l'homme confus du commentaire avant de revenir vers Gen et moi, à l'avant tandis que le maître ne comprend plus du tout ce qui se passe.

— Sommes-nous seulement ici pour acheter une paire de portables ?

— Je ne crois pas, répond Gen qui lui montre la liste d'achats requis pour le nouveau bureau.

Maryline examine rapidement les quelques pages et ouvre les yeux de plus en plus grands à mesure qu'elle consulte la liste sur les feuilles. Son visage reprend son expression sérieuse en une seconde.

— Combien de postes de travail ?

Je constate que Maryline n'a pas encore levé les yeux de la feuille.

— Entre cinq et dix. Nous allons préparer le gros de l'infrastructure informatique pour dix.

— Est-ce que Lizzie va être avec nous ?

Sans façon, je m'interpose.

— En parlant de Lizzie, elle n'est pas avec toi, Gen ?

— Non, Lilith. Elle est partie se coucher parce qu'elle a déménagé ses choses toute la nuit… avant de commencer à travailler sur tes dossiers sans arrêt jusqu'à notre réunion.

Je grimace tandis que Gen revient vers Maryline.

— Évidemment que la grande sera avec nous. Elle demeure même sur place, maintenant.

— Alors, aidons les transactions de la grande et allons-y pour du vrai méga rapide avec écrans multiples. Dans quel coin de Montréal est le bureau ? L'accès à internet avec la fibre optique serait vraiment extra pour elle.

— Il n'est pas à Montréal, mais à Verchères.

— Mince ! Ce n'est pas à l'autre bout du monde, cette ville-là ?

— Non, à moins d'une demi-heure d'ici.

Ou à moins d'une minute si Diablo est en mode avion.

Je repasse mes souvenirs de ce vol exceptionnel. Mon regard dévie sur le visage du maître. Cela ravive la tragique raison de ce très rapide voyage et je plisse le nez alors que Maryline devient aussi fébrile qu'un colibri.

— Je sais quel serveur ça va nous prendre. C'est une crème de méga monstrueuse machine qui vient tout juste de sortir et qu'ils ont en stock ici. Je bavais devant avant de sortir.

Elles continuent de se lancer des termes plus techniques les uns que les autres tandis que Merlin et moi sommes exclus de ce débat technologique ponctué sans arrêt de méga, de téra, de gigs, hertz et autres termes informatiques qui sont incompréhensibles pour nous, les enchanteurs, qu'ils soient d'aujourd'hui ou du passé.

Gen resplendit en ouvrant la portière.

— Superbe idée que tu viens d'avoir, Mary ! Nous devrions être encore plus d'attaque que prévu avec ça !

Δ

-25- PROBLÈME RÉGLÉ

Sans attendre, nous suivons tous Gen jusqu'à l'entrée du magasin-entrepôt où Ernesto nous attend, blaguant avec les deux autres mâles exclus des discussions.

Mon ami mexicain s'avance vers moi.

— Lilith, est-ce que je pourrais te parler en privé, s'il te plaît ?

J'accepte tandis que le groupe pénètre dans le magasin, Gen au bras d'Arthur.

Dès qu'ils sont à l'écart, Ernesto regarde dans une direction bien précise du parking avant de revenir vers moi.

— Lizzie est dans la merde cent mètres par-dessus sa tête, Lily !

— Je sais pour son logement. Elle va coucher sur l'île à partir d'aujourd'hui.

— Il y a bien pire, Lilith, parce qu'elle a emprunté de l'argent à des usuriers… Des shylocks !

Oh… Je me souviens qu'elle avait mentionné un truc du genre à la réunion… Mais j'ignorais que c'était si sérieux !

— Sais-tu combien elle leur doit ?

— C'est beaucoup. Vraiment beaucoup ! Elle leur a donné presque tout ce que tu lui avais donné voilà quelques jours et ça ne couvrait que les intérêts en retard !

C'est donc probablement pour cette raison qu'elle n'a pas payé son loyer… Et qu'elle disait que je lui avais sauvé la vie à ce moment.

— Je suis certaine que tu connais le chiffre, Ernesto.

— Elle leur avait emprunté quarante milles pour financer son concours, payer des dettes de son père et finir de payer ses études et ses… Ah, s'il te plaît, Lily, peux-tu l'aider ? Je ferai n'importe quoi pour toi !

— Oui. Je peux sûrement l'aider. Sais-tu comment je peux

rejoindre ces gars-là ?

— Ils m'ont suivi. Ne te retourne pas. Ils sont garés au fond du parking, là-bas. Non, ne te retourne pas… Oh non !

Mon regard s'arrête sur une vieille voiture toute modifiée qui est immobilisée bien à l'écart à l'autre bout du parking.

— Dans l'auto rouge ?

Le Mexicain confirme.

— Va à l'intérieur, Ernesto. Je m'en occupe… Et je te recommande de ne pas regarder dehors jusqu'à mon retour.

Le jeune homme disparaît à l'intérieur en quelques secondes tandis que je marche en toute confiance vers ma proie. La bague de la famille Morgan à mon doigt commence à se réchauffer, signe que je vais bientôt voir de l'action.

Vous avez voulu jouer aux durs avec une pauvre femme sans défense…

Qui est mon amie en plus ?

Très, très mauvaise idée !

Plus j'approche de la voiture et plus les deux hommes à l'intérieur semblent adorer ma démarche. Je m'accoude avec nonchalance sur le rebord de la portière en faisant signe à l'homme du côté passager de baisser sa fenêtre.

— Té qui, toé, ma belle tite carotte ?

Le chauffeur m'a demandé ceci d'un ton doucereux que j'ai aussitôt détesté.

— Bonjour, Messieurs. Dites-moi, combien vous doit ma copine Lizzie ?

— Soixante milles avec les intérêts ! crache l'autre près de moi, un maigrelet qui remonte ses verres fumés.

Je suis un peu surprise du chiffre, mais crois qu'il a menti, me fiant plus à la parole de mon copain mexicain.

— Je vais être gentille et vous en donner quarante pour effacer sa dette au complet. C'est d'accord ? Sinon…

Le chauffeur ricane.

— Sinon quoi, ma petite gonzesse ?

L'autre, tout près de moi, éclate de rire. J'approche encore plus de la fenêtre pour emprunter une petite voix toute douce, racoleuse même.

— Sinon, vous allez tout simplement avoir la plus mauvaise journée de votre vie, les gars.

En rigolant, le chauffeur s'extirpe de la voiture. L'homme assez corpulent, de plus de deux mètres, s'approche d'un pas lourd et place son visage sévère face au mien. Son très large sourire démontre une hygiène buccale discutable. J'affiche un petit sourire coquin.

— Sinon ?

Ma chevalière commence à bouger sans arrêt à mon doigt, s'impatientant de l'action à venir.

— Voici ce que je vous offre, les gars : vous acceptez le quarante mille que je vous propose et vous effacez la dette de Lizzie, sinon… sinon, ce sera zéro dollar pour effacer sa dette, plus je vous envoie tous les deux à l'hôpital pour un très, très long séjour… Et je vais peut-être aussi faire flamber votre voiture pour m'amuser un peu !

Le géant éclate de rire une seconde avant de recevoir un coup de pied aux testicules, qui l'a carrément soulevé du sol, suivi d'un autre très rapide sous le menton qui s'est ainsi baissé à la bonne hauteur avant un dernier à l'estomac, l'envoyant s'écraser contre l'aile avant de la voiture où il s'affale au sol, assommé.

Wow ! Je suis vraiment dix fois plus forte qu'avant !

J'observe sans bouger celui qui est encore à l'intérieur, épouvanté, probablement par mes yeux de braise et mes cheveux animés de flammes qui sont bien visibles par le reflet de ses verres fumés.

Ouh… Vrai que j'ai un look effrayant, ainsi !

Mais il y a plus important…

— À cause de ton ami, tu vas oublier le montant que je t'ai proposé. Ce sera zéro dollar pour effacer sa dette et je vais vous laisser vivre tous les deux. Sinon…

— Vous… Vous…

L'homme est près d'une crise d'apoplexie.

Je réalise qu'il lorgne souvent vers son coffre à gants. J'ai compris et bondis sur le rebord de la fenêtre ouverte avec une boule de feu qui apparaît dans ma main que je place près de la tempe de l'homme effrayé qui n'a plus d'yeux que pour cela.

— Si tu avances ta main ne serait-ce que d'un cheveu, crois-moi que tu vas aller rôtir dans les flammes de l'enfer plus vite que tu ne le crois !

De ma main libre, j'ouvre la petite porte du coffre à gants qui contenait bien une arme que je m'empare pour la pointer vers le nez de l'homme qui tremble de tous ses membres, son funeste destin étant coincé entre une balle de plomb et une de feu.

— Acceptes-tu ma dernière proposition ?

— Oui, oui, oui !

Je ferme les yeux, me calme en quelques secondes avant de reprendre ma petite voix douce.

— Je pense que tu as bien fait d'accepter… Et tu serais gentil de ramasser l'idiot qui est à terre pour foutre le camp. Que je n'entende plus jamais parler de vous, sinon…

De la main qui tient l'arme, je salue l'homme avant que j'enfouisse difficilement le révolver dans mon sac à billets déjà surchargé.

Δ

Dans la voiture, l'homme ne cesse de trembler.

— Je viens de rencontrer la Fille du Diable… murmure l'homme dont le visage est maintenant recouvert de sueur. Mais pourquoi m'a-t-elle laissé en vie ?

Sur le siège arrière, un spectre encapuchonné éclate de rire.

Elle a vraiment une façon bien unique de fidéliser à l'avance ses futurs employés et amis !

Δ

Et c'est avec un large sourire aux lèvres que je reviens dans l'entrepôt. D'emblée, je remarque que notre groupe s'est scindé en trois, chacun semblant avoir son propre département. Ernesto m'épie depuis mon entrée dans le magasin et je décide d'aller le voir en premier.

— Et puis ? Je n'ai pas voulu regarder. Que s'est-il passé ?

— Ta copine n'aura plus jamais de problème avec eux. Et pour ce qui est du comment, je suis certaine que tu ne veux pas le savoir.

— Je m'en doutais. Merci mille fois, Lilith !

— Et comment va le shopping ?

Il montre trois larges chariots près de lui qui sont remplis de boîtes diverses à en déborder.

— Super ! Je viens de terminer ma liste. En passant, qui est cette super geek avec Gen et Juan ?

— Elle s'appelle Maryline et elle va travailler avec nous au manoir. En passant, sais-tu que nous avons aussi engagé Lizzie ?

Le jeune homme sourit.

— Oui, Gen me l'a dit. Vous êtes vraiment de bonnes amies, Gen et toi. Elle avait vraiment besoin de ce boulot.

— Mais toi, tu ne te cherchais pas aussi un boulot, l'autre jour ?

— Oui, mais je n'ai reçu de réponse positive à aucun de mes C.V. jusqu'à présent. Je ne suis pas inquiet. Je sens vraiment fort en dedans de moi que je vais me trouver du boulot très rapidement. J'en suis même certain !

J'éclate d'un rire franc.

— Peut-être plus tôt que tu ne le crois… Je t'engage dans ma fiducie, Ernesto !

J'adore vraiment dire cette phrase !

— Et tu commences à travailler pour nous demain matin !

Je vais rejoindre ma copine Gen en ne jetant qu'un œil vers le jeune homme à moitié assommé, bouche bée, sidéré comme une statue de sel.

Gen raye une autre ligne sur sa liste devant quatre chariots pleins à craquer, entourés d'une multitude de jeunes hommes en chemises vertes.

— Mais où étais-tu, Lilith ? Je te cherchais partout.

— Je suis allée régler un petit problème. Comment vont les

emplettes ?

— Je suis découragée. Les gars de l'informatique qui travaillent ici ne peuvent pas suivre notre « Full Techno » Maryline. Regarde-la… Il faut qu'elle fasse presque tout elle-même ! Ils n'ont aucune idée de l'existence de la moitié des trucs qu'elle leur demande, mais elle est certaine qu'ils ont tout ce dont elle a besoin ici. Il faut seulement les trouver. Ce n'est pas toujours évident !

Je m'amuse de voir la sœur de mon copain d'entraînement s'énerver tout rouge contre un jeune qui en a visiblement une peur bleue. Je pose ma main sur l'épaule de Gen.

— Un excellent choix, vraiment super bon choix ! Et que cherchent les gars ?

— Ils s'amusent avec les petits bidules habituels de bureau : les crayons, les agrafeuses… Ils me laissent tranquille durant ce temps.

— J'ai enfin trouvé les bons routeurs, Gen !

Je ricane de voir Maryline à genoux avec une boîte qu'elle soulève bien haut. Gen raye un autre item de sa liste.

— Vous semblez bien vous débrouiller toutes les deux. Je vais aller voir les gars.

J'aperçois alors Ernesto, à l'autre bout de l'entrepôt avec la bouche grande ouverte et qui n'a pas encore bougé d'un poil.

— En passant, Gen, je viens d'engager Ernesto.

Ma copine confirme l'emploi de notre ami commun avec un pouce en l'air.

Les hommes sont rassemblés dans le département de l'ameublement de bureau où je les y rejoins. Ils s'amusent ferme tous les trois, Arthur et Mario testant toutes les chaises à roulettes une par une en effectuant des courses entre eux devant un jeune homme et une jeune femme en chemise verte qui sont dépassés par l'attitude enfantine des deux intrépides pilotes.

J'approche du maître qui est enchanté par tout ce qui l'entoure.

— Et puis, qui gagne ?

— Je crois n'avoir jamais tant ri de ma vie, dame Lilith ! Ils sont vraiment très drôles, dans ce siècle !

Pas vraiment…

L'homme du passé éclate de rire à nouveau lorsque le futur roi manque sa courbe et tombe sur le dos. Arthur jette un regard vers son maître, mais m'aperçoit pour se calmer aussitôt parce que d'un simple signe de la main, je lui indique que les folies ont assez duré. Mario arrive avec les bras en l'air, mais il se calme vite lui aussi devant mon air fort sérieux.

— Récréation terminée, les gars. Où en êtes-vous avec votre liste ?

Un long soupir de soulagement des deux jeunes employés de l'entrepôt en dit très long sur le shopping des hommes. L'oncle me présente un papier.

— Il ne manquait que les chaises sur notre liste, Lily ! Nous avons déjà trouvé tous les autres bidules me montre-t-il deux paniers remplis à ras bord.

Sa fierté est évidente, mais son visage devient plus enjoué en me montrant les chaises éparpillées un peu partout.

— Mais il reste que c'était un test très méticuleux que nous faisions là !

Arthur éclate de rire et entraîne les deux autres avec lui. Je ne peux m'empêcher de sourire devant les trois hommes en pleurs devant moi, bientôt rejoints par les deux employés qui n'en pouvaient plus de se retenir.

Juan arrive presque en courant, comme d'habitude.

— Mais que se passe-t-il donc, ici ?

— C'est le résultat d'un test de chaises très scientifique, Juan.

J'ai avoué cela sans aucune émotion, ce qui ramène les rires. Sans chercher plus à comprendre, Juan retourne d'où il venait, car Maryline vient encore de s'emporter contre un des vendeurs à grands coups de décibels. Tous ceux autour de moi se calment et je m'empare de la liste que Merlin a maintenant en main, heureuse que toutes les lignes aient été cochées, hormis les deux dernières.

— Il faut que les huit chaises du bureau soient hyper confortables, parce que des gens vont passer de longues journées assis là-dessus. Avez-vous au moins vérifié si les chaises étaient confortables… Ou juste si elles étaient rapides ?

— C'est plutôt difficile à dire pour nous, Lilith, se plaint l'oncle. Ce sont probablement toutes des petites fesses de femmes qui seront assises là-dessus. Comment veux-tu que nous fassions cette différence ?

Je compare le gabarit des hommes au mien.

Pour une fois, il a raison. Ils ont tous le double de notre poids.

Je m'avance vers la jeune vendeuse qui a mon calibre.

— Bonjour. Voudrais-tu essayer toutes les chaises avec moi… Pas pour faire la course, mais pour voir lesquelles seraient les plus confortables ?

— Nous n'avons pas vraiment besoin de toutes les tester, Madame. La chaise orthopédique à multi ajustements est ce qu'il y a de mieux. Chaque personne peut l'ajuster à sa façon. C'est la meilleure en toutes circonstances !

— Celle-là ?

Je m'assois dessus. Mario affiche un large sourire.

— Et elle est aussi très rapide.

J'essaie de me trouver une façon d'être confortable sur la chaise en question. La jeune femme vient m'enseigner comment la régler et très rapidement, je découvre la position parfaite, levant le pouce avant de lui demander d'en sortir huit.

Dernier item, maintenant…

Chaise Lilith ?

Mais que vais-je faire avec une chaise dans ce bureau ?

Je reviens vers la blonde d'un pas rapide.

— Dis-moi, Gen… C'est pour faire quoi, ça, 'Chaise Lilith' ?

— J'avais pensé que la grande patronne voudrait une super chaise en cuir et en…

— Pas question !

Je grogne envers ma copine avant de revenir vers la jeune employée demeurée au centre du magasin à m'attendre.

— Vous seriez gentille d'en ajouter une neuvième, Mademoiselle… Et pourquoi pas dix au total ?

Ma troupe me rejoint un par un. Lorsque tous sont rassemblés, je leur fais signe de se rendre aux caisses où nos nombreux chariots y sont déjà. J'ouvre mon sac avant de le refermer en panique.

— Oups… J'ai oublié le révolver du gars dans mon sac !

J'appose aussitôt ma main sur ma bouche, mais presque tout le monde autour de moi a compris.

Gen se colle à mon oreille.

— Depuis quand te promènes-tu avec une arme ?

— Je l'ai pris aux shylocks qui couraient après Lizzie. J'ai juste oublié de m'en débarrasser !

— Mais de quels… Laisse faire ! Je te jure que tu as vraiment le don de gaffer au pire moment. Laisse la glissière de ton sac ouverte et regarde par là.

Je sens mon sac bouger avant de devenir plus léger. Je me risque à y jeter un coup d'œil. Plus de grosse bosse visible. La dame de la caisse m'annonce le montant.

— Cinquante-neuf mille huit cent vingt, Madame.

— Tu parles d'une précision de budget d'enfer !

Je félicite ma copine avant de sortir tout l'argent du sac, hormis un billet de cent, puis remets la haute pile à la caissière qui la compte à quelques reprises après m'avoir remis le coupon de caisse de près d'un mètre. Je ne sais que faire avec ce ruban et l'enroule autour de mon cou pour effectuer une petite parade de mode impromptue.

— Une facture est un papier qu'il faut traiter avec respect, Lilith, me sermonne Gen qui m'enlève mon écharpe improvisée avec grande précaution.

Elle la plie délicatement avant de l'enfouir entre ses seins, ne sachant où la ranger ailleurs pour ne pas la perdre. Devant elle, Maryline et moi éclatons de rire.

— Quel grand respect !

La caissière me remet une haute pile de billets.

— Il y a ça aussi, Madame. Il y avait dix mille de trop !

Je m'en inquiète avant d'esquisser un sourire.

— Amber ne semblait pas avoir une grande confiance en ton budget, Gen.

— Je vais lui dire ma façon de penser en arrivant, lui !

Avec un très large sourire, je glisse un des billets à la caissière.

— C'est pour vous. Merci d'être honnête.

▲

Δ

-26-
LE PASSÉ

Le groupe se sépare dans le parking en se donnant rendez-vous au manoir. Je demande de nouveau au maître de m'accompagner. Merlin n'a qu'un œil triste vers la camionnette avant de se prêter de bonne grâce à ma requête.

Dès que les portes se referment, j'active l'enregistreur de mon téléphone.

— J'y ai bien pensé, Maître, et j'aimerais que nous dressions une liste de ce que j'ai le droit ou non de faire. Alors, dites-moi ce qui m'est interdit.

— Beaucoup de choses, dame Lilith, mais comme toujours, cela dépend des circonstances et des points de vue, quelquefois. Prenons le droit de tuer. Oui, vous en avez le droit comme lors de l'attaque à la malédiction de glace. Vous aviez le droit de vous défendre. Il était évident que vous étiez la prochaine victime si vous n'aviez pas agi, mais prenons cette dame…

Il m'indique une dame âgée qui s'extrait difficilement de son véhicule.

— Si vous la tuez juste pour le plaisir, la Grande Déesse vous punira pour ce geste, soyez-en certaine !

— Ce n'est que logique. C'est le combat entre le bien et le mal, c'est ça ?

— Oh que ce n'est pas évident de répondre à cette question ! Prenez Emrys, mon fils. Sa vie d'enchanteur allait très rondement jusqu'à ce qu'il s'acoquine avec Kerenin Pendragon. Ce roi des plus crapuleux lui a fait réaliser d'affreuses choses et un jour, la Grande Déesse en a eu plus qu'assez de ce comportement aberrant. Après qu'il eut brûlé tout un village et plusieurs de ses habitants, elle l'a simplement fait éliminer, car il était devenu trop dangereux et incontrôlable pour tous, même pour moi qui n'arrivais plus à lui faire entendre raison.

Je comprends maintenant son dilemme lors de notre voyage à l'aller…

— Vous ne m'avez parlé que des deux qui sont devenus des enchanteurs, mais combien avez-vous eu d'enfants, en tout ?

Le mage ne peut feindre sa surprise devant cette question à laquelle il ne s'attendait visiblement pas.

— Je vais vous avouer que je n'en sais trop rien, dame Lilith ! Je n'ai jamais compté… Non, je ne le sais pas.

Je pense qu'il me cache la vérité.

Comment peut-on ne pas savoir combien on a eu d'enfants ?

Changeons de sujet.

— Est-ce que vos parents sont encore en vie ?

— Ils sont morts depuis très, très longtemps.

Il a interrompu sa réponse à ce point, mais je l'encourage du regard à continuer.

— Mon père était un druide doublé d'un régent romain.

— Quoi ? Il y avait des Romains en Angleterre ?

— Angleterre ? C'est vrai que c'est le nom que la terre d'Albion porte aujourd'hui. Oui, il y avait beaucoup de Romains sur nos terres, mais les légions étaient rendues éparses et les invasions norses et anglis venant du nord les avaient encore plus réduites qu'elles ne l'étaient déjà. Mon père, qui s'appelait Ambrosius, un centurion, ne voulait plus combattre sur ces terres. Il disait qu'il y avait déjà eu assez de sang versé et c'est lors d'un pacte de paix entre les Celtes du nord et les Romains du sud que j'ai été conçu… Et je suis enchanteur, car ma mère, la reine Mebd, l'était aussi.

— Wow ! Vous êtes donc un prince ?

— Pas vraiment, car je n'ai jamais été accepté dans cette famille étant donné que mon père était un Romain… Un de ceux qui étaient les envahisseurs, à l'époque ! J'ai donc dû quitter le palais en solitaire dès le décès de ma mère. Je n'avais que huit cycles de saisons, à l'époque.

Beurk !

L'homme ramène de noirs souvenirs à la surface et baisse la tête.

Changeons-lui vite les idées.

— Mais… Mais qu'avez-vous fait ensuite ?

— J'ai travaillé ici et là pour survivre, mais un jour, un druide nommé Baird m'a pris sous son aile afin que je devienne son apprenti. Malheureusement, il est mort peu d'années plus tard. J'ai donc dû terminer mon apprentissage seul dans la forêt de Brocéliande où il demeurait, en Bretagne. Je me suis approché de la Grande Déesse au bord d'un lac où j'avais l'habitude de méditer et un jour, elle m'est simplement apparue. J'ai donc pu faire de grands progrès dès cet instant jusqu'à ce que je me décide de traverser à nouveau la Grande Rivière afin d'aller voir le monde d'Albion où je suis né. Je me suis autant mêlé aux manants qu'à la royauté, qu'aux hommes d'armes, qu'aux prêtres des diverses religions qui existaient à ce moment-là.

Cette fois, je suis certaine que c'est d'heureux souvenirs qu'il revit, car son sourire est éloquent.

— Et après ?

— Ce n'est pas important.

— Je veux savoir, Maître !

J'éclate de rire avec l'homme qui se décide après une dernière hésitation.

— Si vous voulez… C'est à ce moment que j'ai rencontré Maab qui a été ma première femme. Elle était une druidesse très près de la communion avec la Grande Déesse, ce qui en aurait fait une enchanteresse, mais elle désirait plus que tout aider les manants. Elle m'a donné mes deux premiers fils, Wyllt et Emrys, mais l'accouchement d'Emrys lui a été fatal, m'a-t-on dit, car j'étais en pèlerinage au cercle de Stonehenge lorsque cela est arrivé. Oui, j'ai su qu'il venait de se passer de terribles choses en ma demeure, mais en ces temps-là, je n'avais pas les connaissances ni la puissance pour intervenir de si loin. Je suis donc parti avec mes enfants vers le nord où les Romains étaient beaucoup moins nombreux.

— Vous n'avez jamais pensé à aller voir votre père ?

— Oh… Il était mort depuis longtemps, dame Lilith, mais les Romains, lorsque je leur avouais mes racines romaines, me laissaient en paix. C'est ainsi que j'ai éduqué mes enfants avec ma nouvelle femme, Glana. C'était une femme de la basse noblesse, mais c'est avec elle que j'ai éduqué nos huit enfants.

— Huit ?

— Oui. Elle m'a donné sept filles et un garçon, mais le garçon est décédé en très bas âge avec une de ses sœurs à la suite d'un stupide accident. C'est bien dommage, parce que je les aimais tout de même beaucoup, en dépit qu'ils n'avaient presque aucun pouvoir. Une incursion de barbares anglis lors d'une autre de mes retraites m'a enlevé cette femme, mais ils ont laissé mes enfants vivants à cause de Wyllt qui leur a fait une démonstration de ses pouvoirs… Ce qui lui a d'ailleurs été fatal, m'a-t-on dit. Nous ne l'avons jamais retrouvé.

Δ

La Grande Déesse, qui suivait la conversation depuis son monde, devient morose. Elle serre les dents en se rappelant ce triste jour et son grand mystère.

Δ

— Je suis donc reparti, mais cette fois, pour un retour dans la grande forêt de Brocéliande où j'ai correctement élevé mes enfants avec ma nouvelle femme, une druidesse nommée Marie qui m'a encore donné quatre… Non, cinq enfants. Cette fois, je suis longtemps demeuré à cet endroit, car j'avais plusieurs apprentis et j'étais le prêtre d'un très grand cercle druidique. Peu après le décès de Marie, j'ai rencontré une autre prêtresse, de très haut rang et de sang royal. Elle venait du désert et s'appelait Shahika. Cette belle âme m'a rapidement donné un garçon et une fille, les deux vraiment très puissants, mais elle avait déjà une autre fille d'une précédente union avec un autre grand mage. Cette fille s'appelait… Morgana !

— Quoi ? Mon hyper arrière-grand-mère ?

— Celle-là même ! C'est moi qui l'ai éduquée en premier. Ses dons étaient incroyables… Presque autant que les vôtres ! Je savais bien qu'elle était plus puissante que mes premiers fils, et même qu'Eron, mon petit dernier qui était protégé dès la naissance par le Dieu de la Terre. Malheureusement, je savais qu'il y avait du noir en elle… Un jour, elle devait avoir seize ans, je crois, elle nous a tout simplement quitté. Je la savais très loin de moi, partie vers les sables et je l'ai malheureusement oubliée de nombreuses années. Je n'ai jamais su où ni qui l'avait éduquée, mais ses connaissances et ses pouvoirs avaient dépassé les miens à son retour, une dizaine d'années plus tard. J'ai essayé de lui enseigner les nobles bases des enchanteurs fidèles à la Grande Déesse, mais elle ne voulait en faire qu'à sa tête, ayant voué allégeance à une autre entité. Elle n'a jamais voulu me dire laquelle. Un matin, elle avait encore disparu, mais cette fois, je croyais qu'elle avait tué Eron et Skra avant de partir !

Le mage serre les dents et les poings, devant même fermer les yeux pour se calmer.

— Je l'ai longtemps pourchassée avant que je n'apprenne la vérité. C'était son mentor, un homme du désert nommé Harni, qui les avait tués parce qu'ils n'étaient que deux et elle m'a juré que ce n'était pas elle la responsable. Je l'ai vue le châtier sauvagement pour son crime… Mais notre relation n'a plus jamais été la même après ceci. Nous nous sommes éloignés l'un de l'autre et je me suis installé au royaume de Luther Pendragon, le vieux monarque qui régnait sur toutes les terres d'Albion, à cette époque. Je suis demeuré un bon moment à ses côtés. C'est alors que j'ai fait la connaissance de Maïla… J'ai été avec plusieurs personnes au cours des années, mais peu m'ont touché comme cette reine norse que j'ai eu le bonheur de rencontrer lors d'un banquet pour clore des pourparlers de paix. Bref, comme mon père lorsqu'il est tombé amoureux de ma mère !

— De là est née votre dernière fille… Désolée, mais je ne me rappelle plus son nom.

Le mage rigole de mon défaut qu'il semble trouver bien amusant.

— Elle s'appelle Celia, princesse du grand royaume Norse, dame Lilith. Je suis demeuré quelque temps en Norse. Ce fut un beau moment, même s'il y faisait souvent très froid. Un jour, ils m'ont bien fait comprendre que je devais très rapidement quitter cette contrée lorsque le mari de Maïla a su que cette enfant n'était pas la sienne, mais la mienne. En revanche, je l'ai… disons croisée voilà quelques printemps et je peux vous assurer que la ressemblance avec vous est… particulièrement frappante !

Δ

L'homme du passé contemple l'héritière. Ses souvenirs reviennent, clairs, précis, se rappelant bien de sa grande fierté face à sa fille, la belle druidesse venant de la contrée des neiges qu'il avait vue alors qu'elle était seule sur son cheval au sommet d'une colline, ses longs cheveux de feu fouettés par le vent, un glaive à la main.

Qu'elle était belle…

Il sourit à cette image avant de baisser la tête en retenant ses pleurs, car c'était celle qui dirigeait les terrifiantes troupes des envahisseurs norses contre les villages côtiers où les rues ensanglantées étaient jonchées de cadavres démembrés…

Une boucherie sans nom !

Δ

Le regard de Merlin demeure dans le mien un moment avant qu'il ne ferme les yeux et les poings avec la tête basse. Il respire profondément à quelques reprises avant de continuer.

— Je suis donc revenu auprès de Luther, qui se pâmait pour une très jolie châtelaine locale, même s'il avait toutes les femmes de la cour à ses pieds. J'ai donc… préparé une rencontre entre eux et de cette rencontre est né notre Arthur.

— Minute, minute, minute ! C'est dingue ce que vous dites là, Merlin. Mais quel âge avez-vous donc ?

L'homme s'attarde une éternité avant de répondre.

— Ce point n'est pas important, dame Lilith. Ce qui prime ici, c'est que Luther n'a jamais été capable d'avoir d'autres enfants à cause d'une très sale blessure au combat peu de temps après cette excursion sentimentale. Et son récent décès… Récent, ai-je dit ?

L'homme rit avec moi devant l'incongruité temporelle.

— Disons qu'Arthur était censé monter sur le trône quelques

jours après l'attaque de Morgana qui m'a expédié ici.

— Cette attaque était donc bien planifiée dans le temps !

Un peu trop…

Est-ce que Morgana avait elle aussi accès à une « Porte du Temps » ?

Nous échangeons un sourire complice alors que nous arrivons à destination.

Je n'avais pas réalisé que la camionnette de ma copine nous suivait avant que je ne bifurque dans l'entrée du manoir. L'histoire de la vie du mage m'avait complètement absorbée durant tout le voyage. Nous parcourons le joli chemin maintenant tout fleuri jusqu'au garage où la voiture ouvre ses portières afin de nous laisser sortir. Cette fois, Merlin s'en extrait plus aisément.

La camionnette se vide de ses passagers lorsqu'arrive la voiture d'Ernesto, suivi d'une petite blanche toute rouillée qui se gare derrière le gros véhicule.

C'est la vieille bagnole de Sylvio, je constate en me remémorant de bons souvenirs.

Je suis surtout sidérée qu'elle roule encore, car elle avait déjà trois roues dans la cour du ferrailleur, voilà deux ans.

Radieuse, je vais accueillir la petite nouvelle.

— Bienvenue à Avalon, Maryline !

La jeune femme demeure longtemps dans sa voiture, éberluée du spectacle devant elle avant de finalement sortir.

— Que c'est beau ici. Absolument féérique !

C'est le bon mot quand Nina est là, mais je ne lui en parlerai pas tout de suite.

▲

∆
-27-
LE CAS LEILA

Suivie du dragon qui trottine derrière elle, Leila, visiblement à bout de souffle, s'arrête devant moi en me remettant son téléphone.

— Ma tante… Ma tante voudrait… voudrait te parler.

Dès que j'ai l'appareil en main, Leila sort sa pompe de ses poches pour en inhaler une grande bouffée avant de recommencer après quelques secondes. Je suis inquiète et enlace les épaules de ma nouvelle copine qui a presque la tête entre les genoux.

— Ça va, Leila ?

— Mieux…

La menue femme se dirige péniblement vers la rotonde sous mon regard inquiet alors que j'appose l'appareil à mon oreille en ne quittant pas des yeux mon amie qui peine à avancer.

— Hello ?

— Bonjour. Êtes-vous madame Morgan ?

— Je suis bien mademoiselle Morgan. Et vous êtes ?

— Je m'appelle Paulette Hart. Je suis la tante de Leila. Je voulais vous parler de son état physique.

— Allez-y. Je vous écoute.

— Ma nièce est très fragile. Elle a ce que vous appelez communément un « souffle au cœur chronique ». C'est une affection inopérable dans son cas. C'est pourquoi elle doit éviter à tout prix de gros efforts physiques. De plus, elle souffre d'asthme chronique. Ces deux conditions ont, je crois, entraîné chez elle ce que vous appelez le syndrome de la fatigue chronique. Alors, ne la grondez pas si jamais elle doit aller s'étendre à toute heure du jour parce qu'elle n'a pas le choix.

Son état de santé semble vraiment « chronique »…

— Je n'ai aucun problème avec cela, Madame. Nous sommes une grande famille ici. Ne vous inquiétez pas. Nous veillerons bien sur elle… Et je peux vous certifier que nous ne grondons personne ici.

— C'est ce qu'elle m'a dit, qu'elle se sentait membre d'une famille. Est-ce vous qui allez prendre en charge ses enseignements ?

— Je ne pense pas, Madame. Je crois que ce sera plutôt un vieil homme très sage qui s'occupera personnellement d'elle. Voulez-vous lui parler ?

— Je dois vous parler d'un dernier détail, avant. Leila porte un très lourd secret. De grâce, Madame, ne l'obligez jamais à vous le révéler. Elle le fera peut-être un jour, mais pour l'instant, ne la forcez surtout pas, s'il vous plaît.

Cette fois, je suis sur la défensive à la suite de cette fort mystérieuse demande, mais accepte sans condition.

— Maintenant que ceci a été mis au clair, j'aimerais parler à celui qui va s'occuper d'elle.

— Je vais aller vous le chercher. Ce ne sera pas trop long.

Je pivote sur moi-même et le découvre finalement dans la rotonde avec la toute menue jeune femme que je vais rejoindre à la course.

— Leila, pourrais-tu le mettre sur « Muet », s'il te plaît ?

Elle obéit sur-le-champ.

— Merlin, c'est la tante de Leila au téléphone et elle désire vous parler. Vous vous appelez Mirdhinn.

— J'ignore comment faire, dame Lilith !

— Vous n'aurez qu'à tenir l'appareil comme ça. Parlez normalement et écoutez. Bref, comme si la personne était vraiment en face de vous, même si elle est en réalité à des milliers de kilomètres d'ici.

Le mage est mal à l'aise devant cette situation inattendue, mais Leila appuie sur une touche avant de lui remettre l'appareil qu'il colle à son oreille.

Je m'approche prestement de l'autre oreille.

— Dites « Allô ? »…

L'homme obéit, très timidement, ne semblant pas comprendre les raisons de cette expression à ce moment précis.

— À l'eau ?

— Bonjour. Je m'appelle Paulette Hart et je suis la tante de Leila. J'aimerais vous entretenir des… qualités de ma petite nièce. Je suis docteur généraliste ici, en Louisiane, et je l'ai vue, de mes yeux vue, guérir des patients cancéreux en phase terminale avec ses seules mains. Je sais aussi qu'elle a aidé des centaines de personnes malades dans l'église de son père. Mais elle est si fragile et si malade elle-même que cela la tue à petit feu. Elle doit absolument garder le lit dans d'atroces souffrances plusieurs jours après chaque guérison. Pouvez-vous faire quelque chose afin qu'elle ne souffre plus autant chaque fois qu'elle sauve la vie de quelqu'un ? Car elle ne peut s'empêcher de le faire. Elle est comme ça, notre petite Leila.

Le maître attend quelques secondes avant de répondre.

— J'étais déjà au courant des talents de druidesse de Leila, Dame Paulette. Je vais tenter de prendre soin de ses problèmes de santé, mais je ne peux rien vous promettre. Je dois étudier ce problème de plus près avant d'agir. C'est beaucoup plus complexe qu'il n'y paraît.

— Oui. Ça doit, Monsieur…?

— Je m'appelle Mirdhinn, dame Paulette. Ne vous inquiétez pas. La petite Leila est entre bonnes mains avec nous.

— C'est effectivement ce qu'elle m'a dit plus tôt, monsieur Mirdhinn. Une dernière recommandation : ne la forcez jamais en rien, s'il vous plaît. Ce point est très important pour elle, Monsieur. Maintenant, pourrais-je reparler avec mademoiselle Morgan s'il vous plaît ?

— Dame Paulette voudrait encore s'entretenir avec vous, dame Lilith.

— Re-Bonjour, docteur Hart !

— Miss Morgan, j'aimerais que tous les frais de son séjour parmi vous me soient chargés directement. La petite n'a que peu…

— Mais personne ne paie rien ici !

— Je ne comprends pas… C'est bien une école privée où est ma nièce en ce moment ?

— Oui, mais je vous jure que nous n'avons pas besoin d'argent… Et surtout, ne vous inquiétez pas, Madame. Votre nièce ne pourra être mieux formée et entourée de spécialistes à tous les niveaux qu'ici. Nous sommes une famille… un peu spéciale.

— C'est ce que je crois comprendre, miss Morgan. Si c'est possible, j'aimerais parler de nouveau à ma nièce. Et encore merci de vous occuper d'elle.

— De rien, chère dame. Leila, ta tante voudrait te parler de nouveau.

La menue jeune femme empoigne son appareil alors que Merlin disparaît vers la plage.

Je sais ce qu'il s'en va faire…

Δ

Dès qu'il est de retour sur la plage, Merlin entre dans une transe profonde avant de réciter la prière qu'il a tant de fois lancée vers son inspiration.

— Grande Déesse, j'ai un dilemme et j'ai besoin de votre aide pour le résoudre.

« Je sais, Mirdhinn », lui répond-elle en apparaissant dans ses pensées. « Je t'autorise à la guérir, car nous en aurons bien besoin dans un proche avenir, mais il faudrait que les premiers pas de son éducation en reviennent à Gwendolyn Morgan. Il y a de bonnes raisons pour cela, mon fils. »

Le mage, contrairement à son habitude, hésite un long moment avant d'accepter la recommandation de l'entité. Pour une rare fois, il a l'impression de recevoir un ordre direct, ce qui le contrarie au plus haut point.

— Alors, qu'il en soit ainsi, Grande Déesse.

L'apparition s'estompe lentement dans son esprit. Le mage reste songeur quelques instants avant de jeter un œil au ciel lourd et gris.

— Je dois avouer que je ne m'attendais pas du tout à cela !

L'homme du passé se relève alors qu'il est encore fort songeur.

La Grande Déesse doit avoir ses raisons. Je n'ai pas à les discuter. Ses plus difficiles décisions ont toujours été empreintes de noblesse et de sagesse... Même avec Emrys ! Je sais qu'elle a tenté à plusieurs reprises de le raisonner. En toute honnêteté, je me dois d'agir selon SA volonté.

— Dame Gwendolyn ! J'aimerais vous parler, s'il vous plaît.

Elle apparaît devant le mage.

— Qu'y a-t-il, Merlin ?

— La Grande Déesse vient à l'instant de me donner la permission de guérir les problèmes de santé de la petite Leila.

La spectrale grand-mère saute de joie.

— C'est super, Merlin !

— Mais elle avait aussi un message... pour vous !

Gwendolyn ne peut cacher sa surprise devant cette annonce qui la refroidit aussitôt.

— Elle désirerait que vous preniez en charge le début de l'éducation de notre jeune druidesse.

— C'est... C'est vraiment elle qui vous a dit ça ?

Le mage hausse les épaules, démontrant qu'il est aussi surpris de cette annonce que la grand-mère.

— Pour l'instant, je ne comprends pas plus que vous ses raisons, dame Gwendolyn... Mais cela fait très longtemps que je ne les discute plus, car en fin de compte, elle effectue toujours... je dis bien TOUJOURS les bons choix !

Le spectre sourit à cette curieuse tournure du destin.

— C'est d'accord. J'accepte avec humilité cette tâche. Allons-nous voir la petite pour lui annoncer la bonne nouvelle ?

L'homme sourit au spectre.

— J'ignore pourquoi vous me détestez tant, dame Gwendolyn, mais je peux vous assurer que ce n'est pas réciproque. Laissez-moi quelques instants seul que je me purifie... Et que je songe un peu à ce cas très lourd avant d'entamer cette guérison. Des problèmes inattendus et très profondément enfouis en elle peuvent survenir. Je dois m'y préparer.

L'homme du passé retourne sur sa pierre face à l'étendue

miroitante du fleuve.

Δ

Grand-M'man apparaît devant Leila qui termine sa conversation avec sa tante en face de la rotonde où je me prélasse mollement.

— Hello, ma belle Leila !

Elle retourne la salutation en essuyant la sueur sur son visage.

— J'ai une bonne et une mauvaise nouvelle, la petite. Par laquelle veux-tu que je commence ?

— Question piège… Par la bonne !

— Alors, assieds-toi, ma belle.

— Habituellement, on me demande de m'asseoir quand on commence par la mauvaise.

J'ai bien perçu le ton suspicieux et empreint de crainte de mon amie qui prend place à mon côté alors que je suis maintenant bien attentive. Grand-M'man se place directement en face de nous.

— Je vais te demander de demeurer calme, d'accord ?

La jeune femme accepte de la tête.

— Relaxe ton corps de partout. Calme… Très calme. C'est mieux, maintenant. Voici la bonne nouvelle : Merlin a eu la permission de la Grande Déesse pour régler tes problèmes physiques.

Leila est estomaquée. Sa respiration devient tout à coup difficile et d'un geste brusque, elle s'empare de sa pompe, mais ne l'utilise pas. J'enlace de nouveau ses épaules pour la soutenir alors que ma nouvelle amie ferme les yeux et se calme pour respirer plus normalement.

— Quand ?

— C'est lui qui va décider. Mais je peux tout de suite te dire que ce ne sera pas évident, car tu sais très bien que tu es foutrement mal en point !

La petite druidesse accepte de bon cœur les conditions alors que je la serre plus fort contre moi.

— Fantastique, non ?

— Si tu savais depuis combien de temps j'attends ce genre de nouvelles, Lilith…

On dirait que c'est la journée des larmes, aujourd'hui !

Soudainement, la petite femme se raidit et tourne sa tête d'un mouvement très lent vers ma grand-mère qui affiche un visage plus qu'heureux, tant elle irradie de bonheur.

J'ai la curieuse impression qu'elle n'a que trop peu souvent annoncé d'aussi bonnes nouvelles à des gens affligés…

— Et… Et la mauvaise nouvelle ?

Oups… J'avais oublié qu'il y avait aussi une mauvaise nouvelle !

Gwendolyn laisse un noir nuage d'orage planer au-dessus de nous quelques secondes.

— La pire qui puisse être pour toi, la petite. La Grande Déesse a décidé que ce serait moi qui serais ta tutrice à partir d'aujourd'hui.

La petite Leila se raidit encore plus. J'en suis toute surprise.

Pourquoi cela l'affecte-t-elle autant ?

Pourtant, la Grande Déesse m'avait déjà avertie que Grand-M'man allait participer à l'éducation des élèves.

Je dois lui dire !

— Leila ! Je le savais déjà. La Grande Déesse me l'a dit, hier.

Ma grand-mère est offusquée en prenant un air menaçant.

— Et tu ne m'en avais pas parlé ?

— Vous remarquerez que je ne parle pas, ou très peu, de ce qui se passe ou se dit entre elle et moi, Grand-M'man. Je crois que c'est elle qui doit le vouloir ainsi.

Merlin arrive sur la scène

— Et vous avez effectivement raison, dame Lilith. Lorsque la Grande Déesse désire que nous passions un message à quelqu'un, elle le dit clairement. Sinon, il est sage que vous gardiez le contenu de ces rencontres pour vous seule. Je vous expliquerai pourquoi un jour.

Le mage remarque les larmes de joie sur le visage de la toute menue jeune femme.

— Je crois que vous savez déjà ce qui va bientôt se passer.

Elle tremble et je la serre encore plus fort contre moi avant de relâcher mon étreinte parce que je crois que je suis sur le point de l'étouffer à mort.

— Vous n'avez rien à craindre, dame Leila, loin de là.

— Je sais.

— Mais nous ne ferons pas cela ici. Nous avons besoin de plus de calme que cette partie de l'île peut nous offrir.

La fée arrive à toute vitesse au-dessus de nous.

— Un gros camion vient d'entrer sur le domaine, Maî… Lilith ! Que dois-je faire ?

— Déjà le camion de livraison ? Cool ! S'il te plaît, laisse-les passer sans intervenir, Nina. Nous les attendions… Et merci.

— Je ne fais que mon devoir envers vous, Lilith.

À son tour, le mage du passé enlace les épaules de la frêle Leila afin de l'aider à se relever.

— Allez avertir dame Geneviève et venez ensuite nous rejoindre à la plage, s'il vous plaît, dame Lilith. J'aurai certainement besoin de vous.

Je me précipite à l'intérieur du manoir.

— Amber, où est Gen ?

La porte cachée menant au bureau s'ouvre seule où je cours y retrouver Gen, la grande Lizzie qui a un café en main, Ernesto tout sourire et la petite nouvelle Maryline qui ne sait plus où regarder. Tara, qui écoute les discussions avec grande attention, me surprend par sa présence. Je suis ravie de voir de magnifiques bureaux antiques très élaborés en bois foncé déjà en place dans la salle de conférence, ce qui n'était pas le cas voilà peu.

Ce doit être Amber qui les a installés durant notre shopping…

— Le camion de livraison est déjà ici, Gen.

— Super ! Je vais leur dire par où passer.

Je me prépare à partir vers la plage, mais Maryline me bloque la route.

— C'est vraiment super beau ici, Lily… Ou plutôt Lilith. Ça va me prendre un bout avant de m'habituer à ce nom-là. J'ai une question pour toi. Pourquoi Gen ne veut-elle pas que je visite l'intérieur ?

— Parce que tu n'es pas encore prête, Maryline, je réponds le plus vaguement possible. Je reviendrai dans peu de temps pour discuter un peu plus avec toi, mais je dois y aller, là.

La jeune femme aux longs cheveux bien lissés me sourit avant de s'effacer sans autre mot vers l'extérieur à la suite des autres jeunes femmes du bureau. Seul Ernesto demeure avec moi.

— Pourquoi moi, Lilith ?

Il est assez évident que cette question le hante…

— Parce que j'ai confiance en toi et en qui tu es, Ernesto. Sais-tu que tu es mon meilleur ami de gars depuis des années ? Alors, pourquoi est-ce que je ne te donnerais pas cette chance en priorité ?

— Parce que je t'ai menti. Depuis un bon moment, en plus !

Je deviens soudainement inquiète.

— Ça fait un bail que je sais que je ne suis pas gay, Lilith. Je n'ai eu qu'une seule expérience homosexuelle et je n'ai vraiment pas aimé.

— Et puis, ça ne change rien à… Minute ! Tu as passé la nuit avec Juan voilà quelques jours !

— Je vais te dire un secret : Juan n'est pas un garçon. Elle se fait passer pour un homme seulement pour avoir du boulot comme gérant, dans très peu de temps… Si elle n'a pas déjà eu sa promotion parce qu'elle est censée avoir une grosse discussion avec son patron, aujourd'hui. Personne ne voulait lui en donner quand elle était Juanita, et ce, même si elle est très jolie, au naturel.

J'éclate de rire.

— Es-tu sérieux ? Il… Plutôt elle a vraiment trompé tout le monde !

Je sursaute lorsque je me remémore un autre détail.

— Mais tu as aussi couché avec moi et Gen, voilà quelques

jours !

— N'est-ce pas le rêve de tout homme de coucher entre deux superbes femmes comme vous deux ? Mais il ne s'est rien passé. Nous étions mille fois trop bourrés pour ça !

Une bise sur une joue, tout en riant de cette aventure, clôt le débat.

— Je te pardonne !

— Autre chose, je n'ai pas parlé à Lizzie de ce que tu as fait pour elle à l'entrepôt. Je crois que c'est à toi de le lui dire.

— Si tu veux… Mais tu peux lui dire. Ça va lui enlever un poids des épaules.

— Merci pour tout, Lilith. Merci !

Il m'étreint avant d'aller rejoindre les autres tandis que je prends la direction opposée en songeant aux nombreux secrets que mes amis cachent eux aussi.

Je ne suis pas la seule à en avoir, finalement…

Δ

À l'aéroport de Montréal, les passagers attendent leurs valises, les uns collés sur les autres. Nelson Stuart grimace, car il déteste cette proximité avec les manants de la vie ordinaire.

Un simple regard vers un jeune homme aux vêtements flamboyants lui donne envie de vomir ou de lui crier qu'il est temps pour lui de devenir un homme, mais il se tait.

L'homme toujours bien vêtu s'empare de ses deux luxueuses valises avant de filer vers la sortie. Une limousine l'attend avec son chauffeur qui ouvre la portière arrière à son approche. Sans un mot, l'aristocrate irlandais sourit au demi-dieu de la guerre, qui le salue depuis le toit de la limousine avant de s'engouffrer dans le véhicule avec ses deux lourdes valises qu'il désire conserver près de lui tandis que le chauffeur de haute stature referme doucement la portière avant de prendre place derrière le volant où il jette un œil dans le rétroviseur. Le passager acquiesce simplement de la tête et la voiture démarre vers le centre-ville.

▲

Δ

-28-
LA MARQUE DU DIABLE

Le silence est lourd alors que le trio composé de Merlin, Leila et Gwendolyn marche lentement sur le sentier menant à la plage. Le mage se décide à le briser parce qu'il n'est pas certain du bien-fondé de sa procédure de guérison.

— J'aimerais avoir votre opinion sur la façon dont nous devrions procéder, dame Gwendolyn. Ce cas est vraiment complexe.

La spectre est surprise par cette question et demande quelques instants de réflexion.

— Idéalement, il faudrait remonter à la source du mal. C'est un peu plus compliqué dans son cas vu que c'est de naissance. On ne peut tout de même pas… Donne-moi quelques instants pour y penser. Comme tu le dis si bien, ce n'est pas évident.

— Je sais… répondent en chœur le mage et la jeune femme qui a déjà souvent médité sur son propre cas.

— Surtout que le seul cas que j'ai eu dans ce style s'était fort mal… Disons que c'était ma faute, avoue Gwendolyn. J'y étais peut-être allée trop fort. Je voulais régler ça vite et ne pas faire plusieurs traitements. Laisse-moi y penser encore.

La jeune Leila n'est pas encouragée par ce dernier commentaire et ralentit le rythme de ses pas. Sa respiration devient plus difficile. Elle cherche partout un endroit pour s'asseoir de toute urgence. Le mage s'en est aperçu.

— Cessez de marcher, dame Leila.

L'homme est étonné du faible poids de la jeune femme qu'il prend dans ses bras.

— Nous n'avons pas le choix, lance la grand-mère d'une voix puissante. D'une façon ou d'une autre, il faut remonter à la source !

Gwendolyn se fige soudainement, elle aussi, pétrifiée par une pensée qui la perturbe énormément.

— Ou à la cause ?

Un lourd silence s'installe. Même les oiseaux ont cessé leurs piaillements.

Le mage dépasse la grand-mère immobile alors qu'ils arrivent en vue de la plage.

— Que voulez-vous dire, dame Gwendolyn ?

Le mage plisse les yeux, cherche l'endroit le plus approprié pour cette intervention, mais hésite avant de se diriger un peu à l'écart où il dépose la jeune femme à un endroit précis sur le sol où la concentration en énergie de la Terre y est la plus prononcée de cette partie de l'île.

Δ

Grand-M'man s'agenouille près de la jeune femme étendue sur le dos alors que je les rejoins à la course. Merlin prend position de l'autre côté de la petite druidesse alors que j'hésite où me placer avant que les deux autres ne m'indiquent du regard de me positionner à la tête.

Le mage lorgne vers la spectre.

— Qu'avez-vous…

Ma grand-mère lève la main devant le mage pour l'inciter au silence.

— Leila, aurais-tu quelque chose à nous dire ? Quelque chose que tu ne voulais pas que nous sachions ? Cela va beaucoup nous aider.

La menue jeune femme épie à tour de rôle les trois visages au-dessus d'elle. Sa vision se brouille de larmes. Ses sanglots augmentent sans cesse, jusqu'à ce qu'ils deviennent des hurlements. Merlin tente de la calmer d'urgence, mais son influx d'énergie apaisante n'y peut rien.

Merlin me présente sa main et je comprends aussitôt ce que l'homme du passé désire. Je serre sa main très fort en tentant d'envoyer de l'énergie vers le mage sans trop en mettre, mais je ne peux me concentrer à cause des hurlements de Leila au sol.

Avec ma valve, je réduis le débit parce que j'ai trop peur de brûler sa main.

Grand-M'man, avec un visage éminemment triste, compatit

avec la jeune femme.

— C'était bien ce que je croyais…

Leila se calme un peu. À nouveau, elle scrute les visages un à un, le sien inquiet, avant de s'arrêter pour regarder Grand-M'man directement dans les yeux avec un air effrayé.

— Allez-vous me garder? Me garder avec vous… quand même ?

— Oui, ma belle. Tu sais bien que oui !

J'ai énormément de difficultés à conserver le peu de concentration que j'ai déjà en me posant une myriade de questions, surtout sur l'utilisation du ton plus que maternel que ma grand-mère vient d'utiliser avec la petite femme au sol.

Mais de quoi parlent-elles, au juste ?

Que me cachent-elles ?

Leila étire les bras vers la grand-mère avant de les ramener vers elle pour tenter de se relever en jetant un œil vers le fleuve que nous voyons en partie.

— Maître Merlin, peut-on se trouver un autre endroit… moins visible qu'ici ?

— Ce serait même une très bonne idée. Le foyer énergétique qu'il y a ici est plutôt faible. Il faudrait en trouver un où les puissances de la Grande Déesse sont beaucoup plus présentes.

Je sursaute.

— Mon Sanctuaire ! Ai-je le droit d'y emmener d'autres personnes avec moi, Maître ?

— Et pourquoi pas ?

— Cool ! Venez avec moi.

Le mage reprend Leila dans ses bras. Ils me suivent jusqu'au bosquet d'épines. Je m'arrête à côté du lion.

Je pense que ce serait préférable de demander la permission.

— Sanctuaire, acceptes-tu que j'emmène d'autres personnes avec moi dans le cercle ?

À la surprise générale, le passage dans les ronces s'ouvre aussitôt.

— Ouh… lâche Leila, les yeux bien ronds.

— Par la Grande Déesse ! Cette fois, vous m'avez surpris, dame Lilith.

— Je…

Ma grand-mère n'a pas eu le temps de terminer sa phrase que je suis déjà en route vers ma destination.

J'enjambe le muret qui entoure l'enceinte de pierre. J'y attends Merlin qui me suivait avec beaucoup de précautions pour ne pas blesser Leila sur les épines. Grand-M'man s'arrête avant le muret extérieur. Je l'encourage à nous rejoindre, mais elle hésite avant d'avancer un bras avec une certaine prudence. Elle semble étonnée que rien ne l'empêche de se rendre au centre, contrairement à voilà quelques jours, m'explique-t-elle, suspicieuse de ce fait.

Merlin dépose la jeune femme au centre du cercle.

Leila s'attarde longtemps à contempler ce lieu qui semble lui donner un peu la chair de poule, examinant longuement le cercle composé de runes de pierre qui s'insèrent les unes dans les autres jusqu'au muret de pierre plus pâle entourant les douze hauts menhirs recouverts de divers symboles qui sont disposées comme des sentinelles avant d'arborer un visage suspicieux envers le plancher qui n'a absolument aucun déchet organique visible.

— Étendez-vous maintenant, dame Leila.

— Pas tout de suite…

Elle commence par enlever son mince pardessus emplumé qu'elle plie délicatement avant de s'attaquer à son large chandail à col roulé.

La petite druidesse hésite lorsque le vêtement passe au-dessus de son nombril où nous remarquons en un éclair sa maigreur maladive que l'épais chandail trop grand pour elle masquait bien. Elle pleure un bon coup devant les visages médusés des trois personnes en face d'elle avant de continuer.

Nous reculons tous sous l'effet de surprise lorsqu'elle se débarrasse brusquement de son chandail en criant son désespoir, comme si cela pouvait la libérer de l'intense douleur qu'elle refoule depuis sa naissance parce qu'un immense pentacle, forgé par de larges cicatrices, encercle tout son abdomen du nombril jusqu'au-dessus de ses seins, disparaissant de temps en temps sous son soutien-gorge. Une large cicatrice rouge qui semble au-dessus du cœur est aussi bien visible sur sa peau si blanche qu'elle en est presque transparente.

Ma bague se réchauffe en une seconde.

— Oh merde ! je lâche, sans le vouloir.

— Par la Grande Déesse !

— Tout, mais pas ça… La marque du Diable ! ajoute Grand-M'man d'un ton de voix enragé. Elle a subi un putain de rite satanique !

De toutes mes forces, j'enlace mon amie qui ne peut plus cesser ses pleurs et ses déchirants hurlements. Ses petits poings tapent dans mon dos toute la douleur refoulée dans les tréfonds de son être depuis son enfance. J'implore l'aide du mage pour apaiser toute la peine qu'elle laisse jaillir de son âme tourmentée. Merlin appose de toute urgence sa main sur la tête de Leila et ferme ses yeux, sûrement autant pour se concentrer sur sa tâche que pour ne plus regarder en face cette atroce marque dans la chair.

Grand-M'man laisse aller sa rage et ses yeux deviennent des boules de braises ardentes.

— Ce doit être ainsi qu'ils l'ont trouvée sur le parvis de l'église !

La petite femme, un peu plus calme après l'apaisement du maître, répond par l'affirmative à la dernière phrase en s'essuyant les yeux et ses lunettes. Elle se détache de moi, mais revient tout de suite dans mes bras lorsque son regard rencontre celui de ma grand-mère qui en comprend aussitôt la raison et détourne sa tête.

Je suis soucieuse d'un détail.

— Mais je ne comprends pas… Lors de rites sataniques dans les films, la pointe de l'étoile n'est-elle pas tournée vers le bas ?

Grand-M'man est maintenant assez calmée pour pouvoir la regarder sans l'effrayer.

— C'est ce qui m'intrigue le plus. Serait-ce une demande d'augmentation de pouvoirs d'un mage de faible puissance ? Je ne comprends pas vraiment la logique ni même la raison de ceci. À moins qu'elle ait été marquée du sceau de… Mais ça n'explique pas la frappe au cœur qui est reliée au satanisme lorsqu'apposée avec un pentacle de sang !

Ma grand-mère et Merlin s'interrogent du regard. Le mage, perturbé par l'atrocité qu'il a devant les yeux, est soudain très nerveux.

— Disons que ce fait change radicalement mon approche !

Le spectre se gratte la tête, car elle est contrariée, elle aussi.

— Radicalement est le bon mot, ici ! Toute la procédure doit prendre ceci en compte !

Longtemps, leurs regards s'affrontent de nouveau, étant tour à tour inquiets ou songeurs devant la situation, sinon agressifs devant la frustration engrangée par la découverte de cette inscription aux mille ramifications sur tous les plans d'existence.

La situation est trop tendue et sais maintenant ce que j'ai à faire.

Nous avons besoin de réponses de toute urgence !

Sans attendre, je me lève, très solennelle, avec les bras en croix avant de tourner sur moi-même.

— Dôme de feu, recouvre-nous avec ta puissance mauve de l'autre jour lorsque nous étions ici pour sauver Merlin. Qu'il en soit ainsi !

Une demi-sphère d'énergie nous revêt de ses chatoyantes couleurs violacées, colorant légèrement les monolithes du pourtour du cercle de leurs teintes multicolores.

Les visages sous moi en disent long sur leur surprise générale, abasourdis devant la vision enchantée s'étant matérialisée devant eux en un instant. Leila ressemble à une toupie en tentant de regarder de tous les côtés en même temps.

— Que… Que faites-vous, dame Lilith ?

Le mage a fait cette demande d'une voix très peu assurée, ce qui me surprend un peu.

— Il est évident que nous avons besoin d'aide… Et je sais où la trouver.

Je me concentre quelques secondes afin de bien exprimer mon désir présent et lève les bras vers les cieux.

— Grande Déesse, aidez-nous ! Nous avons besoin de vos conseils pour régler cette épouvantable situation qui affecte ma nouvelle amie Leila… Et je veux qu'elle guérisse !

Lentement, un nuage de couleur, qui émane de mes bras dans les airs, se condense au-dessus de notre quatuor pour prendre la forme d'un buste de femme d'une saisissante beauté.

Même le mage est ébahi de cette vision qui touche presque à ma tête, mais je baisse en vitesse mes bras, ayant crainte de toucher la Grande Déesse elle-même. Grand-M'man s'écrase sur les fesses tandis que Leila sourit simplement à la haute entité devant elle, paralysée par cette apparition divine.

Il faut que j'agisse vite pour ne pas subir les contrecoups habituels liés à nos rencontres.

— Grande Déesse, que devons-nous faire pour la sauver ?

— Les marques sur sa poitrine ne sont que le reflet de ce qu'elle est, ma fille, soit une grande mage blanche de la nouvelle génération.

La voix est puissante et résonne sur les pierres.

Elle nous parle pour vrai ?

Ce n'est pas de la télépathie, cette fois ?

— C'est un athamé de peu de puissance qui a entaillé son cœur et son poumon à sa naissance. Cette blessure est votre seule priorité au plan physique, car la personne qui a tracé ce pentacle désirait en réalité lui inculquer de bonnes forces… Mais une grave perturbation a tout bouleversé.

L'entité s'approche de la jeune femme au sol, mais son corps de déesse fait maintenant presque symbiose avec le mien et je ne sais plus quoi faire tant je suis gonflée d'une énergie qui danse, virevolte partout en moi, par moi, pour moi, me soulevant même du sol de quelques centimètres. Je ferme les yeux pour mieux goûter à cet aperçu du monde des dieux.

— Leila, je t'ai gardée en vie durant tout ce temps parce que je désirais que ce soit eux qui te guident vers moi. J'avais une très bonne raison pour ceci. Tu sais que tu n'as rien à craindre de moi… D'eux non plus. À présent que vous savez où se situe la base du problème physique, mes enfants, agissez en conséquence.

Les yeux de la menue femme au sol se ferment à cause de l'excédent d'énergie du lieu et de la proximité de l'entité qui s'élève à nouveau, et je reviens au sol, mais m'écrase sur les genoux tant je suis étourdie.

— Gwendolyn ! Tu t'es toujours demandé pourquoi je n'étais jamais venue à ta rencontre, mais tu en connaissais pourtant fort bien la raison en ton for intérieur. À combien de vies as-tu mis fin avec tes pouvoirs sans qu'il ait été absolument nécessaire de le faire, et ce, avant même de demander mon aide ? Et ton incessante quête de pouvoirs toujours plus puissants pour ton seul usage personnel ? Et tu connais aussi d'autres excellentes raisons…

Non ? À toi d'agir en conséquence afin de me revoir un jour. À bientôt, mes enfants.

Le visage se dissout. Je ferme les yeux un instant.

J'ai été Une avec elle.

Une avec la Grande Déesse...

Je le sais !

Et je sombre dans l'inconscience à mon tour.

Δ

Le dôme pourpre se dissout. Le mage et Gwendolyn sont à présent les deux seuls êtres conscients dans le cercle de pierre. Merlin lève les yeux vers le spectre qui est perdue loin, très loin dans ses pensées.

— Ce n'est pas le temps des regrets, dame Gwendolyn !

Le mage, un peu étourdi lui aussi, réussit finalement à reporter l'attention de la grand-mère sur la priorité du moment.

— Que devrions-nous faire pour elle, maintenant que nous en connaissons la cause ?

Gwendolyn passe de nouveau une main dans ses cheveux.

— Nous savons à présent qu'il n'y a pas de mauvaises vibrations résiduelles causées par le pentacle. C'est déjà énorme comme renseignement. La Grande Déesse nous a dit de nous occuper uniquement de la blessure au cœur et au poumon. Alors, quel a été exactement le trajet de la lame… ou les trajets ?

— Bien raisonné, dame Gwendolyn, avoue le mage en inondant la jeune femme de lumière. Oh… Que de puissance en ce lieu ! Doucement, Mirdhinn, doucement.

Le corps de la rachitique jeune femme luit comme une ampoule en quelques secondes. Une intense boule rouge se trouve en son centre. Le pentacle s'illumine d'une belle couleur pourpre. Un tracé de couleur cramoisie est bien visible au centre de la boule.

Gwendolyn se penche de tous les côtés afin de bien évaluer la trajectoire.

— Presque de haut en bas. Je ne comprends pas comment la

lame qui l'a frappée a pu… On s'en fout ! Ce qui est important est que le coup n'a pas été directement au cœur, mais plutôt sur la veine cave inférieure sinon elle ne serait pas là, mais ce n'est vraiment pas passé loin !

▲

Δ

-29-
L'APPROBATION

Je reprends lentement conscience et revêts aussitôt ma robe de feu.

Une sacrée chance que j'étais située dans leurs dos...

J'ai entendu le monologue de ma grand-mère.

— Sa tante a parlé d'un « Souffle au cœur »...

Je voudrais bien me relever, mais je décide de demeurer dans cette position parce que je suis encore beaucoup trop étourdie pour tenir debout.

— Alors, c'est un tout petit peu plus haut. À peine un petit centimètre plus haut que je le croyais donc, dans cet angle précis. Oh... Merci pour cette information, Lilith.

Ma grand-mère joint ses mains et son regard plonge dans celui de l'homme du passé.

— Vous savez ce que vous avez à faire, Merlin ?

Le mage cesse son envoi de faible énergie. Il semble analyser les données sur la façon de procéder avant de prendre une décision.

— Je ne crois vraiment pas que ce serait une bonne chose que d'essayer de régler ceci en un seul traitement. C'est beaucoup trop pour ce petit corps déjà très faible, dame Gwendolyn. Je recommanderais de diviser le traitement en trois phases distinctes.

Grand-M'man est visiblement contre.

— En êtes-vous absolument certain, Merlin ?

— Oui. Tenter de réparer ces tissus en un seul traitement lui sera certainement fatal. Deux lui seraient très difficiles à supporter dans son état présent. Non, je ne crois pas que ce soit une bonne idée non plus. Trois est le mieux que nous pouvons tenter dans ces circonstances.

— Mmm... Nous lui en ferions donc un par jour ?

J'ai envie de rire devant Grand-M'man qui gesticule, voudrait que les choses aillent un peu plus vite.

Mais pourquoi ?

— Je verrais même un premier aujourd'hui, un deuxième dans quelques jours, mais le troisième beaucoup plus tard. Plusieurs jours plus tard… Et il y aura fort probablement des retouches à faire par la suite pour éviter de futures complications.

Elle baisse la tête.

— C'est long…

— Mais c'est surtout plus sûr, dame Gwendolyn. La petite a ce problème depuis sa naissance. Alors, pourquoi se hâter ? Elle n'en est plus à quelques jours près.

— Je dois avouer que tu as raison sur ce point, Merlin.

— Êtes-vous en état de m'assister, dame Lilith ?

Me sentant mieux, je me relève tout en présentant ma main que le mage dépose sur son épaule avant de changer d'idée pour m'indiquer le centre de son dos.

Les yeux fermés pour mieux contrôler le flux, je dirige l'énergie du Sanctuaire vers le mage.

— Ouch… Moins fort !

Il grimace de douleur avant de se placer sur les genoux.

Ce sera mieux si je conserve les yeux ouverts pour percevoir si je lui donne la bonne dose en fonction de la couleur.

Je me concentre un peu plus pour réduire encore la dose. L'envoi d'énergie du mage, d'une bonne hauteur, commence quelques secondes plus tard, déplaçant ses mains sans arrêt, cherchant le bon endroit pour agir. À ma grande surprise, il en altère aussi la forme en modifiant la position de ses mains l'une par rapport à l'autre, toujours en conservant les yeux fermés. Je me doute qu'il regarde plutôt sa cible avec son troisième œil et il demeure longtemps ainsi, telle une statue, respirant avec une régularité d'horloge.

Le visage de mon amie inconsciente se recouvre de sueur. Cela m'inquiète, mais j'ignore si je dois le mentionner ou non au mage qui l'est tout autant, sinon plus, car sa sueur coule entre mes doigts qui sont toujours appuyés sur son dos.

Au bout d'un long moment, le mage commence à tanguer.

Il est à bout de forces…

J'enlève ma main pour le rattraper juste avant que sa tête ne touche les pierres.

Grand-M'man est impressionnée.

— C'était vraiment une bonne dose, ça… Reste maintenant à savoir si ça a été efficace !

Ma grand-mère, qui est passée en quelques secondes d'une mine joyeuse à une mine sceptique, m'a vraiment offusquée parce que je suis en total désaccord avec son attitude.

— Pourquoi êtes-vous si méchante avec lui, Grand-M'man ? Il tente juste de l'aider !

Un duel visuel s'engage avant que ma grand-mère ne jette un œil au mage.

— Je te le dirai un autre jour. Je te les laisse.

Et elle disparaît sans autre explication.

Je suis stupéfaite de son attitude négative. Longtemps, je fixe mes amis au sol qui prendront un moment avant de se réveiller.

Je crois que je vais profiter de cette petite pause pour aller m'entraîner comme me l'a demandé la Grande Déesse.

Cette pensée envers l'entité me fait sourire.

— Merci beaucoup, beaucoup, Grande Déesse ! Et je vous remercie aussi de la part de ma nouvelle amie.

— De rien, ma fille, j'entends, venant de partout autour de moi en même temps, comme plus tôt, ce qui me comble de bonheur.

Je cueille joyeusement des pommes que je choisis en fonction de leur mauvaise qualité. Lorsque mes bras sont surchargés, j'approche du lion de pierre.

— J'aurais un petit service à te demander, mon beau Minet. Pourrais-tu m'avertir lorsqu'ils se réveilleront, s'il te plaît ?

— Aucun problème, Maîtresse d'Avalon.

Je vais porter une pomme sur une pierre plate non loin avant de reculer jusqu'au lion. Je me concentre, sens bien la pelure de la pomme sous ma main nue et tente de simplement la soulever, mais je ne peux la contrôler et la voici partie vers le fleuve.

— Et de une ! Ça recommence…

Une nouvelle pomme prend place sur la roche. Celle-ci s'écrase sur l'oreille de Minet qui rugit un bon coup, me faisant sursauter alors que j'avais évité le projectile à la dernière seconde. La suivante disparaît dans le ciel, puis une autre et une autre jusqu'à ce qu'avec mon athamé, une pomme demeure au-dessus de la roche, stable.

Je la déplace lentement vers une autre pierre à peu de distance lorsque j'aperçois une dizaine de nains de jardins arborant des visages rieurs partout autour de moi.

Des spectateurs qui viennent voir la comédie…

Cette simple pensée me fait perdre le contrôle de ma pomme qui va s'écraser à bonne vitesse dans les dents du nain punk qui pirouette sous la force de l'impact.

— Oups… Scusez, Monsieur le nain !

En allant placer la pomme suivante, je songe à une autre solution.

— Y aurait-il un gentil nain parmi vous qui voudrait replacer mes pommes ?

Dès que je reporte mon attention vers la roche, je réalise qu'une autre pomme y est déjà installée. Je remercie les nains avant de continuer mes exercices. Les nains se font de plus en plus rares à mesure que j'acquiers un meilleur contrôle sur mes cibles, réussissant même à en déposer une avec délicatesse sur l'autre pierre, bien que les lancer avec force contre un tronc d'arbre non loin ne me cause maintenant plus aucun problème, étant même très précise avec ces lancers, à présent. Mais de tels exercices à répétition ont un coût.

Oh que je suis épuisée…

Et pourquoi n'irais-je pas faire une petite sieste, moi aussi ?

Je rejoins mes amis au centre de mon cercle après une caresse sur la tête de mon Minet préféré où j'enlève un morceau de pomme demeuré sur une oreille.

Δ

Je vogue de nuage en nuage. Soudain, une forte bourrasque de vent perturbe mon doux vol au-dessus de nulle part. Les rafales sont de plus en plus puissantes, tant que mon corps se fait secouer de tous les côtés.

— Essaie encore ! ordonne une voix d'homme, au loin.

— Lilith, Lilith, réveille-toi !

Je suis attirée vers le sol à une vitesse folle. Lentement, j'émerge de mon rêve pour reprendre contact avec ma respiration, avec la réalité de ce monde physique, avec la réalité de ma nouvelle copine qui m'agite en tous sens comme si elle voulait m'arracher l'épaule.

— Enfin ! Lève-toi, Lilith. Une tempête arrive bientôt. Nous devons partir tout de suite !

Ah ! Je suis toute nue !

Aussitôt, j'enfile ma robe de feu sous l'œil étonné de Leila qui a tout vu même si elle tentait de détourner son regard de mon intimité… qui est habituellement réservée à mes petits amis.

Je vais mettre une robe de chambre la prochaine fois que je voudrai faire une sieste !

— Va réveiller Merlin… Vite, vite !

Cette fois, j'ai reconnu la voix d'Andrew qui se tient à l'extérieur du cercle de pierres. Curieusement, je cherche autour du cercle, mais il n'est nulle part en vue. Je m'étire un peu avant d'aller donner un coup de main à Leila qui s'est déjà rhabillée.

— Comment vas-tu, Leila ?

La petite femme cesse de secouer le mage et demeure un instant immobile, cherchant les mots justes.

— Ça dépend. Que penses-tu de moi, maintenant que tu… tu l'as vu ?

— Je ne sais pas. Ton enfance a dû être un véritable enfer à cause de ça ? Surtout à l'école… Et il faut vraiment que tu manges plus parce que c'est débile à quel point tu es maigre ! Même Gen, durant ses pires crises d'anorexie, n'a jamais été aussi échalote que toi !

Leila semble bien déçue de ma réponse.

— Ce n'est pas ce que je voulais entendre et tu le sais très bien, Lilith !

Je suis un peu surprise par le commentaire.

— Je ne comprends pas ce que tu veux que je te réponde. Je t'ai dit ce que je pensais de ton état. Ce n'est pas ce que tu voulais savoir ?

La colorée jeune femme ne sait plus quoi dire pour se faire comprendre, mais je saisis enfin.

— Tu veux savoir si l'étoile sur ta poitrine va me faire changer d'idée sur toi ?

Le visage de Leila grimace d'anxiété.

— Évidemment que ça va le faire, Leila !

La menue dame s'évanouit presque. Je la prends dans mes bras.

— Ça veut dire que nous sommes à égalité, maintenant !

Je plante mon regard dans celui de ma nouvelle copine qui, à son tour, ne comprend pas ma réponse. J'approche mon visage du sien et prends mon collier dans mes mains pour lui agiter devant les yeux.

— Moi aussi, j'ai des marques de puissance que je ne peux pas enlever, Leila ! Il va juste falloir que tu apprennes à vivre avec les tiennes. Ce ne sont pas de mauvaises marques du tout. Elles sont juste un peu moins « Bon chic, bon genre » que les miennes, c'est tout.

Nous demeurons les yeux dans les yeux un long moment avant que j'esquisse un sourire.

— Je comprends un peu mieux à présent pourquoi tu t'habilles ainsi.

Leila affiche une moue sceptique. Je décide de clore la discussion.

— Je ne sais pas trop si c'est une approbation de ta présence ici que tu recherches avec tes questions, mais la Grande Déesse nous a bien dit que tu étais une mage blanche et qu'elle t'avait personnellement gardée en vie pour que tu viennes ici. Alors, cette foutue approbation, tu l'as eue de la plus belle façon possible ! As-tu idée à quel point c'est important ce qu'elle t'a dit ? Et sais-tu que c'était la première fois que ma grand-mère la rencontrait… Et qu'elle t'a parlé directement, en plus ? Saisis-tu bien tout ce que ça représente ?

— Je ne fais que penser à ça, Lilith, et je… et je suis un peu confuse, là.

Il est temps de faire baisser la tension…

— Le gros avantage que tu as sur moi est que tout le monde ne va regarder que toi à la plage si nous y allons toutes les deux en bikini. Je vais passer complètement incognito !

Leila sourit timidement.

— Tu sais bien que je n'ai jamais mis de maillot de bain de ma vie, Lilith.

— Non, tu ne me l'avais pas dit.

J'affiche un large sourire. Un puissant coup de tonnerre suit un flash lumineux près de nous. Le ton de la discussion devient tout à coup plus sérieux.

— Et si on réveillait le maître avant que le ciel ne nous tombe sur la tête ?

Nous sommes maintenant deux à secouer Merlin en tous sens. L'homme du passé émerge du néant avec les yeux hagards.

— Oh… C'est vous.

Je pointe le ciel.

— Il faut tout de suite retourner au manoir si nous ne voulons pas que l'orage nous attrape, Maître.

— Et puis ? Une petite ondée n'est après tout que la Déesse de la Terre qui se nettoie et se nourrit, dame Lilith. Il ne faut pas en avoir peur, voyons.

— Je n'en ai pas peur, Maître !

— Moi non plus, mais c'est seulement que nous allons être mouillés !

— Vous craignez un petit peu d'eau sur vos vêtements, dame Leila ?

— C'est dur sur mes plumes…

Le mage se relève en souriant alors que les premières gouttes font leur apparition. J'effectue quelques tours sur moi-même avant de crier mes remerciements à mon Sanctuaire pour couvrir le bruit des violentes rafales qui se lèvent.

Le passage dans la haie de ronces s'ouvre à cet instant. Nous y courons presque sous les grosses gouttes qui résonnent sur les feuilles et le sol.

J'arrête à la hauteur de mon lion de pierre.

— Merci, mon beau Minet. Nous allons tous revenir bientôt pour continuer le traitement. Es-tu d'accord ?

La tête du lion se retourne vers moi et j'en profite pour enlever un dernier morceau de pomme lui décorant la tête qui arbore un large sourire. Il me gratifie d'un clin d'œil avant de revenir dans sa position première, complètement immobile. J'éclate de rire avant de lui donner une bise sur la tête… qui a un goût fruité. J'ignore pourquoi.

À cet instant, un assourdissant coup de tonnerre résonne tout près, dans mon dos, amenant mes mains sur mes oreilles, accompagné d'un cri de surprise.

— Le cercle de pouvoirs se recharge, Maîtresse d'Avalon, m'informe le lion en souriant. Je te recommande de rapidement t'éloigner si tu ne veux pas avoir une très curieuse coiffure dans peu de temps.

Ce que je fais au pas de course dès que j'entends à nouveau la foudre s'abattre sur mon cercle, bien que je ne puisse m'empêcher de rire de sa blague.

Une statue de lion comique…

Il ne manquait plus que cela, à Avalon !

En peu de temps, je rejoins Merlin et Leila qui eux, ne courent pas, mais marchent rapidement. Je leur emboîte le pas, bien que j'aurais plutôt envie d'aller me réfugier au manoir à toute vitesse tant la pluie qui recouvre mes yeux m'empêche presque de voir devant.

— Désirez-vous que je vous porte, dame Leila ?

— Non, pas vraiment. Je me sens assez bien pour une fois. Merci, Merlin. Merci pour tout !

L'orage redouble de vigueur. Le mage ferme ses yeux. Un parapluie de lumière bleutée se matérialise au-dessus de sa tête. Il s'élargit pour englober Leila et moi qui sommes à présent protégées de l'intense ondée estivale.

— Cool, lâchons-nous en même temps.

J'inspecte la manifestation de l'enchanteur.

— C'est votre dôme de protection auquel vous avez enlevé la partie du bas ?

— Vous avez tout compris, dame Lilith.

Le mage ralentit le pas, car Leila commence à avoir de la difficulté à nous suivre.

— Êtes-vous certaine que vous ne désirez pas que je vous porte, dame Leila ?

— Non, Merlin, dit-elle avec une main sur sa poitrine visiblement douloureuse. Je dois m'habituer à ces modifications dans mon corps.

Mais la jeune femme, un peu étourdie et à bout de souffle, s'arrête après quelques autres pas.

— Je n'ai fait que préparer votre corps à recevoir ces modifications, dame Leila. Je ne les ai pas encore faites, vous savez.

Ma copine lève les yeux vers le mage.

— Là, je le sais…

Elle étend ses bras vers le mage qui s'empare du petit corps souffrant avant de reprendre sa marche alors que je suis un peu inquiète pour mon amie, mais surtout stupéfiée que le mage ait retenu assez de concentration pour maintenir son parapluie de lumière en place, bien qu'il se soit déformé lorsqu'il a installé Leila dans ses bras.

Quelle incroyable force de concentration.

Nous arrivons enfin devant le manoir. La porte s'ouvre devant nous. Merlin, son fardeau dans les bras, fait disparaître son parapluie quelques secondes avant d'entrer et dépose la jeune femme au sol dès son passage de la porte tant il est épuisé. Carlie les attend dans le hall avec des serviettes.

J'ai un meilleur moyen pour me sécher, je pense en retournant à l'extérieur, juste au pied de l'escalier.

— Dôme de feu, sèche-moi !

Aussitôt, me voilà recouverte de ma protection qui semble être de la mince lave en fusion où mon corps sèche en une seconde.

Est-ce que je serais capable de le modifier pour en faire un parapluie, moi aussi ?

J'affiche un sourire en coin pour ma nouvelle copine qui m'observe de la porte d'entrée, émerveillée par cette manifestation de puissance. Je visualise mon dôme qui se soulève pour devenir un parapluie.

Après quelques hésitations, le dôme se soulève enfin. Je le vois dans mon esprit un peu plus petit, un peu plus bas. À présent, ma protection m'obéit dès que je le modèle dans ma tête, comme ma robe de feu.

Oh que je sens que cette petite découverte sera fort pratique !

Je gravis lentement les marches en faisant bien attention de ne toucher à rien avec mon parapluie incandescent que je fais disparaître une seconde avant de me lancer dans le manoir où j'entre presque en collision avec Leila, abasourdie devant le spectacle de feu, contrairement au mage qui en semble catastrophé.

Leila a les yeux miroitants d'envie.

— Mon Dieu… C'était super beau !

Le mage se plante devant la petite femme.

— Mais aussi très dangereux ! Il ne faut jamais, je dis bien JAMAIS s'approcher d'elle lorsqu'elle utilise ce type de dôme de protection ou quelque variante que ce soit du même genre, dame Leila. M'avez-vous bien compris ? Il en va de votre VIE !

Il est évident que Leila ne sait que penser de cet ordre direct du mage, empreint d'un terrible danger, mais elle accepte la recommandation musclée en s'avançant vers moi, car elle veut sûrement me poser plusieurs questions. Malheureusement, Tara apparaît entre nous.

— Il est sept heures, Lilith ! Les repas du soir sont servis à six heures pile, ici ! Vous mangerez froid… Et vous vous servirez vous-mêmes, en plus !

Je suis paralysée à la suite de cette rebuffade à grands coups de décibels tandis que la matriarche disparaît dans le mur tout près.

— Pas contente, la madame. Ce n'est quand même pas la fin du monde si nous devons remplir nos assiettes nous-mêmes, je lâche en entrant dans la cuisine.

La petite Leila est au contraire toute gênée.

—Désolée du retard, Tara, mais merci tout de même pour le repas.

▲

Δ

-30-
P'PA !

Nous trois, aidés de Carlie, se servons en silence d'un somptueux pâté de viandes diverses avant d'aller prendre place à table où nous attendent les autres habitants d'Avalon qui ont presque tous terminé.

M'man me toise de son habituel regard désapprobateur.

Elle me tient sûrement responsable du retard...

— Mais où étiez-vous ?

Je m'en doutais bien.

— Veux-tu vraiment le savoir, M'man ?

Elle se renfrogne. Gen, toute excitée, prend la suite.

— Sais-tu que ta maman m'a donné un très, très, très gros bisou, à son arrivée ? Il semble que ma soucoupe volante les a rendus dingues !

Quelle soucoupe volante ?

M'man éclate de rire.

— Même moi, j'y ai cru ! Ceux de la GRC et d'Interpol n'y ont vu que du feu, eux aussi. C'était... C'était tellement vrai !

— Et c'était si simple à faire !

J'étais sur le point de demander plus d'infos à propos de cet OVNI, mais je suis tout à coup très inquiète.

— Minute... GRC ? Interpol ? Que diable faisaient-ils là ?

— Le cas s'est vraiment compliqué cet après-midi. Mille choses sont arrivées, mais ne t'inquiète pas, tu ne risques plus rien... Et en bonne partie grâce à elle !

L'enquêtrice pointe Gen et elle ne peut plus s'arrêter de rire durant un long moment en se rappelant toutes les anecdotes de la journée.

— Tu es vraiment la fille la plus chanceuse du monde, Lily !

Toute souriante devant ces éclats de rire, je réalise que j'ai oublié mes ustensiles sur le coin du comptoir et me lève pour aller les chercher.

— Bonjour.

La voix d'homme derrière, inconnue, mais empreinte de noblesse, me met sur mes gardes. Tous sens aux aguets, je pivote comme un éclair et sursaute devant l'homme de ma taille qui se tient très droit, altier, arborant de courts cheveux châtains à reflets roux qui contrastent avec son veston bleu foncé découpé par une cravate pourpre.

— Mais vous êtes…

Ses grands yeux brun pâle reflètent un intense bonheur.

— Oui, je suis ton père, Lilith.

— P'pa !

Je me précipite vers l'homme pour lui sauter dans les bras, mais je passe au travers de son corps pour m'écraser au sol, en pleine poitrine.

Ouch... J'avais oublié ce détail !

Du coin de l'œil, je vois bien M'man qui sursaute violemment, ce qui n'échappe pas à Merlin assis à ses côtés. Elle tremble un peu.

Je suis certaine qu'elle ne veut surtout pas se retourner afin de faire face à l'apparition de P'pa.

Avec peine, je me relève, mais un large sourire illumine mon visage dès que mon regard rencontre finalement celui de mon père alors que j'approche du spectre en pleurant presque.

— Enfin… Enfin, je te rencontre !

Ma voix, empreinte de trémolos, émeut tous les convives, hormis M'man qui ferme les yeux en serrant les poings.

Le spectre inspecte rapidement chaque convive un à un, souriant à Leila qui le salue avec une bise sur chaque joue, avant de revenir dans ma direction.

— Viens, Lilith. J'ai très peu de temps. Allons parler ailleurs.

Folle de joie, je détale vers la salle de bal, mais P'pa a d'autres plans.

— Allons plutôt discuter dans le petit salon.

— Nous avons un petit salon ?

Mon père sourit alors que je me rappelle où est la pièce avec le petit secrétaire et les causeuses et je décolle tel un missile vers ma destination, mais P'pa est déjà dans la pièce à mon arrivée.

— Comme je te l'ai déjà dit, j'ai très peu de temps, mais je vais revenir pour plus longtemps bientôt, Lilith. La Grande Déesse m'a donné quelques travaux à faire de toute urgence. Certains ne sont pas évidents à accomplir !

Il lève les yeux au ciel en signe de découragement.

J'ignore quoi dire à mon père.

Que je n'attendais pas.

Que je n'attendais plus !

Une pensée s'immisce dans mon esprit alors que je remarque une ressemblance certaine entre le visage de mon père et celui de Merlin. Plusieurs questions se bousculent dans ma tête, mais une s'impose. Mon sourire fait lentement place à un visage décidé et j'avance vers lui d'un pas.

— Pourquoi ne m'as-tu jamais approché… Ne serait-ce qu'une seule fois ?

— J'avais fait une promesse solennelle à ta mère par le sang. En revanche, je peux te dire qu'une fois, cela a vraiment passé très près que je te parle. Tu jouais au parc et Gabriella, ta gardienne, ne s'occupait pas de toi parce qu'elle te cherchait ailleurs. Tu étais plutôt turbulente… J'étais pour t'aborder en dépit de mon lien lorsqu'elle est revenue. Nous n'étions plus qu'à un ou deux mètres l'un de l'autre.

— Je ne savais pas… Je ne m'en suis pas aperçue, en tout cas.

— Je suis même allé voir ta mère à son travail, ce jour-là. Je lui ai demandé de me laisser passer un peu de temps avec toi, comme avant. Je voulais surtout t'emmener ici de nouveau afin que tu saches qui tu étais… Que tu t'en souviennes, au moins. Sa réponse a été d'appeler ta gardienne devant moi pour lui dire de te cacher et, en plus, elle voulait même me faire arrêter pour je ne sais plus trop quelle raison !

— La sal… Je vais la… Quoi ? Je suis déjà venue ici ?

— Souvent, même ! Lorsque tu étais bébé, tu passais la plupart de tes samedis ici. Tu as même participé à une grande fête de Samhain avec nous, en Irlande, où tu as reçu un très grand cadeau de notre plus vieille héritière. Tu ne savais pas ?

— Je ne m'en rappelle pas.

Là, c'est officiel. Je vais calciner ma mère !

— Ce que Swan et ma mère pouvaient t'aimer. Tu passais la plus grande partie de ces journées dans les bras de ta grand-mère… Ou ceux de tante Finna, la sœur cadette de ma mère. Qui vit encore, d'ailleurs. Tu ne peux savoir à quel point j'adorais ces moments… Jusqu'à ce que tes grands-parents le sachent. Ils ont mis tellement de pression sur Vivi que nous avons dû rompre tout contact entre nous. C'est à cet instant qu'elle m'a fait prêter serment de ne plus jamais te revoir.

Mes pensées sont tellement embrouillées que je ne sais plus quoi penser alors que mon père m'enserre dans ses bras immatériels. Des larmes de rage perlent à mes yeux. P'pa s'en est aperçu.

— Ne lui en veux surtout pas trop, Lilith. Je crois qu'elle était en profonde dépression… C'est sa famille qui l'a obligée à faire ce qu'elle a fait. Ils ne lui ont pas donné le choix en lui faisant vivre un véritable enfer, et ce, au quotidien !

Je toise mon père, sûrement avec de la braise dans le regard comme ma grand-mère, parce qu'il recule d'instinct d'un pas.

— Elle va quand même savoir ce que j'en pense !

— Je n'en doute pas, mais rappelle-toi simplement que dans la vie, on ne fait pas toujours ce que l'on veut. Même encore aujourd'hui, je ne crois pas que ta mère désirait me quitter, Lilith.

— Mais elle m'a quand même séparée de mon père… Pour toujours !

— Pas vraiment, car je suis là, aujourd'hui, et pour toujours, en plus.

Le pire est qu'il a bien raison…

Cette boutade ramène un semblant de sourire sur mon visage avant que je ne me renfrogne à nouveau.

— Je dois partir, Lilith. Dans quelques jours, je devrais avoir terminé les travaux urgents que la Grande Déesse m'a demandé d'effectuer et je reviendrai à ce moment. Je suis surtout ici pour t'avertir d'un danger imminent. Nelson Stuart arrive ici lui-même pour t'enlever, plutôt pour te voler tes pouvoirs… Et par le fait même, ta vie !

Je demeure sans voix quelques secondes. Lentement, je reprends contact avec l'importance de la situation.

— Merci, Père. Je vais être plus sur mes gardes à partir de maintenant.

— Quelqu'un m'a dit qu'il était plus puissant aujourd'hui qu'il ne l'était de mon temps. J'ignore à quel niveau tu en es dans ton apprentissage, mais il va te falloir de l'aide, c'est sûr !

— Grand-M'man m'a dit que c'était lui qui t'avait tué. Je jure que je te vengerai !

Le spectre de mon père ferme les yeux et semble avoir quelque chose d'important à me dire, mais sans savoir comment l'exprimer.

— La célébrité et la grande puissance de notre famille entraînent d'intenses jalousies de tous les clans, ma fille. Je vais être franc avec toi, je ne sais pas qui m'a tué… Ni comment il l'a fait, d'ailleurs.

— Je ne comprends pas…

— Je revenais de Sumatra. Je me rendais tranquillement à notre bureau de Dublin quand… quand je me suis retrouvé dans l'autre monde. Je n'ai jamais, encore aujourd'hui, su ce qui s'était passé ! La grande Déesse elle-même ne veut pas me le dire.

— Mmm… C'est curieux, ça.

— Très… Trop, même ! Je n'en voyais pas l'importance avant, mais à présent, je vais me remettre sur cette enquête lorsque j'aurai terminé les travaux demandés par la Grande Déesse. Elle désire regrouper tous les mages de cette nouvelle époque. En revanche, il y a autre chose. Je te recommande de très rapidement aller aux manoirs de New York et de Dublin. Tu dois rencontrer au plus tôt les régents de…

— J'ai déjà rencontré Archie, Swan et Richard, Père. Ce matin, même.

— C'est très bien. Je suis désolé, mais je dois partir à présent, ma belle fille. Je désirerais parler à ta mère quelques secondes avant mon départ. Pourrais-tu aller la chercher, s'il te plaît ?

Je refuse net avec un air désapprobateur et ferme les yeux que je sens très chauds sous mes paupières.

— Il vaut mieux que je ne la voie pas en ce moment, père… Non ! Il ne faut vraiment pas ! Elle est en bas.

Le spectre feint de m'embrasser.

— Ne lui en tiens surtout pas rigueur, Lilith. Je sais très bien qu'elle n'avait absolument pas le choix d'agir comme elle l'a fait à l'époque.

Je m'en fous !

Δ

Viviane roule rapidement vers ce qu'elle sait être son entrevue d'emploi avec le supérieur de Jennifer. L'esprit trop confus, elle a passé les commandes à Jack dès le départ. Ses pensées sont obnubilées par le père de sa fille. Le seul homme qu'elle ait aimé, mais qu'elle avait rejeté avec tant de hargne, se trouvait dans la même pièce qu'elle…

Mais maintenant en tant que fantôme !

Elle soupire pour la centième fois depuis son départ.

— Je l'aimais tant…

— Moi aussi, je t'ai tant aimée. Et je t'aime encore, Viviane.

La femme se retourne vers le spectre de son ancienne flamme qui lui sourit tendrement.

À nouveau, elle ferme ses yeux, mêlant rage et amour dans un tourbillon émotif sans aucune logique, passant d'un extrême à l'autre dans la même seconde. Ils demeurent muets un long moment. Lentement, Viviane reprend le dessus sur ses émotions et trouve en elle la force de lever les yeux vers son passé tourmenté.

— Nous nous reverrons bientôt en de meilleures

circonstances, Vivi, mais je suis ici pour t'avertir que notre fille court un très grave danger. Un mage très puissant veut la tuer. Prends des notes… Son nom est Nelson Stuart. C'est un meurtrier sans pitié qui demeure à Dublin. Je sais qu'il a plusieurs identités avec lesquelles il voyage partout, sa famille semant la terreur par le monde comme tueurs à gages internationaux. Contacte Interpol. Ils te donneront ses nombreux noms d'emprunt. Il devrait être arrivé à Montréal, en provenance de Londres, hier. Vivi, crois-moi lorsque je te dis que c'est un homme excessivement dangereux pour notre petite Lilith. Il ne peut y avoir de pire danger pour elle. Mets toutes tes énergies là-dessus, s'il te plaît. Je dois immédiatement partir, mais je reviendrai très bientôt. Je t'aime, ma belle Viviane.

Sur ce, il disparaît de la vue de l'enquêtrice, plus qu'heureuse que la voiture se conduise par elle-même parce qu'elle ne voit plus rien. Son esprit n'est plus que regrets, éparpillé entre le passé, le présent et l'avenir, pour la propulser en solitaire sur une autre planète où règne une éternelle tempête.

Δ

En furie comme je ne l'ai jamais été contre ma mère, je dévale l'escalier central à vitesse folle pour entrer en coup de vent dans la salle à manger, vide, hormis une assiette demeurée sur la table face à ma chaise. Je la balaie du revers de la main avant de courir vers la salle de bal, silencieuse elle aussi, mais je réalise en une seconde que l'orage a cessé avant de contourner le manoir où j'aperçois mes amis regroupés comme d'habitude dans l'immense rotonde située devant. Un rapide coup d'œil me permet de constater que l'objet de ma rage n'est pas en cet endroit.

— Où est ma mère ?

Tous ceux présents s'éloignent rapidement de moi en un seul mouvement coordonné pour se réfugier sur le rebord de la rampe de bois entourant la rotonde.

— Lilith… Lilith ! balbutie Gen en me pointant d'un doigt tremblant. Calme-toi vite !

Oh non... Je dois encore avoir la tête en feu !

Je ferme les yeux afin d'essayer de retrouver un peu de calme en moi, mais ma fureur ne diminue que d'un tout petit cran.

Très, mais vraiment très petit cran.

— Pas capable, Gen. Où est M'man ?

Mario, qui semble me craindre un peu moins que les autres, s'avance timidement d'un pas.

— Elle passe une entrevue pour son nouvel emploi en ville.

Cette bonne nouvelle calme aussitôt mon incandescence.

— Ah oui ? Elle ne m'en a pas parlé.

— Elle en a parlé au souper… Durant tout le souper, même. Si tu avais été là, tu l'aurais su, réplique mon oncle sur un ton de reproche.

Carlie apparaît entre moi et le groupe sur la rotonde.

— Viens, Lilith. Nous avons à nous parler d'urgence. Seules.

Elle m'entraîne vers un banc de pierre non loin.

— Je suis au courant d'absolument tout ce qui est arrivé entre ton père et ta mère et je peux te jurer que ta mère n'avait pas le choix d'agir ainsi. J'ai vu tes grands-parents la menacer des pires choses si elle demeurait avec Alex. Ils voulaient même l'excommunier à l'église devant tout le monde !

Excommunier…

C'était donc vrai ce qu'elle m'a dit chez le notaire à ce sujet ?

Je demeure sans voix quelques secondes et ne comprends que partiellement ce qui a dû se passer.

— Mais pourquoi ?

— Simplement à cause de notre nature un peu différente des autres humains, Lilith… Et surtout, à cause de la propension de l'Église catholique à nous démoniser à tout prix, nous, les mages !

Je suis perplexe tout à coup.

— Comment sais-tu ça ?

— Ton père était au courant de cette réunion entre ta mère et ses grands-parents et il voulait savoir exactement ce qui s'y passerait. Comme j'étais déjà morte, ça a été assez simple pour moi d'y être sans qu'ils le sachent. Si tu savais comme ils ont été méchants envers nous… C'était vraiment horrible !

Oui, je commence à comprendre les raisons premières, mais pas la suite, des années plus tard !

Ma tante s'est aperçue que son récit n'avait pas apaisé mes sentiments envers ma mère.

Les flammes sur ma tête doivent encore être là…

Et je n'ai aucune envie de me calmer !

— J'ai aussi assisté à la promesse par le sang de mon frère devant ta mère, juste ici, sur la rotonde devant le manoir. Dis-toi qu'elle lui a presque été fatale quelques mois plus tard… Et aussi une autre fois, encore plus grave, peu de temps avant sa mort. Cette fois-là, il a même eu besoin de tante Finna pour s'en remettre !

Carlie esquisse une grimace face à ce souvenir en me jetant un tendre regard alors que j'hésite quoi penser de cette situation dont on vient enfin de m'en expliquer les causes en détail.

— Ils ne voulaient pas se séparer, Lilith. Ils ne le voulaient vraiment pas, mais ils y ont été obligés, et ce, par plus de monde que tu ne le crois ! Vraiment obligés… Et crois-moi que ta mère n'a eu que très peu à voir avec cette déchirure !!!

Ma fureur incendiaire envers ma mère se calme à cet instant alors que je crois déceler une pointe de dégoût sur le visage de Carlie lorsqu'elle lorgne du côté du manoir avec un noir regard.

Ah ? Pourquoi est-ce que je pense qu'Andrew et Tara ont aussi eu leur gros mot à dire dans ce dossier ?

Peut-être même plus que je le crois ?

— Lilith, dis-toi que même si tu es une enchanteresse, tu ne peux pas toujours faire ce que tu veux… Ni toujours ce que tu crois juste.

Carlie mime de m'embrasser sur le front avant de disparaître.

Maintenant seule sur le banc, et un peu plus froide d'esprit, je réalise dans son ensemble ce qui s'est réellement passé entre mes parents.

Finalement, ce n'est pas vraiment M'man qui est responsable du fait que je n'ai pas eu de père…

De père que j'aurais tant eu besoin lorsque j'étais plus jeune.

C'est plutôt la faute à tous ceux autour d'eux !

Après un lourd soupir, je décide d'aller rejoindre mes amis sur la rotonde en me promettant de m'excuser à ma mère de toutes mes mauvaises pensées envers elle.

Et ce sera une très longue conversation...

Parce qu'il y en a eu beaucoup !

Dès que je pose pied sur la première marche menant à la rotonde, je suis à présent certaine que mon état est redevenu normal, car plus personne ne me craint, mais je me rappelle un détail en apercevant le nain de jardin au visage jauni.

— Hé, les fumeurs ! Ne jetez plus vos mégots de cigarettes par terre, s'il vous plaît.

— Et où veux-tu les mettre ? me questionnent-ils tous en même temps.

— N'importe où, mais surtout pas à terre. Trouvez-vous un truc pour qu'ils soient dans une poubelle… à l'intérieur, en plus !

Les fumeurs se renfrognent avant de se consulter du regard au moment où Alan se gare. Il s'approche d'un pas lourd, m'arrachant à la rotonde.

Oh qu'il semble avoir eu une grosse journée, lui.

Je l'embrasse. Son manque d'ardeur confirme mes premiers doutes.

— Et comment va ma petite rose, ce soir ?

— Pas si mal, mais toi, tu sembles épuisé !

— Très grosse journée à l'atelier, aujourd'hui… Très grosse ! Mais toi ? Et Merlin ?

Nous approchons de la rotonde.

— Vois par toi-même.

Le mage sourit au jeune homme qui est impressionné de le voir là, debout devant lui alors que la dernière fois qu'il l'avait vu, il venait d'être poignardé au cœur et sa poitrine était recouverte de frimas.

— C'est toi qui l'as soigné ?

Je confirme en souriant. Mon copain fait une autre découverte lorsqu'il salue tous ceux devant lui et s'approche de mon oreille.

— C'est qui, la petite ?

— Elle s'appelle Leila et est arrivée ce matin. C'est une élève... Qui est curieusement devenue mon amie en très peu de temps ! Viens, je vais vous présenter.

Les présentations sont assez rapides. Alan s'assoit mollement sur le banc, même s'il est mouillé. Dans son état, cela ne le dérange pas. Je prends place à ses côtés, aussi épuisée de ma dure journée que mon homme sur l'épaule duquel je dépose ma tête en bâillant.

Gen nous sourit alors qu'Alan et moi prenons appui l'un sur l'autre pour ne pas nous écrouler.

— J'ai l'impression qu'il y en a deux qui ne veilleront pas tard.

Δ

Nelson Stuart espionne l'île d'Avalon à partir de son bateau ancré au loin sur le fleuve. Ses jumelles cèdent la place à un télescope dès qu'il aperçoit du mouvement près de la petite plage à l'extrémité ouest de l'île. Longtemps, il demeure ainsi tapi, invisible à tous, mais surtout aux yeux de l'homme qui médite sur une grosse pierre entourée d'eau, tout près de la berge, les yeux fermés.

Arès avait raison... Pour une fois. Il est plus qu'évident que c'est l'héritier parce qu'il ressemble beaucoup trop à Alexander Morgan pour que ce ne soit pas lui... Mais d'où sort-il donc ? Pourtant, personne ne savait que Gwendolyn Morgan avait eu plus de deux enfants. Y en a-t-il encore d'autres qui seraient cachés ? Ce ne sera plus important à partir de demain soir. Retournons à l'hôtel, maintenant. Il faut que tout soit préparé à la perfection !

L'homme jette un œil à sa Rolex avant de prendre des notes dans son carnet de cuir déjà passablement noirci, un peu étonné de n'apercevoir aucune autre activité sur l'île.

Je dois conserver mes forces, se dit l'homme qui essuie son front en sueur.

Il démarre le moteur du bateau pour réapparaître au loin.

Dommage que je ne puisse demeurer plus longtemps invisible...

Δ

Viviane n'est plus qu'à quelques rues de son rendez-vous avec le grand patron de la capitaine Sullivan. L'enquêtrice sait bien que ses yeux sont encore passablement rougis par sa surdose d'émotions et elle tente d'avoir de joyeuses pensées, mais son esprit est obsédé par l'apparition de son ancienne flamme qui ramène toujours son immanquable lot de regrets.

Son téléphone sonne, mais elle hésite avant de décrocher, le numéro affiché étant confidentiel.

— Dimirdini !

— Bonjour, Lieutenant. Marc Gauvin, ici. Je suis désolé d'être à la dernière minute, mais nous allons devoir remettre notre rendez-vous à un autre moment. J'ai une urgence de niveau national, ici !

L'homme, qui n'a aucun remords d'avoir annoncé cette mauvaise nouvelle, enserre la fine taille de sa nouvelle secrétaire collée contre lui.

Un large sourire ensoleille le visage de Viviane qui aurait envie de crier de joie.

— Oh... Quel dommage ! Je ne suis plus qu'à quelques rues de votre bureau, mais je comprends, Monsieur, lâche-t-elle d'une voix faussement triste. Je vais attendre votre appel pour un nouveau rendez-vous.

— Encore désolé, Lieutenant. À bientôt.

Viviane enserre ses mains devant elle avec les yeux aux cieux tandis que Jack fait demi-tour de lui-même sur le boulevard devant plusieurs voitures dont les klaxons hurlent, mais Viviane ne les a même pas entendus.

▲

Δ

-31-
CHOIX DÉCHIRANT

Je frissonne. Une douce brise caresse mes cheveux, glisse sur mon cou avant de remonter sur ma joue. Une deuxième brise effleure ma peau, partant des cheveux elle aussi. Lentement, elle descend le long de mon cou avant de dessiner le contour de mes seins un par un. Mes mamelons se gonflent. Une douce caresse, différente cette fois, les surprend en pleine excitation, alors qu'un autre contact, plus marqué sur mon torse, me réveille enfin.

Alan détache sa bouche quelques secondes.

— Bonjour, Lilith.

Avant de se remettre au travail.

— Bonjour, mon bel Alan…

Toute souriante, je réalise alors ce qui se passe vraiment. À mon tour, je caresse les cheveux de mon amant qui déplace sa main plus bas sur mon abdomen, m'allumant instantanément.

Mon beau forgeron embrasse toujours plus bas chaque parcelle de mon corps qui se trémousse sans arrêt. Je balance tous les draps en bas du lit avec mes pieds alors qu'il s'attarde un peu au nombril tandis que ses mains vagabondent un peu partout sur ma peau brûlante. Je ne sais plus combien il y a de mains ni de bouches sur mon corps, mais je n'en ai cure, me laissant griser par cet envoûtant réveil matinal jusqu'à ce que je me cabre en hurlant.

À bout de souffle, mon dos retombe mollement sur le matelas pendant que mon amant progresse vers ma bouche qu'il embrasse avec tendresse. Je lui laisse toute la place en écartant un peu plus mes jambes tout en l'embrassant avec encore plus de passion dévorante. Alan avance lentement, très lentement, faisant monter encore plus mon désir avant de passer aux choses plus sérieuses. Longtemps, notre symbiose corporelle se compose d'ultimes caresses sensuelles jusqu'à ce que les passions ne prennent le dessus, l'excitation à son comble en nous brûlant maintenant les chairs sans réserve.

Alan me fait pivoter sur lui alors que je suis sur le point

d'exploser. Nos pulsions atteignent rapidement leur apogée. Nos visages grimacent avant de s'ébattre sans plus de retenue en criant au monde notre satisfaction mutuelle. Nous demeurons en extase une éternité avant qu'à bout de forces, je me laisse retomber sur mon amant qui me maintient un moment loin de lui avant de déposer tout doucement ma tête sur son épaule où nous demeurons enlacés l'un à l'autre, nous embrassant, goûtant à cet instant de bonheur que nous voudrions croire éternel.

Mais Alan se décolle un peu.

— Moi aussi, j'aimerais bien rester ici toute la journée, mais il faut que j'aille travailler tôt, ce matin. Je n'ai même pas terminé ma journée d'hier.

Pas vrai…

Je le serre fort dans mes bras et entre mes jambes en le couvrant de petits baisers coquins.

— Non ! Tu ne t'en vas pas ! Je te tiens encore par le gros bout du bâton, tu sais !

Tendrement, il me fait basculer sous lui avant de caresser mes cheveux et mon visage.

— Pas aujourd'hui, Lilith. Je ne peux vraiment pas rester.

Il se détache tout doucement en demeurant le front contre le mien un long moment avant de descendre du lit.

— Ne t'en va pas… Je veux te garder ici toute la journée, moi !

Sans un mot, il se rhabille en vitesse en dépit que je sois tentée de retourner dans les limbes.

C'est une vraie belle façon de commencer une journée, ça !

Un dernier baiser vient sceller son départ.

Bon, est-ce que je me rendors ou je me lève ?

Et pourquoi pas un petit dix minutes de plus ?

Je décide de retourner ma tête sur l'oreiller afin de donner une petite chance à Morphée de me reprendre dans ses bras.

Δ

La lieutenante, bien en forme en cette heure matinale, jette un regard sévère à sa recrue, s'amusant qu'il ait encore des plis de son oreiller qui marquent sa joue.

— Laissez-moi me réveiller un peu, Lieutenant, pleure presque Paul en sirotant son café. Déjà que nous sommes au bureau presque une heure plus tôt que prévu.

Il n'y aurait pas de jeunot dans son genre à la GRC.

— Longue nuit, Le bleu ?

— Non, plutôt très courte grâce à vous. Merci beaucoup !

— Tu t'en remettras un autre jour parce qu'il nous faut absolument trouver quelque chose sur Pietro Zamboni, ce matin. N'importe quoi fera l'affaire. Je veux absolument l'interroger le plus vite possible parce que je suis certaine qu'il savait tout à propos de mon attentat !

La dame éclate de rire en fabulant sur ce que la GRC ferait dans pareil cas. Paul, perplexe, se demande si sa supérieure a bien toute sa raison alors qu'elle s'installe à son ordinateur pour des recherches qu'elle avait notées sur un petit bout de papier. Le jeune homme s'étire le cou. « Nelson Stuart » y est écrit. L'officier a perçu le manège et force le jeune homme à se concentrer sur sa propre tâche.

Δ

C'est avec un café en main que je vais rejoindre Leila, Gwendolyn et Merlin sur la plage comme me l'avait demandé Carlie. Je porte de gros vêtements chauds de couleur orange flamme en cette fraîche matinée.

Je salue joyeusement le trio qui m'attendait.

— Bien dormi, dame Lilith ?

— On m'a réveillée tôt, mais je me suis recouchée. J'étais encore un peu fatiguée…

Tous esquissent un sourire, ayant probablement saisi le sous-entendu.

— Ce matin, vous serez donc avec moi, dame Lilith, tandis que dame Leila sera affectée à dame Gwendolyn comme il était prévu. Nos objectifs à enseigner ne sont pas les mêmes et c'est pourquoi vous devrez être séparées ce matin. Êtes-vous en accord avec cela, Mesdames ?

Nous acceptons toutes sans un mot. La menue Leila accompagne son enseignante vers une autre partie de l'île, laissant Merlin et moi seuls sur le sable.

— Nous allons donc continuer sur le transport d'énergie, ce matin. Vous savez que vous avez encore beaucoup de travail à faire dans ce domaine, dame Lilith… Et vous n'aurez aucun spectateur aujourd'hui, car cela a semblé grandement vous nuire, la dernière fois.

Je confirme. Le mage fait apparaître un panier de fruits devant lui. Je ne peux retenir un grognement, cette fois.

— Pas encore des maudites pommes ?

— Oui, et en plus, défense d'utiliser votre athamé, aujourd'hui.

L'homme du passé fait bouger ses doigts et une pomme s'élève pour venir se poser délicatement dans sa paume.

— Ça semble si simple à faire…

— Je sais que ce ne l'est pas, mais à la fin de cette journée, vous devriez être capable de réaliser la même chose, dame Lilith.

Il croque dans le fruit et grimace, car il n'est sûrement pas encore mûr.

J'avale une grosse gorgée de café avant de déposer ma tasse sur une roche tout près. Aussitôt, je canalise l'énergie en moi tout en visualisant la pomme s'élever pour venir se déposer dans ma main. Une des pommes s'élève un peu.

— Pas tout de suite, dame…

La pomme décolle à toute vitesse dans ma direction et je la reçois en plein front, ce qui me fait culbuter sur les fesses, à moitié assommée, avant même que les fragments de pomme éclatée ne soient tous retombés au sol.

Je secoue ma tête avant d'enlever furieusement les gros morceaux de pulpe qui me maquillent tout en jetant un regard de feu au mage qui est tordu de rire, autant que Carlie qui arrivait avec la cafetière. Plusieurs nains de jardins sont aussi apparus, venant d'un peu partout.

— Attendons que j'aie terminé mon deuxième café pour la suite de la comédie… Et ce café-là, c'est mon premier !

J'extrais un gros morceau de pomme qui flottait dans ma tasse avant d'en prendre une bouchée.

— Mmm… Excellentes, les pommes au café.

Tous les nains de jardins ont des sourires d'une oreille à l'autre. Les adultes autour de moi tentent de leur mieux de retenir d'évidents fous rires afin de ne pas blesser davantage mon ego déjà mis à rude épreuve.

Δ

Gwendolyn a entraîné Leila jusqu'à un second Cercle de pierre situé à l'autre extrémité de l'île. La jeune femme sourit de découvrir cet endroit presque caché par la flore et les divers débris végétaux. Le cercle, de presque la moitié de la superficie de celui de Lilith, est lui aussi entouré monolithes, mais ceux-ci sont tout petits. L'excentrique druidesse les inspecte à tour de rôle, mais elle ne peut rien distinguer tant ils sont recouverts de mousse et de lichen. En revanche, elle ne sait pourquoi elle se sent si bien dans cet endroit qui respire autant une jolie douceur de vivre qu'une liaison divine avec la nature, entraînant une grande paix intérieure.

— Dis-moi, que ressens-tu ici, Leila ?

La jeune femme ne sait quoi répondre, mais a la curieuse impression qu'elle connaît bien cet endroit, comme si elle y était venue des milliers de fois et ferme les yeux un instant pour visualiser le tout comme s'il était bien nettoyé.

La petite femme sursaute avec un large sourire, car elle a aperçu dans sa vision un mignon petit étang artificiel avec un obélisque en son centre, non loin, situé au bout d'un petit chemin de pierre allant du cercle à celui-ci. Quelques pas rapides l'amènent à l'emplacement où elle a vu le point d'eau. Les berges en pierres blanches sont maintenant toutes recouvertes de plantes. Quelques branches mortes sont empilées dans l'eau brunâtre où trône le monolithe renversé. Le merveilleux aménagement est en si piteux état qu'elle a quelques difficultés à le reconnaître, mais elle sait que c'est cela qu'elle a perçu dans son esprit.

Contre toute attente, l'endroit lui arrache une larme alors que la spectrale grand-mère dans son dos répète sa question. La menue druidesse ignore encore quoi lui répondre.

— Ce que je ressens ici est vraiment confus, Gwendolyn…

— Ce n'est pas grave. Nous y verrons plus tard. Reviens dans le cercle. Nous allons commencer les exercices de concentration d'énergie.

Δ

Les exercices de canalisation d'énergie de Leila vont bon train depuis presque une heure. La jeune femme est heureuse de ces résultats encourageants, bien qu'elle soit maintenant un peu fatiguée. Elle et son enseignante prennent une pause bien méritée et s'assoient sur une des pierres qui bordent l'étang au-dessus duquel s'amuse une myriade d'insectes.

— Comment te sens-tu, Leila ?

— Je dois avouer que je ne suis pas aussi épuisée que d'habitude à cette heure… Et je n'ai mal nulle part, en plus. Ça, c'est vraiment très rare !

Le duo demeure immobile un long moment. La jeune femme revoit quelques souvenirs parfois douloureux.

— As-tu remarqué quelque chose de spécial dans ton corps lors de ta dernière montée de puissance ?

Leila jette un regard souriant vers Gwendolyn.

Elle sait qu'elle sait.

Les effets du dernier exercice l'avaient surpris elle-même.

— Oui, le dernier était bien différent des autres. Je crois qu'il y a eu un genre de relation avec ma marque. Est-ce possible que le cercle autour de l'étoile ait accumulé de l'énergie ? C'est difficile à décrire parce que c'est la première fois que ça m'arrivait.

— En effet, ma belle. Ton pentacle a commencé à s'énergiser. Tu entames un long processus, mais à force d'exercices, l'énergie de la Terre rejoindra ta marque de plus en plus facilement et tu deviendras une grande druidesse capable de réaliser de véritables miracles.

Leila observe la grand-mère de Lilith depuis un long moment, mais Gwendolyn ne détourne point son regard de l'obélisque en pierre noire presque à l'horizontale au centre de l'étang.

— Que veux-tu me demander que tu ne saches pas comment, Leila ?

La petite femme, en noir et rouge cramoisi ce matin, sourit de toutes ses dents, car elle se sent chez elle ici, à Avalon, et peut enfin se permettre de questionner et de dire tout ce qu'elle a réfréné en son for intérieur des années durant.

— Pourquoi moi, Gwendolyn ? Pourquoi m'ont-ils fait ça à moi ?

— Ce n'est pas évident d'y répondre, mais je suis presque certaine que quelqu'un a dû se rendre compte presque à ta naissance que tu avais des dons extraordinaires. Ils ont désiré que tu les exploites à ta pleine valeur, mais leur approche était très… brouillonne !

Gwendolyn daigne enfin se tourner vers son interlocutrice.

— Et il s'est passé quelque chose de travers dans le processus, c'est sûr !

— Savez-vous quoi ?

— Non. Je n'en ai aucune idée… Mais il y a moyen de le savoir !

Leila bondit sur ses pieds et trépigne d'impatience.

— Comment ? Comment ?

— Et si je t'avouais qu'il y a moyen d'aller voir ce qui s'est réellement passé dans ta jeunesse ?

Gwendolyn laisse la jeune femme survoltée sur son appétit, sachant fort bien qu'elle est allée trop loin, qu'elle a surtout encore trop parlé. Le pire est qu'elle ne peut plus se défiler. Son attention revient sur l'obélisque.

Leila n'en peut plus du soudain silence de la grand-mère.

— Ne me laissez pas en suspens comme ça !

Presque en proie à une crise de panique, la jeune femme saute sur place d'impatience.

La spectre esquisse un sourire.

— Nous pouvons remonter le temps, ici, à Avalon.

La menue jeune femme demeure ahurie un long moment. Ses lèvres voudraient articuler quelque chose, mais rien ne sort. La spectre se lève à son tour.

— Nous devons en parler à Lilith.

Gwendolyn n'hésite qu'une seconde avant de se mettre en marche vers la plage avec Leila qui sautille comme un petit chien derrière elle.

— Pourquoi Lilith ?

— Parce qu'elle seule a la puissance nécessaire pour faire ce voyage.

— Et Merlin ? C'est tout de même le grand Merlin, non ?

La spectre s'arrête. Son regard plonge dans celui de son élève.

— Merlin perfectionne ses pouvoirs depuis sa naissance alors que Lilith ne le fait que depuis moins d'une semaine. As-tu vu ce que la petite est capable de faire… même à son niveau d'apprentissage ?

Leila réalise alors pleinement ce que Gwendolyn tente de lui expliquer avec une main au-dessus de sa tête et l'autre au genou.

— Comprends-tu un peu mieux la grande différence entre les deux, maintenant ?

Elles reprennent leur marche vers la plage qu'elles atteignent en silence, Leila ayant eu une kyrielle de pensées entremêlées durant le court trajet.

— J'en ai ma claque, Merlin ! entendent-elles, un peu plus loin. Foutez-moi la paix avec vos maudites pommes ! Je vous ai dit que tout allait bien avec mon athamé, hier. Mais non, il a fallu que j'utilise mes mains, ce matin ! Je m'en vais prendre un autre café… et une douche !

Δ

Marchant d'un pas rapide, je vois Grand-M'man et Leila venir à ma rencontre, mais mon amie s'immobilise net avec une mine terrifiée.

Mes yeux doivent encore être de braises…

Je me calme à mesure que je m'approche d'elles, mais ma grand-mère tente visiblement de ne pas pouffer de rire en me voyant couverte de pulpe de pommes de la tête aux pieds.

— J'espère que ton cours a mieux été que le mien !

Grand-M'man, qui rit encore du piètre résultat de mes exercices, se calme un peu avant de s'approcher de mon oreille.

— J'ai un peu trop parlé. Leila sait maintenant que nous pouvons remonter le temps pour savoir exactement ce qui s'est passé quand on lui a fait ses marques de mage blanche. Je ne suis pas certaine que ce soit une bonne idée, mais qu'en penserais-tu si…

Je me décolle d'un geste brusque.

— En effet, je ne suis pas convaincue du tout que ce soit une si bonne idée, Grand-M'man ! Je sens qu'il y a beaucoup de choses en jeu, ici !

Leila a entendu mon commentaire et rapplique dans la conversation. Son visage suppliant m'annonce à l'avance ce qu'elle va demander.

— Je t'en prie, Lilith. Ça fait vingt ans que j'attends de savoir !

Je comprends bien l'importance que cela revêt pour ma nouvelle amie, mais je suis fort confuse sur la décision à prendre.

Est-ce que Leila doit demeurer dans l'ignorance ?

Est-ce que le fait de connaître ce qui s'est passé va la changer ?

Sûrement.

Mais ce changement sera-t-il positif ou négatif ?

Elle est si gentille, en ce moment…

Et je ne voudrais pas que ça change !

— Tu sais à qui t'adresser en cas de doute.

Je sursaute, car je n'avais pas entendu les pas de Merlin qui est arrivé derrière moi sans que je m'en aperçoive tant j'étais perdue loin dans mes pensées.

— Bonne idée, Maître !

Sans perdre une seconde, je détale vers mon Cercle de pierre et salue simplement mon guetteur tout en continuant à courir vers mon objectif.

— Dôme de feu !

Aussitôt, ma bulle incandescente me recouvre.

— Grande Déesse, j'ai un urgent besoin de vous !

L'entité arbore un sourire coquin, ce qui me surprend.

« Je sais. Tes pensées ne t'ont-elles point guidée vers ta décision ? »

— Oui… Non. Pas vraiment, à vrai dire ! Pouvez-vous m'indiquer ce qui pourrait faire changer la décision entre bonne ou mauvaise ?

« Le plus important critère des voyages temporels est de ne jamais changer le passé qui pourrait affecter négativement le présent. »

— Et je n'en ai pas l'intention, Grande Déesse !

« Mais vas-tu changer le présent ? Fort probable dans ce cas. Alors, si oui, quelles seront les répercussions de ces actes ? »

J'analyse les données quelques instants.

— Oui, je suis certaine que ça va changer beaucoup de choses pour ma nouvelle copine, mais je me demande surtout si elle ne va pas devenir méchante de savoir ce qui s'est passé dans sa jeunesse.

« Oh, ma fille… C'est à toi de peser les conséquences de cette aventure. Crois-tu que Leila pourrait devenir vengeresse d'enfin savoir la vérité sur son compte ? »

— Je ne la connais pas beaucoup encore, mais je ne crois vraiment pas que ce soit son style.

« Tu viens de répondre à ta propre question, ma fille. Maintenant, couche-toi. »

La déesse n'avait pas à me le mentionner, parce que je m'accroupissais déjà devant l'inévitable perte de conscience à venir.

« La prochaine fois, prépare-toi un peu mieux pour nos

rencontres. »

— Pas eu le temps. Merci, Grande…

Δ

Viviane, fort déçue de ses recherches qui n'ont mené à rien, hormis à un très vieil héritier irlandais qui vit en ermite, revient vers le minuscule bureau de Paul situé à l'autre bout de la salle bondée de policiers.

— As-tu enfin trouvé quelque chose sur Zamboni ?

— À l'exception d'une récente contravention encore impayée et deux violations mineures de permis de construction, rien qui ne nous permettrait de l'arrêter, Lieutenant.

La dame grogne d'impatience et serre les poings de rage parce qu'elle n'a encore et toujours rien contre ce malfrat, comme d'habitude.

Il s'en tire toujours, ce salaud ! Minute, la capitaine Jennifer a peut-être quelque chose sur lui.

La lieutenante court vers son bureau pour s'isoler et empoigne l'appareil à sa ceinture.

— Hello, Viviane ! fait une joyeuse voix à l'autre extrémité de la ligne.

— Bonjour, Capitaine Jennifer. Dites-moi, connaissez-vous Pietro Zamboni ?

— Oui… Et je le connais même très bien.

Une longue pause fait entendre une respiration haletante.

— Excuse-moi, je m'entraîne en ce moment. Que lui veux-tu ?

— Il est le dernier de ce foutu clan de mafieux et j'aimerais en finir avec eux une fois pour toutes !

— Hum… Je ne peux te donner la raison, mais je te recommande fortement d'oublier ce dossier tant que tu es encore à la police municipale, Viviane. Il y a beaucoup en jeu, ici.

— Quoi ? Vous le protégez ?

— Non, mais il est… souvent utile.

C'est donc une de leurs taupes ? Ou un lapin vers de plus

gros poissons ? analyse la lieutenante qui affiche maintenant une mine renfrognée.

— Tu comprendras tout lorsque tu seras avec nous… Le seras-tu ?

— Tu sais que ça me tente vraiment, Capitaine, mais non, je n'ai pas encore décidé de mettre vingt ans de ma vie à la poubelle.

— Ils ne sont pas à la poubelle du tout, Viviane ! Ce sont ces vingt ans qui t'ont bâtie, qui ont fait de toi la personne dont nous avons besoin, aujourd'hui !

Mais j'ai surtout forgé des amitiés durant ces vingt années, ici.

Viviane ferme les yeux en se remémorant de bons souvenirs qui la font sourire avant que de très mauvais les remplacent dès qu'elle jette un œil aux autres officiers autour d'elle.

— Je vais te renouveler ma proposition de sortie. Notre équipe décompresse tous les samedis soir autour d'une bière au Pub à Ted. C'est un ancien de notre groupe. Je t'y invite officiellement. Tu pourras rencontrer toute l'équipe sans t'emmêler dans les rangs et les protocoles. Tu seras beaucoup plus en mesure de prendre ta décision à ce moment.

Je dois avouer que c'est vraiment une bonne façon de savoir ce qui m'y attend…

— Oui, franchement, je trouve que c'est une excellente idée. J'y serai.

— J'en suis plus qu'heureuse… Et laisse le beau Pietro tranquille d'ici là, s'il te plaît. De toute façon, je peux te dire qu'il est tout de même assez propre, ce mec. Il est bien différent de ses frères.

Viviane sait que son avenir est en jeu, ici. Si elle désobéit à sa future patronne avant même son engagement, elle est presque certaine que sa promotion sera annulée avant de devenir réalité tandis que si elle le coince, elle aura la satisfaction du devoir accompli, mais demeurera dans ce corps de police au sein duquel elle a de plus en plus de difficulté à survivre.

Pense au bel avenir devant toi…

— Tu feras ce que tu voudras avec lui quand tu seras avec nous… Mais après que nous t'aurons expliqué certaines choses, Capitaine Dimirdini.

Ce dernier commentaire lui arrache un large sourire et achève de la décider.

— D'accord, je vais lâcher le dernier Zamboni.

Pour un moment…

— Merci, Viviane. En passant, un gros bravo d'avoir coincé son frère, « L'insaisissable ». Tu n'as aucune idée à quel point cette nouvelle a vite fait le tour de tous nos bureaux.

— Autre chose, Jennifer, connaîtrais-tu un nommé Nel… Laisse faire. C'est quelque chose de personnel de toute façon.

— À ta guise. Alors, à samedi soir, Capitaine Dimirdini.

Capitaine Dimirdini…

— À samedi… Capitaine Sullivan.

▲

∆

-32-
TRISTE VÉRITÉ

Je sors de mon Cercle de pierre avec ma robe de feu à laquelle j'ai songé à la dernière seconde avant d'emprunter le chemin de ronces.

Il va vraiment falloir que j'y pense chaque foutue fois que je me réveille...

À ma grande surprise, tous m'attendent près du lion qui se fait caresser la tête par Leila alors que ma grand-mère est mollement accoudée sur sa croupe. Merlin semble le plus anxieux d'avoir des nouvelles et se plante devant moi avec un visage interrogateur.

Cela m'étonne un peu.

— La Grande Déesse ne m'a pas clairement dit de oui ou de non, Merlin.

Bref, je suis autant indécise qu'avant d'aller voir la haute entité dans mon Sanctuaire afin qu'elle m'aide dans ma décision s'il est sage ou non que Leila visite son passé pour connaître les raisons derrière sa 'Marque du Diable'. Mes poings se serrent, durs, alors que je ferme les yeux afin de trouver la réponse dans mon esprit encore fort embrumé.

Grr...

Que devrais-je faire ?

Suis-je sur le point de faire une énorme gaffe ?

Je risque un œil vers ma nouvelle amie.

Mais, au moins, j'ai à présent des guides pour prendre cette décision.

Sans attendre, je m'assois au sol en demandant à tous de m'imiter.

— Dis-moi, Leila, le fait de connaître ton passé va-t-il vraiment changer quelque chose pour toi ?

— Connaître la raison pourquoi ils m'ont fait cette atrocité est une question que je me pose plus d'une dizaine de fois par jour,

Lilith ! Cette question me hante sans arrêt ! Tu ne te la poserais pas, si tu étais à ma place ?

— C'est sûr…

— J'ai souvent pensé, espéré… même fantasmé pouvoir remonter le temps simplement pour enfin connaître la vérité sur moi, Lilith !

Je ne suis pas rassurée par sa réponse. Longtemps, nous demeurons les yeux dans les yeux à se sonder sur nos intentions réciproques.

— Et que vas-tu faire avec cette vérité ? Vas-tu vouloir te venger de ceux qui t'ont fait cela ?

— Il est un peu tard pour ça. De toute façon, ça ne changerait rien. Je désire juste comprendre !

Embêtée, je ferme les yeux et tente de me mettre dans la peau de ma nouvelle amie.

C'est vrai que je ferais comme elle à sa place.

Oui, elle a le droit de savoir, mais…

— Je veux que tu comprennes bien que nous ne ferons qu'observer de loin. Nous n'avons pas le droit de changer le passé parce que cela changerait qui tu es et je t'aime bien ainsi !

Δ

La spectre en rouge et noir triomphe sur une branche au-dessus d'eux.

Tu vas vite comprendre que ça fait partie de ton boulot principal, Lilith !

Δ

Leila trépigne de joie, ne peut se retenir et saute dans mes bras en me remerciant sans arrêt, mais je freine les ardeurs de la petite femme.

— Sais-tu où ils t'ont fait ces marques ?

— Je n'en ai aucune idée !

— Oups… faisons-nous, Grand-M'man et moi, de concert.

Le quatuor devient silencieux un instant. Grand-M'man est

la première à réagir.

— Nous allons donc devoir opérer par étapes. Premièrement, il faudrait savoir qui t'a déposée à l'église et de là, nous improviserons un deuxième saut temporel pour revenir un peu plus loin en arrière, mais à un endroit différent. J'ai déjà fait des enquêtes de ce genre. Ce sera quelque peu à tâtons, mais nous finirons bien par avoir nos réponses. Ce n'est pas toujours évident d'enquêter… Tu demanderas à ta mère, Lilith !

Tous acceptent cette procédure dans la bonne humeur devant la sagesse et l'expérience en la matière de ma grand-mère avant de revenir vers le manoir.

— Connais-tu la date où tu as été déposée devant l'église de ton père ?

— Oui. C'était le 23 mai 1993, en soirée.

— Et un autre point très important : connaîtrais-tu un endroit où nous pourrons arriver sans être vus ?

— C'est un peu plus compliqué, ça ! Son église est au centre-ville…

La jeune femme songe quelques instants avant que son visage ne s'allume.

— C'était un dimanche soir ! C'est certain qu'il n'y aura personne derrière le concessionnaire automobile en face de l'église.

— C'est très bien. Idéal, même, car nous allons avoir une vue d'ensemble de toute la scène à partir du parking.

Ma grand-mère semble vraiment adorer l'endroit avant même de l'avoir vu. Je me demande pour quelle raison elle est aussi enthousiaste, sans trouver de réponse.

Nous montons au grenier où Leila s'émerveille de tout le fatras partout, mais devient suspicieuse dès qu'elle pénètre dans la pièce où se situe la Porte du Temps.

— J'ai la curieuse impression d'être déjà venue ici… murmure ma copine.

Bizarre... J'ai eu exactement la même pensée la première fois que je suis entrée, moi aussi.

Grand-M'man affiche un large sourire vers mon amie alors que je vais quérir l'incantation avant que ma copine ne me rejoigne au centre du cercle.

— Tu vas ressentir de…

Andrew s'amène d'un pas vif au travers du mur.

— Que faites-vous ici ?

Ma grand-mère apparaît directement en face de l'ancêtre, comme si elle voulait l'empêcher de passer, de se rendre jusqu'à nous.

— Ce n'est qu'une mission d'observation, Andrew, l'attaque Grand-M'man qui hausse le ton. Nous n'avons aucunement l'intention de changer quoi que ce soit au passé. Alors, laisse-nous tranquilles !

Le spectre arbore un visage rageur.

— Je le savais… Je le savais !

Andrew retourne sur ses pas, sachant qu'il ne pourra plus rien changer à ce que nous avons déjà décidé, mais je me doute que lui et moi aurons une chaude discussion à ce sujet dès notre retour.

Grand-M'man jette un regard au maître qui est demeuré en retrait, soupesant sûrement les avantages et les inconvénients de la présence du mage dans cette aventure.

— Je ne crois pas que nous aurons besoin de votre présence pour ce voyage, Merlin. En votre époque, je vous aurais demandé de nous accompagner avec plaisir, mais pas en la nôtre. Vous risquez de nous nuire plus qu'autre chose.

— J'en étais arrivé à la même conclusion, dame Gwendolyn.

Nous prenons place en bordure du pentagone libre de signes runiques au centre de l'étoile. Je suis un peu étonnée que Leila, arborant un large sourire, ne soit pas du tout impressionnée par l'endroit et ne cherche pas vraiment à comprendre. À deux reprises, je relis pour moi-même la courte incantation à laquelle j'ajoute mentalement l'adresse et le temps exacts. Lorsque toutes se consultent du regard et approuvent une dernière fois l'aventure d'un hochement de tête, les mains se joignent enfin. Merlin, toujours dans un coin en retrait du cercle, fait léviter le parchemin devant mes yeux au grand étonnement de Leila qui rit un instant avant de reprendre son air sérieux.

Ma grand-mère demande l'attention des vivantes.

— La première chose que nous allons devoir faire sera de nous cacher, les filles. Avez-vous bien compris ?

D'un hochement de tête, nous confirmons de concert à l'ancienne espionne, bien au fait des procédures de cette porte temporelle qu'elle a emprunté des centaines de fois de son vivant.

Un souvenir sombre fait irruption et je me maudis de ne pas avoir apporté de verres fumés pour voir le spectacle de la Porte du Temps toute illuminée qui est impossible à regarder à l'œil nu, mais à ma grande surprise, une paire semble sortir de ma tête.

Oui ! J'adore ma nouvelle vie !

À présent bien armée, je concentre l'énergie dans les symboles runiques sous nos pieds. Cette fois, ils s'allument tous brusquement d'une puissante lumière, de même que la grande étoile… et tout disparaît, ne laissant que le cercle extérieur rouge et la grande étoile lumineuse, surtout les pointes d'où jaillissent brusquement les colonnes de lumière sur lesquelles courent des milliers de petites sphères d'une blancheur immaculée, d'une intensité difficile à soutenir même avec des verres, qui se perdent au-dessus de nous en convergeant au loin pour ne devenir qu'un point.

Ça semble se perdre dans l'infini…

Je suis hypnotisée, ne peux plus détacher mon regard de cette vision d'une grandeur qui nous dépasse, nous transcende, de cet aperçu d'un monde pourvu d'une puissance hors de notre portée, dont l'énergie se focalise sur un point bien précis de mon front.

C'est si beau…

Soudainement, les cercles rouges qui semblent animés de vie apparaissent partout en remplaçant les runes. Leur teinte semblable à des flammes donne à l'ensemble un aspect infernal.

À nouveau, je me sens transpercée, gorgée par cette ahurissante énergie brute dont je me délecte un long moment pendant que je la sens faire son chemin dans tout mon corps pour s'accumuler dans ma tête, derrière mon front, me comblant d'autant de bonheur que lors de notre premier passage.

Δ

La spectre en rouge et noir, qui s'est encore dissimulée derrière les tablettes, frotte ses mains en affichant un très large sourire.

Laisse cette belle énergie t'envahir…

Sois une avec elle.

Parce que c'est elle qui te fera grandir jusqu'à mon niveau !

Δ

— Lilith… Que se passe-t-il ?

Ce murmure de ma grand-mère me ramène à mes priorités et devant les visages perplexes vis-à-vis mon air jouissif, je me dépêche d'entamer l'incantation en langue gaélique d'une voix forte, n'hésitant qu'un court instant sur l'adresse avant la finale.

— Qu'il en soit ainsi !

Nos vues se brouillent alors que je me sens me faire violemment électrocuter des pieds à la tête, qui est encore sur le point d'exploser dès que le pentagone central s'allume pendant que la pièce commence à tourner à vitesse folle, si bien que le décor en devient blanc, étincelant. Cette fois, les verres n'y peuvent plus rien et je dois fermer les yeux. Nous lévitons un instant avant que l'environnement redevienne tout à coup sombre, l'air plus frais, alors que nous retombons de quelques centimètres sur une surface dure. Grand-M'man court vers un parking tout près et l'on se précipite à sa suite pour s'y tapir entre deux voitures, mais j'ai de la difficulté à suivre le rythme tant je suis étourdie.

Mais que s'est-il passé en plus, cette fois ?

C'était dix fois plus intense que lors de notre premier voyage !

Sans bruit, nous observons les alentours durant un moment. Personne en vue. L'église est en face de nous. Ma grand-mère nous fait signe d'avancer entre les voitures en nous penchant pour éviter d'être vues, tout à l'inverse de la spectre qui est évidemment certaine que personne ne la verra jamais. Soudain, elle nous ordonne de ne plus bouger, le temps qu'un couple passe devant le parking. Quelques instants plus tard, nous sommes terrées derrière une grosse berline immobilisée directement devant notre objectif.

— Il faut attendre, maintenant. C'est la partie la plus ennuyeuse du travail d'espionne. Restez cachées ici. Je viendrai vous chercher quand ils…

À ce moment, un crissement de pneus nous amène à regarder à travers les vitres de la berline. Deux voitures se garent en catastrophe en face du garage du presbytère. Un homme en sort avec un paquet emmailloté dans les bras tandis que trois autres individus, vêtus comme des religieux eux aussi, le suivent dans l'église.

— Restez ici, je vais aller voir !

Elle s'évapore quelques secondes avant de réapparaître avec une mine inquiète en étendant le bras dans une direction précise.

— Ouh… Venez vite près de la dernière fenêtre du sous-sol de ce côté. Allez, maniez-vous ! Il n'y a personne en vue !

Nous courons à la suite de ma grand-mère qui voltige à quelques centimètres du sol en direction de la cible en nous ordonnant le silence alors que nous longeons le côté sombre de l'église.

Leila et moi jetons un regard par la petite fenêtre indiquée.

Un homme délie un paquet qui contient un bébé presque naissant qui pleure alors qu'il dépose sur une table. La marque sur sa poitrine est encore légèrement sanglante, preuve que le rituel a eu lieu voilà très peu de temps. Le prêtre l'asperge d'eau, ce qui ne fait qu'arracher encore plus de pleurs à l'enfant de quelques jours qui se démène soudainement comme s'il était vraiment possédé par le plus vil des démons.

— Il le torture avec de l'eau bénite salée ? Oh non… C'est un exorcisme qu'ils font là !

Grand-M'man a dit cela avec énormément d'émotion dans la voix.

Les quatre hommes chantent des psaumes en latin autour de l'enfant en l'aspergeant d'eau bénite sans arrêt. L'un d'eux sort un poignard de sa soutane et récite une longue litanie tout en tournant sur lui-même. Leila met sa main sur sa bouche pour ne pas crier « Papa ? », mais Grand-M'man et moi avons bien compris.

Une femme au visage tuméfié et ensanglanté entre en coup de vent dans la pièce en criant « Non ! » avant de se jeter sur le prêtre au couteau.

— Es-tu fou ? Tu vas la tuer, Georges !

La femme est retenue par les trois autres hommes qui ont peine à retenir la fureur de la dame qui est de ma taille alors que l'homme au couteau s'approche d'elle, menaçant.

— Tu t'es alliée au diable en autorisant ce sacrilège chez toi, Paulette ! Par ta faute, je dois libérer cet enfant des griffes de Satan !

— Tu es fou, Georges ! Satan n'a absolument rien à voir là-dedans… C'est même exactement l'inverse ! Arrête cette folie tout de suite ! Tu vas faire la plus grande erreur de ta vie !

L'homme revient vers l'enfant sans un regard vers l'arrière, mais la femme se débat comme un animal dans un piège en frappant tout ce qui bouge, réussissant à se libérer pour plaquer le prêtre au sol au moment où il allait plonger sa lame vers le petit corps pour le coup fatal. Les trois autres hommes se précipitent pour la rouer de coups en tentant de l'immobiliser. Celui qui a le poignard se réinstalle, mais lorsqu'il veut frapper de nouveau l'enfant, la femme lui donne un solide coup de pied sur un genou.

Le prêtre s'écrase au sol, mais l'arme est maintenant fichée à angle dans le corps du bébé qui cesse rapidement ses pleurs.

— Non ! crie Leila.

Les trois hommes qui tabassaient la dame se tournent vers la fenêtre pour y apercevoir nos visages effarés de jeunes espionnes qui se sont fait coincer.

— Tout de suite au cercle ! hurle ma grand-mère.

Pas besoin de nous le dire parce que nous détalions déjà à pleine vitesse vers le concessionnaire, mais n'avons même pas encore franchi la rue que Leila est déjà à bout de souffle. Je reviens sur mes pas pour la supporter jusqu'au point d'arrivée alors que deux religieux font leur apparition au détour de la bâtisse. J'amasse rapidement de l'énergie.

— Grande Déesse, nous désirons revenir tout de suite au manoir d'Avalon, et ce, au moment exact de notre départ… Tout de suite !

Le voyage de retour ne dure qu'un instant. Leila s'écrase sur le plancher dès notre arrivée et je l'enserre aussitôt. Merlin, debout près de la porte, accourt lui aussi.

— Êtes-vous blessée, dame Leila ?

Mon amie tremble un long moment dans mes bras avant de se calmer un peu. Haletante, elle lève ses yeux rougis vers les miens. De son regard émane une grande confusion.

— Je sais maintenant où a eu lieu le rituel… C'était chez ma tante ! Mais pourquoi ne me l'a-t-elle jamais dit ? Je ne comprends pas… Que s'est-il passé, là ?

— C'était ta tante qui m'a appelé hier que nous avons vue là-bas ?

Leila confirme de la tête. Ma grand-mère s'approche à son tour de la jeune femme perplexe qui fixe un point invisible situé loin devant elle.

— Savais-tu qu'elle pratiquait la Wicca… La sorcellerie blanche de base ?

— Je ne le savais pas du tout, mais je dois avouer que j'ai eu un doute à un certain moment. J'étais assez jeune à l'époque. Je fouillais partout et j'avais trouvé une grosse malle remplie de bougies et de… de pentacles comme le mien. Je n'en ai jamais parlé à ma tante. Je n'ai jamais osé.

— Pourquoi ?

— J'étais si honteuse de moi à cette époque…

Et elle l'est encore !

Notre quatuor demeure silencieux. Grand-M'man fait les cent pas en jetant sans arrêt un œil à Leila qui s'est remise debout et qui rumine son intense confusion.

— Je ne comprends vraiment pas…

Tous ont saisi le murmure de ma copine alors qu'elle se blottit à nouveau contre moi. Grand-M'man me fixe depuis quelques secondes en passant sa main dans ses cheveux comme un peigne.

— Je dois t'avouer que moi non plus, je ne comprends pas !

À présent, je n'ai plus le choix…

Leila doit savoir !

Je dois absolument l'aider à régler ce mystère de son passé !

Grand-M'man et moi échangeons un sourire en coin, savons ce que l'autre pense. J'approche mon visage de celui de Leila.

— Prête à aller chez ta tante? Une heure avant l'épisode de l'église ?

Pour toute réponse, la petite femme va s'installer près du pentagone central pour y être rejointe par ses compagnes de voyages temporels.

— J'aime autant crever l'abcès tout de suite ! Je me suis posée des questions toute ma vie et je veux que ça cesse. J'ai besoin de la vérité. Toute la vérité, cette fois !

Et elle a bien raison…

On continue jusqu'au bout de cette enquête !

Δ

Belle leçon qui, je l'espère, demeurera en toi pour toujours, songe la spectre derrière les tablettes en ne quittant pas la scène des yeux.

Δ

Je présente ma main à Merlin.

— J'aimerais que vous veniez avec nous cette fois-ci, Maître. Si jamais nous avons besoin de la porter, vous serez là. Quelle est l'adresse, Leila ?

Le mage sourit avant de prendre ma main dans la sienne tandis que la petite femme me donne des indications pour un atterrissage sûr et discret.

Cette fois, la montée d'énergie de la Porte du Temps me monte presque instantanément à la tête, ne s'attarde pas du tout à mon corps et, curieusement, me rend si légère que je me sens presque léviter.

Δ

Tu y es presque... songe la spectre encapuchonnée qui arbore un large sourire derrière les tablettes avant de s'évaporer sans un son.

Δ

L'incantation nous fait atterrir près d'un boisé derrière une immense maison du siècle dernier. Une senteur de feu de bois inonde l'air.

Oups... Problème !

Mais nous n'avons aucun endroit où nous cacher et courons nous coller au mur de la maison.

— Oh ! Tout a changé, ici ! De nos jours, il y a une grosse serre juste ici... À côté de la piscine qui n'est pas encore là elle non plus à cette époque-ci ! Désolée de vous avoir fait arriver à la vue de tous, avoue piteusement Leila.

Nous sourions à ce petit problème sans réelle importance étant donné que nous sommes à présent bien dissimulés.

C'est tout de même mieux que d'être arrivés directement dans la piscine...

Des chants proviennent de l'intérieur de la maison. C'est tout près de nous. Sans un mot, on s'y dirige avec grande précaution.

Dans une large pièce toute vitrée où brûlent des centaines de bougies, six personnes entourent un bébé qui pleure. Une dame de petite taille, qui ressemble beaucoup à Leila, appose délicatement la lame d'un couteau très stylisé sur le thorax de la jeune enfant. La mère en pleurs continue sans ralentir le dessin de sang qui deviendra éternel. Le bébé s'agite en tous sens alors que les chants reprennent en boucle.

— Grande Déesse, nous t'implorons de veiller sur notre petite Lucia chérie. Faites en sorte qu'elle soit toujours sous votre protection. Ses grands pouvoirs vous le rendront bien. Nous désirons qu'il en soit ainsi. Grande Déesse, nous t'implorons…

Des bruits de sirènes de police précèdent des lumières clignotantes à l'avant de la maison. Un bruit de porte défoncée retentit alors que les chants reprennent de plus belle.

La dame s'active plus rapidement sur l'abdomen tandis qu'un des hommes à l'intérieur, un émule de Hulk, tente de ralentir deux policiers qui viennent de faire irruption dans la pièce.

La petite dame arbore un large sourire en relevant la lame avant qu'un coup de feu retentisse. L'homme qui tentait de ralentir les forces de l'ordre est lancé vers l'arrière où il s'écrase au sol avec l'épaule en sang et la tante se lance à son secours, mais elle est accueillie par un coup de pied au visage donné par le policier qui a fait feu, la mettant en joue à son tour.

Les quatre religieux qui accompagnaient les forces de l'ordre, les mêmes que plus tôt, pénètrent dans la maison en s'emparant prestement du bébé et de l'athamé sans un mot.

La mère tente de s'interposer, mais elle reçoit un coup de matraque d'un deuxième policier, ce qui la précipite sur le blessé au sol. Un autre homme, qui se tenait en retrait, attaque pour libérer l'enfant, mais il est lui aussi abattu par le policier qui avait déjà tiré sur l'autre homme. Une dame, tapie dans le coin, s'approche en pleurant de l'homme qui gît à présent au sol avec la poitrine ensanglantée.

Une autre voiture de police arrive sur les lieux. Les deux nouveaux arrivants ont de grosses matraques en main. Ils laissent sortir les religieux dont l'un d'entre eux leur parle à l'oreille. Dès que les hommes d'Église sont sortis, un tabassage en règle s'amorce.

— Partons tout de suite... Tout de suite ! nous ordonne ma grand-mère.

Merlin s'empare de Leila par la taille pour la lancer sur son épaule. Nous courons à toute allure vers notre point d'arrivée alors qu'un corps est lancé par la fenêtre pour atterrir près d'où nous étions à l'affût quelques secondes auparavant.

Leila a eu le temps de voir à qui appartenait ce corps.

— Tante Paulette !

Plusieurs coups de feu se font entendre dans la pièce, mais ma grand-mère est déjà arrivée au point de départ.

— Vite, Lilith... Vite !

J'amasse rapidement l'énergie et récite l'incantation de retour lorsqu'un policier, sorti par la porte arrière, nous met en joue. Nous entendons deux détonations différentes un court instant avant que nous réapparaissions dans le grenier du manoir.

— Même en tant que fantôme, ça fait mal !

Ma grand-mère grimace de douleur vers un petit trou entre ses seins qui se referme en quelques secondes.

— Mais je dois avouer que j'aime autant que ce soit moi qui aie reçu le pruneau de cet idiot que l'une de vous deux !

Le mage esquisse un sourire vers le spectre en déposant la petite Leila qui respire fort à quelques reprises alors que j'approche d'elle, compatissante.

— Ça va, Leila ?

— Oui... Mais que d'excitation pour une seule journée !

Je ricane avant de la serrer fort dans mes bras.

— Bienvenue à Avalon ! Tu t'y habitueras à la longue.

Leila, elle, ne rit pas et est de nouveau perdue dans ses pensées, mais un sourire en coin illumine lentement son visage.

— J'aurai au moins vu ma mère une fois.

— C'est vrai qu'elle te ressemblait beaucoup, cette femme-là.

— Je sais que c'est elle, Lilith !

Ma copine pause un long moment avant de baisser la tête.

— Je vais me calmer et penser à tout ça quelques jours… Avant d'appeler ma tante qui me doit beaucoup, beaucoup, mais vraiment beaucoup d'explications !

— Prends ton temps, Leila, lui recommande ma grand-mère en regardant le vide devant elle. Nous n'avons peut-être pas tout vu, là-bas. Rappelle-toi que nous sommes parties très vite et que…

Le soudain silence de Grand-M'man inquiète les vivants qui n'osent dire mot, attendant la suite. Mais il n'y en a pas.

— De plus, lorsque tu lui parleras, souviens-toi que tu dois conserver le secret sur cet endroit, sur comment tu as su ce qui s'est passé, je lui rappelle avec un sourire qu'elle me retourne avec un hochement de tête complice.

— Mais il est évident que votre mère vous a dédiée à la Grande Déesse… qui a entendu sa prière, car vous êtes encore vivante aujourd'hui, dame Leila, philosophe le maître sous le regard approbateur des autres.

La petite femme demeure stoïque un instant. Ses pensées doivent tourbillonner trop vite pour qu'elle puisse en tirer quelque conclusion valable que ce soit, mais un large sourire illumine maintenant son visage, sûrement heureuse qu'une partie du mystère de sa vie soit enfin levé et surtout, elle sait maintenant où trouver les renseignements qui lui manquent afin de terminer sa longue quête entamée depuis son enfance.

L'ancienne espionne incite les vivants à sortir de la pièce.

— Merci, Porte du Temps, je la salue, ce qu'imite Leila avec des larmes qui ruissellent le long de ses joues.

Δ

La spectre en noir et rouge esquisse un doux sourire.

Tout le plaisir fut pour nous !

Δ

FIN DU DEUXIÈME TOME DE LA SÉRIE LILITH

▲

Δ

SUITE DANS…

Δ

www.amazon.fr/dp/B088B96XYD

▲

Δ

TRILOGIE LILITH 3
VENDETTA

Après une rencontre avec mon père décédé et une petite sortie en moto des plus colorée, surtout chez ma psy, j'accumule les mauvais présages alors qu'un nouvel étudiant arrive.

Et à la suite d'une info policière, je tente un autre saut dans le temps, élément avec lequel je me sens de plus en plus en symbiose et où tout me semble maintenant simple, afin d'aider une sale enquête pour meurtre dans mon ancien quartier, mais un petit Oups survient ! Je suis dévastée, mais une note à mes pieds m'affirme que l'homme que j'ai été obligée de tuer, encore un autre… est un tueur à gages !

Une douce balade romantique avec mon bel Alan sur mon bateau nommé Squale m'apportera un rêve de mort qui me laissera fort perplexe quant à mon avenir à court terme. Heureusement, un tournoi de chevalerie moderne ramènera un peu de soleil dans ma vie avant qu'un autre mauvais présage ne se réalise…

Ou était-ce pour une autre, car je crains à présent pour ma mère qui a disparu !

Par malheur, la vendetta contre les Stuart me surprend pour faire une autre victime.

Peut-être même deux, car je ne m'en tirerai peut-être pas, cette fois, étant salement blessée.

Mais un miracle divin réalisé par Leila m'a sauvée au dernier instant.

En revanche, mes propres atrocités pour mettre fin à cette boucherie, en utilisant la sorcellerie la plus noire qui soit, me marqueront à vie sur tous les plans.

Comment pourrais-je alors réparer les injustices que j'ai commises, les nobles destins que j'ai chamboulés, devant ces dieux en colère qui veulent tous m'enlever mes pouvoirs comme punition ?

Mais je sais un peu plus comment jouer avec le temps, à présent…

Et si la solution n'était pas dans notre réalité ?

Sans attendre, c'est à l'aide de la Porte du Temps que je répare toutes mes sordides erreurs en reprenant tout juste avant ma grosse gaffe originale.

Mais jouer avec le temps, reprendre notre vie à partir d'avant, comporte son lot de problèmes…

Notamment, que dit-on à notre amie qui se pose des questions existentielles, dont on connaît la réponse, mais que l'on n'a pas le droit de lui avouer ?

Je n'ai pas le temps de m'y attarder, parce qu'un coup de téléphone de Geneviève me terrasse !

Je vous souhaite la bienvenue dans mon monde magique un peu fou !

(Qui est vraiment de plus en plus dingue !!!)

▲

∆

ÉPISODES PRÉCÉDENTS
TRILOGIE LILITH

Bonjour !

Dans **LE BAISER DU FEU**, ma vie de petite rebelle est chamboulée par un héritage inattendu où j'y apprends que ma mère m'avait caché ma véritable identité, soit que je m'appelais en réalité Lilith Morgan, la descendante directe de l'enchanteresse Morgana dont je reçois tous les pouvoirs au cours d'une cérémonie enflammée dont je vais me souvenir toute ma vie.

Des aides inusitées affluent sur plusieurs niveaux et en provenance de diverses époques afin de m'épauler dans cette nouvelle vie remplie de surprises de toutes sortes, la plupart agréables, mais quelquefois fort énigmatiques.

J'adore surtout le grand mage Merlin qui arrive tout droit du sixième siècle par erreur, enfin je crois bien… et il est évidemment perdu dans notre folle époque, contrairement au futur roi Arthur qui s'amuse bien avec ma copine Geneviève, mais la récréation est de courte durée, même si je suis certaine d'avoir enfin déniché l'élu de mon cœur.

Car je sais à présent que tous ne m'attendent pas qu'avec de bonnes intentions…

Ma mère non plus parce qu'elle a arrêté un chef de mafia locale et ses sbires ont bien l'intention de se venger d'elle.

Mais je veille au grain parce que Maître Merlin m'a appris à fabriquer des boules de feu dévastatrices et des dômes incandescents qui arrêtent tout, et nous triomphons finalement des assaillants…

En revanche, j'ai maintenant une épouvantable trouille de ce que je suis devenue !

Parce que je suis devenue un MONSTRE !!!

Je vous souhaite la bienvenue dans mon nouveau monde magique un peu fou.

∆

www.amazon.fr/dp/B088B579BP

▲

Δ

PERSONNAGES

(En ordre alphabétique)

Alan Sloh : Nouveau voisin de Lilith qui sera amoureuse de lui. (22 ans) Pompier volontaire et forgeron.

Alexander Morgan : Spectre du père de Lilith. N'a aucune attache fixe. Travaille pour la Grande Déesse.

Amber : Puissant esprit incarnant le manoir Morgan de Verchères, près de Montréal. Ne parle pas, mais sait se faire comprendre.

Andrew Morgan : Spectre du bâtisseur du manoir Amber. Un des héritiers Morgan, voilà 300 ans.

Antoine Morgan : Spectre d'un peintre du 18 ième siècle. Don de prémonition dans ses œuvres.

Archibald Morgan : Spectre d'un héritier Morgan décédé voilà 120 ans. Architecte et homme d'affaires.

Arès : Demi-dieu de la guerre dont l'origine se perd. Contrôle ses élus par des objets sacrés.

Arthur : Futur Roi de la légende. Jeune homme de 17 ans au physique puissant. Connaît son destin royal, mais le refuse. Son passage en notre siècle le déstabilisera. Follement amoureux de Geneviève.

Avalon : Nom de l'île légendaire, près de Montréal, où est situé le domaine d'Amber.

Cap (capitaine Longpré) : Patron et mentor de Viviane depuis toujours au sein de la police de Montréal. Elle le considère comme son propre père.

Carlie Morgan : Spectre de la jeune tante de Lilith. Décédée à 22 ans d'un coup de couteau dans le dos. Fille de Gwendolyn et de Helmut.

Cedrik : Fils aîné de Morgana. Grand conquérant sans pitié. C'est lui qui a amassé la fortune des Morgan.

''Cowboy'' Mailhot : Bon ami de Lilith qui l'a souvent protégée lorsqu'elle prenait de la drogue. (19 ans) Très fort et bon bagarreur. Ex-copain de Geneviève.

Diablo : Esprit qui habite cette puissante voiture qui appartenait au père de Lilith. Devient invisible lorsqu'il vole. Dialogue avec des chansons sur la radio.

Ernesto : Ami d'enfance de Lilith. (20 ans) D'origine mexicaine. Efféminé. Disc-jockey attitré de Lilith. Travaille à la fiducie Morgan. Conjoint de Lizzie.

Lilith Morgan : La puissante héritière du clan de sorciers Morgan et des pouvoirs de l'enchanteresse Morgana. 18 ans. Sa mère avait changé son nom pour Lily Dimirdini. Fait des rêves prémonitoires depuis un gros accident deux ans plus tôt avec la sœur de Geneviève. A cessé la drogue au même moment. Karatéka de talent. Adore faire la fête. Ne connaît pas la peur. Maîtresse du Feu.

Flamme : Petit dragon de couleur orange que Morgana a asservi à la suite d'un sort de soumission. Elle l'a ensuite emprisonné dans un pot parce qu'il était trop turbulent. Devenu le protecteur de Lilith.

Geneviève Copeland : (Gen) Meilleure amie de Lilith depuis une dizaine d'années. (18 ans). Fille d'une famille aisée. Désire suivre les traces de sa mère politicienne. Organisatrice hors pair responsable de la fiducie Morgan. Amoureuse du futur roi Arthur.

Grande Déesse : Véritable nom est Vesta. Passé obscur entre elle et Lilith qu'elle appelle « Sa fille ».

Gwendolyn Morgan : Grand-mère de Lilith. Héritière brebis noire de la famille. Passé d'espionne.

Helmut : Spectre du père de Carlie. Mécanicien de génie de la famille Morgan.

Ingrid Weismann : Assassin de l'ancienne Allemagne de l'est, membre de la Stasi, recyclée en tueur à gages de grande réputation.

Jack : Esprit de l'ancienne Cadillac de la grand-mère de Lilith. Cette voiture apprivoisera Viviane.

Jennifer Sullivan : Capitaine de la GRC qui désire monter en grade.

Jones : Partenaire de Viviane depuis 3 ans au sein de la police de Montréal.

Juan-Juanita : Ami intime d'Ernesto et employé de magasin d'électronique.

Leila Hart : Élève à Avalon. Excentrique. Très petite taille. Yeux de toutes les couleurs. Grande guérisseuse.

Lizzie : Elizabeth Niakakis. Bonne amie de Geneviève (22 ans). Ont des cours de finance ensemble. A payé ses études en étant barmaid. Bisexuelle. Elle est maintenant responsable des finances de la fiducie Morgan.

Marc Gauvin : Grand patron des opérations de la GRC.

Mario Dimirdini : Oncle et essence fraternelle pour Lilith. Brebis égarée de cette famille de policiers. Grand et fort. Il a le don d'attirer les pires problèmes.

Maryline Gauvin : Amie de Geneviève et sœur de Sylvio. Caractère bouillant. Courtière immobilière. Excelle dans les nouvelles technologies.

Merlin de Mebd (Mirdhinn) : Célèbre enchanteur qui paraît dans la quarantaine. S'est donné pour mission de guider Lilith dans son apprentissage afin qu'elle ne devienne pas une nouvelle Morgana pour ce siècle.

Minet : Esprit habitant la représentation d'un lion de pierre. Garde le cromlech sacré de Lilith.

Morgana : La légendaire enchanteresse du sixième siècle. Lilith et elle sont sosies.

Nelson Stuart : Puissant sorcier à l'âme noire d'une famille ennemie des Morgan. Chef d'un cartel d'assassins.

Nina : Fée guerrière au corps vert servant souvent de courrier aux fantômes d'Avalon lorsqu'ils doivent transmettre des informations à certains vivants.

Norma Morgan : Spectre d'une femme ayant reçu un mauvais sort l'obligeant à faire le ménage sans arrêt au manoir Amber.

Notaire James Evergreen : Notaire affilié à la famille Morgan depuis 1945. Est longtemps demeuré au manoir Ruby, à Belfast, Irlande avant de succéder à son grand-père comme notaire de la famille. Décès récent.

Notaire Victor Evergreen : Nouveau notaire de la famille

Morgan. Héritier de James.

Paul Callaghan : Recrue affectée à Viviane. (20 ans) Pirate informatique.

Pietro Zamboni : Frère du chef d'un clan de mafieux. Riche entrepreneur immobilier.

Richard Morgan : Frère cadet d'Andrew. Régent du manoir de New York.

Sven Sloh : Père d'Alan descendant directement des Vikings. Maître-forgeron et ancien culturiste de renom.

Swan Morgan : Spectre de la grand-tante de Lilith. Vit à Ruby.

Sylvio Gauvin : Ancien amant et présent partenaire d'entraînement de Lilith. (20 ans) Pratique tous les sports de combat.

Tara Morgan : Spectre de la femme d'Andrew. Autoritaire. Grande guérisseuse et espionne de son vivant.

Trente-trois : Espion canadien de l'escouade secrète Mangouste. 50 ans. Grande culture. Maître de l'infiltration. La loi ne s'applique pas à lui en mission. Connaît Vanessa.

Vanessa Dean : Caporale de la GRC d'origine française. Responsable des recherches. Sait tout sur tout.

Vesta: Véritable nom de la Grande Déesse.

Viviane Dimirdini : Mère tyrannique de Lilith, car craint qu'elle ne retourne dans la drogue. Lieutenante enquêtrice à la police de Montréal. Célibataire. Désire que sa fille suive ses traces. Déteste la sorcellerie.

▲

Δ

DU MÊME AUTEUR

(En versions imprimées)

Δ

Trilogie Lilith

LE BAISER DU FEU

LA MARQUE DU DIABLE

VENDETTA

Δ

Trilogie Damian

LE MAÎTRE DE L'ESPRIT

COUP DE FOUDRE

LA FILLE DE SATAN

Δ

Trilogie Dragons

CAUCHEMARS

RAGE

GRAND VIDE

Δ

Trilogie Distorsion

LILITHOSAURES

LOKI

LE MONDE SELON L'LIK

Δ

Série Meganiya

MEGANIYA

KILLER QUEEN

Δ

Série Fauve

TROP DE SECRETS

Δ

Pour enfants 8-12 ans : Séries Tommy et Léna

▲

∆

NOTE DE L'AUTEUR

Si vous avez apprécié cette histoire, avez ri ou tremblé de peur avec Lilith ou Flamme, alors n'hésitez pas à écrire un petit mot d'appréciation sur le site de l'endroit où vous l'avez acheté. Ce sont ces commentaires positifs qui permettent à d'autres lecteurs de vivre cette belle aventure dans le monde enchanté et un peu fou de Lilith.

Un gros MERCI pour m'avoir accordé votre confiance,

Alex Tremm.

∆

VENEZ DISCUTER SANS GÊNE

(J'adore blaguer avec mes lecteurs !)

Facebook : Alex Tremm

▲

Made in the USA
Middletown, DE
14 September 2021